Judith Kelman

Américaine, Judith Kelman a mené une brillante carrière d'orthophoniste et de consultante pédagogique, avant d'écrire pour la presse, notamment dans le *New York Times*, où elle a signé à la fois des articles et des essais. En 1986, elle publie son premier livre. Auteur d'une dizaine de romans, parmi lesquels *L'été des orages* (2001), *La vipère de velours* (2002), *Cauchemar sans visage* (2005) et *Un enfant dans la nuit* (2007), elle s'est depuis imposée comme l'un des grands auteurs du suspense psychologique américain.
Judith Kelman vit actuellement à New York.

LA PETITE FILLE EN HAUT DE L'ESCALIER

DU MÊME AUTEUR
CHEZ POCKET

LE SOMMEIL DES ANGES
LE RÔDEUR
ENTRE LES MAILLES DU FILET
PHOBIES
UN DERNIER BAISER
PLUS QUE VOUS N'EN SAVEZ...
L'ÉTÉ DES ORAGES
CAUCHEMAR SANS VISAGE
LA PETITE FILLE EN HAUT DE L'ESCALIER

DANS LA SÉRIE SARAH SPOONER :

COMME UN VOILE D'OMBRE
LA VIPÈRE DE VELOURS

JUDITH KELMAN

LA PETITE FILLE EN HAUT DE L'ESCALIER

Traduit de l'anglais (États-Unis)
par Valérie Bourgeois

PAYOT SUSPENSE

Titre original :
THE FIRST STONE
(Putnam, published by arrangement
with Peter Lampack Agency, Inc.)

Le papier de cet ouvrage est composé de fibres naturelles, renouvelables, recyclables et fabriquées à partir de bois provenant de forêts plantées et cultivées durablement pour la fabrication du papier.

106, boulevard Saint-Germain – 75006 Paris
ISBN : 978-2-266-19377-1

À Caroline et Ryan,
avec tout mon amour et mon constant étonnement.

1

À travers un interstice entre les stores, j'observai nos nouveaux voisins emménager chez eux avec une bombe à retardement de vingt-cinq kilos et d'un mètre vingt. L'explosif avait habilement pris la forme d'une petite fille de sept ou huit ans, toute menue, avec de beaux cheveux et une mine revêche.

Sous le soleil brûlant, sa peau pâle paraissait presque transparente et ses yeux n'étaient plus que deux fentes douloureuses. Une robe bleu marine très sage battait contre ses mollets, au-dessus de chaussettes hautes en dentelle et de ballerines en cuir verni noir. La fillette suivait le bord des grandes dalles du trottoir en regardant bien où elle posait les pieds, comme si ses chaussures étaient trop rigides pour lui laisser une entière liberté de mouvement.

Je lui trouvai l'air inquiet, à l'image de ces enfants effrayés par un déménagement. Lorsque j'avais dix ans, le travail de mon père nous avait obligés à quitter Oceanside, sur l'île de Long Island, pour la planète lointaine que représentait à mes yeux Los Angeles. Je me souvenais encore très bien de la peur qui m'avait noué le ventre au moment où nous avions remonté l'allée gravillonnée et creusée d'ornières de notre nouvelle maison. Est-ce que j'arriverais à la cheville des autres enfants à l'école ? M'en voudraient-ils de ne pas être une star de ciné riche et blonde ? Et même s'ils m'acceptaient, pourrais-je jamais espérer me sentir chez moi dans un tel endroit ? Aux informations, j'avais vu des images atroces de brouillard étouffant, de glissements de terrain, d'incendies et de tremblements de terre. Je m'imaginais que le soleil tombait chaque soir dans les eaux rugissantes du Pacifique, faisant bouillir la mer avec le sifflement menaçant d'une cigarette que l'on écrase.

Tyler, mon fils de trois ans, vint s'asseoir à côté de moi sur le canapé.

— Maman, regarde. C'est une fille.

— En effet, mon chéri.

— Je pourrai jouer avec elle ?

— Je n'en sais rien, Ty. Elle est beaucoup plus grande que toi.

— Mais je grandis, répliqua-t-il en levant les bras au-dessus de sa tête. T'as vu ?

— Oh que oui !

Tandis que ses parents et les déménageurs se réunissaient sur le trottoir, la petite fille morose s'éloigna le long de la rue en jetant régulièrement des coups d'œil derrière elle, comme pour défier quiconque de protester.

Son père était un homme courtaud qui s'exprimait avec de grands gestes et un dédain manifeste pour ses interlocuteurs. La mère, une jolie brune très élégante, affichait une tête de plus que lui, bien des années de moins, et un raffinement étudié qui compensait la grossièreté de son mari. Elle l'écoutait avec intérêt, en marquant son approbation par des sourires affectés et en lui effleurant parfois le bras de ses doigts parfaitement manucurés.

Leur Mercedes noire dernier cri était garée sur une zone interdite au stationnement, juste derrière le camion de déménagement. La petite fille s'en approcha en cachette et mit ses mains en coupe contre la vitre du côté passager pour examiner l'intérieur du véhicule. Profitant d'un moment où personne ne lui prêtait attention, elle ouvrit la portière et se pencha sur le siège. Un instant plus tard, elle ressortait avec une mine satisfaite, un poing caché derrière son dos.

Ses parents, qui ne s'étaient aperçus de rien, suivirent l'un des déménageurs vers l'arrière du camion. L'homme déverrouilla la porte et attrapa une liasse de papiers que le père examina avant de les signer.

La petite fille disparut sous l'auvent vert foncé de l'immeuble. Presque aussitôt, la porte d'entrée claqua violemment, comme poussée par un vent mauvais. Sauf qu'il n'y avait pas le moindre souffle d'air ce jour-là. Les feuilles des arbres étiolés pendaient mollement aux branches sur fond de ciel bleu exubérant.

Tyler ouvrit de grands yeux.

— Pourquoi elle est fâchée, la fille ?

— Rien ne dit qu'elle le soit, mon chéri. C'était juste un bruit.

— C'est pas vrai. Elle a cassé la porte.

— Je suis sûre que non.

— Regarde, maman !

Trois hommes avaient commencé à sortir des meubles de l'énorme camion.

— C'est le fauteuil de la fille, ajouta Tyler.

— Possible.

Des guirlandes de fleurs pastel peintes à la main ornaient un petit fauteuil à bascule blanc. Le nom « Adriana » y était écrit au dos en jolies lettres roses.

— À moins que ce ne soit celui de sa petite sœur, suggérai-je.

Dans deux mois, Tyler ne serait plus fils unique. J'avais essayé de le préparer doucement à cette idée mais, jusqu'à présent, sans aucun succès. Depuis que je lui avais annoncé la nouvelle, en décembre, il m'avait bien fait comprendre qu'il refusait d'envisager une telle hypothèse.

— Elle a pas de petite sœur, insista-t-il.

Je portai une main sur mon ventre.

— Peut-être que si, mon ange. Peut-être qu'elle a une gentille petite sœur qu'elle aime beaucoup.

— Non, maman. Pas de petite sœur. Regarde : elle a une maman, un papa, un grand lit, une armoire et un fauteuil.

Un déménageur grimaçant sous l'effort s'avança vers l'immeuble, chargé d'un petit canapé Chippendale tapissé de brocart.

— Et ça, c'est le fauteuil de la maman.

— Tu crois, Ty ?

Juste derrière, un autre homme de forte carrure suivait avec un siège de bureau en cuir brun lustré à la tête et aux bras.

— Et celui du papa !

Tyler poussa un cri d'exclamation, ravi de voir que rien ne manquait. Il nourrissait une véritable passion pour l'ordre : les cassettes vidéo devaient être glissées dans les bons boîtiers, les figurines rangées avec leurs accessoires, les petites voitures bien alignées, les pièces des puzzles bien agencées. Comme mon mari, Sam, il s'efforçait toujours d'introduire de la logique dans un monde horriblement incertain. Dès la naissance, ou presque, il avait constitué des inventaires, établi des catégories, effectué des additions, fait des listes.

— Il y a le fauteuil de la maman, celui du papa et celui de la petite fille, chantonna-t-il gaiement. Tout le monde dans la famille a son fauteuil.

Je l'attrapai par-derrière et le serrai contre moi.

— Et moi, tu sais ce que j'ai ?

— Un fauteuil de maman ? demanda-t-il en riant.

— Non, un petit lapin mignon à croquer qui s'appelle Tyler James Colten et que je vais manger tout cru !

Je le soulevai dans mes bras et, retroussant sa chemise rayée, embrassai son ventre avec voracité.

— Arrête ! glapit-il.

Il était prêt à tolérer ma bêtise jusqu'à un certain point, mais pas quand des affaires plus urgentes réclamaient son attention. Grimpant sur le canapé, il reprit sa surveillance.

Sous le regard perçant du Dr Douglas Malik, chirurgien cardiaque de renommée mondiale et propriétaire du fauteuil de bureau mentionné précédemment, deux déménageurs sortirent du camion un gros télescope monté sur un trépied.

Tyler se raidit.

— Pourquoi ils ont une pieuvre ?

— Ce n'est pas une pieuvre, mon chéri. C'est un télescope. Ça sert à observer les choses qui sont très, très loin de nous, comme les étoiles par exemple.

— Et le soleil ?

— Le soleil est une étoile, lui aussi. Mais il brille trop fort pour que tu le fixes en face. Tu te ferais mal aux yeux.

— Non, cria-t-il avec une véhémence inattendue. Ne dis pas ça !

— Chut… Là, du calme.

— Je ferais jamais de mal à mes yeux, maman. Non !

— Je sais, mon chéri. Ne t'inquiète pas, murmurai-je en lui caressant le bras.

— C'est pas une pieuvre ?

— Non. On le croirait à cause de toutes ces pattes, mais ce n'est pas une pieuvre.

Soudain, des bruits de pas lourds résonnèrent dans l'appartement au-dessus du nôtre. Le vacarme cessa rapidement, mais reprit après un bref silence. Effrayé, Tyler enfouit son visage contre mon ventre tendu.

— Tout va bien, mon chéri. Tu entends ? C'est déjà fini. Les déménageurs étaient sûrement en train de remonter un meuble.

Le boucan recommença de plus belle cependant, et avec une telle force que les murs en tremblèrent. Le Dr Malik leva les yeux depuis la rue. L'air agacé, il se dirigea vivement vers l'entrée de l'immeuble tandis que sa femme restait à l'extérieur.

Quelques instants plus tard, Tyler fixa le plafond.

— La petite fille va bien, maman ?

— Je suis sûre que oui.

— Pourquoi son papa l'a tapée ?

— Qui a dit une chose pareille ?

— Vilaine fille. Paf !

— Tyler, je ne veux pas que tu racontes des mensonges. Tu as déjà oublié ?

— Je mens pas, répliqua-t-il en descendant du canapé.

Les déménageurs apportaient à présent des chariots sur lesquels étaient empilés des cartons. Une fois les derniers sortis du camion, la jeune Mme Malik s'avança vers l'immeuble d'un pas majestueux sur ses escarpins à talons hauts et bouts pointus.

Orientant les stores de façon à bloquer le soleil, je m'approchai de ma table à dessiner, où un portrait de mon petit garçon à l'encre et à la mine de plomb attendait quelques dernières retouches et une couche de fixatif. Tyler était de très loin mon sujet favori et je mettais à profit les intervalles entre deux commandes pour consigner sur le papier les changements marquants qui s'opéraient en lui avec le temps.

— Il ne faut pas taper les gens, expliqua-t-il à cet instant à sa figurine de Batman, répétant ainsi une phrase qu'il m'avait souvent entendue prononcer.

— Qu'est-ce qui te fait croire que quelqu'un a frappé la petite fille, Tyler ?

— Son papa l'a punie.

— Je sais, tu l'as déjà dit. Mais pourquoi penses-tu qu'il a fait ça ?

— Parce que c'est vrai.

— Tu peux voir à travers le plafond, alors ?

— Superman y arrive, lui !

Plissant les yeux devant mon dessin, j'ajoutai une lueur dans le regard de Tyler.

— Bam ! Tiens, prends ça !

Allongé par terre, mon fils ne se préoccupait plus que de faire batailler Superman contre un dragon ailé.

— Méchant dragon ! Je vais t'apprendre à taper les autres, moi ! Je vais t'écraser !

2

Peu de temps auparavant, j'avais appris que Dieu était originaire de Shaker Heights, la banlieue chic de Cleveland, dans l'Ohio. Mon amie octogénaire, Frieda Kalisher, m'avait informée sur le ton prudent de la confidence que le Tout-Puissant devait emménager à Manhattan afin de diriger le service de chirurgie cardio-vasculaire du New York General Hospital. Sa famille et lui habiteraient l'appartement situé juste au-dessus du nôtre. À présent, pour le meilleur et pour le pire, Dieu était parmi nous.

— Vous le connaissez bien, ce Dr Malik, madame Kalisher ?

— On s'est déjà rencontrés.

— Et ?

— Mon Leonard l'a côtoyé, mais il ne l'appréciait pas outre mesure. Beaucoup de bons chirurgiens ont un complexe de supériorité, et à l'en croire, ce Malik ne se prenait pas pour n'importe qui.

— Il a une réputation incroyable pourtant. Entre les appareils qu'il a inventés et les progrès qu'on lui doit sur le plan technique, il a pratiquement révolutionné la chirurgie.

Mme Kalisher eut une moue méprisante.

— Doug Malik est un être humain comme nous tous, Emma. J'en ai vu de plus réputés mordre la poussière. Quand on se considère au-dessus de tout le monde, on n'a plus nulle part où aller sinon vers le bas.

— Ou vers l'est, dans son cas.

— Il détestera cet endroit, vous verrez. Malik a l'habitude de jouer les gros poissons dans une petite mare, pas de nager dans un océan plein de baleines.

— Des rumeurs laissent entendre qu'il compte s'installer définitivement ici. Sam n'y croit pas, lui.

— Beaucoup ne s'attendaient même pas à ce qu'il vienne. Malik a fait presque toute sa carrière à Cleveland. C'était lui le patron, là-bas – ou du moins il l'imaginait. Je me demande ce qui l'a décidé à partir.

— Complexe de supériorité ou pas, Sam l'admire énormément. Il paierait cher pour se spécialiser sous sa direction. D'après lui, il n'y a pas mieux quand on vise la chirurgie cardiaque.

— Votre Sam devrait faire attention, ma chère. J'ai entendu dire que Malik pouvait être odieux au travail. Déraisonnable. Exigeant aussi. Et peu désireux de partager les honneurs avec qui que ce soit. Certains grands noms de la médecine sont fiers d'entraîner les générations suivantes dans leur sillage et de transmettre leur savoir à leurs successeurs. Doug Malik, lui, estime que l'histoire commence et s'arrête avec lui.

Le défunt mari de Mme Kalisher, Leonard, avait été un chirurgien orthopédique qui, durant quarante ans, s'était beaucoup occupé d'enfants handicapés au New York General. Sa femme et lui avaient formé un couple très en vue et très apprécié du monde médical, et bien que le Dr Kalisher eût succombé à un cancer de l'œsophage dix ans plus tôt, Frieda continuait à faire du bénévolat, à participer à différents comités et surtout à se tenir au courant de ce qui se passait à l'hôpital.

— Malik est une star, Frieda, et les stars sont parfois difficiles à vivre.

— Elles peuvent être beaucoup de choses, y compris ridicules. Si vous saviez toutes les conditions qu'il a posées ! Laboratoire deux fois plus grand, titre pompeux, salaire astronomique. Il a également obtenu l'autorisation de faire le ménage dans le service et de recruter plusieurs personnes de son hôpital de Cleveland. Et je ne parle pas du nouveau bâtiment !

— Le centre de cardiologie qui lui a été promis ? Sam trouve ça épatant.

— Le centre Malik pour les maladies cardiothoraciques, s'il vous plaît. Le projet coûtera deux cents millions de dollars, et monsieur veut que son nom figure en gros à l'entrée au lieu de laisser ce privilège à un donateur qui aurait couvert en échange une grosse partie de la somme. Cela en dit long sur le personnage, non ?

Je souris.

— Ça montre surtout qu'il est assez important pour obtenir ce qu'il veut.

— L'hôpital ne manque pas de stars, commenta Mme Kalisher avec dédain. Et quand l'une d'entre elles commence à vouloir éclipser les autres, il n'en sort jamais rien de bon.

— Regarde, tatie Frieda, l'interrompit Tyler. Je t'ai fait un soleil !

Accroupi par terre, il ajouta un coup de craie jaune au gros rond plein de piquants qu'il venait de terminer.

— Bravo, mon chou. Vous voyez, Emma. Votre fils a le dessin dans le sang, comme vous.

— Quand je serai grand, je serai un artiste !

— Je croyais que tu voulais devenir bâtisseur, cette semaine, notai-je en riant.

— Je serai un artiste *et* un bâtisseur.

Frieda ébouriffa ses cheveux blonds.

— Tu pourras faire tout ce que tu veux, mon cœur, et je suis sûre que tu le feras très bien.

— Je serai un pirate aussi.

— Les pirates auront de la chance de te compter parmi eux.

— Et un dinosaure.

— Non, le dinosaure, c'est moi, objecta gaiement Mme Kalisher. Tu seras un artiste pirate qui fera fortune dans le bâtiment. Crois-moi, tu t'amuseras beaucoup plus.

— Regarde, tatie Frieda. Je t'ai fait un arbre aussi.

Elle se pencha en arrière sur le banc.

— Magnifique ! Toutes ces jolies feuilles violettes me donnent envie de m'asseoir en dessous pour profiter de leur ombre.

Tyler accueillit cette idée avec un grand sourire. Il adorait Mme Kalisher, qui vivait dans l'immeuble voisin du nôtre et, comme nous, prenait souvent l'air dans le parc St. Stephan, de l'autre côté de la rue. Les années l'avaient rendue aussi fragile qu'un oiseau, mais elle témoignait d'une patience et d'une énergie sans limites envers mon fils. Elle ne se lassait jamais de le pousser sur la balançoire, de vanter son brio dans le bac à sable ou de l'encourager dans ses ascensions intrépides et ses descentes vertigineuses du petit toboggan que comptait l'aire de jeux.

J'adorais Frieda, moi aussi, et je la bénissais de combler un vide douloureux dans nos vies. Elle remplaçait non seulement mes parents, qui travaillaient sur la côte Ouest et nous rendaient rarement visite, mais aussi la mère de Sam, morte lorsqu'il avait dix ans, et son père, un homme froid et intimidant que les enfants indifféraient. D'après mon mari, cet ancien cardiologue qui avait eu son heure de gloire au New York General ne considérait un fœtus viable qu'à partir du moment où celui-ci avait achevé ses études de médecine, jouait décemment au golf et était capable de converser dans les soirées. « Senior », ainsi qu'il aimait se faire appeler, s'intéressait en fait beaucoup plus à son compte en banque, au point d'avoir abandonné les contraintes de l'hôpital quelques années plus tôt pour les joies d'un poste grassement rémunéré dans une importante firme pharmaceutique.

Tyler monopolisait toute l'attention de Mme Kalisher et la traitait en retour comme une rock star, l'accueillant toujours avec un enthousiasme délirant. Frieda était devenue la première femme à représenter une sérieuse concurrente pour moi. À voir les regards brillant d'admiration qu'ils se lançaient tous les deux, je compris soudain le sens de l'expression « se sentir de trop ».

— Et Mme Malik, comment est-elle ? s'enquit Mme Kalisher.

— Je l'ai juste entraperçue quand ils ont emménagé. Très belle. Tirée à quatre épingles. D'une minceur presque impardonnable. Beaucoup plus jeune que Malik. Beaucoup plus grande, aussi.

— Elle n'est pas différente des précédentes, alors ! Doug a déjà été marié trois ou quatre fois et il doit en être à sept enfants, dont deux sont plus âgés que vous. Il y a des hommes qui ont besoin d'avoir une potiche à leur bras, mais au rythme où il va, il lui faudra bientôt une pièce entière pour exposer les siennes.

— Oh, il a toute la place pour ça chez lui.

— C'est le moins qu'on puisse dire. Six chambres ! Pour quoi faire, je vous le demande !

Avant d'accepter de déménager, la femme de Dieu avait insisté pour avoir un vaste appartement au calme, à proximité du nouveau centre de cardiologie, où son mari aurait son bureau, et du bâtiment principal de l'hôpital, non loin de là, où il réaliserait régulièrement ses miracles. Ses exigences comprenaient une cuisine spacieuse et entièrement équipée, une suite de maître avec une cheminée en état de marche, un grand salon, une chambre à part et une salle de jeux pour leur fille, ainsi qu'une pièce près de la cuisine pour l'aide à domicile qui vivrait chez eux. Une telle superficie dans un coin tranquille en plein centre de Manhattan était aussi difficile à trouver qu'un Starbucks sur la lune, et pourtant il semblait que cela fût possible avec assez d'argent et de volonté.

Parmi tous les logements dont l'hôpital était propriétaire, les Malik avaient jeté leur dévolu sur notre résidence – un immeuble en briques de neuf étages, construit avant guerre et situé près de la Première Avenue. Quatre appartements avaient été réquisitionnés, vidés de leurs occupants et réunis à la hâte. Parmi les personnes déplacées figurait une de mes amies dont le mari faisait son internat avec Sam. Elle m'avait raconté avoir eu l'impression d'être victime d'une tornade : arrachée du jour au lendemain à son foyer, elle avait atterri dix rues plus loin, dans un immeuble dépourvu de charme où les murs épais comme du papier à cigarette tremblaient sous le bruit incessant de la circulation.

Une équipe d'artisans avait travaillé sans relâche pour démolir et reconfigurer l'espace selon les attentes des Malik et dans les délais impartis, et j'avais emmené plusieurs fois Tyler jeter un œil à la source des coups de marteau et des bruits de scie qui résonnaient au-dessus de nos têtes à longueur de journée.

Fasciné par ce mélange irrésistible de vacarme, de saleté et d'hommes trapus et tatoués qui juraient à tout-va, mon fils avait ajouté « bâtisseur » à la longue liste de ses futurs métiers, après vendeur de hot dogs, pilote, promeneur de chiens, agent de la circulation et astronaute.

La mine très sérieuse, il avait passé des heures à bâtir des extensions fantômes avec ses outils en plastique dans notre petit appartement encombré. Pour de simples mortels vivant à New York, quelques mètres carrés supplémentaires représentaient le comble du luxe. Je rêvais souvent que je tombais sur un passage secret qui débouchait sur toute une série de nouvelles pièces. Je me voyais sautiller, folle de joie, le long d'un couloir interminable desservant de larges chambres ensoleillées. Il y en avait une pour Tyler, une autre pour l'enfant que nous attendions. Un jardin où tous les deux pouvaient s'amuser. Des placards vides. Beaucoup de placards vides. Et des étagères.

Tyler esquissait à présent un visage sur le trottoir. Des points représentaient les yeux, une apostrophe le nez, et une tranche de melon la bouche.

— Tu sais quoi, tatie Frieda ? lança-t-il alors, reprenant le jeu de questions-réponses que Mme Kalisher et lui adoraient.

— Non, quoi ?

Il leva les mains en signe de triomphe.

— C'est toi que j'ai dessinée !

— Bien sûr. Je me suis tout de suite reconnue.

— Et tu sais quoi ?

— Non, quoi ?

— Les nouveaux au-dessus de chez nous, ils ont une petite fille, et peut-être que je pourrai jouer avec elle.

— Tu crois ?

— Ouais, et tu sais quoi ? Son papa l'a tapée parce qu'elle était très méchante.

— Tyler, le sermonnai-je. Tu te souviens de ce qu'on a dit ? Je ne veux pas que tu racontes des histoires.

Le front ridé de Mme Kalisher se barra d'un nouveau pli.

— Cet homme en est bien capable…

Tyler ramassa une grosse craie turquoise et ébaucha une maison carrée avec un toit en forme de bonnet d'âne. Il ajouta des hublots en guise de fenêtres, une fine cheminée qui crachait une fumée rose et violette, puis une large porte rouge avec un visage souriant sur la poignée.

— Regarde !

Mme Kalisher se pencha en plissant les yeux derrière les verres épais de ses lunettes.

— C'est charmant.

— La maison est toute prête, et maintenant les gens n'ont plus qu'à s'installer.

— Vraiment ?

Mon fils hocha la tête avec sagacité.

— Le papa, la maman et la petite fille. Et tu sais quoi, tatie Frieda ?

— Non, quoi ?

— Tout est bien qui finit bien.

3

— On devrait faire quelque chose, Em, déclara Sam, la tête plongée dans le frigo.

— Faire quoi ?

Le biper accroché à sa ceinture ne cessant de résonner, il recula d'un pas et regarda qui l'appelait.

— Merde, c'est le bloc opératoire. Je suis en retard.

— Faire quoi ? insistai-je.

Les exigences de l'internat rendaient souvent Sam préoccupé et distrait, si bien qu'avoir une vraie conversation était un luxe rare pour nous. Parfois, j'imaginais qu'à notre plafond étaient accrochées les milliers de pensées qu'il avait laissées en suspens.

L'air contrarié, il inspecta de nouveau le frigo.

— Je meurs de faim.

— Il reste du poulet, chéri. Et des tranches de dinde. Tu veux que je te prépare des œufs brouillés ?

— Pas le temps.

Il attrapa le beurre de cacahuète et en avala plusieurs grosses cuillerées, avant de faire passer le tout en mordant dans une barre chocolatée à l'effigie de Dora l'exploratrice.

— Papa, non ! s'exclama Tyler, alarmé. Il faut manger le beurre de cacahuète avec du pain ou des pommes, pas tout seul. Tu vas t'étouffer !

— Ne t'inquiète pas, Ty, le rassurai-je. Papa ne va pas s'étouffer.

— Mais t'as dit...

— Je sais. Mais ça concernait les petits enfants. Les règles pour les papas sont différentes.

Et les règles pour les papas internes en chirurgie l'étaient encore plus. Avec elles, on frôlait le bizarre, même. Les huit années de formation requises en chirurgie cardiovasculaire – spécialité choisie par Sam – supposaient notamment d'apprendre à trimer comme un forçat en rayant de sa vie des choses aussi futiles que les repas, les pauses et le sommeil. Des lois votées dans les années 1980 avaient limité le nombre d'heures de présence des internes à l'hôpital, mais cela n'empêchait pas ces derniers de mener des recherches, de rédiger des articles et de faire toutes sortes d'activités liées à leur travail durant leur soi-disant temps libre.

Au cours de sa première année d'internat, Sam avait avancé dans un brouillard épais, sans rien d'autre ou presque que des poussées d'adrénaline pour l'aider à tenir. Puis, peu à peu, il avait appris à ignorer ses besoins naturels au profit de ceux, beaucoup plus importants, de ses supérieurs hiérarchiques.

Durant les rares moments où il ne travaillait pas, il passait en mode rattrapage accéléré et entreprenait tout à la fois de manger, dormir, regarder le sport à la télé, faire l'amour, appeler sa sœur, réparer la chaîne hi-fi, jouer avec Tyler et revenir au top de sa condition physique.

Visiblement contrarié par la règle qui permettait aux papas de manger du beurre de cacahuète à la cuillère, Tyler fixait son bouillon de poulet en cherchant parmi les pâtes en forme de lettres celles de son prénom. À côté de son assiette étaient déjà alignés un L, un E et un T.

— Il va pas s'étouffer, papa ?

— Non, mon trésor. Tu vois ? Papa va très bien.

Occupé à parler dans son BlackBerry, Sam n'avait rien entendu.

— Oui, dans une minute. Tu peux demander à Ron de préparer ça ? D'accord. Ça marche.

Il rangea le beurre de cacahuète dans le frigo et posa la barre chocolatée sur l'évier d'un air absent.

— Je dois filer, annonça-t-il en embrassant Tyler et en lui ébouriffant les cheveux.

— Tu disais qu'il fallait qu'on fasse quelque chose, Sam ?

À ces mots, il marqua un temps d'arrêt.

— Ah, merci de me le rappeler. C'est au sujet des Malik.

— Oui ?

— J'ai pensé qu'on devrait leur offrir un cadeau de bienvenue.

— Comme quoi, par exemple ?

— Des cookies ? Des bonbons ? Une bouteille de vin ?

— Et si le Dr Malik est un ennemi juré des glucides ? Et s'il ne boit pas d'alcool ?

— Des fleurs, alors. Une plante verte. Enfin, je ne sais pas, moi. Tu veux bien t'en occuper, s'il te plaît ? Fais au mieux.

— Bien sûr, répliquai-je en claquant des doigts. Je vais aller sur le site « quel-cadeau-de-bienvenue-offrir-à-Dieu.com ».

— Merci.

— Peut-être que je pourrais lui trouver de l'encens. Un truc frais, sympa. À moins qu'il ne soit plus porté sur la myrrhe ?

Mais le regard de Sam montrait qu'il était déjà passé à autre chose.

— Et pourquoi pas une offrande sacrificielle ? repris-je. Qu'en dis-tu ?

Il se pencha pour embrasser de nouveau Tyler et lui prendre une cuillerée de soupe.

— Non, papa ! s'écria Tyler, le menton tremblant. Tu as avalé le R !

— Ce n'est pas grave, mon chéri, dis-je. Il y en a plein d'autres dans la casserole.

— Mais je voulais celui-là !

— J'ai une idée, mon grand, lança Sam. Et si je t'emmenais manger une glace dehors ce soir ?

— À la vanille ?

— Évidemment.

— D'accord.

— Quand, Sam ? m'interposai-je.

Je sentais qu'il valait mieux le mettre au pied du mur. Les meilleures intentions ne suffisaient pas à apaiser les enfants. Si Tyler finissait déçu, ce serait à moi de réparer les dégâts.

— Là, je dois assister à une cholécystectomie, répondit Sam. J'ai ensuite une conférence sur la morbidité et la mortalité à 17 heures, et après il y a la réception donnée en l'honneur des Malik, une soirée cocktail au club de la faculté. Je devrais être rentré pour 19 heures, 20 heures au plus tard.

— Tyler se couche à 19 h 30, Sam. Ça veut dire crise de larmes assurée à 19 h 45 si tu n'es pas là. Tu te souviens de la dernière fois ?

— Je rapporterai une glace à la maison, alors. Tu la mangeras pendant que je te lirai une histoire, Ty. Qu'est-ce que tu en dis ?

Mais Tyler n'entendait pas le laisser s'en tirer à si bon compte.

— Tu as pris mon R, papa.

Sam le souleva de sa chaise et le suspendit la tête en bas.

— Je plaide coupable, jeune homme ! Et pour me racheter, je vais te faire faire le tourniquet.

— Un gros tourniquet ?

— Un énorme tourniquet !

Les joues de Sam rougirent sous l'effort tandis qu'il faisait tournoyer notre fils.

— OK, fiston. C'est l'heure de redescendre, maintenant.

— Encore, papa !

— Pas longtemps, alors.

Et Sam se remit à pivoter sur lui-même en imitant un bruit de moteur. Cheveux volant en tous sens et sourire jusqu'aux oreilles, Ty n'était plus qu'une silhouette floue euphorique.

— Là, c'est fini. La partie est terminée. Il faut que j'y aille.

— Encore une fois ?

— Non.

— Juste une fois, papa. S'il te plaît !

— Plus tard.

Sam enfila une blouse par-dessus sa tenue bleue de bloc opératoire.

— Au fait, Em, le cocktail de ce soir… Il me semble que les épouses sont invitées aussi.

— Tu es sûr ?

— Demande à LeeAnn, tu veux bien ?

— Ruthie a cours aujourd'hui. Ça ne me laisse pas beaucoup de temps pour dénicher une baby-sitter.

— S'il te plaît, Em. Et essaie de trouver un cadeau sympa. Malik tient mon avenir entre ses mains, tu sais.

4

Un rien peut provoquer des réactions en chaîne aux conséquences désastreuses. C'est l'effet papillon : il suffit qu'un insecte batte des ailes sur une petite île du Pacifique pour que les courants aériens soient altérés et que, de fil en aiguille, une catastrophe se produise à des milliers de kilomètres de là.

Assis en cercle par terre, la dizaine de bambins que comptait la classe de maternelle de Tyler ne perdaient pas une miette d'une histoire angoissante illustrant cette théorie. Parce qu'il ne supportait plus le babillage stupide d'un moustique, un iguane s'était un jour bouché les oreilles avec des bâtons. Effrayés par cet étrange spectacle, les autres animaux avaient paniqué et perdu complètement la raison – tant et si bien qu'un hibou affolé avait oublié de réveiller le soleil. Selon le conte, c'était à partir de ce moment-là que les moustiques du monde entier avaient volé dans un nuage d'inquiétude et de remords, en se demandant si les humains leur en voulaient toujours pour ce jour tragique où le soleil ne s'était pas levé.

— Et c'est pour ça que les moustiques bourdonnent à l'oreille des gens, conclut Siena Gladwell en refermant le livre qu'elle tenait sur ses genoux. On appelle ça un conte des origines. Vous pouvez répéter cette expression ?

Tout le monde essaya, à l'exception de Jake Merson, un enfant que l'une des mères avait un jour cruellement qualifié d'« erreur de la nature » devant moi. Perdu comme d'habitude dans son monde, il examinait le sol avec attention.

Parmi ses camarades assis en cercle, une main se leva.

— Ça veut dire quoi, mademoiselle Siena ?

— Ça veut dire que le conte tente d'expliquer pourquoi certaines choses sont comme elles sont, Addison. Dans le cas présent, pourquoi les moustiques bourdonnent à l'oreille des gens.

Addison serra contre elle ses petits bras potelés.

— Ils mordent, les moustiques. Ça fait mal.

— Ils piquent, plutôt. Mais ils n'y peuvent rien.

— Et les abeilles aussi.

— Oui, concéda Siena. Seulement elles fabriquent du très bon miel.

— Les lions mordent, eux aussi ! Et les tigres ! renchérit un petit garçon tout bouclé du nom de Jean-Michel.

— Et Jake ! dit Marissa.

Ainsi qu'il fallait s'y attendre, l'enfant en question avait refusé de s'asseoir par terre avec les autres pour écouter l'histoire. Il courait le plus souvent à toute vitesse, chancelait, criait pour des raisons connues de lui seul. À cet instant, il se tenait près de la fenêtre, où il étudiait le mouvement de ses doigts au milieu d'un rayon de soleil.

— Nous faisons tous de notre mieux pour progresser selon nos capacités, répliqua Siena.

— Mais il tape aussi, insista Marissa avec une moue boudeuse. Et il tire les cheveux.

N'oublie pas qu'il fend les cœurs autour de lui, aurais-je voulu ajouter.

Un an plus tôt, le même Jake avait pourtant paru si normal. Pour son deuxième anniversaire, ses parents avaient organisé une visite au zoo de Central Park, suivie d'une balade à dos de poney pour les enfants, puis d'un repas avec des pizzas et un gâteau en forme de camion de pompiers. Cet après-midi d'octobre, Jake avait été la star incontestée, le centre de toutes les attentions. Il avait porté fièrement un casque de sapeur-pompier en plastique rouge et chanté d'une voix claire et assurée une version quelque peu approximative de *Happy Birthday*. Et c'était sans trembler qu'il était monté sur le poney.

Il avait semblé si merveilleusement aventureux, alors. Si confiant et maître de lui. Il n'avait pas fait preuve des mêmes hésitations que les autres – en particulier Tyler, qui avait presque sauté de la selle en hurlant pour se jeter dans mes bras et y pleurer à grosses larmes jusqu'à ce que Jake, en grand seigneur, accepte de lui donner son casque rouge.

Ce jour-là, j'avais éprouvé une pointe d'envie à voir le flegme de cet enfant, ainsi qu'une légère culpabilité devant mon incapacité à rendre Tyler aussi sûr de lui. Mais quelques semaines plus tard, Jake avait commencé à se comporter bizarrement. Il s'était renfermé sur lui-même, avait cessé de parler. La situation s'était dégradée avec une rapidité alarmante. Des spécialistes réputés l'avaient examiné et lui avaient fait passer toute une batterie de tests, avant de conclure à une forme d'autisme. C'était « idiopathique », selon eux. D'origine inconnue.

Du jour au lendemain, vos rêves pouvaient voler cruellement en éclats.

Siena jeta un œil aux adultes qui attendaient à l'entrée de la classe.

— Bien. Les mamans de Tyler et d'Olivia sont là, les nounous d'Addison et de Jaden aussi, et les papas de Taesha, Jake et Zachary. Vous pouvez aller chercher vos affaires, les enfants.

Tandis que les petits se dirigeaient vers leur casier, Siena m'attira à l'écart.

— Tyler m'a raconté ce qui était arrivé à Sam, Emma. Je suis vraiment désolée.

— À Sam ?

— Il a failli s'étouffer, non ? Ça a dû être horrible. Il va s'en tirer ?

— Mais Sam va très bien !

Au même moment, Tyler fonça vers moi avec sur les talons Amity, la fille de Siena. Il n'était pas rare que mon fils la tienne par la main en classe, ou bien reste assis tout content à côté d'elle. Sans avoir jamais abordé la question avec lui, j'avais dans l'idée que si Tyler découvrait un jour qu'il ne pouvait pas sérieusement envisager d'épouser Mme Kalisher, il se rabattrait sur Amity Gladwell.

— Papa va bien, Ty. Il ne s'est pas étouffé.

— Il aurait pu, objecta-t-il d'un air grave.

— « Il aurait pu » ne veut pas dire que ça s'est passé. Garde tes histoires pour l'heure du coucher, d'accord ?

— D'accord, maman. Est-ce qu'Amity peut venir jouer avec moi ?

— Pas de problème.

— Une promenade dans le parc, ça vous tente ? suggéra Siena.

Elle ne jurait que par le grand air et l'exercice physique. Son univers à elle n'avait rien à voir avec mon appartement rempli de produits commerciaux à la mode, d'appareils électroniques abrutissants, de livres violents et d'aliments industriels toxiques.

— Très bonne idée. Il fait un temps magnifique.

Tyler battit des mains.

— On ira au zoo ?

Siena eut un sourire pincé. Pour elle, les zoos s'apparentaient à des prisons pour animaux, des endroits où des innocents à poils et à plumes étaient soumis à des regards indésirables et à un confinement excessif.

— Il y a de beaux oiseaux qui volent librement dans le parc, Tyler. Et des écureuils qui gambadent dans les arbres.

— Sans oublier les pigeons, ajoutai-je avec entrain. Peut-être même qu'on apercevra des rats, si on a de la chance.

Je voyais Siena deux fois par jour, au moment où je déposais et où j'allais chercher Tyler à l'école des Petits Rangers, une maternelle du quartier fonctionnant sur le mode d'une coopérative. Siena en était le professeur principal et, parfois, comme les autres parents, je l'aidais durant la journée. Nous étions devenues amies avec le temps – contre toute attente d'ailleurs, car en dehors du fait que nous étions des mères aussi pétries d'angoisse l'une que l'autre face aux otites, aux pyjamas inflammables, à l'état des écoles publiques de la ville, et j'en passe et des meilleures, on pouvait difficilement imaginer deux personnes aussi différentes que nous.

Je faisais livrer mes courses, j'achetais des boîtes de conserve, je fréquentais les grands magasins et confiais mes cheveux à un coiffeur japonais hyper maniaque de chez Maison Beauté. Siena, elle, était une végétarienne convaincue qui faisait du compost sur sa minuscule terrasse, appartenait à une coopérative alimentaire bio et préparait elle-même tout ce que mangeait sa famille. Elle portait des habits de seconde main informes et, les jours de froid, un poncho qu'elle avait tricoté avec de la laine non teintée. Quant à ses épais cheveux bruns parsemés de gris, ils étaient simplement séparés par une raie au milieu et lui tombaient jusqu'au bas du dos.

Lorsque nous eûmes quitté l'école ce jour-là, je stabilisai la poussette à ombrelle de Tyler pendant qu'il grimpait dessus. Pour Siena, qui ne manquait pas de convictions bizarres, une promenade impliquait de marcher. Amity trottina donc à ses côtés avec ses Birkenstocks en faux cuir, en s'efforçant de suivre son allure.

— Tout va bien, Emma ?

— Bien sûr, pourquoi ?

— Tu as l'air tendu.

Siena savait déchiffrer l'aura des gens. Moi, le magazine *People*.

— On a de nouveaux voisins.

— Ils sont enfin arrivés ?

— Ce matin.

— Et ?

Je haussai les épaules.

— Sam tient tellement à leur faire bonne impression qu'il veut que je leur déroule le tapis rouge. Son rêve est que Malik accepte d'être son tuteur quand il entamera son programme de spécialisation complémentaire.

— Vos relations de voisinage ne devraient pas influer sur sa décision, il me semble.

— On pourrait l'espérer mais, d'après Sam, Malik reçoit des milliards de candidatures. Je suppose que le moindre détail peut faire pencher la balance en sa faveur.

— Je suis persuadée que tu es une merveilleuse voisine, Emma. Pourquoi ne le serais-tu pas ?

— Qui sait ? Peut-être qu'ils ne supporteront pas les crises de colère de Tyler. Ou les miennes. Peut-être qu'ils nous trouveront trop amicaux ou pas assez. Peut-être qu'ils seront choqués par le piètre contenu de nos poubelles.

— Tu te fais une montagne de pas grand-chose, je trouve.

— Sûrement. Sam m'a demandé de choisir un cadeau de bienvenue pour eux, et je n'ai rien contre. Mais j'ai peur de me planter complètement. Imagine que je leur achète des fleurs et que l'un d'eux soit allergique au pollen. Ou bien que je leur offre des bonbons et qu'il y ait un diabétique dans la famille. Je ne voudrais pas faire une bourde énorme qui ruinerait la carrière de Sam.

— Tu ne peux pas te tromper avec des plats faits maison. Je te donnerai une très bonne recette de barres de céréales aux fruits. Très simple et cent pour cent naturelle.

— Merci, mais une recette ne suffira pas.

— Elle est très facile.

— Pour toi peut-être, seulement, moi, je ne sais pas cuisiner. Je suis un cas désespéré dans ce domaine. C'est comme si tu me donnais un billet pour Tokyo : ça ne me rendrait pas capable de parler japonais.

— Je la préparerai pour toi, si tu veux.

— C'est gentil, mais non merci. Je suis une adulte. Je devrais réussir à m'en sortir.

— J'en suis certaine, Emma. Détends-toi juste un peu et la solution s'imposera d'elle-même.

Siena prédisait également l'avenir. À l'instant où elle prononçait ces mots, nous passâmes devant une boutique remplie d'objets inutiles et hors de prix.

— Tu veux vraiment m'aider ? dis-je. Alors accorde-moi une minute dans ce magasin.

— Tu es sérieuse ? demanda-t-elle en fronçant le nez.

— Quand tu regardes cette vitrine, tu ne vois que des articles ridicules et sans le moindre intérêt, n'est-ce pas ?

— Oh que oui !

— Excellent. On n'en a pas pour longtemps.

À première vue, Malik et sa femme n'avaient absolument rien en commun avec Siena. Une chose qu'elle détestait avait donc toutes les chances de leur plaire. Après élimination, je retins trois articles et la priai de choisir le plus horrible à ses yeux. Le gagnant fut une corbeille décorée remplie de savons parfumés. Un truc inutile qui empestait et coûtait incroyablement cher selon elle. En d'autres termes, le cadeau parfait.

Nous reprîmes notre balade vers le parc.

— Les nouveaux ont une fille, déclara Tyler. Et pas de bébé.

— Peut-être qu'ils en auront un, un jour, répliqua Siena, toujours prompte à me soutenir dans mes efforts pour le préparer à l'agrandissement de notre famille.

— Nan ! La petite fille n'en veut pas.

— C'est pourtant sympa d'avoir un frère ou une sœur. Quelqu'un avec qui tu peux jouer tout le temps. Amity adore sa grande sœur Grace, elle. N'est-ce pas, ma puce ?

— Grace veut pas que je joue avec ses colliers.

Je souris.

— Première règle du contre-interrogatoire : ne jamais poser de question à moins de connaître la réponse par avance.

— Dis à Tyler qui est ta meilleure amie, Amity, insista Siena.

— Grace.

— Tu vois, Tyler ? Je parie que le bébé et toi, vous serez inséparables.

— Non.

Je soupirai.

— Je ne sais plus quoi faire. Je crains de devoir sortir l'artillerie lourde et acheter le coffret de DVD « Comment supporter vos frères ou sœurs cadets ».

Siena ne se laissa pas abattre. Elle était imperméable à mon humour. Elle était également sage, raisonnable, compréhensive, réfléchie et sincère. Et elle faisait de son mieux pour ne pas me juger, même si elle estimait sûrement que je me trompais dans beaucoup de domaines. Sa méthode à elle consistait d'abord à écouter. J'avais droit à mes opinions et à mes sentiments, si malavisés soient-ils. Ensuite seulement, elle me disait ce qu'elle en pensait.

Peut-être était-ce pour cette raison que je me confiais si facilement à elle. Une fois les faits exposés en plein jour, la situation ne paraissait plus aussi menaçante ni aussi pénible.

Il ne me serait jamais venu à l'esprit que, comme le bavardage incessant d'un moustique à l'oreille d'un iguane, mes confidences provoqueraient un jour une réaction en chaîne si désastreuse que le monde tel que je le connaissais sombrerait dans le chaos.

5

La foule venue souhaiter la bienvenue à Malik emplissait le club de la faculté et se déversait jusque sur le trottoir. À mon arrivée, je cherchai Sam en vain. Le brouhaha était assourdissant, la salle surchauffée et bondée, et je ne reconnus que les sommités qui s'affichaient tous les mois en couverture de la lettre d'information de l'hôpital : le médecin en chef, le directeur du développement, le président milliardaire du conseil d'administration. Entraînée par le mouvement général, j'échouai près du bar et commandai un Perrier.

— Hé, Emma ! lança une voix joyeusement enivrée.

C'était LeeAnn Argenbright, l'administratrice du service de chirurgie. Quand elle n'organisait pas des conférences universitaires et des soirées semblables à celle-ci, elle jonglait avec les plannings des gardes tout en veillant à ce que Sam et les autres internes touchent leur paie, leurs allocations, et aient un logement décent. En somme, elle était une mère poule pour les jeunes médecins, même si elle s'efforçait de ne jamais en avoir l'air. Pour preuve, la petite robe rouge indécente et les talons aiguilles de dix centimètres au moins qu'elle portait ce soir-là.

— Emma, vous êtes là ! remarqua-t-elle avec perspicacité. Sam n'était pas sûr que vous réussiriez à trouver une baby-sitter.

— Celle qui vient d'habitude était occupée, de même que sa remplaçante et la remplaçante de la remplaçante. J'ai dû faire des pieds et des mains pour en dénicher une.

— Sam ne voit vraiment pas pourquoi vous pinaillez autant quand il s'agit de confier votre gamin à quelqu'un. Où est le problème, d'après lui.

— Il vous a dit ça ? Ce sont ses mots à lui ?

— La finesse n'est pas son fort, hein ?

— Pas vraiment, non.

— C'est bien les hommes, ça, dit-elle avec un grognement méprisant.

Puis elle vida son verre de chardonnay et le reposa sans ménagements avant d'en réclamer un autre.

— Ils oublient toujours tout, poursuivit-elle. Sam m'a raconté ce qui s'est passé quand la fille de son collègue a gardé Tyler le soir de la fête de Noël. La petite dormait si bien quand vous êtes rentrés que vous n'avez pas pu la réveiller, et comme elle avait mis la chaînette de sécurité, Sam a pratiquement dû défoncer la porte. Quelle histoire !

— C'est le moins qu'on puisse dire.

— Et elle, elle ronflait tranquillement sur le canapé ! Sam l'a surnommée la Bête au bois dormant. (Elle mit une main devant sa bouche pour réprimer un fou rire éthylique.) Homme ou pas, qu'est-ce qu'il est drôle !

— Ce n'était pas drôle du tout, LeeAnn, croyez-moi. Je n'arrêtais pas de penser à ce qui serait arrivé s'il y avait eu un problème, un incendie ou que sais-je encore. J'espérais que Sam aurait compris après ça pourquoi il vaut parfois mieux pinailler.

— Vous espériez, mais vous avez eu tort. Je vous l'ai dit, ma petite. Les hommes ne retiennent jamais rien. (Tendant la main, elle attrapa une crevette sur le plateau d'un serveur et l'enfourna dans sa bouche.) Sam est très représentatif de son espèce.

— À ce sujet, comment va Rick ?

— Qui ça ?

— Votre fiancé, LeeAnn.

Elle agita vaguement les doigts, et je notai l'absence de sa grosse bague ronde et rutilante.

— Oui, je sais bien. Mais c'est de l'histoire ancienne.

— Oh, je suis désolée.

— Pas la peine. Il me trompait avec une de ses assistantes. Quatre mois avant le mariage.

— Aïe.

— Exactement ! L'encre n'avait même pas fini de sécher sur les cartons d'invitation. Et j'ai perdu l'acompte que j'avais versé pour la robe.

— Je ne sais vraiment pas quoi dire…

— Il n'y a rien à dire. C'est ma faute. J'aurais dû retenir la leçon bien avant. Ce n'est pourtant pas faute d'en avoir connu, des salauds. (Elle vida son verre de vin d'un trait.) Les hommes. Croyez-moi, ils sont tous pareils.

— Il y a des exceptions, LeeAnn. Regardez Tyler, par exemple. Il est d'une fidélité exemplaire. Il ne tromperait jamais Mme Kalisher, sauf avec sa petite amie de l'école maternelle.

— Vous voyez ? Ils naissent tous comme ça. Et d'ailleurs voilà le vôtre.

Suivant son regard, je repérai Sam en pleine conversation avec une jolie blonde dont le sourire factice encadrait de petites dentes pointues. Au même instant, elle leva les bras pour resserrer sa queue de cheval et cambra le dos de telle sorte qu'une bande de peau douce et blanche apparut au-dessus de son pantalon taille basse. Au lieu d'être strié de vergetures, son abdomen tout plat arborait un piercing doré au niveau du nombril et un délicat tatouage en forme de papillon. Plus haut, ses seins insolemment dressés m'évoquaient ces enseignes lumineuses qui signalent les boutiques prospères et invitent les clients à entrer.

Rivé à ses grands yeux bleus, Sam se penchait vers elle comme une plante vers la lumière. Je mourais d'envie d'effacer le sourire imbécile avec lequel il la dévisageait mais, prise d'une soudaine anxiété, je lissai la tunique bleue informe que j'avais repassée à la va-vite. Mes joues s'enflammèrent lorsque je sentis en dessous l'élastique avec lequel j'avais élargi la taille de mon pantalon. Lors de ma première grossesse, j'avais porté Tyler comme un baluchon bien compact devant moi. Là, j'explosais de partout.

— Qui est cette fille avec Sam ?

— L'une de nos chères petites têtes blondes de première année. Suzanne Stitch.

— Dr Stitch[1] ? Avec un nom pareil, elle a intérêt à être bonne chirurgienne.

— C'est la meilleure. Demandez-lui un peu, elle vous le confirmera. Son CV est incroyable. Elle est mieux encore sur le papier qu'en vrai.

Je toussotai pour m'exprimer sans acrimonie.

— Je vois.

— Oui, eh bien pas moi. Les cours des nouveaux internes démarrent toujours le 1er juillet mais, pour je

1. Stitch : point de suture. *(N.d.T.)*

ne sais quelle raison, elle a réussi à intégrer le programme il y a quelques semaines. Bizarre, non ?

— Elle a de très bonnes références, selon vous.

— En effet. Pour une vipère.

LeeAnn leva un doigt afin de demander un nouveau verre.

— Pourquoi la traitez-vous de vipère ?

— Parce que c'en est une. Elle avance sournoisement pour mieux planter ses crochets. Elle n'est pas là depuis longtemps, mais je l'ai déjà vue à l'œuvre.

— C'est aussi flagrant que ça ?

— Pour moi, évidemment. Les femmes sont assez intelligentes pour comprendre que les serpents sont dangereux et répugnants. Les hommes, eux, les trouvent tout à fait fascinants.

Le bébé s'agita dans mon ventre.

— Vous croyez que Sam est fasciné ?

— Je vous ai dit ce que j'en pensais, Emma, ricana-t-elle. Sam n'est pas différent des autres. Vous avez intérêt à le tenir en laisse.

LeeAnn était si pleine d'amertume derrière son sourire insensible. Elle renvoyait l'image même de la femme bafouée. Une femme ivre, aussi. La blessure causée par son fiancé était encore à vif, et elle devait puiser un certain réconfort à me voir souffrir.

— Merci du conseil. À plus tard.

Les mains posées sur mon énorme ventre, je me faufilai dans la foule pour rejoindre Sam et la séduisante interne.

— Bonsoir, chéri !

Et, enroulant un bras autour de son cou, je l'attirai vers moi. Déséquilibré, il m'offrit sa joue à embrasser.

— Tu as réussi à venir ? s'étonna-t-il.

— Comme tu peux le constater.

— Comment ? Qui ?

— Tyler est en cure de désintoxication chez Siena, qui lui fait découvrir les joies des choux de Bruxelles bio et des jouets en bois.

— Oh !

Sam passa une main nerveuse dans ses épais cheveux blonds qui me parurent soudain bien trop longs et trop beaux pour mon propre bien.

— Et vous êtes… ? demandai-je à la jeune interne d'une voix aussi douce que possible malgré l'étau qui m'oppressait.

J'avais espéré lui découvrir des défauts en l'examinant de près, mais c'était raté.

— Suzanne Stitch, répondit-elle. Interne en chirurgie. Et vous ?

— Désolé, s'excusa Sam. Suze, je te présente Emma. Ma femme.

Suze ?

— Quel plaisir de vous rencontrer ! s'écria-t-elle. Sam m'a tellement parlé de vous et de votre petit garçon.

— Vraiment ? Vous travaillez ensemble ?

— Oui. J'ai eu la chance incroyable d'atterrir d'entrée de jeu dans son équipe. Sam est merveilleux, il me montre les ficelles du métier, il m'aide à trouver mes marques…

— C'est très gentil à lui, articulai-je avec peine.

— C'est un amour ! Je n'ose même pas imaginer ce que je ferais sans lui, ajouta-t-elle en levant vers lui ses yeux aux longs cils recourbés comme des crochets.

— Oh, je suis sûre que vous vous débrouilleriez très bien, Suzanne. Vous verrez.

J'attrapai le coude de Sam d'un geste possessif et le sentis se raidir.

— Tyler m'a chargée de te rappeler la glace que tu lui as promise, Sam. Il doit se coucher dans une demi-heure. Le compte à rebours a commencé.

— Malik est sur le point de prononcer un discours, répliqua-t-il, l'air contrarié. Ce ne sera pas la fin du monde si Ty n'a sa glace que demain.

— Pour lui, si.

Je surpris le mépris que lui inspirait ma remarque dans le regard qu'il jeta à cette chère petite Suzy, de même que les trésors de compréhension qu'elle lui promettait en retour. Convoiter la place d'une autre était tellement plus simple que l'occuper pour de bon…

Un bruit discordant retentit dans les haut-parleurs. Sur l'estrade, le Dr Sterling Lazarus, le distingué président de l'hôpital, leva une main avec autorité. Lentement, le silence se fit.

— Très chers membres du comité de direction, du personnel et de la faculté, très chers invités, c'est un honneur et un privilège pour moi de vous présenter le tout dernier membre du New York General Hospital. Enfin, l'avant-dernier pour être plus exact, puisqu'une jolie petite fille de 3,8 kilos est née il y a moins d'une heure dans notre maternité. La mère et l'enfant se portent bien, m'a-t-on dit. Le père, lui, ne se sent pas dans son assiette, mais il devrait s'en remettre.

Lazarus attendit que les rires s'estompent.

— Je peux vous assurer que ce sera la première et la dernière fois que l'illustre Dr Douglas Malik se fera doubler dans quelque domaine que ce soit.

Pendant que Lazarus récitait la liste interminable des hauts faits de Malik, j'étudiai le jeune Dr Stitch du coin de l'œil. Elle dégageait cet aplomb et cette assurance illimitée que procure une vie de réussites faciles. Elle n'avait jamais dû tomber de vélo, elle, ni rater un rôle principal au théâtre, ni manquer de se faire élire reine du bal de fin d'année au lycée, ni avoir le moindre bouton, ni même envisager la possibilité d'être un jour quittée par son compagnon.

Lazarus en avait presque fini.

— Et maintenant, sans plus tarder, j'ai l'immense plaisir d'appeler le nouveau joyau qui orne la couronne de notre chère institution : le médecin en chef adjoint et responsable du nouveau département réunissant le service de cardiologie et celui des maladies vasculaires et thoraciques, j'ai nommé le Dr Douglas Anton Malik.

Durant deux minutes, Malik savoura une ovation enthousiaste. Puis, durant les vingt-cinq qui suivirent, il narra son ascension d'immigrant aux modestes origines, selon lui. Il fit clairement comprendre que seuls sa volonté et son talent lui avaient permis d'atteindre le firmament de la médecine. Ayant accepté d'honorer le New York General Hospital de sa présence stellaire, il espérait à présent voir se concrétiser les ambitions qu'il nourrissait pour cet établissement. Par-dessus tout, comme le président Lazarus l'avait fait remarquer au début, il comptait bien rester à jamais le premier, le meilleur de sa catégorie. Et si certaines personnes extraordinairement douées s'efforçaient de laisser une trace de leur passage sur terre, Malik, lui, estimait qu'un grand monument était le minimum envisageable dans son cas.

Frieda Kalisher surgit près de moi. Sa moue dédaigneuse résumait parfaitement son opinion : Dieu ne vivait pas seulement au-dessus de mon appartement, il nous dominait tous.

Elle me fit signe de me rapprocher.

— Ne le regardez pas en face, Emma, me murmura-t-elle à l'oreille. Ce que vous avez dit à Tyler au sujet du soleil s'applique à cet homme aussi : vous vous brûleriez les yeux.

— Pour quelqu'un d'aussi petit, il a vraiment l'air imposant.

— Pour quelqu'un d'imposant, il a vraiment l'air petit, aussi, rétorqua-t-elle avec un sourire espiègle, avant de faire demi-tour et de s'en aller.

Je jetai un coup d'œil nerveux à ma montre. Presque 19 h 45. Tyler devait être une boule de nerfs incontrôlable et insupportable à cet instant. Je l'entendais presque réclamer son papa et sa glace à la vanille à grands cris, tout en refusant le yaourt bio agrémenté de raisins et de noix que Siena avait dû lui proposer en compensation. Pauvre Siena. J'étais sûre que ses enfants piquaient des crises de colère beaucoup plus douces et silencieuses.

Enfin, Malik abandonna l'estrade sous un tonnerre d'applaudissements.

— Allons-y, dis-je à Sam en l'attrapant par le poignet.

— Merde, Emma ! Détends-toi un peu !

— Très bien. Fais ce que tu veux, moi je rentre.

Le jeune Dr Tous-Seins-Dehors me fixa comme si j'avais été un chien à trois pattes. Puis elle adressa un sourire plein d'adoration à mon mari.

— Vas-y, Sam. Tu ne rateras rien. Aucun de nous ne réussira à approcher Malik ce soir.

Il hocha la tête. Dans sa bouche à elle, partir semblait une décision tout à fait raisonnable.

— D'accord, Suze. À demain, alors.

— Compte sur moi ! Je serai là à la première heure.

6

— Toc-toc.

Je soulevai péniblement mes paupières et distinguai un petit être robuste avec des yeux de hibou et les cheveux de prince Vaillant.

— Quoi ?

— Pas *quoi*, maman. Tu dois répondre « Qui est là ? ».

— La personne qui est là est censée dormir à cette heure-ci.

— Allez, dis-le. Qui est là ?

— Qui est là ? répétai-je d'une voix ensommeillée.

— La fée.

— La fée qui ?

— La fée-moi un gros bisou !

— C'est la nuit, mon chéri. Retourne te coucher et tu auras douze gros bisous demain matin. Tu auras tous les gros bisous que tu veux quand il fera jour dehors.

— Mais j'ai déjà dormi. J'ai fini.

— Oui, eh bien pas moi. Va te reposer dans ton lit, si tu n'arrives pas à dormir. Suis le conseil de la fée Clochette à Peter Pan : pense à quelque chose d'agréable.

Quant à moi, je sombrai de nouveau dans un rêve bleu ondoyant. *Je nage près d'une barrière de corail, au milieu d'énormes gorgones éventails, d'algues majestueuses et de bancs de poissons éclatants qui filent à toute allure. J'avance comme eux, vivement et par à-coups, et je me sens agile et pleine d'entrain. Mon dos ondule naturellement, ma peau se fond dans l'eau, aussi douce que la joue d'un bébé. Je baigne dans les profondeurs sensuelles de l'océan, jusqu'à arriver à un endroit sombre et mystérieux. Une force irrésistible me pousse à entrer mais, une fois à l'intérieur, je me retrouve complètement désorientée. Perdue dans un lieu trouble et incertain. Une chose effrayante glisse près de moi, puis me tape sur l'épaule – une fois, deux fois…*

— Toc-toc.

— À trois, la personne qui a toqué a intérêt à avoir filé dans sa chambre. Un… deux…

La respiration languide de Sam rythma mon décompte. Il dormait du sommeil du juste, sans s'apercevoir de rien. À moins qu'il n'en eût simplement rien à faire ? Je le secouai sans ménagements. C'était son tour de se débattre avec notre petit insomniaque en herbe. Étant donné la mauvaise volonté croissante que mettait Tyler à faire des nuits complètes, mon planning de gardes surpassait largement celui de Sam.

— Allez, maman. J'ai dit toc-toc.

— Et j'ai dit « au lit ».

Ma réponse avait claqué sèchement dans le noir. Ma patience s'effritait de plus en plus.

— Sam ! C'est à toi de te lever, cette fois, tu te souviens ? Allez, chéri. On s'était mis d'accord. S'il te plaît !

Fronçant les sourcils, il roula sur le ventre et enfonça la tête dans l'oreiller. Je l'imaginai ressusciter un patient dans ses rêves héroïques et faire repartir la courbe à plat d'un électrocardiographe. Comment une mégère et un bambin noctambule pouvaient-ils rivaliser avec ça ?

Tyler s'agrippa aux draps pour grimper sur le lit. En un éclair, il se nicha à sa place favorite, juste entre Sam et moi, et me sourit fièrement.

— Oh non, petit singe. Tu connais les règles. Tant qu'il fait nuit, tu dois rester dans ton lit super cool de grand garçon.

— Non.

— Si.

— Je peux pas, geignit-il.

— Pourquoi ?

— Parce que je suis pas bien dedans.

— Et depuis quand ?

— Depuis que quelqu'un l'a mouillé.

— Quelqu'un, hein ?

Je glissai une main sous son petit derrière, contre lequel le pantalon humide de son pyjama préféré était à présent collé.

— Et qui oserait faire quelque chose d'aussi méchant ?

Il haussa les épaules.

— C'était pas ma faute, maman. Je te jure. Sois pas fâchée.

— Je ne suis pas fâchée, mon trésor. Ne t'inquiète pas, ça arrive dans les meilleures familles. (Je secouai Sam.) Sam !

Aucune réaction.

— J'émets un pronostic très défavorable à votre sujet, docteur Colten.

— Ça veut dire quoi, maman ?

— Que papa a l'intention de continuer à dormir.

— Pas grave, maman. Je t'aime aussi.

— Moi pareil, mon chou, mais là c'est à papa de s'occuper de toi. Docteur Colten, répétai-je en imitant la voix nasillarde de son opératrice. Docteur Samuel Colten, vous êtes prié de vous présenter TOUT DE SUITE à la nursery !

Toujours aucune réaction.

Je m'extirpai de mon lit avec lassitude. Serrant une taie d'oreiller contre lui, Tyler trotta derrière moi jusqu'à sa chambre, une pièce minuscule et désordonnée que nous avions aménagée en ajoutant des cloisons dans le salon. Grimaçant à la vue du désastre, j'ôtai les draps trempés et l'alèse, et refis le lit. Bon gré mal gré, Tyler resta ensuite debout pendant que je le déshabillais, le lavais et le séchais avant de lui enfiler un nouveau pyjama.

— OK, Ty. Dodo, maintenant.

Je remontai la couette sous son menton et plaçai Sebastian et Fred, ses dalmatiens en peluche, juste à côté de lui. Puis je déposai un gros bisou sur son front, son nez, son menton, et pour finir sur ses deux joues. Tout manquement à cette règle sacrée me condamnait à reprendre le rituel depuis le début.

— Bien, terminé maintenant. À demain.

— Non ! J'ai une nouvelle histoire de toc-toc.

— Une dernière, je te préviens.

— Oui. Écoute…

Il réfléchit.

— Alors, Tyler ?

— Commence, toi.

— Toc-toc.

— Qui est là ?

— Thomas.

— Thomas qui ?

— Thomas dit bonne nuit.

Et sur ces mots, j'éteignis sa lampe de chevet.

— Attends ! s'écria-t-il en s'accrochant à ma main comme un naufragé. J'ai oublié un truc.

— On était d'accord pour que ce soit la dernière histoire.

— Mais c'est vraiment important.

Je soupirai.

— Il y a intérêt.

— La nouvelle petite fille a dit un gros mot à sa maman, et sa maman a pleuré.

— Vraiment ? Quand ?

Il se concentra un instant.

— Hier ? hasarda-t-il.

— Ça m'étonnerait.

— Un autre jour, alors.

— Pas de mensonges, Ty. Tu te rappelles ?

Son visage s'éclaira tandis qu'il changeait de sujet.

— Tu sais ce qu'elle mange le soir, Amity ?

— Quoi ?

— Devine.

— Hum, dis-je en le bordant bien serré. Laisse-moi réfléchir. Des spaghettis ?

— Non.

— Des steaks d'éléphant ?

— Non, rit-il. Essaie encore.

— J'ai trouvé ! Des morceaux d'arbre sur un petit pain avec des pommes frites.

— Nan. Du tout-fou.

— Tu veux dire du tofu ?

— Berk. C'est pas bon.

— Non, Ty. Le tofu est fait à partir de pousses de soja. Ça peut être délicieux, et c'est aussi recommandé pour la santé.

— Pas pour moi. Berk, berk, berk !

— Je te propose un marché, alors. Tu te rendors très vite et je ne t'obligerai pas à manger du tofu.

— Je veux pas dormir. Je veux regarder les dessins animés à la télé.

— La télé dort à cette heure-ci. Comme tout le monde.

— Alors lis-moi une histoire !

— Ça suffit, Tyler ! Si tu ne restes pas dans ton lit, je te promets que tu mangeras du tofu à tous les repas pendant un an !

Ma petite crise psychotique fit son effet. Tyler plongea sous sa couette jusqu'à ne plus laisser dépasser que quelques mèches de cheveux blonds.

Poussant un gros soupir, je retournai me coucher à côté de Sam – *mon* Sam, ainsi que le soulignait Mme Kalisher. En temps normal, nos corps s'emboîtaient parfaitement mais, depuis peu, mes formes protubérantes creusaient un fossé déstabilisant entre nous. À moins que ce ne fût Sam, le responsable ? Si ses études de médecine avaient été difficiles, elles n'étaient rien comparées à sa formation de chirurgien, qui me donnait l'impression de l'aspirer tout entier. Je le comprenais très bien et, du reste, je savais à quoi m'attendre en l'épousant. Seulement je devais reconnaître qu'il me manquait. Notre couple me manquait. Je détestais être en dehors de sa vie, avec le nez collé à la vitre, en priant pour qu'il veuille bien me laisser entrer.

— Vous avez de la chance d'être mignon, docteur Colten. Et aussi que je ne sois pas portée sur le meurtre.

— Si vous ne trouvez pas la veine, posez un cathéter, marmonna-t-il. Vous êtes médecin, bon Dieu.

— Je parie que tu ne parles pas à ta chère Suze sur ce ton, Sam. Je parie que tu es gentil et compréhensif avec elle.

Alors que je me calais sur le dos, dans la position de la baleine échouée inévitable à ce stade de la grossesse, mon cœur se mit à battre étrangement fort. Je compris pourquoi en entendant des bruits de pas précipités à l'étage au-dessus, suivis de cris furieux.

Je ne distinguais pas ce qui se disait, mais la violence de l'échange ne faisait aucun doute. Une voix aiguë et plaintive en affrontait une autre, froide, basse et tonitruante. Celle-ci haussa encore le ton, et la première monta jusqu'à n'être plus qu'un glapissement terrifié.

Soudain, tout redevint silencieux. Je restai immobile.

Lorsque les cris reprirent, je me redressai sur mes coudes et tendis l'oreille.

— J'ai été clair ? tonnait la voix grave.

— Arrête !

— Tu feras ce que je te demande !

— D'accord. Je ferai ce que tu voudras, papa. Je serai sage.

Grâce à nos visites durant le réaménagement et la décoration de l'appartement, je savais que les pièces juste au-dessus de nous avaient été transformées en suite pour l'enfant des Malik. Un architecte d'intérieur m'avait montré des croquis de l'ensemble – un espace immense, extravagant, avec des ballerines imprimées partout. Il y avait un distributeur de pop-corn et une barre de danse dans la salle de jeux. Des stores et des lampes télécommandés. Des haut-parleurs encastrés dans les murs qui diffusaient le son de la télé à écran plasma géant. La chambre d'ami servait aussi de bureau à la fillette et comportait un lit escamotable derrière des étagères.

Je me représentai la chambre de l'enfant, avec le lit à baldaquin et les meubles assortis que les déménageurs avaient retirés du camion, et j'imaginai cette toute petite fille roulée en boule sur son matelas pour échapper aux foudres de son père.

— Tu m'obéiras, compris ! hurlait Malik.

— Tu entends ça, Sam ? Malik le Très-Haut n'est pas près d'être couronné Père de l'année, on dirait.

— Quel est le taux d'hématocrite ? murmura-t-il en s'agitant. Il vaut mieux le transfuser. Tout de suite !

Je me rallongeai en bâillant.

— Je dois avouer que ça me donne moins mauvaise conscience. Moi au moins, j'ai juste menacé Tyler de l'obliger à manger sainement.

— N'oubliez pas de faire analyser le prélèvement.

— Moi, je te parle de manque de sommeil, ajoutai-je d'une voix rêveuse. Je te parle du fait que je deviens une grosse casse-pieds grincheuse et insupportable.

Doucement, je me penchai vers Sam et soulevai les boucles qui retombaient autour du col de son T-shirt pour l'embrasser dans le cou. Mon sang se figea alors. Ce parfum, je le connaissais. C'était celui de l'after-shave qu'il ne mettait que pour nos jeux d'adultes. Pas pour le travail…

Une brusque bouffée d'angoisse monta en moi.

— Je te parle aussi d'internes de première année au ventre plat et aux seins haut perchés… Ose seulement sympathiser avec Suzy la briseuse de ménages et je te garantis que tu ne pourras plus t'asseoir avant longtemps.

Sam roula vers moi et m'attira contre lui.

— Je t'aime, Em.

— Moi aussi, salaud.

— Bonne nuit, chérie.

— Dors bien, Sam. Et surveille tes rêves.

7

Une ébauche de portrait repose sur quelques fondamentaux : les lumières, les ombres, les angles, les surfaces planes, les courbes. Les zones sombres, plus en retrait, s'effacent devant les tons pâles au premier plan. Au fond, la beauté est une simple question d'arithmétique, les proportions et la symétrie étant ensuite magnifiées par la présence d'une étincelle indéfinissable, ou au contraire amoindries par sa malencontreuse absence. L'œil du spectateur effectue le calcul. Mon travail à moi était de veiller à la justesse de l'équation.

D'habitude, j'adorais étudier les visages et essayer de projeter leur essence sur une large feuille de bristol. Il était très rare qu'un sujet me résiste – mais cela arrivait, et Binnie Palliser s'annonçait comme l'un de ces échecs frustrants. Cette petite chose toute laide, avec son gros nez et ses yeux d'une couleur indéfinissable, refusait de se tenir tranquille assez longtemps pour que je puisse prendre d'elle une photo qui me servirait de référence. J'avais très envie de la dessiner sommairement à grands traits nerveux pour rendre son agitation – mais je m'en abstins, bien sûr. Les commandes, les cours donnés à de petites classes et les leçons privées me fournissaient des revenus indispensables depuis la naissance de Tyler. À l'époque, j'avais abandonné mon poste de professeur à temps plein dans une école de design pour être plus présente à la maison, mais le coût de la vie à New York et les prêts souscrits par Sam pour payer ses études de médecine étaient tels que son salaire ne suffisait pas à nous faire vivre.

Je suivis maladroitement Binnie dans la pièce en tentant par tous les moyens de réaliser un cliché décent, sans réussir à obtenir autre chose que des silhouettes brouillées et des aperçus de l'arrière de son crâne.

— Désolée, Emma. Elle déteste qu'on la prenne en photo, s'excusa sa mère.

Je retournai à ma table et esquissai un rapide croquis dans le but de le retravailler plus tard. Peine perdue. Binnie ne cessait de s'agiter. Les contours de mon dessin viraient et se chevauchaient au point de former un gribouillage sans nom. J'arrachai la feuille et recommençai, sans plus de résultat.

— On devrait peut-être attendre qu'elle soit plus âgée, Jillian.

— C'est un bébé. La décision ne lui appartient pas.

— J'ai l'impression qu'elle ne voit pas les choses sous cet angle.

— Il va donc falloir que je la persuade.

Jillian Palliser, brillante biologiste moléculaire du New York General et titulaire d'une bourse de recherche du NIH[1], se mit alors à quatre pattes dans son

1. NIH : National Institutes of Health. Agence fédérale américaine regroupant plusieurs instituts et centres de recherche médicale. *(N.d.T.)*

tailleur en tweed pour effectuer une imitation saisissante d'un cochon en quête de truffes.

Ce spectacle provoqua l'hilarité de sa petite fille de dix mois. Elle qui venait de passer une heure à naviguer entre la chaise, le canapé, le mur et la table, se mit même à hoqueter de rire – tant et si bien qu'elle perdit l'équilibre et bascula en arrière sur le tapis. Le bas de sa robe rose et son jupon volèrent par-dessus sa tête, et je songeai avec une pointe de culpabilité qu'elle était plus à son avantage ainsi.

Jillian la redressa sur ses petits pieds boudinés. Profitant de ce que Binnie se remettait de sa chute et rassemblait ses forces pour exprimer sa colère, je m'empressai de la mitrailler avec mon appareil.

J'examinai ensuite rapidement les clichés et fus soulagée de découvrir qu'ils feraient l'affaire. Jillian, image même de l'élégance et de la beauté, voulait un portrait de son bébé assis à côté d'elle sur un banc avec à l'arrière-plan un jardin semblable à ceux peints par Monet à Giverny.

Afin de calmer Binnie, à présent en larmes, sa mère la hissa sur une hanche et la fit tressauter doucement tout en fredonnant. Le résultat fut immédiat : la petite se tut, pâlit, puis vomit.

Sans se laisser démonter, Jillian attrapa un bavoir dans un sac et essuya le plus gros des dégâts, avant de se relever comme si de rien n'était.

— Là. Je parie que tu sens mieux maintenant, dit-elle à sa fille. Saletés d'allergies. Pas facile d'être un bébé, hein ma puce ?

— Exact, commentai-je. Et ce n'est qu'un début. Attends un peu d'être plus grande, Binnie.

— Quand devez-vous accoucher, Emma ?

— D'ici deux mois. Je suis tellement énorme que même mon nez a l'air enceint. Je n'ose pas imaginer à quoi je ressemblerai à la fin.

— J'ai connu ça aussi lors de ma première grossesse, répliqua-t-elle, juste avant que sa mine s'assombrisse.

— J'ignorais que vous aviez un autre enfant.

J'avais rencontré Jillian au club de gym que nous fréquentions toutes les deux avant la naissance de Tyler. Nous avions sympathisé, mais pas au point de discuter ensemble de sujets personnels.

— Gordon a été victime de la mort subite du nourrisson il y a deux ans, expliqua-t-elle en détournant la tête.

— Je suis désolée.

— Non, c'est moi qui devrais l'être. Excusez-moi, Emma. Je détestais les gens qui me racontaient ce genre d'histoire horrible quand j'étais enceinte, et voilà que je fais comme eux.

— Ne vous excusez pas. Vous avez traversé une épreuve si terrible qu'il est normal que vous l'ayez toujours à l'esprit.

— Peut-être, mais peu de personnes aiment discuter d'un sujet aussi dramatique, y compris moi. Ne vous faites pas de souci, votre bébé se portera très bien.

D'instinct, mes mains se posèrent sur mon ventre.

— J'espère.

— Et puis, ce genre d'événements n'entre pas dans la catégorie des bons ragots hospitaliers, reprit-elle avec tristesse. Dans les couloirs sacrés de la médecine, la seule chose qui compte, c'est qui s'envoie en l'air avec qui.

— Oh ? Et quelles sont les dernières nouvelles ?

— Rien de très passionnant. L'info du jour, c'est plutôt la révolution de palais au service de cardiologie.

— Vous faites allusion à la nomination du Dr Malik ?

— Ça, c'était l'acte deux. La pièce a débuté avec l'éviction de Norm Stryker.

— Vraiment ? Sam m'a dit qu'il était parti de lui-même. Jillian rit sèchement.

— Comme l'aurait fait n'importe qui d'autre poussé assez fort par-derrière.

— Mais pourquoi ? Tout le monde adore Stryker et son service ne cesse de se développer.

Binnie se remit à hurler à cet instant. Jillian la souleva dans les airs à la manière d'un trophée jusqu'à ce que les larmes de la petite cèdent la place à des sourires ravis.

— Les autorités concernées restent muettes sur la question. Je suppose qu'elles tiennent à préserver le secret mais, d'après ce que j'ai pu saisir, Malik a tout manigancé.

— Comment ?

— Il a fait savoir qu'il voulait prendre la tête du service de cardiologie dès son arrivée. Norm Stryker a soixante-trois ans. J'imagine que Lazarus et compagnie s'attendaient à le voir partir en retraite tôt ou tard et qu'ils n'ont pas voulu laisser passer la chance de recruter Malik. Résultat : bye-bye, Norm Stryker.

Binnie agita le bras en signe d'au revoir à ces mots.

— Pourquoi une telle précipitation ? Je suis sûre que la clinique de Cleveland aurait tout fait pour garder Malik, surtout s'il avait une offre d'embauche définitive ailleurs. Il aurait pu exiger la lune en attendant tranquillement que Stryker s'en aille.

— Je suis bien d'accord. La logique veut par conséquent qu'il ait eu une raison pressante de quitter Cleveland.

— Par exemple ?

— Les spéculations vont bon train. Malik a la réputation d'être un homme à femmes. Il paraît aussi qu'il ne s'embarrasse pas de scrupules dès lors qu'il s'agit de remplir son compte en banque, mais jusqu'à présent personne n'a pu avancer la moindre preuve.

— Intéressant.

— N'est-ce pas ? dit-elle en reposant son bébé.

— Si vous entendez d'autres choses sur lui, ça m'intéresse beaucoup.

— Je vous tiendrai au courant, promis. Vous pensez que vous aurez terminé le portrait de Binnie d'ici un mois ? J'adorerais l'offrir à Graham pour son anniversaire.

— Pas de problème. Vous avez encore cinq minutes pour que je puisse vous prendre en photo ?

Elle jeta un œil à sa montre.

— J'ai même un quart d'heure devant moi, à supposer que vous arriviez encore à supporter mon petit démon.

— Bien sûr.

Jillian s'installa par terre à côté de sa fille.

— Mon bébé d'amour, murmura-t-elle. Mon joli bébé d'amour.

J'esquissai la scène sur une nouvelle feuille en quelques coups de crayon. La mère et la fille formaient une composition parfaite – deux silhouettes dessinant un cœur douloureusement bancal.

8

Malgré la douceur printanière, Mme Kalisher s'était couverte d'un épais gilet de laine blanche et d'un bonnet tricoté. Elle serrait fermement ses bras osseux sur sa poitrine, et la peau plissée de son visage se fripait encore davantage sous l'effet d'une brise joyeuse qui soufflait en traînant avec elle un parfum de lilas.

— Je suis aussi moderne que n'importe qui, Emma, mais croyez-moi, la chirurgie viscérale n'est pas pour les femmes.

— Pourquoi ?

— Parce que les chirurgiens qui ont choisi cette spécialité forment une caste à part. Ce sont des coqs prétentieux, fiers de montrer ce qu'ils ont dans le pantalon.

— Et ils sont pires que les autres, selon vous ?

— Parfaitement. La gynécologie, c'est très bien pour une femme. Ou la dermatologie. L'ophtalmologie. L'otho-rhino-laryngologie. Même l'orthopédie et la chirurgie esthétique peuvent convenir, c'est selon. L'urologie aussi, encore que l'urine ne soit pas ma tasse de thé.

— À moi non plus…

— Maman ! Tatie Frieda ! Regardez !

Juché sur l'un des éléphants en cuivre qui passaient dans notre parc pour des œuvres d'art sculptées, Tyler s'amusait comme un fou en aboyant des ordres et en fouettant la tête du pachyderme avec une petite branche.

— Allez, Dumbo ! Avance !

— Ne lui fais pas mal, mon chéri. Sois gentil avec lui.

— Je suis gentil, maman, répliqua-t-il en donnant un nouveau coup à sa monture.

— Ou pourquoi pas la neurologie, poursuivit Frieda. À supposer que l'on soit masochiste. Les cerveaux, c'est parfois très déprimant. Mais la chirurgie viscérale, Seigneur ! Farfouiller les boyaux et les entrailles ! Pour une femme, je considère ça aussi ridicule que de faire la guerre dans les Marines.

— Ça m'ennuie de vous dire ça, madame Kalisher, mais plein de femmes s'engagent dans les Marines aujourd'hui.

— Qu'elles le fassent ne rend pas leur décision plus raisonnable, Emma. Les gens risquent leur peau à se lancer dans ce genre d'aventures farfelues.

— Pratiquer la chirurgie viscérale ne présente pas de gros dangers.

— Peut-être pas, mais une femme a bien d'autres choses aussi précieuses que la vie à perdre. Ma mère me disait toujours de réfléchir aux conséquences de mes actes. « Vis comme si tout ce que tu faisais risquait de finir en première page du *New York Times* », me répétait-elle.

— « Une femme chirurgien viscéral » ? Je ne pense pas qu'on verra ça de sitôt dans les journaux.

— Aucune importance. Je trouve insensé que la jeune interne de Sam veuille jouer dans la cour des hommes. Elle doit déborder de testostérone.

— Pas d'après ce que j'ai pu voir.

— Vous n'avez aperçu que l'emballage, ma chère. Je parie qu'elle cache une paire de vous-savez-quoi grosse comme la France.

— Ça n'a pas l'air de déranger Sam, en tout cas.

— Et cela vous contrarie, n'est-ce pas ? Je m'en suis rendu compte, Emma. C'est pour cette raison que je me permets d'aborder le sujet.

— Vous n'y feriez pas attention, vous ? Regardez-moi : je suis aussi sexy qu'une baleine, et Sam passe ses journées à jouer au docteur avec cette fille !

— Tout d'abord, vous êtes magnifique. Vous resplendissez.

— Ben voyons. Autant qu'une montgolfière illuminée.

— Vous racontez n'importe quoi. La grossesse rend belle, et vous plus que les autres. Deuxièmement, toute cette histoire ne signifie rien. Il n'y a pas de mal à faire du lèche-vitrines.

— Ah oui ? Ce n'est pas comme ça que les gens finissent par acheter des articles dont ils avaient envie sans le savoir ?

Tyler se dirigeant vers les balançoires, nous quittâmes le banc pour le suivre lentement.

— Votre Sam est trop intelligent pour s'encombrer de quelque chose dont il n'a pas besoin – et qui est bien au-dessus de ses moyens. Et puis, il connaît la différence entre un beau papier d'emballage et un beau cadeau. Croyez-moi. Je suis très bon juge, et Sam n'est pas du style à lorgner d'autres femmes.

— Je l'espère.

— Faites-moi confiance, Emma. Je suis experte en la matière. Vous l'ignorez peut-être, mais mon Leonard était très séduisant dans sa jeunesse. Aussi beau qu'une star de ciné.

— Je sais. J'ai vu ses photos.

— Elles ne lui rendent pas justice. Les gens disaient qu'il leur évoquait un Tyrone Power juif. Il avait une beauté un peu rude, et des yeux…

— On ne peut pas résister à de beaux yeux.

Ceux de Sam étaient d'un bleu acier envoûtant.

— Vous ne serez donc pas surprise d'apprendre que les femmes le couvraient d'attentions, ajouta Mme Kalisher. Les infirmières tournaient autour de lui comme des mouches, et les patientes aussi.

— Vraiment ? Je n'avais même pas pensé aux patientes. Ô bonheur, j'ai encore plus de soucis à me faire, maintenant.

— Les patientes étaient les pires. Je n'oublierai jamais cette femme, Lila Lenane. Toutes les deux ou trois semaines, elle prenait un rendez-vous et venait voir Leonard en prétextant une douleur quelconque. Tout était bon pour passer un peu de temps avec lui. Et je peux vous dire que c'était un joli morceau. C'est fou qu'on ait réussi à faire des radios à quelqu'un avec autant de poitrine.

— Vous ne vous êtes pas sentie menacée ?

— Pendant un moment, j'avoue que oui. Mais un soir, j'ai décidé de prendre le taureau par les cornes.

— C'est une façon intéressante de présenter les choses.

— J'ai préparé un dîner aux chandelles avec tout ce que Leonard aimait : côtelettes d'agneau, pommes de terre au four, épinards à la crème et tarte aux myrtilles. Pendant le repas, nous avons eu une longue conversation au sujet de cette femme. Je lui ai expliqué que les avances de Lila à son égard m'inquiétaient et que je n'aimais pas l'idée qu'il soit tout le temps confronté à ce genre de séductrices.

— Je n'aime pas ça non plus.

— Vous savez ce qu'il a répondu ? demanda Mme Kalisher, soudain rougissante.

— Non, quoi ?

— « Tant mieux » ! Lui aussi avait souvent été jaloux. Il m'a raconté qu'il avait déjà surpris des hommes en train de m'admirer et que cela l'avait rendu nerveux. Il était ravi de découvrir que moi aussi je m'inquiétais. Ça lui prouvait que je l'aimais.

— Aborder le sujet a permis de régler le problème, si je comprends bien.

— Exactement. Rien ne vaut une discussion à cœur ouvert.

— Merci, mais dans votre cas la situation était différente, madame Kalisher. Vous étiez renversante. Vous l'êtes toujours, d'ailleurs. Demandez à Tyler.

— Je suis une vieille ruine, protesta-t-elle. Si vieille que je tomberai bientôt en poussière.

— Et moi, je suis énorme. Si énorme que je ne vois même plus mes pieds.

— Vous êtes belle, Emma. Et pas seulement physiquement. (Elle s'interrompit et porta une main à sa bouche.) Oh mon Dieu !

— Quoi ?

Je me tournai pour suivre son regard et vis Tyler foncer comme un dératé vers les balançoires. Un garçon plus âgé venait tout juste d'abandonner la sienne, qui valsait à présent follement au bout de ses chaînes.

— Tyler, non ! criai-je.

Sans m'écouter, il continua à courir, les bras grands écartés.

— Arrête !

Une peur panique s'empara de moi. Le siège de la balançoire filait droit vers mon bébé…

— Attention !

Sous le choc, Tyler se figea net, comme s'il avait heurté un mur, puis s'écroula en arrière sur le sol. Je courus vers lui et le soulevai dans mes bras. Un infime tremblement rageur sur son visage laissait présager un hurlement imminent.

— Chut, mon ange. Doucement. Parle-moi. Tu as mal où ?

Rouge de colère, il se raidit et se mit à hurler.

— Lâche-moi ! protesta-t-il en se débattant.

— Attends, mon chéri. Là… Laisse-moi m'assurer que tu vas bien.

Je vérifiai qu'il n'avait pas de bleus, qu'il ne saignait pas. À la manière d'une aveugle lisant des caractères en braille, je passai les mains sur ses contours familiers.

— Lâche-moi !

— OK, Ty. Calme-toi. Tu ne sembles pas blessé.

Mais il se débattit encore plus fort et s'échappa de mes bras.

— Fais attention ! lui criai-je.

Tremblante, je revins vers Mme Kalisher pour ramasser le contenu de mon sac, que j'avais laissé tomber dans ma hâte. Mon petit miroir brisé me renvoya une image en miettes de ma mine pâle et ébranlée.

Mme Kalisher s'éventa d'une main.

— Ce ne sont pas les années qui nous font vieillir, Emma. Ce sont les enfants.

— Je suis bien d'accord, soufflai-je d'une voix rauque.

— Oh non ! s'exclama-t-elle alors. Qu'est-ce qu'il mijote encore ?

Je me tournai aussitôt vers Tyler, qui fonçait de nouveau vers le portique, l'air fou de rage.

— Non ! criait-il. Va-t'en, c'est la mienne !

L'objet de sa colère, une fille toute menue aux longs cheveux bruns et au regard perdu dans le vague, avait posé une main sur la balançoire. Tyler la poussa si fort qu'elle s'affala par terre en heurtant le poteau métallique de la tête.

Je me précipitai pour maîtriser mon fils.

— On ne pousse pas !

— Mais elle allait prendre ma balançoire ! s'indigna-t-il. C'est mon tour !

— Plus maintenant. Les gens qui poussent les autres n'ont pas le droit de jouer. La récré est terminée, tu vas rentrer tout de suite à la maison !

— Non, geignit-il. C'est pas juste !

Sans le lâcher, je m'approchai de la fille.

— Je suis vraiment désolée. Tu vas bien ?

Je la vis inspirer péniblement. Déjà, le dessous de son œil commençait à enfler.

— Tu es venue ici accompagnée ?

Elle me fixa avec de grands yeux, sans dire un mot.

— Tu veux que j'appelle quelqu'un ?

Mais elle se détourna de moi en enfouissant le visage dans ses mains. Puis, toujours muette, elle se redressa et s'enfuit en courant.

— Attends ! S'il te plaît !

Elle sortit du parc et traversa la chaussée en manquant de peu se faire renverser par une voiture. Le conducteur la klaxonna furieusement tandis qu'elle disparaissait à l'angle d'une rue.

— Attends !

— Ne vous inquiétez pas, Emma, me consola Mme Kalisher. Si elle peut courir aussi vite, c'est qu'elle n'a rien de grave.

— Vous avez vu son œil ? Je suis malade rien que d'y penser.

Elle haussa les épaules.

— Ce genre de choses arrive, vous savez.

Tyler, lui, ne souffrait visiblement d'aucune séquelle.

— Regarde, maman. Il y a le marchand de glaces là-bas. Je peux en avoir une à la vanille ?

— Désolée, bonhomme. Les garçons qui poussent les autres ne méritent pas de friandises.

— Je suis pas un bonhomme, dit-il en riant. Je suis Tyler.

— Peu importe, tu n'auras pas de glace aujourd'hui. Tu as vu dans quel état était cette fille ? Elle avait un gros bobo juste en dessous de l'œil.

— C'était pas une fille, maman. C'était une dame.

— Là n'est pas la question. Tu lui as fait très mal et je considère ça inadmissible. Je veux que tu réfléchisses à ce que tu as fait le temps que tu seras puni.

— Tatie Frieda ? demanda-t-il alors en levant des yeux pleins d'espoir vers Mme Kalisher. Je peux venir jouer chez toi ?

— Quand tu ne seras plus dans le pétrin, bien sûr.

— Mais je vais bien. Regarde.

Le doux sourire de Mme Kalisher la fit rajeunir de dix ans.

— Hélas, mon chéri, on peut être dans le pétrin jusqu'au cou sans même s'en rendre compte.

9

Suivant les sages conseils de Mme Kalisher, je plantai le décor pour un tête-à-tête réconfortant avec Sam. Je commandai des raviolis à la vapeur, des crevettes Grand Marnier et de l'émincé de poulet au riz – les plats à emporter les plus raffinés de notre restaurant chinois préféré. Dès que Tyler se fut endormi, j'enfilai la bâche qui me faisait désormais office de « petite » robe noire, mis du gloss et du mascara et brossai mes cheveux. Pour finir, je dressai notre minuscule table, allumai des bougies, baissai la lumière et attendis que Sam rentre.

Le temps passa.

Nerveuse, je redressai la pile toujours plus haute de magazines jamais ouverts, vidai le lave-vaisselle, triai les chaussettes propres. Je rallumai ensuite une lampe avant de m'asseoir à ma table à dessiner et de m'atteler au portrait des Palliser.

Au bout d'une heure, je tentai de joindre Sam sur son portable, mais tombai directement sur sa messagerie. Sachant qu'il vérifiait souvent son BlackBerry lorsqu'il assistait à des cours ou des conférences, je lui envoyai alors un texto. Aucune réponse.

Je me rabattis sur son biper. Dès qu'un triple signal me confirma que l'appel était passé, je tapai notre code.

Il ne rappela pas.

Je consultai une nouvelle fois son planning accroché au frigo. Sam avait bien sa soirée de libre. S'il avait eu besoin de remplacer un autre interne ou s'il avait été retenu pour une quelconque raison, il m'aurait prévenue. Les plats commençaient à refroidir à présent – et mon humeur aussi.

Trop agitée pour travailler, j'éteignis la lampe et me postai devant la fenêtre. Une ambulance longea la rue dans un silence presque irréel, tandis qu'un jogger torse nu sautillait sur place sur le trottoir, attendant que le feu passe au rouge. Une bande d'adolescents surexcités défila bruyamment.

L'outrage et l'angoisse le disputaient en moi. Je redoutais depuis longtemps qu'un drame ne survienne un jour au bloc opératoire. Aucun des patients de Sam n'était mort entre ses mains, mais le risque était permanent dans son travail, et je m'inquiétais à l'idée qu'il ne puisse surmonter le décès d'un de ses malades et qu'il perde toute confiance en lui. Évidemment, je ne faisais que me projeter à sa place. Je n'arrivais pas à comprendre comment on pouvait avoir le cran de taillader les chairs de quelqu'un pour sonder les organes en dessous. En comparaison, penser qu'un portrait raté n'avait jamais tué personne m'était d'un grand réconfort.

Puis je me souvins que l'infidélité avait brisé bien des couples, et cela en revanche ne me fut d'aucun réconfort. Des images indésirables de Sam en compagnie de « Suze » m'assaillirent. Deux corps enlacés, le souffle court, le cerveau embrumé par le désir. Je me les représentai dans la salle de garde, sur le lit d'une chambre vide, dans une voiture garée sur un parking, ou encore plaqués fiévreusement contre le mur d'un couloir désert et mal éclairé.

Je fis appeler Sam par la standardiste de l'hôpital. Un instant plus tard, j'entendis son annonce résonner dans le haut-parleur, à l'autre bout du fil : « Le Dr Samuel Colten est prié de contacter le 3158. »

Plus de deux minutes s'écoulèrent avant que l'employée ne me reprenne en ligne.

— Le Dr Colten ne répond pas, madame. Vous voulez que j'essaie de joindre l'interne de garde ?

— Non, merci.

Ce que je voulais, c'était qu'elle trouve Sam. Qu'elle le traque jusque dans sa tanière, afin que je puisse m'assurer qu'il n'avait pas eu de gros ennuis et, une fois l'esprit tranquille, l'étrangler de mes propres mains.

Mes deux bougies blanches n'étaient plus que des petites mares de cire fondue au milieu desquelles brûlait une flamme tremblotante. Elles s'éteignirent bientôt l'une après l'autre en laissant échapper un fin ruban de fumée âcre. L'obscurité envahit la pièce. Debout dans le noir, près de l'évier de la cuisine, je mangeai directement dans les cartons du traiteur avec l'espoir que la nourriture ferait passer mes brûlures d'estomac. La bouche sèche, j'avalai tout sans même sentir la saveur des aliments. Des raviolis vapeur. Des raviolis ramollis, oui.

Des larmes amères me montèrent aux yeux, que j'essuyai d'un geste rageur. M'apitoyer sur mon sort ne m'aidait et ne me satisfaisait pas autant qu'énumérer toutes les charmantes façons dont je pourrais me venger de « mon » Sam.

J'ôtai ma robe pour enfiler à la place un T-shirt XXL, me démaquillai, ébouriffai mes cheveux. Puis, de retour dans le salon, je me pelotonnai sur le canapé et restai là jusqu'à ce que retentisse le cliquetis d'une clé dans la serrure.

La silhouette élancée de Sam se dessina dans l'encadrement de la porte.

— Pourquoi fait-il si noir ici, Em ? Tu te lances dans le spiritisme ?

— Non. Je t'attendais. Je t'ai attendu toute la soirée. Où étais-tu ?

— Occupé, débordé. Tu sais ce que c'est.

— En fait, non, pas du tout. Raconte-moi donc.

— J'ai été pris par des réunions. Des histoires de service. Ça t'ennuie si on saute l'historique des tuiles qui me sont tombées dessus ? J'en ai déjà assez bavé à les encaisser.

— Très bien. J'aimerais juste savoir ce qui t'a retenu si longtemps et pourquoi tu ne t'es même pas donné la peine de me téléphoner. Tu étais censé rentrer il y a deux heures.

Il leva les mains au ciel.

— Arrête, tu veux ? Merde, Emma, la dernière chose dont j'aie besoin en ce moment, c'est un interrogatoire en règle. Je n'ai pas eu une minute à moi depuis 6 heures ce matin.

Luttant pour garder mon calme, je soufflai lentement.

— Moi aussi, figure-toi. C'est pour ça que j'avais prévu un bon petit dîner. Pour qu'on ait une chance de se détendre et de discuter un peu, histoire de changer.

Il poussa à fond le variateur du lampadaire halogène, inondant le salon d'une lumière aveuglante. La vue des cartons tachés de sauce et abandonnés à moitié pleins sur le plan de travail de la cuisine ne fit que l'agacer davantage.

— À t'écouter, on croirait que tu as passé toute la journée à t'activer devant les fourneaux. En fait, tu t'es contentée d'un coup de fil à un traiteur.

Tyler s'agita derrière la fine cloison de sa chambre. Je baissai vivement l'éclairage.

— Excuse-moi de vivre, grinça Sam.

— J'ai eu assez de mal comme ça à le mettre au lit. Je n'ai pas envie de le réveiller.

— Si tu veux qu'il dorme, arrête de le dorloter.

— Moi, le dorloter ? Tu plaisantes ?

— Pas du tout, Em. Tu cèdes devant tous ses caprices.

— Qu'est-ce que tu en sais ? Tu n'es jamais là !

— Parle moins fort ! Tu veux que Malik nous entende ?

— Déranger Sa Majesté ? Dieu m'en garde !

— Exactement. Tu n'as pas idée de ce que j'ai dû subir pour lui faire bonne impression. Je n'ai pas besoin qu'il me croie marié à une folle.

— C'est à ça que tu as passé ta soirée ? À lécher les bottes du Seigneur ?

— Je ne m'abaisserai pas à répondre.

— Non ? Si ce n'était pas avec Malik, avec qui étais-tu ? Suze ?

— Va te faire foutre !

Je le dévisageai, muette.

— Tu veux que je sois poli ? ajouta-t-il. Essaie de l'être aussi, alors.

La porte de Tyler grinça sur ses gonds, et il entra en trottinant dans le salon, un dalmatien en peluche coincé sous chaque bras.

— Maman ? demanda-t-il d'une petite voix effrayée. Pourquoi est-ce que vous criez ?

— Ce n'est rien, Ty, le rassura Sam. Tout va bien.

— Désolée si on t'a réveillé, mon chéri. Retourne dans ton lit.

— Mais Fred et Sebastian ont soif.

— C'est l'heure de dormir. Ils boiront demain matin.

— Fred a mal à la gorge.

— Les chiens en peluche n'ont pas de gorge.

— Fred en a une, lui. Regarde.

Et, tirant la langue, il me montra la sienne.

— Papa s'y connaît, en mal de gorge. Tu n'as qu'à en discuter avec lui. Moi, je vais me coucher.

Je restai étendue dans le noir, engourdie et nauséeuse, en me demandant comment la situation avait pu dégénérer à ce point. Sam et moi étions si à l'unisson, avant. Désormais, on ne pouvait presque plus s'adresser la parole sans se disputer.

— Je peux pas ! geignit Tyler dans le salon. Il y a un fantôme.

— Les fantômes n'existent pas. Au lit, maintenant.

— Si. Et il est dans mon lit. Il faut que tu le fasses partir.

— Ça suffit, gronda Sam. Soit tu retournes tout de suite dans ta chambre, soit tu seras privé de DVD pendant une semaine.

— Tu sais quoi, papa ? enchaîna doucement Tyler. Quand je serai grand, je serai docteur.

— On en reparlera demain.

— Je serai un docteur chirurgien, comme toi.

— Je croyais que tu trouvais ça berk, la chirurgie.

— C'était quand j'étais petit.

— Je vois. Eh bien, figure-toi que les docteurs chirurgiens ont besoin de beaucoup, beaucoup de sommeil.

— Il vaut mieux que je dorme avec maman et toi, alors.

— Pas question.

— Si ! Le fantôme n'arrête pas de me réveiller !

— Dans ce cas, lui aussi sera privé de DVD.

— Fais-le partir, papa. S'il te plaît.

— Dehors, le fantôme ! Ouste ! Là, tu vois, Ty ? Il ne répond pas. Ça veut dire que la voie est libre. Tu peux aller dans ton lit.

— Il faut que tu fasses partir le troll, aussi.

— Non, Tyler. C'est terminé.

— S'il te plaît.

Ty avait prononcé la formule magique. À trois reprises, Sam sacrifia au rituel de la chasse aux trolls, aux lutins malfaisants et aux dragons – chacune de ses tentatives pour se faire obéir se soldant par une nouvelle capitulation devant les suppliques de notre fils. Tyler faisait de lui ce qu'il voulait.

Oser dire que je le dorlotais…

— C'est bon, maintenant. Ton lit est vide et n'attend plus que toi.

— Non, papa. Il y a encore le gorille, le kidnappeur et le méchant bonhomme.

— Si tu ne te couches pas là, tout de suite, c'est moi qui deviendrai méchant !

Tyler gloussa, et un bruit sourd me parvint lorsqu'il sauta dans son lit. Sam souhaita bonne nuit à Sebastian et Fred, puis me rejoignit dans notre chambre.

— Em ? Tu dors ?

Couchée sur le côté, le dos tourné à la porte, je gardai le silence. Je ne trouvais pas les mots.

Il s'avança à pas feutrés et s'assit à côté de moi. Le matelas ploya sous son poids tandis que son ombre se dessinait tristement sur le mur.

— Je suis désolé, dit-il en me caressant le dos.

— Tu peux bien l'être !

— Tu me pardonnes ?

Ses lèvres effleurèrent mon cou, provoquant un frisson en moi.

— Pourquoi devrais-je le faire ?

— Parce que je te le demande, répondit-il en déposant une série de baisers sur mon visage. Parce que je regrette d'avoir perdu mon sang-froid et de m'être comporté comme un salaud.

— Tant mieux. Il y a de quoi.

— Je sais que ce n'est pas une excuse, Em, mais j'ai vraiment eu une journée pourrie.

Roulant sur le dos, je lui fis face.

— Pourrie comment ?

Il secoua la tête avec morosité.

— Cet après-midi, un patient en post-op a eu des douleurs à la poitrine. Le type était une grosse pointure, un millionnaire qui a fait fortune dans la finance. Enfin bref, il avait entendu dire que le Dr Malik était à l'hôpital aujourd'hui, et il s'est arrangé pour le faire appeler. Sauf que Malik était en train d'effectuer un quadruple pontage coronarien. Quand j'ai su ça, j'ai pensé que j'avais là une occasion rêvée d'attirer son attention et de lui montrer ce dont j'étais capable. Je me suis donc occupé du gars.

— Logique.

— C'est ce que je croyais. Je m'en suis tenu au protocole. Les gens ont parfois un infarctus après une opération, la perte de sang et tout ce qui s'ensuit épuisent le cœur, le risque est bien connu. Ce n'est pas comme si c'était moi qui avais provoqué son malaise.

— Le patient est mort ?

— Non, souffla Sam. Il s'en est tiré. Moi par contre, je suis probablement au stade terminal.

— Je ne comprends pas.

— Bienvenue au club. Quand Malik est arrivé et qu'il a vu le dossier du type, il a piqué une crise. Apparemment, il n'aime pas qu'on touche à ses patients sans son autorisation.

— Mais cet homme faisait un infractus.

Sam se leva et se mit à arpenter la pièce.

— C'est ce que je lui ai dit. Malik ne m'a même pas répondu. Il a convoqué le chef des internes et le médecin du service. Dès l'instant où ils nous ont rejoints, il a commencé à parler de moi comme si je n'étais pas dans la pièce. Il m'a traité d'irresponsable, de tête brûlée, de débutant. Au bout d'un moment, je ne l'ai plus supporté.

— Et ?

— Je me suis défendu. Je lui ai dit que j'avais géré le cas de ce patient en respectant toutes les règles qui nous sont apprises.

— Tu as bien fait.

— Je le supposais aussi. Chose étonnante, ma réaction a paru lui plaire. Il a eu l'air amusé et a répliqué que j'avais du cran. Et juste au moment où je reprenais espoir, il m'a porté le coup de grâce en ajoutant que le cran ne remplaçait malheureusement ni le bon sens ni les compétences.

Je grimaçai.

— Charmant personnage.

— On ne lui demande pas de l'être.

— Bien sûr. Quelle idiote je fais.

— Il ne participe pas à un concours de popularité, Em. Et même si c'était le cas, il gagnerait haut la main. Eric Dubrow, le chef des internes, n'était pas près de me défendre. Il rêve de suivre un programme de spécialisation avec Malik pour tuteur, alors il ne prendra jamais le risque de se compromettre. Pareil avec Chi, le médecin du service. Il se soucie plus d'être bien vu de Malik que de soutenir un interne facilement congédiable, et il est loin d'être le seul.

— Chacun voit d'abord ses intérêts, si je comprends bien.

— Et pas qu'un peu. Du coup, j'ai décidé de jouer le jeu, moi aussi. J'ai répondu à Malik que c'était pour ça que j'étais là : améliorer mon jugement et mes compétences. Je lui ai aussi dit que je donnerais n'importe quoi pour pouvoir me former à ses côtés. « Montrez-moi comment faire, et je le ferai à votre manière. Je ne demande pas mieux. »

— Ça s'appelle encore avoir du cran, à mon avis.

— À ce stade, je pensais que la situation ne pouvait pas être pire et que je n'avais plus rien à perdre.

— Et ?

— J'ai été stupéfait. Malik m'a filé une tape dans le dos et a renvoyé Chi et Dubrow. Après leur départ, il m'a dit : « J'apprécie ceux qui savent ce qu'ils veulent et qui se donnent les moyens de l'obtenir. Voilà ce que je vous propose : dès que j'en aurai fini avec ce patient, on ira s'asseoir pour discuter tous les deux. En attendant, je veux que vous m'observiez. Notez bien tout ce que je fais et enregistrez les moindres détails. C'est la règle n° 1. »

Le bébé s'agita dans mon ventre.

— Quelle est le fin mot de l'histoire, Sam ? Je ne vois pas en quoi obtenir une audience auprès de Sa

Majesté t'autorise à prétexter une journée pourrie pour expliquer ton retard.

Il passa une main crispée dans ses cheveux – une habitude qui remontait à son enfance, lorsque la mort de sa mère l'avait laissé à la garde du monstre de froideur qu'était son père.

— Je me suis fait avoir en beauté. Malik a pris tout son temps avec le millionnaire. Il l'a pressé comme un citron jusqu'à lui soutirer une donation importante pour son centre de cardiologie. Tout ça alors que le pauvre type se remettait à peine de son attaque et qu'il était encore terrifié à l'idée de mourir.

— Il faut battre le malade pendant qu'il est encore chaud, commentai-je sèchement.

— Quand il a eu terminé son boniment, Malik a quitté la pièce sans un mot. Je suis d'abord resté planté là sans savoir quoi faire, mais puisqu'il m'avait dit qu'il voulait avoir une petite conversation avec moi, j'ai décidé de le suivre.

— Normal.

— En attendant que le centre de cardiologie soit prêt, Malik se sert de l'ancien bureau de Stryker, dans le pavillon principal. Quand on est arrivés là-bas, il a retourné des coups de fil, lu des journaux, signé des formulaires. Puis sa secrétaire est entrée et ils ont discuté durant une demi-heure de son planning et d'un déplacement professionnel qu'il va bientôt faire au Japon. Ça n'en finissait pas. Ils ont parlé de l'hôtel où il descendrait, du type de chambre qu'il voulait, des affaires qu'il devait emporter. Des sujets passionnants, en somme.

— Et toi, tu as patienté tout ce temps ?

Il hocha la tête.

— Comme un con. Je me sentais ridicule. Quand la secrétaire est partie, j'ai toussoté pour lui rappeler ma présence et je lui ai dit que je serais heureux de revenir une autre fois s'il était trop occupé. Il m'a fusillé du regard. Selon lui, si je m'estimais trop important pour attendre, j'étais libre de partir et de ne jamais remettre les pieds à l'hôpital.

Je fermai les yeux en n'imaginant que trop bien la scène.

— Donc, tu n'as pas bougé.

— Est-ce que j'avais le choix ?

— Laisse-moi deviner la suite. Il a continué à t'ignorer.

— Oui. Il a posé les pieds sur son bureau et a passé d'autres coups de fil. Il a discuté de son nouveau testament avec son avocat. Il a parlé avec une de ses filles sur le point de se marier. Il s'est disputé avec un courtier maritime à qui il a confié la vente de son bateau. Il a pris rendez-vous pour des cours de golf. Il s'est plaint du *Wall Street Journal*, qu'il reçoit en retard alors qu'il y est abonné. Et, pour finir, il a raccroché et a contemplé la vue depuis sa fenêtre en se curant les dents.

— Tu aurais dû t'en aller, Sam.

— Ce n'était pas l'envie qui me manquait, crois-moi. Mais comment aurais-je pu ? Malik a toutes les cartes dans son jeu.

— Ne joue pas, alors. Personne ne mérite un traitement pareil.

— Bien sûr. Le jour où je régnerai sur le monde, les choses seront différentes, je te le promets.

— Et ensuite ?

— Il s'est levé et il est parti en éteignant les lumières. Il m'attendait quand je suis sorti dans le couloir. « Règle n° 2, m'a-t-il dit, c'est moi qui fais la loi. Vous, vous écoutez et vous en prenez de la graine. »

— Quel connard.

— Il est comme ça, répliqua Sam d'un ton désabusé.

— Pourquoi te soucier de lui, alors ? Il y a plein d'autres chirurgiens qui pourraient te former. Des gens humains, eux.

Sam revint s'asseoir à côté de moi et prit ma main, sur laquelle il traça un message indéchiffrable.

— Tu te souviens de notre lune de miel, Em ? Le jour où on est allés au Louvre ?

— Évidemment.

— Il y avait une exposition d'esquisses signées de grands maîtres, dont Léonard de Vinci et Michel-Ange. Je n'oublierai jamais ton regard à ce moment-là. Tu étais fascinée, et tu m'as avoué que si tu arrivais à dessiner ne serait-ce qu'un millième de fois aussi bien qu'eux, tu mourrais heureuse.

— Ce serait génial, en effet.

— Eh bien je ressens la même chose vis-à-vis de Malik.

— Tu compares ce type à Michel-Ange ?

— D'une certaine manière, oui. C'est un génie dans son domaine. Il n'y a pas meilleur que lui. Si tu avais la possibilité d'être formée par le plus grand des artistes au monde, est-ce que tu y renoncerais sous prétexte qu'il s'agirait d'un mufle ou que ses manières laisseraient à désirer ?

— Non, soupirai-je. Je suppose que non.

— Merci. Ton soutien signifie beaucoup pour moi.

— Tu peux compter dessus, Sam. Presque toujours.

— Il faut que je trouve un moyen de renverser la vapeur avec Malik, Em. Au moins assez pour qu'il me donne une vraie chance.

— Tu pourrais demander à ton père.

Bien qu'il eût abandonné son poste de professeur à la faculté rattachée au New York General pour faire fortune en tant que conseiller d'une firme pharmaceutique, Senior avait encore beaucoup d'influence à l'hôpital, grâce en particulier à des amis très proches au sein du comité de direction. Un appel de sa part suffirait peut-être à résoudre le problème de Sam – mais cela en poserait aussi un beaucoup plus gros au passage.

— Je ne peux pas, tu le sais très bien.

— Tu ne *veux* pas, Sam. C'est différent.

— Il ne fera jamais rien pour m'aider. Ou alors, il s'en servira pour me rappeler en permanence quel homme de poids il est.

— Pas forcément. Ça ne coûte rien d'essayer, en tout cas.

Le regard blessé, Sam secoua la tête. La réponse était claire.

— C'était juste une suggestion.

Sam écarta une mèche de mon front et l'accrocha derrière mon oreille.

— Ne me dis pas que tu t'inquiètes sérieusement au sujet de Suzanne.

— Très bien, je ne te le dirai pas.

— Elle fait partie du jeu, Em. Malik la protège. Apparemment, c'est la fille d'un de ses grands amis. En clair, d'un riche donateur. Elle a travaillé six mois à la clinique de Cleveland sous sa direction après avoir fini ses études de médecine. Elle n'est là que grâce à lui. Parce qu'elle est sa favorite. C'est pour ça que je suis gentil avec elle.

Je scrutai son visage, séduite comme d'habitude par le magnétisme qui s'en dégageait.

— Ne sois pas trop gentil, tout de même.

— Promis. Sauf avec toi. Je suis désolé de ne pas t'avoir appelée, mais la situation était vraiment difficile à gérer.

— Ça m'a l'air d'être une arnaque, cette affaire.

— Les Léonard de Vinci ne sont pas bon marché.

— Les crevettes Grand Marnier non plus. Je parie que tu meurs de faim.

Il eut un sourire lubrique.

— En fait, j'aurais plutôt envie d'autre chose.

— Parfait, répliquai-je en lui retournant son sourire.

Il s'endormit aussitôt après. Apaisée par la chaleur et le contact familier de son corps contre le mien, je sombrai moi aussi dans un sommeil lourd au moment même où des éclats de voix résonnaient de nouveau à l'étage supérieur. *Arrête ! Non ! Ne fais pas ça, s'il te plaît !*

Une tempête se déchaînait quelque part, au loin. Des javelots électriques fendirent le ciel de mon rêve. Le tonnerre gronda – mais à bonne distance de moi. Je n'avais rien à craindre de lui. Rien du tout.

10

Tyler fronça les sourcils devant la forme granuleuse à l'écran.

— On dirait de la soupe. Berk !

— Attends…

Mon obstétricienne, le Dr Carla Piacenza, suivit lentement le contour du fœtus du bout du doigt.

— Voilà la tête, le ventre, et là c'est un pied. Regarde. Le bébé suce son pouce.

La sonde glissa sur mon ventre couvert de gel et marqua une pause. Je tendis le cou pour mieux voir.

— Qu'en penses-tu, Ty ? Le bébé peut sucer son pouce. C'est géant, non ?

— C'est pas un petit frère, ça ! répliqua-t-il en pointant un doigt accusateur vers le moniteur. Pas possible.

— Tu trouves ça bizarre parce qu'il n'est pas encore né, intervint le médecin. Mais bientôt, tu auras quelqu'un avec qui jouer.

— J'en veux pas ! Je préfère un super-chien, comme Krypto dans les dessins animés.

— Un petit frère ou une petite sœur, c'est encore mieux. Tu verras.

— C'est lequel des deux ? demanda-t-il.

Le Dr Piacenza se tourna vers moi. Lors de ma première grossesse, Sam et moi avions opté pour la surprise mais cette fois, cela ne nous dérangeait pas de connaître le sexe de l'enfant à l'avance. Tyler nous avait appris que des surprises, il y en aurait beaucoup d'autres de toute façon.

Je hochai la tête.

— Oui, allez-y. Nous aimerions savoir.

Elle ajusta alors la sonde et élargit la vision à l'écran. Derrière ses lunettes, ses yeux gris s'éclairèrent.

— Devine, Tyler. Tu as raison. Ce n'est pas un petit frère.

— Tu as vu, maman ? s'exclama-t-il, plein d'enthousiasme, en tirant sur la manche de ma tenue d'examen délavée.

— Le Dr Piacenza voulait dire que c'est une petite sœur, mon chéri. Le bébé sera une fille.

J'étais en proie à un agréable vertige. J'avais envisagé un deuxième garçon, une variation sur un thème familier à présent. Mais il y avait des bons côtés à avoir une fille. Aucun doute là-dessus.

— Une sœur ? répéta Tyler.

— Oui, confirma mon obstétricienne. Tu vois ? Voilà son épaule, son coude, son genou, et là son joli petit nez.

Sceptique, il se rapprocha de l'écran.

— C'est quoi, ce gros truc tout rond et tout noir ?

— Son œil.

— Elle me voit ?

— Ça viendra vite, ne t'inquiète pas.

— Non, je veux pas ! cria-t-il en relevant sa chemise à rayures par-dessus sa tête et en s'éloignant à l'aveuglette.

— Eh là, doucement, Superman. Si tu tiens à porter ta chemise comme ça, assieds-toi.

Bien que grande et élancée, un mètre quatre-vingts au bas mot, le Dr Piacenza paraissait tout à fait à sa place en compagnie de bébés à peine plus gros que des crevettes et de leurs aînés récalcitrants.

— Tout est en ordre, Emma.

— Même lui ? demandai-je en jetant vers mon fils un regard qui en disait long.

Planté sur le tabouret où le médecin l'avait fait asseoir, Tyler se cachait toujours derrière sa chemise.

— Il faut qu'il s'habitue. Je prescris de la patience à hautes doses.

— Je n'ai pas lieu d'être inquiète, selon vous ?

— Non.

— Alors pourquoi est-ce que je le suis ?

— Bonne question. On se revoit dans quelques semaines.

Tandis que je me rhabillais, Tyler rabaissa sa chemise et fixa l'écran d'un œil noir.

— On dirait de la soupe caca boudin !

— C'est parce qu'il est difficile d'obtenir une bonne image à travers mon ventre. Quand ta sœur sera née, ce sera un bébé tout ce qu'il y a de plus normal.

Il fit la grimace et secoua la tête. Mon explication ne prenait pas avec lui.

Je tentai alors une autre tactique.

— Comment pourrait-on l'appeler, dis ?

— Soupe.

— C'est le nom d'un plat, ça. Pas d'une petite fille.

— Amity ?

— C'est joli, oui. Ou peut-être qu'on la prénommera Rae, comme la maman de papa.

— Je sais ! Digga dada.

— Qu'est-ce que c'est que ce nom ?

— Celui de la dame.

— Quelle dame ?

— La dame digga dada.

Le Dr Piacenza revint vers nous à cet instant.

— J'ai une photo pour toi, Tyler, annonça-t-elle en lui tendant une copie noir et blanc de l'échographie.

Une bulle rouge de bande dessinée s'échappait de la bouche du bébé. Tyler pencha la tête.

— Il y a écrit quoi ?

— « Salut Tyler ! J'ai hâte de faire ta connaissance. »

Au retour, nous nous arrêtâmes chez le vendeur de *bagels* du quartier. Ce dernier, un petit bonhomme rougeaud nommé Leo, servit comme d'habitude un pain beurré avec une tranche de munster à Tyler. Et comme d'habitude, assis à une table du point de vente, mon fils n'en avala que deux bouchées.

— Allez, Ty. Une de plus pour tatie Frieda ?

— Déjà fait.

— Pour papa, alors.

— Déjà fait aussi.

Les lèvres pincées, il repoussa son assiette.

— Je vais rapporter ça à la maison, dis-je en enveloppant les restes. Tu le mangeras plus tard.

— On pourrait le donner à digga dada.

— C'est gentil de vouloir le partager avec ta petite sœur.

— Pas elle. Je t'ai dit : digga dada, c'est la dame qui parle tout bizarre.

Je soutins son regard innocent.

— Ty, tu n'as pas encore oublié ? Je t'interdis de raconter des histoires. S'il s'agit d'une dame que tu as inventée, tu dois le préciser.

— Je l'ai pas inventée ! cria-t-il d'un ton indigné. Elle répète tout le temps digga dada, digga dada, chut ! Et la nouvelle petite fille lui fait des grimaces et lui dit des gros mots.

— Tyler James Colten, cela ne m'a pas du tout l'air d'une histoire vraie.

— Si ! Tiens, viens voir.

Dès que je l'eus libéré de sa poussette, il fonça vers notre immeuble. Il avait déjà appelé l'ascenseur lorsque je le rejoignis dans le hall d'entrée.

— Tu t'es trompé, Ty. On ne descend pas.

Mais il repoussa ma main avec humeur lorsque je voulus presser le bouton avec la flèche vers le haut.

— Non, il faut qu'on aille près des poubelles.

— Nous n'avons rien à jeter, Ty.

Dès que les portes de la cabine se furent ouvertes, il s'engouffra à l'intérieur et appuya sur B.

— C'est là qu'elle habite.

— Très bien. On va mettre fin à ça tout de suite.

Le sous-sol mal éclairé sentait le moisi. Un enchevêtrement ahurissant de tuyaux y projetait des ombres lugubres sur les murs blanchis à la chaux. Au loin, le martèlement sourd et insistant d'une radiocassette se mêlait au sifflement des canalisations et aux bruits secs des vieilles fondations de l'immeuble.

Longeant un couloir étroit, nous passâmes devant des portes sur lesquelles étaient inscrits DÉBARRAS, BUANDERIE, LOCAL À VÉLOS et PERSONNEL AUTORISÉ. La dernière donnait sur une rangée de gros casiers brinquebalants réservés aux locataires. Chacun débordait de jouets oubliés, de meubles, de matériel de sport et d'outils.

— Hé là !

La voix, grave et pleine de sous-entendus, me fit violemment tressauter. J'en cherchai l'origine avec anxiété, mais ne vis d'abord rien – jusqu'à ce qu'une silhouette émerge de l'ombre avec une lenteur délibérée.

Tout le monde l'appelait Judge – le juge –, sans que je sache s'il s'agissait de son vrai nom ou pas. Il travaillait déjà là avant notre arrivée, et son ancienneté dans l'immeuble remontait sûrement à beaucoup plus loin encore. La démarche pesante, toujours vêtu d'une combinaison grise, il était chargé de l'entretien et du nettoyage des parties communes. Il se déplaçait en coup de vent malgré son imposante stature, surgissant quand on ne s'y attendait pas et disparaissant de manière tout aussi impromptue et déstabilisante.

— Bonjour, dis-je en attirant Tyler contre moi.

— Vous avez lu l'affiche ? Il y aura une coupure d'eau demain entre 10 heures et midi. Faut que je remplace des tuyaux.

— Oui, nous avons vu. Merci.

Son regard insolent ne me lâchait pas.

— Vous aurez intérêt à prendre votre bain assez tôt, alors.

Puis, déverrouillant une porte avec une clé sortie de son énorme trousseau, il nous planta là. Dire que l'une de ses clés pouvait lui permettre d'entrer chez nous… Cette seule pensée me donnait froid dans le dos.

Le couloir se divisait au bout en deux passages étroits. Celui de droite abritait la rangée de poubelles.

— Tu vois, Ty ? Il n'y a personne.

— Non, par là.

Il s'engagea dans l'autre couloir et, bifurquant à gauche, se glissa dans une petite pièce carrée et toute sombre dont j'avais jusqu'alors ignoré l'existence. J'attendis sur le seuil que mes yeux s'habituent à l'obscurité.

— Tyler ?

— Digga dada, murmura-t-il d'un ton pressant en s'accroupissant. Digga dada, il fait jour. Réveille-toi !

Après l'avoir cherché à tâtons, j'appuyai sur l'interrupteur. Une lumière fluorescente inonda brutalement la pièce.

— Là, tu vois. Il n'y a personne.

Des taches d'humidité parsemaient le sol en béton et des traces de moisissures s'étendaient le long des murs. Dans un coin, sur une couverture élimée, j'avisai une petite radio, une bouteille d'eau gazeuse et un sachet vide de chips. Et autre chose, aussi.

Tyler le repéra en même temps que moi.

— Regarde ! Un ballon !

Je l'arrêtai avant qu'il pût ramasser son très contestable trésor : un préservatif usagé.

— Ce n'est pas un ballon, mon chéri. C'est dégoûtant. N'y touche pas.

— Mais peut-être que la dame digga dada l'a laissé pour moi.

À ces mots, je l'entraînai fermement vers le couloir et me baissai pour le fixer droit dans les yeux.

— Il n'y a pas de dame. Tu m'entends ? Tu inventes des histoires.

— C'est pas vrai, s'insurgea-t-il avec une moue de défi. Je l'ai vue quand on a joué à cache-cache avec Ruthie. Et j'ai aussi vu la nouvelle petite fille être méchante avec elle.

Ruth Schroeder était notre meilleure baby-sitter. Digne de confiance, patiente, raisonnable. Après avoir travaillé en tant qu'infirmière durant des années, elle avait entamé une formation pour devenir secrétaire médicale et, en guise d'à-côté, me rendait service en gardant Tyler de temps à autre.

— Tu prétends que Ruthie t'a emmené jouer à cache-cache au sous-sol ?

— Ouais.

— Tyler ?

— Je me suis caché dans la pièce, mais la dame digga dada s'est mise en colère et j'ai dû m'en aller. Après, Ruthie m'a lu un livre dans un arbre.

L'angoisse et la culpabilité m'enserrèrent comme un étau. Pourquoi avais-je insisté pour avoir un deuxième enfant ? Sam avait cédé à contrecœur, en protestant que notre appartement et notre budget ne nous le permettaient pas. Moi, je tenais à ce que Ty ne reste pas fils unique, mais dès que je lui avais annoncé la nouvelle, il avait commencé à mal dormir et à inventer des histoires farfelues de plus en plus ridicules, dont il jurait chaque fois qu'elles étaient bien réelles.

Effrayée, je songeai à Jake, devenu l'ombre de lui-même en l'espace de quelques mois seulement. Un enfant pouvait sombrer sans raison apparente, changer jusqu'à devenir méconnaissable. C'était là le plus terrifiant.

— Je t'aime très, très fort, mon chéri. Tu le sais ?

Il ouvrit grand les bras pour traduire toute l'étendue de mon amour pour lui.

— Les histoires qu'on invente ne posent pas de problème du moment que l'on explique bien qu'elles sont inventées. Le reste du temps, il faut dire la vérité. Tu comprends ?

— Oui, maman.

Il enroula les bras autour de mon cou et se serra contre moi. C'est alors que je remarquai la photocopie de mon échographie, qu'il avait déchirée en morceaux et jetée par terre.

— On doit faire la différence entre ce qu'on sait avec certitude et les choses qu'on imagine, mon chéri. Sinon, cela peut avoir de terribles conséquences.

11

— Voilà… La contraction est terminée. Maintenant, inspirez à fond. Laissez-vous aller en arrière. Détendez-vous.

Assis derrière moi, les jambes écartées de part et d'autre de mes hanches, Sam me frottait le dos en me murmurant des encouragements.

— Super, Em. Tu t'en sors très bien. Encore une fois.

Rita Powell, la beauté incendiaire et tout en jambes qui assurait nos cours de préparation à l'accouchement, jeta un œil au chronomètre suspendu au bout d'une chaîne dans son vertigineux décolleté.

— Encore vingt secondes, mesdames. Quinze. Concentrez-vous. Trois… deux… un… Début de la contraction.

Je tentai désespérément de me relaxer, mais mon corps refusait de m'obéir. J'avais les muscles tendus, le souffle court. On avait beau nous inciter à ne pas penser à la douleur, j'étais défavorisée par le souvenir indélébile de ma première grossesse. À l'époque, j'avais perdu les eaux un mois avant terme dans le taxi qui me ramenait chez moi à la fin d'un cours de dessin. L'exercice du jour avait consisté à étudier un nu durant dix minutes, puis à le restituer à grands traits, les yeux fermés, afin de se détacher du poids étouffant des conventions. Cela avait marché au-delà de mes espérances. Non seulement mes étudiants avaient lâché prise, mais moi aussi. Littéralement.

J'avais alors demandé au chauffeur de me déposer à l'hôpital et, rouge de confusion, lui avait laissé un pourboire assez généreux pour compenser la mare embarrassante sur son siège.

Déjà à ce moment-là, Sam et moi nous étions inscrits à un cours de préparation à un accouchement soi-disant « naturel », selon la méthode de Lamaze. Seulement Tyler avait fait son apparition plus tôt que prévu, et si j'avais appris à décoller et à me débrouiller dans des conditions de vol idéales, j'ignorais comment faire face à des turbulences inattendues, virer de bord ou atterrir. De plus, je ne m'étais pas encore remise d'un documentaire qu'on nous avait fait visionner la semaine précédente et qui montrait une naissance filmée en gros plan. Les nombreuses images aseptisées de femmes en plein travail que j'avais pu voir au cinéma ne m'avaient pas du tout préparée à une réalité si crue.

De même, je n'avais pas été préparée à tout ce qui pouvait aller de travers. Quatre internes de l'équipe de Sam étaient sortis dîner la veille au restaurant, où ils avaient mangé une salade assaisonnée de salmonelles. Résultat des courses, le service avait été plongé dans le chaos le plus complet. Chacun remplaçait quelqu'un, qui lui-même palliait l'absence de quelqu'un d'autre. Pour couronner le tout, il avait fallu plusieurs heures et une dizaine de coups de fil pour localiser Sam. Et pendant que j'agonisais, mon infirmière s'était montrée aux petits soins avec lui en lui apportant du café et des cookies. Le bonheur.

— Parfait ! Tout le monde va bien ?

Quelques-unes d'entre nous, déjà passées par là, échangèrent des sourires sardoniques. Rita n'avait pas d'enfant. Si vraiment elle avait voulu savoir comment nous allions, elle aurait dû se mettre un peu à notre place. Elle aurait dû voir son nombril pointer hors de son ventre comme un bouchon sur le point de sauter et les veines de ses jambes dessiner soudain une énorme toile d'araignée. Elle aurait dû connaître aussi la joie d'avoir des hémorroïdes, des sautes d'humeur hormonales et des envies d'uriner en permanence.

Bien sûr, les hommes n'avaient pas la même approche de la situation, eux. À leurs yeux, Rita avait tout ce qu'il fallait pour être un coach parfait : elle était très agréable à regarder. Durant le premier cours, l'un des futurs pères présents ce jour-là avait fait remarquer à voix haute qu'elle était très sexy. Cela remontait à plusieurs semaines, mais il affichait encore l'air contrit d'un homme obligé de dormir sur le canapé.

Rita plongea de nouveau la main dans son corsage pour en sortir son chronomètre.

— OK, c'est reparti. Préparez-vous et, surtout, restez détendues. Dites-vous bien que la confiance et la maîtrise de soi sont les meilleures armes contre la douleur.

Je m'efforçai de suivre ses conseils, même si je ne pouvais m'ôter de l'esprit qu'un bon antalgique était sûrement beaucoup plus efficace. En théorie, j'adorais l'idée de mettre au monde un enfant dans une ambiance ouatée, bienveillante, dénuée de tout produit chimique. Siena avait accouché de ses filles au milieu d'un bassin d'eau chaude, dans une maternité confortable. J'imaginai ses bébés apparaître à la surface comme des nénuphars, sur fond de musique apaisante et de lumière douce, et découvrir un monde accueillant dès leurs premiers instants. Tyler, lui, avait été extrait au forceps dans une pièce aux néons aveuglants où des extraterrestres masqués aboyaient des ordres. Puis il avait été tendu à une mère groggy, épuisée et rendue insensible de la taille jusqu'aux pieds par une péridurale. Il n'était même pas né que, déjà, je m'étais distinguée par un premier échec majeur vis-à-vis de lui.

C'était pour cette raison que j'avais tenu à suivre encore les cours de préparation. Cette fois, je voulais réussir mon accouchement.

Tandis que nous poursuivions les exercices, notre professeur circula dans les rangs. Elle s'arrêta en nous voyant, Sam et moi, et me fixa d'un air réprobateur.

— Essayez de vous détendre, Emma. Concentrez-vous sur votre respiration.

— C'est ce que je fais, répliquai-je en ahanant.

— Vous êtes trop stressée. Relax !

Le couple à côté de nous s'attira un sourire encourageant. Le suivant eut droit au même traitement, ainsi qu'à un « bien » retentissant. Derrière nous se trouvaient plusieurs nouveaux venus, qui eux aussi furent rassurés : ils se débrouillaient à merveille. Nous étions les seuls à échapper à ce flot de compliments.

— Doucement, Emma, me répéta Rita, de plus en plus semblable à un sergent instructeur qui se serait acharné sur sa bête noire. Respirez.

Respirer. Ça, je pouvais faire. J'y arrivais depuis trente ans, après tout. Lorsque Rita annonça la contraction suivante, je chassai les doutes qui me rongeaient et me concentrai au maximum. Je vidai mes poumons, puis inspirai. Soufflai de nouveau, lentement, et inspirai par toutes petites bouffées. Soufflai. Inspirai. Inspirai. Inspirai.

Ma tête me fit l'effet d'un ballon tout gonflé. Des picotements étranges se répandirent dans mes membres. La voix de miel épicé de Rita s'estompa jusqu'à n'être plus qu'une brise tremblante, tout comme le léger mouvement des mains de Sam sur mon dos. La fausse contraction se terminait. Quinze secondes, annonça Rita. Dix, neuf, huit…

Lorsque je repris conscience, j'étais étendue par terre, face à un ensemble impressionnant de bouches inversées, de narines et d'yeux écarquillés.

Accroupi près de moi, Sam prenait mon pouls à mon poignet. Il m'empêcha doucement de me redresser.

— Attends, Em. Deux secondes. Tu sais où tu es ?

— Oui, au cours de préparation à l'accouchement, en train de me ridiculiser.

— Tu as mal quelque part ?

— À ma fierté. À part ça, ça va.

Il s'opposa de nouveau à ce que je me relève. Une partie de moi avait envie de disparaître dans un trou de souris. L'autre n'aspirait qu'à rester où j'étais et à l'assommer.

— Vous avez hyperventilé, Emma, m'apprit Rita. Il faut que vous appreniez à respirer plus lentement. Entraînez-vous chez vous.

Une voix l'interrompit soudain.

— Emma ? Emma Krause ? Ça alors !

Krause était mon nom de jeune fille. Avisant la personne qui avait parlé, je n'en crus pas mes yeux moi non plus.

— Emma et Sam ? Tu es toujours avec lui ?

— Franny ? C'est toi ?

Elle posa les mains sur son gros ventre.

— Dans toute ma splendeur !

Francine Goodwill avait été ma colocataire ainsi que mon amie – ma sœur presque –, durant ma première année à l'université Cornell. Deux ans plus tard, elle était partie à l'étranger. Son adresse et son travail n'avaient cessé de changer à compter de ce moment-là et, par paresse autant que par manque de disponibilité, nous avions fini par perdre le contact.

Sa vue me ranima instantanément et je me redressai tant bien que mal pour l'étreindre. Nos ventres entrèrent en collision. Nous étions comme deux barriques ravies de se retrouver.

En sortant du cours, nous découvrîmes que nos vies avaient suivi des trajectoires étrangement parallèles. Après des études de médecine, Franny était devenue pédopsychiatre. Son mari, Grant, était sculpteur dans l'âme, mais travaillait dans l'informatique. Au moment du boom Internet, il avait lancé avec succès un site sur lequel des artistes pouvaient exposer et vendre leurs œuvres en ligne dans le monde entier. Sa société ayant été rachetée par une grande maison de ventes aux enchères, il s'était impliqué ensuite dans une start-up baptisée Gotcha !, qui donnait dans les scoops sur les célébrités. Franny et lui vivaient à une demi-heure seulement plus au nord, à Larchmont, dans le Westchester. Ils avaient deux garçons jumeaux nés deux semaines avant Tyler, et attendaient à présent une fille dont la naissance était prévue une semaine après la nôtre.

Dégingandés, les cheveux hirsutes, l'air aussi gamins l'un que l'autre, Sam et Grant se ressemblaient presque comme des frères et allaient jusqu'à partager les mêmes opinions – du moins en matière de base-ball et de bière. Parce qu'ils mouraient d'impatience de trouver une télé pour suivre la fin d'un match des Yankees, nous entrâmes dans un pub irlandais animé de la Première Avenue.

— Des jumeaux ! commentai-je avec respect. Je me demande comment tu as fait pour gérer ça.

— D'abord, j'étais naïve. Ensuite, j'avais les armes secrètes ultimes dans ces cas-là : un travail à temps partiel qui m'obligeait à sortir de la maison et beaucoup d'aide.

— Aide ou pas, je serais devenue folle à ta place.

— Toi ? Impossible. Tu étais toujours si sereine, si posée. Même en période d'examens. Tu m'as évité je ne sais pas combien de fois de perdre complètement les pédales.

Sam surprit cette remarque et s'en amusa.

— Emma, sereine et posée ? Les gens changent vraiment, alors.

— Mais pas tous, j'ai l'impression, rétorqua-t-elle avec agacement.

À l'évidence, Franny ne lui avait toujours pas pardonné de m'avoir quittée durant notre troisième année d'études pour une jeune blonde d'une beauté inexcusable. Mais même avant cela, le courant n'était jamais vraiment passé entre eux deux.

Je haussai les épaules.

— Il a raison. On ne peut pas me qualifier de sereine, surtout en ce qui concerne Tyler.

Franny remua son Virgin Mary avec une branche de céleri.

— Pourquoi ?

— Une raison est-elle forcément nécessaire ? Une simple hystérie névrotique ne suffit pas ?

— Si, à condition que ce soit la vraie cause.

Un joueur marqua un *home run* avec deux bases pleines, déchaînant l'enthousiasme de la foule. Grant et Sam bondirent de leur tabouret en levant les bras.

— Regarde-les, dis-je. On croirait des pom-pom girls.

Franny garda les yeux rivés sur moi. Les psychiatres chevronnés et les vraies amies ne vous laissaient pas éluder aussi facilement un sujet douloureux.

— Tyler est un petit garçon adorable, intelligent et plein d'imagination. Je l'adore.

Franny continua à me dévisager.

— Bon, d'accord, je reconnais qu'il m'inquiète un peu.

— Parce que ?

— Parce qu'il n'arrête pas d'inventer des histoires de plus en plus démentes en affirmant qu'elles sont réelles. Il devient de plus en plus buté et agressif aussi.

— Il tape les gens, il les pousse ?

— Il les mord, il leur donne des coups de pied, il lance ses affaires, il les brise, il hurle en voiture… et j'en passe.

— Comme tous les enfants de trois ans.

— Peut-être. Sauf qu'il n'est pas comme tous les enfants de trois ans. Le pauvre m'a pour mère.

— Je serais ravie de le voir, tu sais. Si ça peut te rassurer.

— Ce qui me rassurerait, c'est que tu ne décèles rien de grave chez lui, répondis-je en tentant de sourire. Oublie ça, Franny. Je suis ridicule.

Sam pouvait rester totalement sourd à ce que je lui disais, mais il avait une ouïe impeccable dès lors que je reconnaissais mes défauts.

— Parfaitement, déclara-t-il. Tyler est têtu, manipulateur et exaspérant. Quand il n'obtient pas ce qu'il veut, il pique des crises monumentales. En clair, c'est un enfant tout ce qu'il y a de plus normal.

Franny attrapa un morceau de pop-corn dans le bol devant nous et le lui lança à la figure. Elle avait toujours été brillante, intuitive et un peu dingue. En clair, une psy tout ce qu'il y a de plus normal.

— Hé ! protesta Sam. Qu'est-ce qui te prend ?

— S'inquiéter pour ses enfants est tout sauf ridicule, le sermonna-t-elle.

— Ah bon ? Et jeter du pop-corn sur les gens aussi ?

— Ce n'était pas ridicule. Tu le méritais.

Sam ricana sèchement.

— Toi, en tout cas, tu n'as vraiment pas changé.

— Merci, Sam, plaisanta-t-elle. La question est réglée, alors. Je viendrai un matin d'ici la semaine prochaine et vous me présenterez ce petit monsieur.

— Tyler n'a pas de problème, persista Sam. La dernière chose dont il a besoin, c'est d'un psy.

Mon mari était un farouche détracteur de la psychothérapie et de ses praticiens. Il appliquait jusqu'au bout la logique des chirurgiens : si quelque chose n'allait pas, soit on n'y touchait pas, soit on le coupait. De plus, il reprochait à toute la profession psychiatrique le drame de son enfance. Après des années de thérapie intensive, sa mère, dépressive chronique, s'était suicidée en avalant du Valium avec du gin. Alors âgé de dix ans, Sam l'avait découverte inanimée en rentrant de l'école. Et comme toujours, son père n'avait pas été joignable.

— Je ne prétends pas qu'il a besoin d'une psychanalyse, dit Franny d'un ton neutre. J'essaie juste d'aider Emma à avoir l'esprit plus tranquille.

— Bon courage !

— Ce qui veut dire ?

— L'anxiété est une seconde nature chez elle. Pour qu'elle ait l'esprit tranquille, il faudrait la lobotomiser.

— Tu sais ce qu'on dit à ce sujet, intervint Grant. La lobotomie, on n'y pense jamais assez, et quand on l'a fait on ne pense plus du tout.

La voix du commentateur sportif monta d'un cran dans l'écran plat accroché au mur. On était à la première moitié de la neuvième manche, les bases étaient pleines. En position de quatrième frappeur, la dernière recrue à plusieurs millions des Yanks, Pete Canisetti, se trouvait confronté à un compte complet. En face de lui, Joe Reinharz lançait pour l'équipe des Padres. Celui-ci se pencha et prit son élan pour envoyer une balle rapide et basse vers le marbre.

La batte de Canisetti fit entendre un claquement sec, et la balle décrivit une courbe ascendante vers la gauche du terrain. Les fans explosèrent de joie tandis que le joueur de champ extérieur se préparait à la rattraper.

Pour finir, cependant, elle heurta le gant de ce dernier sur le côté et rebondit par terre. Sam et Grant sautèrent de nouveau de leur siège en criant. Ils jubilaient autant que s'ils avaient personnellement gagné le match.

Franny leva une main pour que je tape dedans.

— Je suis tellement contente de te revoir, lui avouai-je.

— Et moi donc. Quelle incroyable coïncidence, n'est-ce pas ?

— En effet.

— Tu sais ce que ma mère aurait dit…

Je me rappelai Blanche Goodwill, une petite femme potelée au regard perplexe. Elle ne cessait d'envoyer à sa fille des colis qui empestaient le salami et de lui écrire des lettres décousues remplies de conseils hilarants fondés sur des informations qu'elle avait mal interprétées ou mal lues.

— Je me souviens de quelques-unes de ses perles. D'après elle, on pouvait contracter une blennorragie en s'asseyant sur un siège de toilettes, ou tomber enceinte à travers les habits.

— Sauf ceux en jean, compléta Franny, hilare. Mais elle ne dirait rien de tout ça ce soir. De temps en temps, elle avait aussi des avis sensés, et elle nous expliquerait sûrement aujourd'hui que ce n'est pas une simple coïncidence qui nous a réunies. Le destin l'a voulu ainsi.

12

Les Malik n'étaient pas dans l'annuaire. Obie, le vieux portier sympathique qui travaillait de jour dans notre immeuble, les appela pour moi depuis son poste. Il hocha la tête après avoir raccroché.

— C'est bon, madame Colten. La voie est libre.

— Comment est-elle ?

— Mme Malik ? Oh, correcte.

Obie ne voyant le mal nulle part, « correcte » constituait chez lui un jugement accablant.

Personne ne répondit lorsque je sonnai, mais derrière la porte s'élevait le bruit assourdissant d'un aspirateur. Sans doute ne pouvait-on m'entendre. J'attendis que le vacarme cesse et sonnai de nouveau.

La porte s'ouvrit autant que le permettait la chaînette de sécurité. J'entrevis le coin d'une console sur un luxueux tapis oriental, ainsi qu'une masse de cheveux bruns et le dos d'un chemisier reflétés dans un miroir.

— Madame Malik ?

— Non.

— Je suis Emma Colten, la voisine du dessous. Mme Malik est-elle là ?

— Une minute.

La porte se referma et une clé tourna sèchement dans la serrure. Je songeai à Sam, coincé dans le bureau de Malik et traité comme un moins que rien. Emplie d'un sentiment de ridicule, je serrai le sac contenant mes savons parfumés hors de prix.

Des voix me parvinrent de l'intérieur de l'appartement, puis le silence retomba. Le téléphone sonna, une courte conversation s'ensuivit. Pour finir, des pas discrets s'approchèrent.

Lena Malik apparut devant moi, vêtue avec autant d'élégance que le jour de son emménagement. Bien sûr, elle était également coiffée, maquillée et parée à la perfection. Avec la lueur de défi qui brillait dans ses yeux sombres et la moue de mépris de sa bouche carmin, elle m'évoqua ces mannequins inaccessibles que l'on ne peut admirer qu'à distance.

— Oui ?

— Je suis Emma Colten, madame Malik. Votre voisine du dessous. Je voulais vous dire bonjour et vous souhaiter la bienvenue dans l'immeuble. Tenez, c'est pour vous.

Sans même regarder ce qu'il renfermait, elle prit le sac et le posa sur la console de l'entrée.

— Comme c'est gentil, dit-elle froidement. Ravie de vous rencontrer.

— Si vous avez besoin de quoi que ce soit…

— Vous êtes très aimable, madame Cohen.

— Colten. Mon mari, Sam, est interne au New York General. C'est un grand admirateur du Dr Malik.

— Je vois. Merci de votre visite. Maintenant, si vous voulez bien m'excuser…

— Bien sûr. Désolée si je…

La porte claqua avant que je puisse terminer ma phrase. *Désolée si je passe à un mauvais moment, salope*, aurais-je voulu lui lancer.

J'avais les joues en feu. La quatrième épouse de Dieu était aussi arrogante et autoritaire que son rustre de mari.

Je n'avais toujours pas digéré l'incident lorsque je sortis dans le parc quelques heures plus tard. Avec son radar infaillible, Frieda Kalisher le sentit d'emblée.

— Quel que soit le problème, ma chère Emma, le mieux est de compter jusqu'à dix.

— Je l'ai déjà fait je ne sais combien de fois.

— Racontez-moi ce qui vous est arrivé, alors. Il faut toujours se débarrasser de ce qui nous pèse.

Anxieuse, je jetai un œil autour de moi pour m'assurer que je ne risquais pas d'être entendue par une connaissance des Malik. Parce qu'il abritait le plus gros centre hospitalier de la ville, notre quartier de l'Upper East Side avait été surnommé « l'Allée des suppositoires ». À toute heure du jour et de la nuit, les rues et les boutiques du coin regorgeaient de blouses blanches, de stéthoscopes, de badges plastifiés et de tenues bleues ou vert d'eau. Et, à l'image de tous les hôpitaux, le New York General offrait un terrain fertile aux rumeurs dangereuses.

— Le problème, c'est la femme de Malik, résumai-je.

— Qui se ressemble s'assemble, Emma. Doug Malik est un tel fumier que je ne m'attendais pas à ce que sa femme soit un ange.

— Vous n'auriez pas été déçue à ma place, alors. Sam m'avait demandé de leur offrir un cadeau de bienvenue. Je l'ai écouté, mais quand je suis passée chez eux, Lena Malik s'est conduite comme si j'avais une maladie contagieuse. Elle ne m'a même pas laissée entrer.

— Donc, elle n'est pas du genre aimable. La belle affaire. Vous voulez mon avis ? Évitez-la le plus possible.

Je soufflai lentement. Sans que je sache pourquoi, j'y parvenais très bien. Peut-être aurais-je eu intérêt à prendre Frieda pour coach à la place de Rita Powell.

— J'entends déjà Sam dire que tout est ma faute et me reprocher de m'être mal habillée, d'avoir regardé Mme Malik de travers, ou bien d'avoir fait une remarque qui l'a vexée…

— Ne vous inquiétez pas. La vie est trop courte pour ça. De toute façon, votre Sam n'en fera rien. Pas s'il sait ce qui est bon pour lui.

Pendant ce temps, Tyler jouait accroupi dans le bac à sable, à côté de deux petits blondinets de son âge. Armés de pelles en plastique, ils s'employaient joyeusement à enterrer une dizaine d'enfants Playmobile dans un bus jaune. Une petite fille rousse qui les observait se crispa face à ce spectacle.

— Non ! s'insurgea-t-elle en arrachant bravement deux des figurines à leur sort tragique.

Par chance, Tyler préféra se jeter sur ces dernières plutôt que de tirer sur les cheveux roux si tentants de la fillette.

— Lâche-les ! cria-t-il. Ils sont à moi.

— Non, Tyler, lui rappelai-je. Ils ne t'appartiennent pas. Le petit garçon te laisse t'amuser avec, c'est différent.

— Mais ils sont pas à elle, maman.

— Si ça ne le dérange pas, elle aussi peut se joindre à vous.

— Parfaitement, intervint la mère du petit garçon. Prête-lui tes jouets à elle aussi, Gunnar.

Chose étonnante, Gunnar tendit à la fillette deux autres figurines qu'il choisit parmi celles auxquelles ne manquait pas un membre.

— Qu'est-ce qu'on dit, Ophelia ? demanda une autre femme au bord du bac à sable.

— Ils sont méchants avec les enfants, maman. Dis-leur d'arrêter.

— Ils jouent, c'est tout. Maintenant, remercie Gunnar.

— Mais ils font mal aux enfants ! protesta la petite en grimaçant jusqu'à laisser échapper deux larmes de compassion.

— Mais non, ma chérie. Personne n'est blessé. C'est pour de faux.

Tyler versa encore du sable sur la tête d'une figurine et aplatit le tas du pied avec une joie purement sadique.

— Vous voyez ? dit Frieda. Voilà ce que j'adore dans les terrains de jeu. Ils vous préparent à la vie.

— Vous trouvez ?

— Oh oui ! Dans la plupart des situations, deux choix distincts s'offrent à nous.

— Étouffer les enfants ou être gentils avec eux ?

— C'est un bon exemple. Vos relations avec Lena Malik en sont un autre. Dès lors qu'on a affaire à un médecin, deux types d'épouse sont envisageables.

— Vraiment ?

— Il y a celles qui mènent une vie séparée. Elles acceptent que leur mari soit débordé, mais elles veillent à avoir elles aussi un agenda toujours bien rempli. Elles travaillent, font du bénévolat, sortent avec leurs amies. Elles vont voir des spectacles, suivent des cours. Pour elles, il serait intolérable d'attendre le retour de leur compagnon à la maison en gobant les mouches.

— Il y a plus drôle comme occupation, en effet.

— Exact, repartit Mme Kalisher. Et puis il y a les femmes qui se consacrent corps et âme à la carrière de leur mari. Elles passent leur temps à essayer de paraître parfaites pour ce rôle, à se lier d'amitié avec les bonnes personnes, à saisir les opportunités qui peuvent leur être utiles. Tout est bon dès lors qu'il s'agit d'aider monsieur à gravir les échelons.

— Comme Lena Malik ?

— Laissons-la de côté pour le moment.

— Et vous, vous apparteniez à quelle catégorie ?

Frieda eut un mouvement de tête approbateur. J'avais posé la bonne question.

— À votre avis ? Le troisième type.

— Évidemment.

— Le troisième type, ce sont les femmes qui vivent leur vie en soutenant la cause de leur conjoint. Après tout, il en va de leur intérêt à elles aussi, d'une certaine manière. Quand on aime quelqu'un, on souhaite qu'il réussisse parce que cela le rend heureux, sans compter que la famille vit alors plus confortablement. Et si en plus il s'agit d'un homme bien, il appréciera le soutien de sa femme et s'intéressera à elle en retour. Mais les épouses de cette catégorie ne sont pas collées aux basques de leur compagnon. Elles ont leur vie, ils ont la leur. Quand c'est nécessaire, ils s'entraident, et tout le monde en sort gagnant.

— Logique.

— Ne vous emballez pas, ma chère. La réalité n'est pas aussi tranchée. Votre mari est un chirurgien débordé, ce qui suppose bien des compromis. Les hommes comme lui font beaucoup d'heures et se déplacent un peu partout pour assister à des conférences interminables. Ils mènent des recherches en se préoccupant de leur financement, ils se tiennent au courant des dernières découvertes dans leur spécialité. Ils ont la tête si farcie qu'il n'y a presque plus de place pour autre chose. Malgré leurs bonnes intentions, ils ratent les matches de base-ball, les spectacles de l'école, et ils sont toujours aux abonnés absents quand l'un de vos enfants tombe malade ou a besoin de points de suture. Dans ces quarts d'heure-là, ils sont soit déjà en salle d'opération, soit indisponibles avant deux jours, soit en visite à l'autre bout du pays. Parfois, on aimerait qu'ils arrêtent d'être si présents pour les autres et qu'ils fassent plus attention à nous. Parfois aussi, on préférerait qu'ils soient vendeurs de chaussures ou inspecteurs des impôts.

— Sam ne rêve que de chirurgie cardiovasculaire. C'est la seule voie qu'il ait jamais envisagée.

— Vous ne pouvez donc qu'essayer de le comprendre et d'en tirer votre parti. Aidez-le quand vous en avez l'occasion, mais essayez de ne pas trop vous sacrifier en cours de route.

— C'est ainsi que je vois les choses.

— Je n'en doute pas. Doug Malik est peut-être une ordure, mais il a du talent. Si Sam tient vraiment à travailler avec lui, faites de votre mieux pour que cela se réalise.

— Je ne suis pas sûre qu'il ait raison. Le calvaire qu'il endurera avec Malik risque de ne pas en valoir la peine.

— Peut-être pas.

— Enfin, il s'agit de sa carrière de toute façon, pas de la mienne. Ce n'est pas à moi de décider.

— Exactement. Autrefois, j'ai pensé que Leonard faisait une erreur en optant pour la chirurgie orthopédique. Il était si brillant, et les autres racontaient tant de mauvaises blagues sur cette spécialité, comme s'il n'y avait eu que les imbéciles pour se lancer dedans. Mais Leonard s'en moquait. Il tenait à travailler avec des enfants paralysés.

— C'était le meilleur dans son domaine et Sam le sera aussi.

— Vous voyez ? dit Frieda avec un sourire espiègle. Vous avez tout ce qu'il faut pour être une parfaite épouse de chirurgien : vous appartenez à la troisième catégorie.

— Je ne sais pas. Dans le cas présent, j'ai dû vexer la femme de Malik, sinon pourquoi se serait-elle comportée ainsi ?

— Il y a plein de raisons envisageables. Peut-être est-elle toujours aussi désagréable, ou peut-être avait-elle des soucis. Il arrive qu'on tombe sur un nid de guêpes en se promenant, mais si elles vous piquent, c'est parce que c'est dans leur nature, pas parce qu'elles sont furieuses contre vous.

— Je me le demande… Si quelqu'un mettait les pieds dans mon nid, même par accident, je serais prête à mordre.

— Vous avez essayé, ma chère, c'est le principal. Et vous continuerez à l'occasion. Mais le troisième type d'épouse sait aussi que, quoi qu'elle fasse, il est parfois impossible de gagner.

13

Les enfants étaient chauves, bouffis sous l'effet de traitements stéroïdiens et piégés dans un embrouillamini poignant de moniteurs plaintifs et de perfusions laissant tomber goutte à goutte leur venin. La gorge nouée, je balayai du regard les plâtres démesurés et les appareils orthopédiques. Des membres frêles pointaient çà et là sous le tissu délavé des pyjamas de l'hôpital. Une petite fille au visage lunaire était emprisonnée des hanches jusqu'au menton dans une coquille couleur chair. À côté d'elle, une casquette de base-ball vissée à l'envers sur le crâne, un garçon aussi couvert de bandages qu'une momie se pavanait avec une fierté feinte qui me fendait le cœur.

Frieda Kalisher fit lentement le tour des lits en saluant la dizaine d'enfants rassemblés là, dans cette salle aux teintes désespérément joyeuses. L'un des murs arborait des singes gambadant dans des arbres figurés par des sucettes. Un autre, des poissons stylisés et vêtus de jupes en paille, qui ondulaient comme des danseuses polynésiennes, accompagnés à la guitare par une pieuvre. Un troisième représentait un équipage de chats et de chiens astronautes dirigeant une fusée en forme de boîte de conserve vers les confins d'une galaxie.

— Tu as très bonne mine, Kelly ! s'extasia Mme Kalisher devant une enfant un peu ronde dont la tête était cernée d'un halo sinistre de pointes métalliques.

Au-dessus du lit sur lequel elle était étendue, un miroir permettait à la fillette de voir la pièce autour d'elle.

— J'espère que tu as bien étudié tes listes de mots. Continue ainsi et je parie qu'on te laissera sortir assez tôt pour que tu puisses préparer ton concours.

— Billevesée, pépia Kelly. B-i-l-l-e-v-e-s-é-e. C'est n'importe quoi.

— Vous entendez ça, Emma ? Voilà comment on sait qu'ils sont en voie de guérison. Quand ils retrouvent leur insolence. Kelly est très douée en orthographe. L'année dernière, elle a gagné le championnat régional. À ce rythme-là, elle remportera bientôt le trophée national et vous pourrez dire que vous, vous la connaissiez avant qu'elle ne soit célèbre.

— Candide, rétorqua Kelly. Ça s'écrit K-a-l-i-s-he-r.

— Et en plus elle a de l'esprit ! Maintenant, écoutez-moi tous. J'aimerais vous présenter à la personne surprise dont je vous ai parlé. Voici ma très bonne amie, Emma Colten. C'est une artiste merveilleuse, elle fait des portraits comme vous n'en avez jamais vu. La ressemblance est toujours tellement frappante qu'on n'en revient pas. Vous avez donc beaucoup de chance qu'elle ait accepté de venir ici aujourd'hui pour nous aider à réaliser un projet artistique.

Le garçon brûlé fourra ses mains bandées sous ses aisselles.

— Un projet artistique. Ben voyons. Ce sera sans moi.

Frieda lui barra la route alors qu'il se dirigeait vers la porte d'une démarche raide et empruntée.

— Tu as vraiment de la veine, Brent. Tu me diras ce que tu veux que je fasse et je le ferai.

— Non, merci. Je suis occupé. Faut que je me prépare pour le défilé des monstres, tout à l'heure. Je vise un trophée national, moi aussi.

— Visiblement, tu ignores que personne ne peut me résister. (Devant la mine narquoise de l'adolescent, elle poursuivit.) Et il se trouve que j'ai un certain ascendant sur le Dr McDonough.

— Le Dr Frankenstein, vous voulez dire.

— Tu penses certainement que cet homme ne plaisante jamais.

— Seulement quand il torture les gens.

— Réfléchis encore, mon jeune ami. Si tu joues le jeu correctement, je demanderai au Dr McDonough de te faire son imitation de Dolly Parton[1].

Un rire sec s'échappa de la bouche sans lèvres de Brent.

— Le Dr McDonough ? Non.

— Si. C'est à mourir de rire. Il a une perruque blonde et tout l'attirail qu'il faut. Et attention, *tout* l'attirail. Maintenant, tu ferais mieux de retourner à ta place et d'être créatif. Dolly Parton, il faut la mériter.

— Courbettes, lança Kelly. C-o-u-r-b-e-t-t-e-s. Ça veut dire : faire de la lèche à un gros connard.

— Idiote, répliqua Brent. Ça veut dire Kelly.

Mme Kalisher réprima un sourire.

— Je constate que vous vous sentez nettement mieux, tous les deux. J'en suis ravie !

1. Dolly Parton : chanteuse de country à la forte poitrine. (*N.d.T.*)

Étant donné les différents âges et handicaps de ces enfants, j'avais décidé de leur faire réaliser un collage à partir d'objets trouvés. Sur un chariot, je disposai des tasses remplies de boutons, des bobines vides, des carrés de tissu, des plumes, des bouts de laine, des haricots séchés, des maraconis, des Coton-Tige, des cuillères en plastique et des photos découpées dans des magazines. Pour le support, j'avais mis mon teinturier à contribution en lui soutirant plusieurs de ces feuilles cartonnées qu'il glissait dans les chemises afin de les empêcher de se froisser. Quant à la colle, elle était hypoallergénique, non toxique, sans odeur et approuvée par l'hôpital.

Debout près du chariot, je demandai aux enfants combien avaient déjà effectué des collages ou avaient entendu parler de cette forme d'art. Quelques mains se levèrent. J'expliquai alors qu'il s'agissait de compositions réalisées en fixant toutes sortes de matériaux sur une surface plane. Le principe remontait à la découverte du papier, mais c'était à Picasso que l'on devait d'avoir transformé le collage en véritable moyen d'expression artistique.

Une enfant décharnée fixa les objets disposés sur le chariot d'un air cynique.

— Qu'est-ce qu'on est censés faire avec ces trucs ?

J'y avais déjà réfléchi. En fait, j'avais même passé une grande partie de la nuit à retourner cette question dans ma tête. Mme Kalisher m'avait conseillé de bien cadrer le projet. La fatigue des enfants et les horaires stricts qu'ils devaient respecter limitaient la durée de ces séances, si bien qu'il était préférable de leur imposer un sujet pour être sûr qu'ils aient le temps de terminer.

Parce que je ne voulais surtout pas leur confier une tâche trop difficile pour eux, j'avais écarté l'idée des cirques, des terrains de jeu, des pique-niques et des scènes familiales à la maison. Pour finir, c'était Tyler qui m'avait fourni un très bon thème au cours de l'un de ses incessants réveils nocturnes.

— J'ai pensé que ce serait amusant de réaliser des monstres.

— Super, grinça Brent. Je vais faire le portrait de Kelly.

— Ouais, et moi je ferai le tien, renchérit un petit garçon au crâne chauve et au visage tout rond.

— Eh bien pas moi, rétorqua Kelly. Brent n'est pas un monstre, c'est une hallucination. H-a-l-l-u-c-i-n-a-t-i-o-n. Synonyme : cauchemar.

Mme Kalisher les rappela à l'ordre en frappant dans ses mains.

— Très bien. Vous avez une demi-heure. Le gagnant remportera un prix spécial puisque Emma fera son portrait ou lui dessinera ce qu'il ou elle voudra. À vos marques, prêts, partez !

Les enfants se mirent au travail avec l'aide des infirmières et des bénévoles arrivés pendant que nous nous installions. Quelques-uns étaient capables de se débrouiller seuls, mais la plupart étaient trop faibles ou avaient des capacités motrices trop diminuées pour s'en sortir. Certains, comme Brent, ne pouvaient pas du tout se servir de leurs mains. Je déambulai parmi eux tandis qu'ils sélectionnaient des objets, décidaient de leur position et les collaient.

La création de Brent était de loin la plus complexe. Guidant la main de Frieda, il avait fait naître une scène entière sur sa feuille cartonnée. Des bouts de tissu rouge s'élevaient d'un rectangle sombre au centre d'une pièce bordée de cuillères. Une silhouette figurée par des Coton-Tige était perchée au-dessus, tandis qu'à côté rôdait une créature grotesque et menaçante, avec, en guise de tête, un bouton planté au sommet d'une image représentant un corps de faucon. Alors que je m'approchais de lui, Brent demanda à Mme Kalisher de découper des petits morceaux de tissu rouge et jaune et de les coller.

— Et mettez aussi quelques plumes noires sur les Coton-Tige, dit-il d'une voix nerveuse, avec une lueur enthousiaste dans ses yeux caves.

Frieda plaça une petite plume noire sur la silhouette du collage.

— Comme ça ?

— Oui. Ajoutez-en encore. Mettez-en partout. Il faut qu'il y en ait qui tombent et d'autres qui volent dans les airs.

Mme Kalisher me fit un clin d'œil.

— Avez-vous déjà vu de telles qualités de meneur chez un jeune garçon, Emma ? Il m'explique ce que je dois faire avec tant de précision ! On croirait un vrai P-DG. Croyez-moi, un jour il sera un grand dirigeant.

Je contemplai la scène chaotique qu'il avait composée.

— C'est merveilleux, Brent. Le résultat est saisissant. Tu veux m'en dire plus sur ce collage ?

Il garda le silence.

— Pas de problème. Une œuvre peut se suffire à elle-même.

— Je vais vous expliquer, dit-il au moment même où je m'éloignais.

Ses yeux s'embuèrent derrière les bandages qui masquaient son visage.

— C'est Halloween, tard le soir. Le gamin dort, complètement épuisé. Il est resté des heures dehors à sonner aux portes du quartier avec ses amis pour réclamer des friandises aux gens. Il s'était déguisé en Frankenstein, avec un boulon dans le cou, du maquillage noir sur la figure, des chaînes aux mains et aux pieds. C'était une super-tenue. Ses amis et lui avaient accroché du papier toilette dans les arbres, jeté des œufs et fichu une peur bleue aux gosses. Une soirée d'enfer, quoi. L'éclate totale.

Tout le monde s'était tu dans la salle, même les plus jeunes. Tous étaient tournés vers Brent.

— Il doit être presque minuit. Vous voyez la lune ? (Il montra de sa main bandée le gros bouton argenté collé en haut de sa feuille.) Le gamin commence à avoir le nez qui le brûle. Ça, c'est la première chose qu'il remarque. Il sent aussi une odeur bizarre, très forte. Et puis, tout à coup, il y a une lumière si éblouissante qu'il voit toutes les étoiles de la galaxie, et aussi des comètes qui passent juste devant lui.

« Il essaie de se réveiller, mais n'y arrive pas. Il est coincé dans ce cauchemar incroyable – dans cette hallucination, ajouta Brent à l'intention de Kelly. Il voudrait hurler, mais là encore c'est impossible. Les cris restent bloqués dans sa gorge. Ses bras et ses jambes refusent de bouger, comme s'ils étaient gelés. D'ailleurs, il a l'impression que son cerveau n'est plus qu'un énorme bloc de glace que rien ne peut atteindre. Et cette glace est en feu, elle brûle en jetant des flammes froides.

Brent leva un bras.

— Ça, dit-il en pointant la créature surnaturelle de son collage, c'est le cauchemar, le monstre qui m'a arrosé d'essence et qui a frotté l'allumette.

Des larmes affluèrent à ses yeux tandis qu'un gémissement à peine audible lui échappait.

— C'est mon père.

Mme Kalisher le serra contre elle avec précaution.

— Bravo, dit-elle. Tu as bien fait d'évacuer tout ça. C'est très courageux de ta part, mon garçon. Je pense même que ton monstre mérite le premier prix. Tu viens de gagner un dessin d'Emma et une imitation de Dolly Parton par le Dr McDonough.

— Et comment ! articulai-je avec peine.

Tous ceux qui avaient deux mains applaudirent à ces mots.

Des années plus tôt, un autre père monstrueux avait enlevé son fils et l'avait transformé en torche vivante à la suite d'un conflit houleux autour de sa garde. L'histoire avait fait la une de l'actualité. Elle avait inspiré des livres et des films. Longtemps, les médias avaient commémoré le triste anniversaire du drame, et des reportages avaient été consacrés à la sortie de prison du père et aux cicatrices émotionnelles et physiques indélébiles de son fils.

Brent n'avait pas eu droit à une telle attention, lui. Ce genre de crime ayant déjà été commis et exploité avant, son cas n'avait pas été jugé digne d'intérêt. Seuls les monstres plus perfectionnés, ceux qui élaboraient des moyens toujours plus diaboliques de blesser leurs rejetons, accédaient désormais à la célébrité.

Brent éclata de rire.

— McDonough en train d'imiter Dolly Parton, ça c'est d'enfer !

Mme Kalisher posa une main sur son épaule.

— Non, mon garçon. C'est toi qui es d'enfer.

14

En pénétrant dans l'immeuble cossu de la Cinquième Avenue, Tyler s'accrocha à ma main et resta en retrait derrière moi. Le hall d'entrée, très solennel avec ses meubles raffinés, ses lambris lustrés, ses tableaux de chasse britanniques et son gardien aux gants blancs et à la mine sévère, offrait un parfait antidote à l'exubérance d'un enfant – de même que l'ascenseur, une antiquité tout en cuivre et en acajou, commandé par un autre employé parfaitement assorti au décor.

Le liftier nous déposa à l'avant-dernier étage, dans le vestibule privé du gigantesque appartement que Sam Senior partageait avec sa seconde épouse, Winifred Plascoe Colten, dite « Freddie », veuve d'un magnat du pétrole qui lui avait laissé à sa mort un quart de sa fortune familiale.

Une servante en uniforme nous ouvrit. Freddie, qui n'éprouvait pas le besoin de faire quoi que ce soit par elle-même, se tenait dans la galerie devant un portrait de mon beau-père, pour lequel on n'avait pas sollicité mes services. Un énorme lustre vénitien en cristal la baignait d'une lumière fragmentée.

— Emma, quel plaisir ! Et regardez-moi ce beau jeune homme. Que tu as grandi depuis la dernière fois ! Quand était-ce, déjà ?

— À Noël. Juste avant que vous ne partiez à Palm Beach. Vous nous aviez invités à venir admirer votre sapin.

Nous avions supposé qu'il y aurait des cadeaux pour nous à son pied et nous étions donc préparés mentalement à cette idée. Mais, comme souvent avec Sam Senior et Freddie, nous avions eu tort.

— C'est pour cela que je vous ai priée d'emmener cet enfant. Senior sera ravi de le voir.

Ce n'était pas tout à fait exact. Si Senior serait content de voir Tyler, il le serait tout autant lorsque nous partirions. Mais puisque Freddie en avait exprimé le désir – puisqu'elle avait « insisté », même –, j'avais cédé à sa demande.

— Venez, nous allons nous installer dans le petit salon. Senior avait une réunion en ville, mais il ne devrait plus tarder. Nous passerons à table dès qu'il sera rentré. Que boira ce jeune homme pendant le repas ?

— Vous avez du jus de pomme ?

Freddie parut légèrement choquée, comme si je lui avais demandé si elle avait une maladie sexuellement transmissible.

— Je peux dire à Maisie de lui presser des oranges.

— Merci, mais il ne raffole pas des jus de fruits frais. Du lait ou de l'eau feront très bien l'affaire.

Le petit salon était une vaste pièce inondée de soleil et décorée dans des tons pastel. Freddie prit place sur un canapé au milieu de coussins en tissu Fortuny et croisa dignement les jambes tandis que je m'asseyais avec précaution sur une chaise à l'aspect fragile. J'étais venue jouer les épouses parfaites – celles de la troisième catégorie. Ce n'était pas le moment de briser l'une des précieuses antiquités de mes beaux-parents.

De même, les crises de colère de Tyler, ses pleurnicheries ou sa tendance à tout démolir autour de lui ne serviraient pas la cause de Sam. Il n'y avait pratiquement rien dans cet appartement qu'il pût toucher sans risque, aussi avais-je emporté des autocollants, des crayons de couleur « magiques » qui ne marchaient qu'en diluant la mine dans l'eau, ainsi que quelques-uns de ses livres les plus divertissants. Par mesure de sécurité, j'avais également eu recours à mon arme la plus efficace pour le dissuader de commettre la moindre bêtise : la corruption. S'il se comportait en citoyen modèle, il aurait droit à une double ration de glace avec des pépites de chocolat.

Les premiers signes furent encourageants. Allongé sur le tapis d'Aubusson, il commença à feuilleter ses livres. Tyler aimait lire à sa manière, en chantonnant sa version de l'histoire d'une voix de fausset.

Freddie le contempla avec une mine horrifiée.

— Il ne serait pas mieux assis sur une chaise, Emma ? Il peut se servir de mon bureau, s'il veut.

— Merci, mais je pense qu'il préfère rester avec nous. De toute façon, il aime jouer par terre.

Bootsie, un bichon maltais options poids plume et bégueule, déboula à cet instant en faisant cliqueter ses griffes sur le sol. Freddie le souleva et le posa sur le canapé, où l'animal s'assit avec un air plein d'impatience, prêt semblait-il à participer à une discussion politique animée.

Évidemment, Freddie l'avait dressé jusqu'à lui faire presque oublier qu'il était un chien. Il était heureux qu'elle n'ait jamais eu d'enfants, car les pauvres petits auraient à coup sûr eu de l'amidon dans le sang et porté des cravates Hermès au lieu de bavoirs. À cet égard, mes beaux-parents allaient parfaitement bien ensemble, un peu comme un combiné frigo-congélateur.

Fidèle à son habitude, Sam Senior arriva tiré à quatre épingles, avec des cheveux d'un noir improbable et des dents d'une blancheur stupéfiante.

— Vous avez l'air en forme, Emma.

— Merci. Vous aussi.

— Quand devez-vous accoucher ?

— Dans deux mois. C'est une petite fille.

Tyler dressa l'oreille à ces mots.

— Pas de bébé ! cria-t-il. J'en veux pas !

— Pas de caprices ici, jeune homme, répliqua Freddie. Maintenant, lève-toi et dis bonjour à ton grand-père. Les hommes bien éduqués se serrent la main.

Tyler la dévisagea comme s'il avait eu une extraterrestre en face de lui.

— Passons à table, voulez-vous ? intervint Senior en jetant un œil à sa montre. J'ai un rendez-vous à 14 heures.

— Certainement, très cher. Emma, vous venez ?

Freddie nous conduisit jusqu'à la salle à manger, une pièce immense, toute rutilante, avec une vue spectaculaire sur Central Park et la façade ensoleillée du Metropolitan Museum.

Tyler se percha sur une chaise tapissée de soie à côté de moi. Le repas débuta par une crème d'asperges, suivie d'une salade de fruits de mer sur un lit de frisée. Prévoyante, j'avais apporté des crackers au beurre de cacahuète et du raisin.

— Tu dois goûter à nos plats, jeune homme, s'insurgea Freddie. Ils sont délicieux.

Elle fit signe à la servante, qui plaça un bol de soupe devant Tyler et lui servit un peu de salade.

— Non, maman, j'en veux pas, geignit-il. C'est berk !

— Il est un peu difficile, expliquai-je en poussant l'assiette et le bol à distance respectable de son bras menaçant.

Senior avala une gorgée de sauvignon blanc.

— Alors, Emma. Que me vaut le plaisir de votre visite ?

— Je ne vous ai pas vus depuis longtemps et j'ai pensé que ce serait sympa de passer vous dire bonjour.

— En effet. Comment va mon fils ?

— Toujours aussi débordé. Il attend l'année prochaine avec impatience et espère devenir chef des internes. Il va aussi déposer une demande de spécialisation.

Ma réponse m'attira un haussement de sourcils patricien.

— Vraiment ? Il a fait son choix ?

— Il n'a pas changé d'avis, il vise toujours la chirurgie cardiaque.

— Quel dommage que rien ne puisse l'en dissuader, soupira Senior. Les cardiologues ont pratiquement mis les chirurgiens au chômage. J'ai pourtant prévenu Sam que cette spécialité le mènerait à une impasse, mais il n'en fait toujours qu'à sa tête.

Il avait visiblement de qui tenir, me retins-je de répondre.

— Si son choix se révèle être une erreur, il devra l'assumer. C'est gentil à vous de lui offrir vos conseils, en tout cas.

Pendant que Senior me scrutait en jaugeant ma sincérité, je coupai une crevette gargantuesque en petits morceaux.

— Il a réfléchi à l'endroit où il aimerait faire cette spécialisation ?

Prudente, je pris le temps de la réflexion.

— Bien sûr, nous préférerions rester à New York, mais Sam tient avant tout à être formé par le meilleur chirurgien qui soit.

— Et qui serait cet homme, selon lui ?

Posez une question piège et elle risque fort de se retourner contre vous…

— Je suis certaine qu'il y a plusieurs personnes avec qui il serait heureux de travailler. Les talents ne manquent pas dans ce domaine.

— Tout dépend de vos critères et des personnes à qui vous faites confiance pour évaluer ces talents. La plupart des chirurgiens cardiaques ne sont que de grosses baudruches.

— Vous n'en voyez aucun qui sorte du lot ?

Senior tapota la nappe blanche avec impatience.

— Quelques-uns, oui, encore qu'ils ne soient vraiment pas aussi doués qu'ils voudraient le faire croire.

— À la place de Sam, lequel placeriez-vous au-dessus de tous les autres ?

— Maman, regarde ! Il y a un chien ! s'exclama alors Tyler.

Il venait de repérer un setter irlandais dans le parc. Enfin quelque chose d'intéressant, semblait-il dire.

— Oui, mon chéri. Je le vois.

— Les adultes sont en train de discuter, Tyler, le sermonna Freddie, toute raide d'indignation. Ce n'est pas poli de les interrompre.

— Et là, encore un autre !

Sans lui prêter attention, Senior fronça les sourcils.

— Si j'étais assez stupide pour faire un choix aussi malavisé que le sien, je suppose que je tenterais ma chance auprès de Vic Elkins, à la clinique Mayo, Gavin Tremont au Brugham and Women's, Herndon Hart au John Hopkins Hospital, ou encore Lane Starrett au Duke.

Mes espoirs s'envolèrent. S'il avait des préjugés contre Malik, il ne faudrait pas compter sur lui pour aider Sam à obtenir ce qu'il désirait.

Freddie avala une cuillerée de soupe avec le petit doigt levé. Pour quelqu'un qui avait grandi dans une ferme du Midwest, elle imitait à la perfection une dame de bonne famille.

— Vous oubliez Doug Malik, très cher.

— Non, je ne l'oublie pas, répondit Senior d'un ton contrarié. Il va sans dire qu'il est le meilleur qui soit. Simplement, il ne conviendrait pas à Sam.

— Pourquoi ?

— Les Malik vivent au-dessus de chez nous, lança Tyler. Ils ont une grande fille qui est méchante et pas de bébé du tout, eux.

Je pressai un doigt sur mes lèvres pour lui intimer le silence. J'étais venue faire la lèche-bottes, après tout.

— Parce que Doug Malik est un dur à cuire, répliqua Senior. Un professionnel exigeant et pragmatique. Sam a toujours été… un peu sensible. Doug n'en ferait qu'une bouchée et se débarrasserait de lui aussitôt après.

Tyler glissa au bas de sa chaise. Il avait avalé un cracker et deux grains de raisin, et cela lui suffisait pour le moment.

— Assis, jeune homme ! lui ordonna Freddie, scandalisée. Tu n'as pas reçu l'autorisation de sortir de table.

— Mais j'ai fini.

— Tu auras fini quand je le dirai.

— C'est bon, maintenant.

Senior ignora leur échange.

— Ça m'ennuie d'avoir à le reconnaître, mais Sam n'a pas les nerfs assez solides pour résister à quelqu'un d'aussi dur et pointilleux que Doug Malik.

Je mourais d'envie de les étrangler, Freddie et lui, mais j'avais réussi à ferrer mon poisson et je ne voulais pas le laisser échapper.

— Vous savez quoi ? Je suis bien d'accord avec vous.

Senior parut surpris. D'ordinaire, je défendais toujours ardemment la cause de Sam.

— Vraiment ?

— Tout à fait. Sam aura tout à gagner à suivre un programme moins difficile auprès de quelqu'un qui le soutiendra et fera preuve de compréhension envers lui. Après tout, nous allons bientôt avoir deux enfants en bas âge à la maison. Je ne tiens pas à ce qu'il travaille non-stop et soit toujours absent.

La mine de mon beau-père s'assombrit.

— À ce stade de sa formation, la carrière de Sam doit passer en premier, Emma. Ne faites pas l'erreur de croire que vous pouvez transformer un chirurgien ambitieux en animal domestique. Mon fils est sensible et il manque de mordant, mais je peux vous assurer qu'il ne le supportera pas.

En temps normal, je ne reculais pas devant un affrontement direct avec Senior, mais je découvrais soudain que le manipuler était beaucoup plus amusant.

— Peut-être, déclarai-je avec une feinte indifférence. Mais à moins que Sam obtienne de faire sa spécialisation sous la direction de Malik, nous ne saurons jamais qui de nous deux a raison.

— Ne vous méprenez pas, Emma. Les autres personnes que j'ai mentionnées tout à l'heure ne le ménageront pas davantage. Une formation de top niveau en chirurgie cardiaque n'a rien d'une partie de plaisir.

— Je m'en doute. C'est pour ça que je répète tout le temps à Sam que s'il n'obtient pas une place auprès de Malik, il en trouvera bien une autre à New York. Et s'il ne s'agit pas d'une formation de top niveau, comme vous dites, ce ne sera pas la fin du monde. Je me soucie beaucoup plus de notre qualité de vie.

Senior pressa une serviette contre ses lèvres pincées.

— Pensez ce que vous voulez, Emma, mais l'avenir de mon fils prime sur tout le reste. Je ne vous laisserai pas vous mettre en travers de sa route.

15

Appeler un établissement « coopérative » ne signifie pas que les éléments disparates qui le composent cohabitent mieux qu'ailleurs. Malgré son but affiché – tendre à l'harmonie et au bien commun –, l'école des Petits Rangers avait elle aussi ses conflits, ses crises et ses coteries.

Pour beaucoup de parents new-yorkais, l'éducation n'était pas tant le moyen de former des esprits éclairés qu'un sport de combat dans lequel des enfants réduits au rôle de pions servaient à éliminer les joueurs qui constituaient une menace pour l'ego des autres. La maternelle de mes enfants est meilleure que la vôtre. Mon fils a été admis à Trinity, donc je suis. Tel était le genre de raisonnement tenu par certains.

Derrière l'apparente bonne humeur qui régnait dans la maternelle de Tyler, les tensions prenaient parfois des proportions démesurées. Tout ce qui s'y passait était considéré comme un facteur déterminant dans la course sans merci menant à une prestigieuse université. La plupart des enfants en étaient encore à apprendre à être propres et à se défaire de leur dépendance à la tétine mais, déjà, des termes tels que « réussite » et

« enseignement universitaire » pointaient le bout de leur vilain nez. Les programmes, les classes de niveau et l'absence de notes suscitaient des débats houleux, et il suffisait de peu pour mettre le feu aux poudres.

J'avais passé la matinée au Metropolitan Museum avec une classe d'artistes en herbe afin de leur faire étudier une sélection d'œuvres d'art. Je m'apprêtais ensuite à aller chercher Tyler lorsqu'un défilé sur la Cinquième Avenue me fit prendre du retard. Jointe par téléphone, Siena m'assura qu'il n'y avait aucun problème mais, dès mon arrivée, je sentis qu'il y en avait un. Un gros, même.

Elle était assise à l'une des petites tables avec la mère de Marissa, Jeanette, et un mince individu en costume dont le crâne se dégarnissait. À l'autre bout de la grande salle, Marissa et Amity enfilaient des colliers de perles et se paraient de grandes bandes de tulle et de foulards éclatants, tandis que Tyler alignait soigneusement des crayons afin de faire dérailler un train en bois.

Alors qu'elle était d'un optimisme à toute épreuve, Siena affichait une mine abattue face à une Jeanette rouge et tremblant de rage qui s'exprimait en donnant des coups de poing féroces sur la table. À côté d'elle, installé inconfortablement sur une chaise d'enfant, l'inconnu en costume tenait ses mains pâles croisées sur ses genoux. Il était venu armé d'une grosse Rolex en or, d'un attaché-case plein à craquer et de l'air neutre d'un homme payé à l'heure.

Je restai près de la porte.

— Désolée de vous déranger, m'excusai-je. Ty, va chercher tes affaires. C'est l'heure de partir.

— Non, maman. Pas tout de suite. Je suis occupé.

— Tu pourras faire dérailler des trains à la maison.

— Il faut que je finisse ici.

Siena me jeta un regard implorant.

— Tu veux bien te joindre à nous une minute, Emma ?

— Elle n'a rien à voir avec cette histoire, objecta Jeanette. Cela ne concerne que vous et moi.

— Faux. D'une part, vous êtes venue avec votre avocat, et d'autre part il s'agit d'une école parentale. Tous les membres impliqués dans son fonctionnement ont voix au chapitre et, de plus, Emma consacre beaucoup de temps aux Petits Rangers.

— Pourquoi ne pas plutôt la désigner comme ce qu'elle est vraiment, c'est-à-dire votre copine ? Pourquoi ne pas admettre que vous êtes incapable de juger en toute objectivité de ce qui, ici, est acceptable ou pas ? Vos relations avec certaines personnes sont déplacées. Vous avez vos chouchous et j'estime que cela affecte votre bon sens.

L'avocat posa une main sur le poignet de Jeanette.

— Tenons-nous-en au problème que nous tentons de résoudre, madame Trevallis.

— J'aimerais qu'Emma se joigne à nous, insista Siena avec plus de fermeté.

— Je n'y vois aucun inconvénient, dit l'avocat.

— Eh bien moi si, geignit Jeanette. Je suis sûre qu'elles vont se liguer contre moi.

— Personne ne se liguera contre qui que ce soit, répliqua-t-il. Nous sommes ici pour avoir une discussion utile et, je l'espère, trouver une solution rapide qui satisfera tout le monde.

— Emma ? lança Siena en tapotant la chaise vide à côté d'elle.

Je vins m'y asseoir à contrecœur. Ma curiosité initiale avait été douchée par une petite voix intérieure beaucoup plus puissante qui me conseillait de fuir. Les gens sensés ne s'interposaient pas entre une lionne en colère et la précieuse enfant qu'elle élevait en vue de la faire admettre à l'université de Dalton et de la marier si possible avec un diplômé de Harvard.

Jeanette ne daigna pas me regarder. À la place, elle se tourna vers Siena et martela de nouveau la table.

— Très bien, je me fiche de savoir qui m'entend. Je vous dis que cet enfant n'a rien à faire dans cette classe. Son comportement est de plus en plus dangereux et gênant.

La peur me noua le ventre. Parlait-elle de Tyler ?

— Marissa adorait l'école avant mais, à cause de Jake, elle est terrifiée et refuse de venir.

— Jake ? m'exclamai-je.

— Bien sûr, Jake. De qui d'autre pourrait-il s'agir ? Je dois cajoler Marissa pour la faire sortir de la maison, maintenant. Certains jours, il faut presque que je la traîne jusqu'ici. Une telle phobie peut avoir des conséquences désastreuses chez un enfant. Il n'est pas question que ma fille soit exposée à un tel danger à cause d'une notion sentimentale absurde qui veut que l'intérêt d'un gamin à problèmes passe avant celui de tous les autres.

— Il y a plein de raisons pour lesquelles certains enfants semblent ne plus aimer l'école, répondit Siena avec un calme admirable. Marissa a commencé à dire qu'elle ne voulait plus venir ici à partir du moment où vous avez adopté un chiot, Jeanette. Selon elle, Muffin lui manquait. Son attitude n'a donc rien à voir avec Jake.

— Cela a tout à voir avec Jake, au contraire ! tonna Jeanette. Marissa ne parle plus que de lui, du fait qu'il la frappe, qu'il la mord et ainsi de suite. N'allez pas me faire croire que vous savez mieux que moi ce que vit mon enfant.

— Il existe une manière très simple de le vérifier. Pourquoi ne pas poser la question à Marissa ?

— Certainement pas ! Je ne vous laisserai pas manipuler ma fille pour l'amener à dire ce que vous voulez. C'est une petite impressionnable et sans défense. Voilà le problème.

— Non, le problème est que tous les élèves de cette école ont le droit d'être ici. Nous n'en renverrons aucun sous prétexte qu'il ne nous plaît pas. Comment réagiriez-vous si les parents d'un autre enfant demandait que Marissa ne soit plus autorisée à venir ?

Jeanette bondit de sa chaise.

— C'est inacceptable ! Impardonnable ! Comment osez-vous comparer ma petite fille parfaite à ce… à ce…

— Je ne compare personne à personne. Chaque enfant est différent, et ça, je le respecte tout à fait. Je reconnais que Jake est un peu atypique de par ses besoins particuliers. Mais comme tous les autres, il mérite une chance d'apprendre et de grandir dans un environnement aussi normal que possible. Nous nous y sommes engagés. Je regrette que vous ne souteniez plus l'école sur ce point, mais ça n'est pas près de changer.

L'avocat réussit à faire asseoir Jeanette sur sa petite chaise.

— Nous apprécions cet engagement, madame Gladwell. Votre désir d'inclure dans cette maternelle des éléments « atypiques », comme vous dites, est très louable. Personne ne songerait à vous critiquer ou à remettre en cause le droit de ces enfants à être scolarisés dans un environnement adapté. Nous avons bien conscience de la législation dans ce domaine, mais nous savons aussi que l'État de New York a lancé en 1986 un programme de prise en charge de ces enfants depuis leur naissance jusqu'à l'âge de trois ans.

— Je suis ravie que vous en soyez informés.

— La question n'est pas de déterminer si Jake mérite ou pas d'être scolarisé. La réponse est oui, évidemment. Nous contestons juste votre affirmation selon laquelle l'école des Petits Rangers répond à ses besoins. Nous sommes ici dans une structure privée qui dispose de moyens corrects pour accueillir des enfants présentant un développement normal. Il y a d'excellents programmes subventionnés par l'État pour les petits comme Jake.

— C'est là-bas qu'est sa place, renchérit Jeanette. Pas ici, où il gâche la vie de tout le monde !

Je la fixai avec horreur et incrédulité. Marion et Bob, les parents de Jake, étaient censés être ses amis. Elle savait très bien qu'ils avaient étudié toutes les solutions existantes pour « les petits comme Jake » et que cela les avait complètement découragés. Ils voulaient maintenir leur fils dans un endroit qui lui était familier, avec des enfants soi-disant normaux dont les progrès auraient peut-être une influence bénéfique sur lui. Les amis ne vous poignardaient pas dans le dos, avais-je envie de lui lancer.

— Jake ne gâche la vie de personne, dis-je.

— Oh si ! répliqua-t-elle en abattant de nouveau son poing sur la table. Son comportement n'est pas seulement dangereux et gênant, il donne aussi un très mauvais exemple.

— Les autres ont beaucoup appris de lui sur l'acceptation et la tolérance. Vous devriez vous joindre à eux de temps en temps.

— Pas la peine de monter sur vos grands chevaux, Emma. Je parie que vous vous posez des questions sur Jake, vous aussi. Je le ferais en tout cas si Tyler était mon fils.

Je me retins de l'étrangler. À la place, je jetai un œil à mon cher bambin qui, après avoir propulsé un wagon de passagers au bas d'une pile de cubes, s'employait à cet instant à écraser les victimes avec une joie vicieuse.

Mon cœur se serra.

— Ce qui est arrivé à Jake me rend malade. Je m'inquiète pour lui et pour ses parents. C'est différent.

— Parfait. Soyez noble si vous voulez. Moi, je me préoccupe de ma fille. Comment puis-je expliquer à Marissa que Jake a le droit de pousser et de mordre les autres, mais pas elle ?

— Facile, répondit Siena. Je n'arrête pas de le répéter. D'abord, personne ne prétend que Jake a le droit d'être agressif. Je dis aux enfants que nous devons tous essayer de nous comporter de notre mieux. Apprendre à se maîtriser et développer des aptitudes est plus facile pour certains que pour d'autres. Ce n'est pas parce que quelques-uns connaissent déjà les lettres de l'alphabet ou savent écrire leur nom qu'il faut pénaliser ceux qui en sont incapables.

Jeanette devint livide. Marissa faisait justement partie de ceux qui ne le pouvaient pas.

— Ce n'est pas comparable. Avant que Jake ne devienne aussi incontrôlable, Marissa n'aurait jamais exprimé sa frustration par la violence. C'est depuis qu'il lui donne un mauvais exemple qu'elle réagit brutalement quand elle n'obtient pas ce qu'elle veut.

— Je suis sûr que l'école ne souhaite pas être tenue responsable des conséquences durables que pourrait avoir une influence aussi néfaste sur les autres enfants, déclara l'avocat.

La menace était à peine voilée. Si Jake n'était pas expulsé, Jeanette et son abruti de mari, Arthur, engageraient des poursuites. Ils accuseraient l'école de tous les échecs futurs de leur fille.

— Maintenant que j'y pense, dis-je avec un sourire mielleux, je crois bien que c'est Marissa qui a appris à Tyler à taper les gens.

— Je n'ai jamais rien entendu d'aussi ignoble ! cracha Jeanette.

— Sans oublier cette manie de fourrer les doigts dans son nez. Tyler n'aurait jamais eu l'idée de faire quelque chose d'aussi dégoûtant, avant.

— Je n'apprécie pas que vous preniez cette affaire à la légère, Emma. Elle est très grave.

— Je suis bien d'accord. C'est vrai, tu ne trouves pas que Marissa se cure le nez de manière vraiment atypique, Siena ? Tu es la mieux placée pour en juger.

— Chaque enfant a ses points forts et ses points faibles, répondit-elle en réussissant presque à conserver son sérieux.

— Vous voyez, se plaignit Jeanette à son avocat. Je vous avais dit qu'elles se ligueraient contre moi.

L'homme toussota discrètement.

— À l'évidence, cette discussion ne nous mènera nulle part.

— Trahir vos amis ou les frapper quand ils sont à terre non plus, dis-je à Jeanette.

L'avocat leva les mains.

— Calmez-vous et essayez d'être rationnelles. Il existe certainement une solution qui contentera tout le monde. Jake pourrait par exemple rester ici encore deux ou trois semaines, un mois tout au plus, le temps que ses parents lui trouvent une structure d'accueil plus adaptée.

— Non, refusa Jeanette. La situation a déjà trop duré.

— Ou peut-être accepteront-ils de le retirer de la maternelle durant une période prédéterminée à l'issue de laquelle ses progrès seraient évalués, poursuivit l'avocat. Dans six mois ou un an, avec un soutien approprié, il est fort possible qu'il soit capable de s'intégrer ici sans problème. Les jeunes enfants évoluent de manière remarquable pour peu qu'ils soient placés dans un bon environnement. De toute façon, je suis certain que Jake gagnerait à fréquenter une école plus en mesure de répondre à ses besoins.

— Sinon ? demanda Siena.

— J'espère que nous n'aurons pas à en venir là, mais mes clients sont prêts à entamer une procédure judiciaire.

— Faites comme bon vous semble, répondit-elle. Jake reste ici.

— C'est ce que nous verrons ! s'insurgea Jeanette, avant de se lever.

— En effet. Je vais convoquer les autres parents le plus vite possible pour que nous puissions tous discuter ouvertement de cette question. J'espère qu'Arthur et vous serez présents.

Jeanette parut prise au dépourvu. Elle s'était attendue à obtenir gain de cause rien qu'en montrant les dents mais, que cela lui plaise ou non, elle allait devoir fournir des arguments autrement plus rigoureux.

16

— Em ? Ty ? Vous êtes là ?

Ce fut le ton joyeux de Sam qui m'alerta en premier lieu. Quelque chose clochait. D'habitude, après un service de trente-six heures, il n'était plus que l'ombre de lui-même. Il rentrait épuisé, abattu, sans avoir presque plus conscience de rien, et à peine avait-il trouvé la force d'avaler une bouchée qu'il sombrait dans un long coma solitaire.

— C'est papa ! exulta Tyler.

Il bondit hors de la baignoire en m'aspergeant copieusement. Je saisis une serviette et le rattrapai avant qu'il pût arroser tout l'appartement. Son corps couvert de mousse me glissait entre les doigts.

— Lâche-moi, maman. C'est papa !

— Deux secondes. Il faut d'abord te sécher.

Sam surgit tout sourire dans la salle de bains.

— Qu'est-ce que je vois là ? Un petit poisson tout nu et tout savonneux !

Tyler sauta dans ses bras, mouillant sa blouse et sa tenue de bloc opératoire. Loin de s'énerver, ainsi que je m'y attendais, Sam éclata de rire.

— Je suis pas un poisson tout nu et tout savonneux, papa. Je suis un poisson Batman.

— Ah oui ? Quelle coïncidence…

De la poche de sa blouse, Sam sortit une petite figurine Spiderman. Ce n'était pas Batman, mais presque.

Plus d'une minute s'était écoulée depuis son arrivée, et pourtant Sam ne se désintéressait toujours pas de nous pour tomber en léthargie. Au lieu de me tendre Tyler, il s'accroupit, le frictionna avec la serviette puis, lorsque j'eus peigné et habillé notre fils d'un pyjama, le hissa sur ses épaules et se dirigea vers le salon.

— Mesdames et messieurs, j'ai une grande surprise pour vous.

— Qu'est-ce que c'est ?

— Tu verras. Ferme les yeux.

— Comment suis-je censée voir avec les yeux fermés ?

Mal assurée, je le laissai me guider. J'avais eu ma dose de surprises ces derniers temps, toutes plus désagréables les unes que les autres. Je n'étais pas du tout superstitieuse ou pessimiste, mais les ennuis avaient tendance à surgir en tir groupé.

— Bien. Tu peux regarder maintenant.

Sam avait recouvert la table d'une jolie nappe blanche, mais le côté festif de la chose s'arrêtait là. Des instruments chirurgicaux étincelants s'alignaient dessus à côté d'une pile bien droite de manuels de médecine. *Principes d'anesthésie. Les Annales de Klorman sur la chirurgie cardio-thoracique. Morbidité péri-opératoire chez le patient pulmonaire.*

— J'abandonne, Sam. Que se passe-t-il ?

— Pas si vite, madame Colten. Devine.

— Des clamps, des embouts de cautère, des écarteurs, du fil à suturer… Non, je n'ai pas la moindre idée.

— Allez, essaie.

— C'est des trucs de docteur, dit Tyler.

Sam lui ébouriffa les cheveux.

— Bravo, champion. Maintenant, c'est au tour de maman.

— Hum. Je sais : tu as l'intention de me lobotomiser à la maison.

— Plus bas.

— Plus bas ? Quoi, tu veux faire ça au sous-sol ?

— Je veux dire, plus bas au niveau corporel.

Je croisai les bras sur mon ventre.

— N'y pense même pas. Je t'aime beaucoup, mais il n'est pas question que tu m'aides à mettre ce bébé au monde.

— Tu n'y es pas du tout, ma belle. Le Dr Malik m'a choisi comme assistant pour une transplantation cœur-poumons.

— Malik ?

— Incroyable, non ? J'étais certain d'être définitivement grillé auprès de lui, et voilà qu'il m'accorde une seconde chance. Tu le crois, ça ?

— Je suis contente. Je sais combien c'est important pour toi.

Je savais aussi que je n'étais probablement pas étrangère à ce soudain revirement, et que la médaille pouvait bien avoir un très, très gros revers. Le Dieu de Cleveland ne m'inspirait aucune confiance.

— Imagine ce que je ressens et multiplie ça par dix, Em. C'est un rêve qui devient réalité.

Notre fils, lui, était encore sur des charbons ardents.

— C'est quoi la surprise, papa ? demanda-t-il en sautillant autour de nous. Des cadeaux ?

— Tu as eu Batman, Ty, répondit Sam. La surprise, c'est que papa va servir d'assistant au plus grand docteur chirurgien du monde ! Il n'y a pas mieux !

Mais Tyler continuait à faire des bonds sur place.

— C'est de la glace ?

— Non, on parle du travail de papa, mon chéri.

Ma réponse calma aussitôt Tyler, à défaut de Sam.

— L'opération est prévue jeudi. Ça me laisse ce soir et demain soir pour me préparer. Je me suis dit que j'allais potasser mes manuels, et aussi faire un test sur le simulateur de l'hôpital demain. Je veux pouvoir anticiper les moindres gestes de Malik et être prêt à faire tout ce qu'il me demandera.

— Si je peux t'être utile…

— Merci, Em. En fait, oui, il y a un moyen. J'ai vraiment besoin de me concentrer pour être bien au point. Sinon, tout sera fini pour moi. Ça t'ennuie si je m'enferme au calme jusque-là ?

Je masquai ma déception. Pour la deuxième fois en deux jours, j'avais l'occasion de me comporter en parfaite épouse, et je ne trouvais pas ça drôle du tout. Si ma récompense se résumait à des déjeuners avec le père de Sam et des nuits solitaires, je n'étais peut-être pas taillée pour le rôle.

— D'accord. Mais tu es le bienvenu ici. On ne te dérangerait pas.

— Tu pourrais me lire des histoires, papa, renchérit Tyler. Et aussi faire l'avion avec moi. Je t'aiderai à jouer au docteur chirurgien.

Le regard de Sam fut éloquent.

— Très bien, file.

Après avoir couché Tyler, je me concoctai un dîner royal à partir des petits pois qu'il avait refusé de manger et des restes collants de son hamburger. Puis je m'attelai au portrait des Palliser durant quelques heures. Il avançait plutôt bien, et je complétai la profusion lumineuse des petites fleurs peintes à l'aquarelle à l'arrière-plan, dans le jardin enchevêtré, jusqu'à en avoir le dos endolori et les yeux embués de fatigue.

Plus tard, une fois calée contre mes oreillers, je repris la lecture d'un livre destiné aux futurs parents. Au bout de trente-deux semaines, le fœtus pesait environ 2 kilos, il avait la taille d'un beau poulet et mesurait presque 42 centimètres, soit plus que la diagonale de mon écran d'ordinateur. Notre petite fille avait à présent de fins cheveux qui remplaçaient son précédent duvet simiesque, connu sous le nom de lanugo. Elle avait aussi de minuscules ongles d'orteils, et ses cinq sens fonctionnaient parfaitement. Je doutais qu'elle eût grand-chose d'intéressant à écouter, à renifler ou à voir là où elle était, mais si elle ressemblait un tant soit peu à l'image reproduite au début du chapitre, alors Mlle Colten avait l'esprit encombré d'un tas de gros problèmes.

À ce stade, elle commençait à rêver. Cela voulait-il dire qu'elle pouvait faire des cauchemars ? Était-ce pour cette raison qu'elle s'agitait souvent en pleine nuit ?

Je m'inquiétais à l'idée qu'elle soit d'une nature aussi angoissée que la mienne. Mes craintes étaient fondées – après tout, Tyler était le portrait craché de Sam. Il partageait la même passion que lui pour l'ordre, la glace, les chiffres et le sport à la télé. Comme lui, il s'énervait facilement et n'avait pas la mémoire courte. Comme lui aussi, il avait tendance à pardonner trop vite ou pas du tout. Il paraissait donc logique que, à l'image de sa mère, cette petite fille ait le don d'imaginer toujours le pire et une forte propension à se flageller. Nul doute aussi que ses cheveux frisotteraient par temps de pluie, qu'elle aurait mon piètre sens de l'orientation, mon amour du dessin et ma peur panique des souris.

J'attrapai ensuite mon livre des prénoms et les passai en revue jusqu'à m'assoupir. Abigail, Addison, Agatha, Agnes, Aileen.

Je glissais dans un état de semi-torpeur lorsque des pas précipités résonnèrent à l'étage supérieur, suivis de la voix désormais familière d'Adriana Malik – une voix qui devint perçante et apeurée sitôt que son père fut entré dans sa chambre.

Je me raidis, avant d'avoir l'agréable surprise d'entendre la conversation prendre une tournure plus douce et apaisante. Je ne distinguais pas ce qu'ils se disaient, mais la voix de Malik dégageait une tendresse indéniable, comme des accords mélodieux et aimants qui se seraient mêlés aux réponses charmées de la petite.

Bientôt, une troisième personne les rejoignit. À en juger par les quelques mots que Lena Malik avait daigné m'adresser quand je lui avais apporté son cadeau, je n'étais pas certaine qu'il s'agît d'elle. Une nourrice vivait également dans l'appartement, me semblait-il. L'architecte m'avait montré les plans de sa chambre, située à côté de la cuisine, mais je n'avais vu personne le jour où les Malik avaient emménagé. Peut-être n'avait-elle pas encore été engagée – à moins que ses employeurs ne l'aient enfermée chez eux à double tour, comme Cendrillon.

Mes pensées me ramenèrent vers la chance soi-disant fabuleuse qui s'offrait à Sam. Tout en sachant combien il en avait rêvé, je ne pouvais m'empêcher de redouter le pire. Le commentaire de Senior sur le côté impitoyable de Malik était bien en dessous de la réalité. Et si jamais Sam se faisait tailler en pièces à la place du malade ? S'il découvrait que j'avais pris part à ce piège ? Pouvais-je ne pas le prévenir ? Mais, à l'inverse, qu'arriverait-il si jamais je me confiais à lui et que mes craintes se révélaient ensuite infondées ?

Risquer d'être perdante à tous les coups : il n'y avait rien de tel pour me faire passer en mode alerte rouge. En quête d'une distraction, je repris mon livre des prénoms. Barbara, Bathsheba, Beatrice, Belinda, Belle, Beth, Bethany. Puis, bien que cela fût contraire à mon règlement, j'entamai la lecture du chapitre consacré à la trente-troisième semaine de grossesse. Dans sept petits jours, notre enfant disposerait d'un nombre étonnant de synapses supplémentaires et se préparerait à accomplir des exploits aussi stupéfiants que respirer et téter en même temps.

Cady, Camille, Carly, Caroline, Cassandra, Catherine.

Soudain, les voix au-dessus de ma tête montèrent d'un cran. Celle de Malik se fit plus dure, plus cassante.

— Non, papa, non !

Je ne captai pas sa réponse, mais les échos grondeurs qui me parvenaient étaient terrifiants.

— Non, arrête ! Je ne veux pas !

Glacée, je me blottis à l'abri sous les couvertures. Je pressentais que quelque chose de grave allait se produire sans que rien ni personne ne puisse l'empêcher. C'était comme si une tempête terrible avait menacé de s'abattre à tout instant.

— Non, cria de nouveau Adriana. Non, papa ! S'il te plaît ! Je t'en supplie !

Je restai immobile, engourdie, à contempler les ombres dans ma chambre. J'avais envie de cogner contre le plafond, de hurler pour faire comprendre à Malik que j'entendais tout.

Mais qu'avais-je entendu, au juste ?

Les mots pouvaient ne pas du tout traduire les pensées et les sentiments de leur auteur. Les gens s'exprimaient parfois trop vite, ou sous le coup de la colère. Ils prononçaient des paroles pour l'effet qu'elles produisaient, pas pour leur sens réel. Surtout les enfants.

Tyler en était la preuve vivante : à trois ans, il avait déjà saisi le pouvoir du langage. Et parlant de ce petit diable manipulateur… Je reconnus le bruit de ses pas au même moment dans le couloir, puis le vis se détacher dans l'encadrement de la porte.

— Au lit, mon chéri. Tu connais les règles. Il est interdit de se lever avant le soleil.

— Mais tu sais quoi, maman ?

Il trottina jusqu'à moi en traînant l'un de ses dalmatiens par l'oreille.

— Non, quoi ?

— J'ai une grosse surprise !

— Je serai ravie de la découvrir demain matin.

— Il faut que je te la dise maintenant.

— Tu vas me raconter ça en retournant dans ton lit, alors.

Le silence était retombé, mais je voulais faire sortir Tyler de ma chambre au cas où l'orage aurait repris au-dessus de nous.

— Très bien, monsieur. Quelle est cette grosse surprise ?

Il appuya un doigt contre ses lèvres en réfléchissant.

— Je sais. À mon prochain anniversaire, j'aurai quatre ans.

— En effet.

— Et après, j'aurai combien ?

— Cinq ans, et ensuite six, sept, et ça continuera jusqu'à l'infini, répondis-je en soulevant ses couvertures. Voilà, au dodo maintenant !

Il me retint encore.

— Je peux pas.

— Oh, si. C'est l'heure de dormir.

— Fred arrête pas de me réveiller, maman. Et il y a un méchant.

— Au lit !

— Il fait trop chaud. J'ai mal au ventre.

— Au lit, *tout de suite*.

— Papa n'est pas là. Pourquoi je peux pas dormir avec toi ?

— Parce que ta chambre, c'est ici. J'ai dit au lit tout de suite !

— Non, maman, s'il te plaît !

Pour finir, je l'abandonnai en larmes, en ignorant ses suppliques et ses tentatives désespérées pour me garder auprès de lui. J'étais méchante. La petite fille de l'étage au-dessus allait blesser quelqu'un. La dame digga dada accepterait qu'il dorme avec elle. Sebastian faisait des cauchemars. Il devait finir son coloriage. Il avait une grosse envie de manger des petits pois.

Les enfants manifestent une volonté incroyable quand ils désirent quelque chose. Le mien aurait dit n'importe quoi pour parvenir à ses fins.

17

Être au mauvais endroit au mauvais moment : certains avaient beau accorder une plus grande importance à l'un ou l'autre de ces facteurs, l'expérience m'avait appris que les deux devaient impérativement opérer en totale synchronie pour produire une calamité parfaite.

Je devais filer donner un cours et, bien entendu, Tyler choisit ce moment pour noter la disparition de son camion-benne favori, celui qu'il garait toujours bien parallèle à la porte de son école miniature. Après que Craig, notre deuxième meilleur baby-sitter, fut arrivé pour s'occuper de lui, nous passâmes près de dix minutes à fouiller tout l'appartement. Je finis par retrouver le précieux véhicule au fond du panier à linge sale où, selon les ardentes protestations d'innocence de mon fils, l'engin s'était caché parce qu'il avait peur de la nouvelle petite fille qui vivait au-dessus de chez nous.

N'était cet incident, je ne serais jamais sortie de chez moi en toute hâte afin de prendre l'ascenseur – et la cabine ne se serait pas ouverte sur Lena Malik, accompagnée de sa fille et d'une femme enrobée aux cheveux grisonnants qui portait un grand cabas et un sac à dos rose. Je cherchai désespérément une excuse plausible pour reculer et emprunter les escaliers, mais sans succès, et c'est avec un sourire contraint que je me joignis à elles. Par chance, l'étiquette exigeait que je leur tourne le dos.

Les hurlements de la fillette résonnaient amèrement en moi. *Non, papa ! Je t'en supplie !*

Je n'avais pas remarqué de bleus visibles sur sa peau, mais je savais que cela ne voulait rien dire. Les bourreaux d'enfants n'éprouvaient ni le besoin ni le désir de crier bien haut leurs méfaits. Ils se contentaient de prendre ce qu'ils voulaient.

Moi, ce que je voulais par-dessus tout à cet instant, c'était un ascenseur plus rapide. J'eus pourtant le sentiment qu'une éternité s'était écoulée lorsque nous atteignîmes enfin le hall d'entrée, mais avant que les portes ne s'ouvrent, la femme de Dieu s'adressa à moi.

— J'aimerais vous parler, madame Colten.

— Je suis en retard.

— Je n'en ai pas pour longtemps.

— Très bien.

— Partez avec Adriana, Luz. Je vous rattraperai.

Tandis que la femme s'éloignait en serrant ses sacs et le poignet maigrelet de la fillette, Lena Malik me précéda dehors. Elle s'avança jusqu'à la limite de l'auvent vert et s'arrogea la zone d'ombre restante, le dos au soleil, si bien que celui-ci m'éblouit.

— Vous voulez que je vous appelle un taxi, mesdames ? nous lança Obie, toujours aussi serviable.

— Non, Obie. Merci beaucoup ! lui dis-je.

Lena Malik balaya son offre d'un geste méprisant, avant d'allumer une cigarette avec l'une des nombreuses pochettes d'allumettes que je repérai dans son sac à main.

— J'ai cru comprendre que vous faisiez des portraits, madame Colten, dit-elle derrière un écran de fumée au parfum mentholé écœurant.

— C'est exact.

— Il paraît que vous êtes très douée, surtout avec les enfants. Vous peignez à l'huile ?

— Rarement. Je préfère la mine de plomb, l'encre ou l'aquarelle.

— L'aquarelle me convient bien. Parfaitement, même. J'aimerais un portrait de ma fille.

La nervosité me gagna.

— Je suis flattée, madame Malik, mais je suis déjà sur une commande délicate en ce moment, et j'en ai accepté une autre juste après. Je dois aussi accoucher dans deux mois, et j'ignore encore comment je vais gérer mon temps une fois que le bébé sera là. Je connais cependant quelques très bons artistes, si vous voulez. Je serais ravie de vous en conseiller un.

Elle tira sur sa cigarette en creusant les joues.

— J'apprécie l'idée que vous soyez là, dans le même immeuble que nous.

— La plupart des peintres travaillent à partir de photos aujourd'hui.

— Oui, j'en ai bien conscience. Je n'attendrais jamais d'Adriana qu'elle pose pour un tableau.

— Le lieu de résidence de la personne que vous emploierez n'a donc pas d'importance. Elle n'a même pas besoin d'habiter à New York.

— Si, j'y tiens. Mon mari me presse depuis un moment de faire réaliser ce portrait, et mes recherches ne m'avaient menée à rien jusqu'à ce que je vous voie. Je comprends vos problèmes d'agenda mais, honnêtement, maintenant que ma décision est prise, je ne suis pas disposée à patienter. Douglas est de plus en plus contrarié après moi. J'aimerais donc discuter des détails avec vous afin que vous puissiez commencer tout de suite.

— Dans ce cas, vous avez tout intérêt à chercher quelqu'un d'autre. Comme je vous l'ai dit, je ne sais pas du tout quand je réussirai à trouver le temps nécessaire.

— Vous le trouverez, madame Colten. Je n'en doute pas une seconde.

— Pas moi, malheureusement.

— Mais si. Vous ne voyez donc pas ? (Elle éclata d'un rire forcé devant ma mine perplexe.) C'est tellement simple.

— Pas pour moi. Je vais devoir m'occuper d'un enfant et d'un nourrisson. Je n'ai que deux mains, madame Malik. J'ai décidé de prendre quelques mois de congé après la naissance du bébé et je ne peux vous dire quand je reprendrai le travail. Cela dépendra de la manière dont les choses se passent.

— Alors vous allez faire le portrait d'Adriana tout de suite, avant d'accoucher. Deux mois devraient largement vous suffire pour le terminer, je pense.

Je m'écartai pour éviter la fumée de sa cigarette.

— Je vous le répète, j'ai déjà d'autres engagements.

— Ils attendront. Je vous paierai le double de votre tarif habituel, s'il le faut.

— Je suis en retard. J'y réfléchirai et je vous tiendrai au courant.

— Je ne suis prête à accepter qu'une seule réponse, madame Colten. J'ai une très belle photo d'Adriana à partir de laquelle vous pourrez travailler. Je la glisserai sous votre porte.

— N'en faites rien, s'il vous plaît. J'apprécie votre offre, mais je ne crois vraiment pas que cela soit possible.

Elle exhala la fumé par le nez.

— Bien sûr que si. Tout est toujours possible. Vous verrez.

18

Un petit doigt en l'air, Mme Kalisher fit semblant de siroter une boisson.

— Comment as-tu fait, mon ange ? Je n'ai jamais goûté un thé si délicieux de toute ma vie.

Tyler gloussa.

— C'est du thé de dragon. Et il y a deux cuillères d'un autre truc.

— Ah oui, dit-elle en faisant claquer ses lèvres. J'aurais dû m'en douter. Ce petit goût de dragon est un régal. Et les deux cuillères de l'autre truc rendent le tout parfait. Tu crois que je peux en avoir encore ?

— Tiens. (Il souleva une énorme théière imaginaire en vacillant sous son poids.) Tu veux du thé de dragon, maman ?

— Avec plaisir. À condition que ce soit du déca.

— Oh-oh. Il n'y en a plus. Je reviens.

Il fonça vers un tas de graviers, de feuilles et d'autres détritus amoncelés près de la cage d'écureuil du parc. Tout en l'observant préparer une nouvelle infusion, je songeai à la puissance de son imagination et à la frontière si critique qui la séparait du mensonge pathologique. Plus d'une fois, une image angoissante de

Tyler adulte s'était imposée à moi. Étant donné son penchant pour la dissimulation et la manipulation, il n'était pas improbable qu'il devienne l'un de ces escrocs qui dépouillent les personnes âgées de leurs économies.

Le sourire de Frieda s'estompa.

— On dirait que Doug Malik a déniché la partenaire idéale cette fois. Une qui pense elle aussi que le monde entier lui appartient.

— Oh, elle estime juste en posséder la moitié. Le reste, elle croit pouvoir l'acheter.

— Quel culot, tout de même, d'essayer de vous mener à la baguette. Vous devriez lui dire non en face. Si elle veut un portrait de sa petite princesse, elle n'a qu'à trouver quelqu'un que cela intéresse.

Tyler s'approcha de nous à pas mesurés, les bras tendus.

— Attention, c'est très chaud.

Frieda plissa les yeux devant une fumée invisible.

— Merci de me prévenir, mon chéri. Je vais souffler dessus pour le refroidir.

— Toi aussi, maman. Ne te brûle pas.

— Oui, Ty.

— Souffle ! C'est chaud, maman. Comme du feu.

— Je souffle, chéri.

— N'oublie pas, tatie Frieda. C'est chaud !

— Mmm, fit Mme Kalisher. Délicieux. Je dois reconnaître que personne ne sait préparer un thé de dragon aussi bien que toi.

— Il n'y en a plus. Je vais en refaire.

Après qu'il eut filé, Mme Kalisher s'adossa au banc, ferma les yeux et inclina la tête en arrière. Sa peau glissa sur ses os comme de la soie froissée en formant de doux replis dans son cou. Le soleil y avait gravé au fil du temps des marques semblables à d'anciens hiéroglyphes, et elle était si fine que je distinguais les veines en dessous. Je mémorisai cette image afin de la dessiner. Mme Kalisher était une beauté à bien des égards.

— Un penny en échange de vos pensées, offris-je.

Ses lèvres esquissèrent un sourire rusé.

— Disons un nickel et vous aurez trois réponses.

— Marché conclu.

— D'abord, ce que vous avez accompli avec Brent Elias était tout simplement extraordinaire.

— Le garçon brûlé ? Mais je n'ai rien accompli du tout !

— Ridicule. Cela fait des mois que le personnel de l'hôpital tente de l'amener à s'ouvrir aux autres et à parler de ce qu'il a subi. Les psychiatres, les kinésithérapeutes, les spécialistes des grands brûlés, les assistants sociaux, et d'autres encore… ils ont tous échoué. Et vous, en moins d'une heure, vous avez réussi.

— Je n'ai rien à voir là-dedans, madame Kalisher. C'est arrivé, voilà tout. Le moment s'y prêtait et Brent était décidé.

— Ne vous sous-estimez pas, Emma. Il a demandé quand vous viendriez faire le dessin qu'il a gagné.

— Il veut vraiment que je fasse son portrait ? Je suis étonnée.

— Brent est plein de ressources insoupçonnées. Vous verrez, Emma. Vous avez le don de les révéler.

— Je vous assure que vous vous trompez.

— Qu'importe. C'est un gros progrès, alors merci.

Je gardai le silence un instant et observai les enfants jouer, fascinée par leur joie et leur entrain.

— Je ne doute pas que parler lui fera du bien, madame Kalisher, mais est-il vraiment possible de se remettre d'une telle épreuve à un si jeune âge ?

— Plus que vous ne l'imaginez, ma chère. Les gens sont comme des balles en caoutchouc. Pour certains, il suffit de quelques coups et c'en est fini d'eux. Ils se dégonflent et restent à terre. Et puis il y en a d'autres que l'on peut malmener indéfiniment sans qu'ils cessent de rebondir – parfois même plus haut qu'ils n'étaient avant. Vous seriez stupéfaite de voir ce que ces personnes sont capables d'encaisser. Surtout les enfants.

— Vous croyez franchement qu'il existe des balles assez fortes pour continuer à rebondir après ce qu'a subi Brent ?

— Oui. Je ne saurais vous dire combien de fois j'ai été témoin de tels miracles. Un enfant peut être victime d'un drame terrible, inconcevable, et en sortir malgré tout comme neuf. Violences, négligences, deuils : citez-moi tout ce que vous voulez. Nous avons eu un jour une fillette qui avait perdu sa mère et ses deux petits frères dans un accident de voiture. Elle-même était gravement blessée, et pourtant, six mois plus tard, elle est redevenue une enfant. Elle lance des piques et a retrouvé son niveau en orthographe.

— Kelly ?

— Je n'ai pas le droit de vous dire son nom, répondit Mme Kalisher avec un air faussement innocent. À cause du secret médical, vous comprenez. Mais vous auriez dû la voir il y a quatre mois. Elle ne parlait à personne. Et puis, brusquement, elle s'est métamorphosée. C'est comme si elle avait été plongée dans le noir le plus total et que quelqu'un avait enfin saisi comment allumer la lumière. Personne ne sait ce qui a provoqué ce changement, mais toujours est-il qu'il a eu lieu. Maintenant, son père vient la voir tous les jours et ils dînent ensemble. Ils arrivent à rire en dépit de leur tristesse, ils s'embrassent, et parfois même se disputent. Pouvez-vous imaginer une plus belle issue ?

— Non.

— Voilà ce qui me plaît quand je fais du bénévolat à l'hôpital : la résilience des patients.

Je posai les mains sur le renflement ferme et rassurant de mon ventre et sentis ma petite fille gigoter à l'intérieur. J'espérais qu'elle aurait cette capacité magique à voir venir le danger et à s'en éloigner avant qu'il ne soit trop tard. Rebondir était forcément un don inné.

— Quand je pense à ce que ces enfants ont souffert, je me trouve stupide, madame Kalisher. Dire que moi, je n'arrête pas de m'inquiéter à l'idée que Tyler ne puisse surmonter l'arrivée d'un nouveau bébé dans la famille. J'étais même certaine de lui avoir infligé une épreuve dont il ne se remettrait jamais.

— Ce n'est pas un problème : si votre fils n'a pas envie d'avoir une petite sœur, vous n'avez qu'à la renvoyer.

— Pourquoi n'y ai-je pas pensé plus tôt ?

Tyler fonça vers nous à cet instant, sans se soucier cette fois de renverser son thé fantôme. Mme Kalisher savoura une autre tasse avant de le hisser sur ses genoux.

— Alors, qu'est-ce que j'entends ? Tu vas bientôt avoir une petite sœur rien qu'à toi ?

— Nan, répliqua-t-il d'un ton boudeur. J'en veux pas.

— Mince ! s'exclama-t-elle. Quel dommage. Si tu n'en veux pas, tu ne pourras pas faire partie du Club des Gens qui ont une petite sœur.

— C'est quoi ?

— Un club très spécial, réservé uniquement à quelques personnes. J'en suis membre, et ta maman aussi.

— Exact, dis-je. Tante Charlotte est ma petite sœur, et papa a tante Lorraine.

— Et Amity ?

Je secouai la tête.

— Non. Dans son cas, c'est elle la petite sœur. Il n'y a que son aînée, Grace, qui peut intégrer le club. Sauf si Siena et Joe ont un jour une autre petite fille, bien sûr. Amity pourra alors se joindre à nous.

— Ce n'est pas de chance pour elle, renchérit Mme Kalisher. Mais toi, par contre, tu n'as pas besoin d'attendre. Je veillerai à ce que tu aies le T-shirt et le badge du club dès que le bébé sera né.

Tyler se dégagea de son étreinte et la considéra avec suspicion.

— Et, bien sûr, tu recevras les coupons réservés aux membres. Chacun d'eux te donnera droit à une surprise.

— Faut que je trouve d'autres dragons, répliqua-t-il, l'air toujours aussi méfiant, avant de s'éloigner.

— C'était bien essayé, madame Kalisher, dis-je en lui tendant un nickel. Vous me devez encore deux pensées.

— En effet. Je réfléchissais au dicton selon lequel il faut garder ses amis près de soi et ses ennemis encore plus près.

— Et ?

— Faire ce portrait pour la femme de Dieu le Père pourrait être l'occasion d'appliquer cette règle.

— Peut-être. Mais comment garde-t-on un ennemi près de soi sans risquer de se faire poignarder ?

— De la même façon qu'on manipule de l'arsenic, très chère. Avec la plus grande prudence.

— Voilà encore du thé ! cria Tyler en courant de nouveau vers nous.

— Merci, mon petit. Tu le prépares si bien que je ne m'en lasse pas.

— Tu sais ce que fait mon papa, lui ?

— Non, quoi ?

— Des pets.

— Que c'est mignon, s'amusa Mme Kalisher. Ton père est humain, Tyler. Et à ce sujet, si vous voulez bien m'excuser cinq minutes…

— Qui pourrait vous blâmer ? dis-je. Avec tout ce thé !

Tandis qu'elle se dirigeait vers les toilettes du parc, j'observai mon petit garçon. Accroupi sur le revêtement en caoutchouc qui recouvrait l'aire de jeux, il dessinait de longues lignes parallèles avec des graviers et des brindilles. Lorsqu'il eut fini, il fit passer une petite voiture au milieu en imitant joyeusement le bruit d'un moteur. C'était à se demander pourquoi je m'étais tant inquiétée pour lui…

Comme en réponse à cette question, il leva soudain la tête et se mit à crier de toutes ses forces.

— Attends ! Non, arrête !

Quelqu'un avait laissé la grille du parc entrouverte. Il s'élança dans cette direction et continua en ligne droite vers la rue.

Je me précipitai à sa suite, les poumons en feu, avec le désir vain de stopper le cours du temps.

— Tyler, ne bouge pas ! hurlai-je en le voyant s'immobiliser au bord du trottoir.

Il vacilla, incertain, et tourna la tête de tous côtés jusqu'à ce qu'un faux pas le fasse tomber à plat ventre sur la chaussée. Un bus lancé à toute vitesse surgit à cet instant. Le moteur du véhicule rugit. Son ossature métallique vibra dans un bruit de ferraille sous les ornières de la route.

En un éclair, je franchis la grille du parc, traversai le trottoir, puis la bande de gazon qui le bordait. L'odeur âcre des gaz d'échappement et le gémissement funeste d'une ambulance qui se rapprochait m'assaillirent en même temps qu'une douleur fulgurante dans le ventre lorsque je plongeai pour tirer mon fils à l'écart.

Sans le lâcher, je me réfugiai vers une rangée de voitures garées à côté juste au moment où la masse monstrueuse du bus nous doublait. Il passa si près de nous que l'air déplacé m'aspira vers lui et que son image floue s'imprima à jamais dans ma mémoire.

— Mon Dieu, Emma ! s'exclama Mme Kalisher en nous rejoignant. Tyler ? Qu'est-il arrivé ? Vous allez bien ?

Je me redressai en tenant fermement Tyler.

— J'ai sommeil, déclara-t-il.

Et, tout en bâillant à s'en décrocher la mâchoire, il se frotta les yeux. C'en fut trop pour moi. Je tenais à peine debout et seule une rage aveugle m'empêchait de m'écrouler.

— Tu ne dois jamais aller dans la rue sans un adulte, tu m'entends ?

— Je voulais que tu voies la dame digga dada, mais elle s'est sauvée.

— Pas de mensonges ! Je ne plaisante pas, Tyler. Tu aurais pu être gravement blessé, tu le comprends ?

— Mais je voulais que tu la voies, insista-t-il.

— Arrête ça tout de suite !

Je ressentis alors une nouvelle douleur dans le ventre, suivie d'une bouffée d'angoisse paralysante. Il était trop tôt pour que le bébé naisse. Je n'avais pas fini mes cours de préparation à l'accouchement et il me restait encore trop de chapitres à lire dans mon livre sur le développement prénatal.

— Allons, mes chéris, intervint Mme Kalisher en prenant mon coude et la main de Tyler. Je crois que tout le monde devrait s'asseoir le temps de recouvrer ses esprits.

Une simple minute suffit à Tyler. Fredonnant gaiement, il s'allongea par terre à nos pieds et se mit à dessiner dans le sable avec une brindille.

Peu à peu, ma douleur s'estompa et je me risquai à prendre une profonde inspiration. Frieda lissa mes cheveux d'un air approbateur.

— Bien, vous retrouvez vos couleurs. Si vous aviez vu votre tête, Emma ! Vous étiez blanche comme un linge.

— Et dans une colère noire, ironisai-je. Tyler mérite une bonne punition, et il n'y coupera pas.

— Non, maman. S'il te plaît !

— Chut, dit Frieda. Tout le monde va bien, c'est le principal.

— Je t'interdis de courir dans la rue, Tyler. Ne fais plus jamais ça, je te préviens !

— Promis, je le ferai plus.

— Essaie seulement de recommencer, et tu seras encore puni le jour où tu seras marié et père de famille.

Mme Kalisher tapota ma main tandis que Tyler se concentrait de nouveau sur ses dessins sablonneux.

— Je vous dois une troisième pensée, ma chère.

— Parfait, j'en ai bien besoin. Ce petit épisode m'a complètement vidé le cerveau.

— La voici donc : nous pourrions passer des lustres à parler de ce que deviendront Brent et Kelly, et de ce qui ennuie ou pas Tyler. Nous pourrions examiner tous les cas de figure envisageables pour eux, mais vous savez quoi ?

— Non, quoi ? demandai-je en souriant.

— On aura beau tenter de l'anticiper au maximum, le futur n'en fera jamais qu'à sa tête. C'est toujours ce qu'on n'avait pas du tout prévu qui se produit.

19

C'était mon tour de travailler à l'école des Petits Rangers, et je devais arriver une heure plus tôt afin d'aider Siena à préparer la classe. Elle tenait à ce que le stock de fournitures soit complété et la salle bien rangée tous les matins afin que les enfants puissent la saccager une nouvelle fois. Les dessins mis à sécher pendant la nuit étaient distribués dans les casiers pour que chacun rapporte le sien à la fin de la journée. Les pots de peinture étaient remplis, les crayons taillés. Le plus dur consistait ensuite à mettre un peu d'ordre dans la profusion d'instruments de musique, de déguisements, de cubes, de puzzles, de marionnettes, de jouets et de livres que les petits avaient replacés eux-mêmes la veille, mais souvent pas au bon endroit.

Tyler était aux anges dans ces moments-là, car il pouvait s'adonner à loisir à son activité favorite : le rangement. Amity et lui se mirent au travail avec une ferveur si extatique que Siena et moi n'eûmes pratiquement rien à faire. D'ordinaire, Siena profitait de ce temps libre pour entretenir ses semis, peaufiner ses accompagnements à la guitare ou concocter des en-cas biologiques, mais elle était trop à cran ce jour-là pour se concentrer sur autre chose que la tempête née autour de Jake.

— Ça me dépasse, Emma. Pourquoi Jeanette et Arthur ne sont-ils pas d'abord venus me parler ?

— Parce qu'ils sont stupides.

— Et avaient-ils besoin de se présenter avec leur avocat ?

— Non, mais c'est leur manière à eux de procéder. Ils préfèrent se cacher derrière un parleur à gages que Jeanette paie avec l'argent de son père plutôt que de se conduire comme des êtres civilisés.

Ôtant ses lunettes, Siena se pinça l'arête du nez.

— Mais pourquoi en arriver à de tels extrêmes ?

— Parce qu'ils sont mesquins et égocentriques. Et je ne cite que leurs traits les plus positifs.

— Qu'ils se fassent du souci pour leur fille, ça me paraît normal. Ce que je ne comprends pas, c'est leur conviction que la seule solution consiste à renvoyer Jake. Pourquoi ne voient-ils pas qu'il n'y a jamais une seule et unique réponse à un problème donné ?

— Parce que ça suppose d'être perspicace, logique, souple et compatissant, ce qu'ils ne sont pas du tout. Ça m'ennuie d'avoir à te l'apprendre, Siena, mais il y a vraiment des gens qui craignent.

— Tu oublies que je suis assistante sociale, Emma. J'ai travaillé dans un centre pour femmes battues pendant neuf ans, alors j'ai bien conscience qu'il y a des gens qui craignent, comme tu dis. Mais là, c'est différent. Il ne s'agit pas d'un ivrogne qui bat sa compagne ou d'une schizophrène qui s'imagine que son gamin de quatre ans est possédé par le diable. Il ne s'agit même pas d'un crétin qui pète les plombs et détruit sa maison ou tout ce qui lui tombe sous la main. On a affaire ici à un acte calculé, prémédité. Un acte de pure malveillance.

— Tu devais en parler aux autres parents. Comment réagissent-ils ?

— J'ai abordé le sujet avec six familles pour le moment. Toutes sont d'accord pour garder Jake. Avec les deux nôtres, cela en fait huit sur douze. Il me reste à convaincre les trois dernières.

— Tu vois ? Jeanette et Arthur n'ont aucune chance de gagner.

— Je ne parierais pas là-dessus. Une action en justice pourrait nous briser. C'est aussi simple que ça.

— On trouvera un moyen de s'en sortir.

— J'espère que tu as raison, mais je dois avouer que je suis assez pessimiste pour une fois.

C'était Siena qui avait conçu et créé la maternelle des Petits Rangers. L'idée avait germé en elle, et elle l'avait nourrie jusqu'à donner naissance à une entreprise florissante. L'école comptait de nombreux fidèles et une longue liste d'attente. Contrairement à la plupart des établissements privés de la ville, elle offrait un excellent encadrement aux enfants sans pour autant coûter une fortune à leurs parents. Revers de la médaille, elle attirait surtout ceux qui n'avaient justement pas de fortune à dépenser. Nous ne comptions pas parmi nous de familles très aisées qui auraient pu nous soutenir financièrement, et l'école n'avait pas beaucoup d'argent en réserve sur son compte en banque. Siena n'exagérait pas. Le coût d'une action en justice pouvait la contraindre à mettre la clé sous la porte – et donc à perdre ce bébé qu'elle avait porté de A à Z.

Notre conversation animée avait éveillé l'attention des enfants, qui abandonnèrent leur rangement compulsif pour s'approcher de nous.

— Maman, ça va ? demanda Amity.

— Oui, ma puce. Tout va bien. Vous travaillez comme des chefs, les enfants. Il reste encore dix minutes avant que l'école n'ouvre, allez donc finir ce que vous avez commencé.

— Siena, commençai-je, je sais que tu as beaucoup de soucis en ce moment, mais j'ai vraiment besoin de tes conseils.

— Bien sûr. Que se passe-t-il ?

— D'abord, il y a Malik. Sam le compare presque au Messie, mais je ne fais pas confiance à ce type.

— Pourquoi ?

— Parce que son grand hobby consiste à humilier les gens. Parce qu'il use de son pouvoir comme d'un club de golf.

— Et Sam tient malgré tout à travailler avec lui ?

— Il pense que cela en vaut la peine. Moi, je n'en suis pas aussi certaine. Le père de Sam a beaucoup d'estime pour Malik et c'est plus qu'il n'en faut pour me rebuter.

— Tu as vu le père de Sam ? À quelle occasion ?

— Tu veux vraiment le savoir ?

— Seulement si tu souhaites en parler.

— Je suis allée lui rendre visite pour lui demander de pistonner Sam auprès de Malik. La bonne nouvelle, c'est que ça a marché. Mais c'est aussi la mauvaise nouvelle.

— Sam n'est au courant de rien ?

Mes joues s'enflammèrent.

— L'idée me semblait judicieuse, sur le coup, mais je n'ai pas assez réfléchi. Sam a des relations très tendues avec son père et je ne peux pas le lui reprocher. Quand il apprendra que Senior a joué un rôle dans le changement d'attitude de Malik à son égard, il me tuera. Et il l'apprendra, c'est inévitable.

— Dis-le-lui, alors, répliqua Siena avec un haussement d'épaules. Mieux vaut qu'il l'entende de ta bouche.

— Tu as raison. Je le sais bien. Reste que ça ne va pas être joli-joli.

— Peut-être pas, mais Sam se calmera vite.

— Bien sûr. Aussi vite qu'un typhon.

Siena eut un sourire compatissant et amusé à la fois. Elle était toujours dans son élément quand les gens lui confiaient leurs problèmes.

— C'était ton premier souci, si j'ai bien compris. Qu'y a-t-il d'autre ?

— La femme de Malik. Un jour je lui offre un cadeau de bienvenue et elle me traite comme une pestiférée, et le lendemain elle me harcèle pour que je peigne sa fille. Elle ne tolère pas le moindre refus de ma part et me propose une fortune si nécessaire.

Siena attrapa un morceau de papier et le déchira en petits bouts. Il y avait toujours plusieurs façons de procéder, selon elle.

— Tu n'as pas envie de travailler pour cette femme ?

— Ce n'est pas ça qui m'ennuie. Je suis tout à fait disposée à me jeter dans la gueule du loup si quelqu'un peut me garantir qu'il ne me fera pas mal.

— Oui, je vois ce que tu veux dire. Le mieux est sûrement d'en discuter avec Sam. Une fois qu'il t'aura donné son avis, la décision sera plus facile à prendre.

En quelques coups de ciseaux sur une feuille pliée, je confectionnai un flocon de neige violet. Siena en méritait un plus grand et plus joli, mais il fallait parfois se contenter de ce qu'on avait.

— Comment fais-tu pour être si pleine de bon sens, Siena ? Tu arrives toujours à prendre du recul.

— Il est plus facile de résoudre les problèmes des autres, répondit-elle en tentant de cacher sa propre inquiétude derrière un sourire peu convaincant. Et à part ça, il y a encore quelque chose qui te préoccupe ?

— Seulement la fille des Malik.

Je m'interrompis en me demandant s'il ne serait pas plus prudent de garder mes interrogations pour moi.

— Eh bien ?

Je ne pus résister à son regard insistant et bienveillant, pas plus qu'à une telle occasion de m'ôter un poids de la conscience. Il s'agissait de Siena, après tout. Je n'avais rien à craindre avec elle.

— Notre chambre est située juste en dessous de la sienne, et presque tous les soirs, vers 22 h 30, 23 heures, Malik vient la voir. Je les entends discuter, encore que crier corresponde davantage à la réalité.

— Que disent-ils ?

— Je ne sais pas trop, je ne distingue pas leurs paroles, et ce n'est pourtant pas faute d'essayer. Je saisis simplement que Malik ordonne à sa fille de lui obéir et qu'elle répète chaque fois : « Promis, je serai sage. Arrête, papa, s'il te plaît, arrête ! »

— Tu crois qu'il la bat ?

— Aucune idée, mais c'est très perturbant. La nuit dernière a été la pire. La petite paraissait franchement bouleversée. Elle a crié : « Arrête, papa ! S'il te plaît, je t'en supplie ! »

— Quel âge a-t-elle ? s'enquit Siena, la mine soucieuse.

— Elle est si menue… Huit ans, peut-être.

— Et elle a employé ces mots-là précisément ? *Je t'en supplie ?*

— Oui. J'en avais la chair de poule.

— Il y a de quoi. Je n'aime pas ça du tout. Tu devrais le signaler aux services de protection de l'enfance.

Tel n'était pas le conseil que j'espérais.

— Ce ne sont que des mots, Siena. Des mots vagues et hors contexte. Je ne trouve pas qu'on dispose d'un motif suffisant pour alerter les autorités.

— Il n'est pas nécessaire d'avoir beaucoup d'imagination pour supposer que cette enfant est maltraitée.

— Oui, mais les suppositions peuvent être dangereuses. Les gens doivent s'interroger au sujet de Tyler, aussi. Parfois, quand je refuse de céder à ses caprices, il hurle à n'en plus finir. On pourrait presque croire que je l'égorge. Et il n'a que trois ans ! Cela ne veut pas dire pour autant que je mérite d'avoir les services sociaux sur le dos.

— Ils mènent une enquête, rien de plus.

— C'est faux et tu le sais. Les soupçons peuvent détruire une vie et briser une famille entière. Le système a beau être bien intentionné, il ne marche pas toujours.

— Admettons. Tu as raison, il n'y a peut-être rien de méchant derrière tout ça. Mais si ce n'était pas le cas ?

— J'y ai déjà pensé, bien sûr, seulement les preuves me semblent bien légères pour porter une accusation contre qui que ce soit, a fortiori contre quelqu'un qui a le pouvoir de briser la carrière de Sam.

— Que Malik soit un grand ponte ou pas, cette histoire ne me plaît pas, Emma.

— À moi non plus, crois-moi. Elle me donne même des frissons, et si j'avais la certitude que Malik maltraite sa fille, tu sais que je le signalerais quelles qu'en soient les conséquences. Mais il a très bien pu lui prendre sa poupée préférée, ou lui demander d'arrêter de lire et d'éteindre sa lampe. Et si Adriana est du genre à tout dramatiser, elle a pu de son côté piquer une crise pour pas grand-chose. Histoire de faire l'intéressante et d'obtenir ce qu'elle voulait. Il y a des tas d'hypothèses aussi innocentes les unes que les autres.

— Oui, mais…

Je levai une main pour l'interrompre.

— Inutile d'en faire tout un plat. Je garde un œil sur eux.

La porte s'ouvrit à cet instant pour laisser entrer une horde pleine d'entrain. La mère d'Olivia voulait parler à Siena. Jaden avait une grosse envie d'aller sur le pot. Zachary ne pensait qu'à son anniversaire. Quant à Jean-Michel, il s'inquiétait beaucoup pour l'un des poissons rouges, à qui il trouvait un air triste.

Je me levai lourdement.

— Si des preuves concrètes apparaissent, je ne resterai pas sans rien faire, Siena. En attendant, oublions ça, tu veux bien ?

20

Franny et moi étions assises par terre en tailleur, l'une en face de l'autre, comme nous l'avions fait si souvent autrefois. Seule différence, nous avions chacune quinze ans de plus, une carrière, un mari et un énorme ventre – sans compter bientôt cinq enfants à nous deux. À trente-deux ans, nous étions aussi beaucoup plus sages, voire presque assez intelligentes pour commencer à mesurer la faible étendue de nos connaissances.

— Il faudrait imposer un minimum de qualifications aux femmes qui veulent devenir mères, dis-je.

— C'est déjà le cas. Il faut du sperme et un ovule. Évidemment, il n'est plus nécessaire que ce soit les nôtres maintenant, et on n'a plus besoin de réunir les deux par nous-mêmes ni de pondre le résultat. On peut donc dire que les qualifications requises sont encore plus réduites qu'autrefois.

— Heureusement pour moi, sinon je n'aurais jamais eu le droit d'avoir des enfants.

— Pourquoi ?

— Parce que je suis un cas désespéré. Sam pense que je suis folle de me faire autant de soucis. Pour lui, tout va bien mise à part ma conviction névrotique que tout va mal.

— Et qui partage son avis ?

J'énumérai la liste sur les doigts de ma main :

— La maîtresse d'école de Tyler. Son pédiatre. Ma gynécologue. Ma sœur, qui a trois merveilleux enfants. Et mon amie, Mme Kalisher, une vieille dame de quatre-vingt-trois ans beaucoup plus saine d'esprit et plus perspicace que moi.

Franny griffonna quelque chose sur le bloc-notes jaune qu'elle avait sorti de son énorme sac.

— Donc, Sam a peut-être raison. Voyons ça.

— Comment ? Existe-t-il un instrument scientifique dernier cri qui permet de prélever les cerveaux ?

— Oui. Ça s'appelle un entretien. Je te pose des questions, tu y réponds. On avise ensuite.

— On peut faire ça ici ? Devant tu-sais-qui ?

— Je te promets que tout ce que je dirai lui passera complètement au-dessus de la tête. Parle-moi de ta grossesse. Elle était planifiée ?

— Plus ou moins. On commençait à envisager de faire un bébé quand j'ai découvert que j'étais enceinte. Enfin, moi, je l'envisageais. Je suis fertile comme pas deux. Il suffit que je pense à avoir un enfant et boum, ça y est.

— Et Sam ? Comment a-t-il réagi en apprenant la nouvelle ?

— Je ne m'en souviens pas, en fait, mais vu qu'il était déjà interne à l'époque, je suppose qu'il n'y a pas prêté attention.

— Dirais-tu qu'il est plus attentif aujourd'hui ?

— À son travail, oui, assurément. Il n'a pas beaucoup de temps à consacrer au reste.

Franny posa son carnet sur ses genoux.

— C'est ainsi que tu le décrirais ? Comme quelqu'un qui ne fait pas attention à toi ?

Je jouai avec mon alliance. Elle était tellement incrustée dans mon doigt boudiné que je n'aurais pu l'ôter même si je l'avais voulu.

— Je ne dirais pas ça. C'est plutôt une forme de distraction qui surgit quand on veut caser trop de choses dans un laps de temps trop court. Tu es passée par l'internat, tu sais ce que c'est.

Quand bien même cela aurait été le cas, elle n'était visiblement pas disposée à l'admettre.

— Et devenir mère, au début, c'était comment ? enchaîna-t-elle.

— Terrifiant, étrange, intimidant, bouleversant et épuisant, bien sûr. Sinon, à part ça, plutôt bien.

— Dépression post-partum ?

— Seulement quand j'ai commis l'erreur de me regarder nue dans un miroir. Crois-moi, ça ne m'est arrivé qu'une fois.

— Combien de temps as-tu mis avant de t'habituer à avoir un enfant ?

— Trois ans et demi, et ça n'est pas fini, répondis-je avec un rire triste. Le jour où je m'y serai habituée, je te ferai signe.

— Sam a tort sur un point, Em, dit-elle en souriant. Tu n'as pas du tout changé.

— Oh, si ! Plus que tu ne l'imagines. Parfois, c'est à peine si je me reconnais.

Tyler déployait ses talents précoces de maniaque du rangement en constituant des petits groupes bien ordonnés à partir de la grosse collection de billes que Sam lui avait cédée. Une pointe de jaune sur une agate signifiait qu'elle n'avait rien à faire avec une autre entièrement grise. Les fausses agates étaient mises à l'écart, les billes en albâtre séparées en fonction de leur couleur, et ainsi de suite.

— Si tu as besoin de quelqu'un pour ranger tes chaussettes par ordre alphabétique ou pour classer des moutons de poussière du plus petit au plus grand, il est ton homme.

Franny haussa les sourcils.

— Tu as noté un changement dans ses habitudes alimentaires ?

— Pas vraiment, dis-je après avoir réfléchi. Tyler a toujours vécu de glace et d'eau fraîche.

— Et avec ses camarades, comment se comporte-t-il ?

— Il aime bien la compagnie des autres enfants. Il en adore certains : Amity, une petite fille de son école, par exemple. Et il y en a d'autres qu'il déteste à mort.

— Oui, tu as déjà évoqué le problème. Il les frappe, il les mord, etc.

— Ajoute beaucoup d'*et cætera*. Il n'est pas très coulant lorsqu'on lui résiste.

— C'est nouveau ?

— Non, mais ça a empiré progressivement.

Franny prit encore quelques notes.

— Qu'en est-il de son sommeil ?

— Son quoi ? J'ai entendu parler de ce truc, mais je ne sais plus ce que ça veut dire.

Franny examina la pièce autour de nous avec la même incrédulité qu'elle avait tenté de masquer un peu plus tôt, lorsque je lui avais fait faire en deux minutes une visite complète de l'appartement. Elle avait émis quelques commentaires appropriés sur la luminosité des lieux, leur côté confortable et chaleureux. Mais après avoir vu l'espace qui passait pour notre cuisine, notre chambre minuscule et le recoin aménagé pour Tyler dans un salon qui ne brillait déjà pas par ses dimensions, elle avait attendu que je lui montre la suite. Je n'imaginais que trop bien ce qu'elle pensait. Comment pouvions-nous espérer loger une quatrième personne dans un endroit déjà aussi encombré, qui plus est une personne exigeant un équipement considérable ? Cette énigme m'avait souvent traversé l'esprit à moi aussi.

— Il se lève la nuit ?

— Quand on a de la chance, seulement une dizaine de fois environ.

— De quand cela date-t-il ?

— Il a commencé il y a deux ou trois mois.

Tyler étudia une bille qui défiait toute catégorisation. Il l'approcha du petit groupe des fausses agates mouchetées de jaune, puis de celui des vraies agates teintées de bleu. Mécontent, il grimaça de dégoût et la lança dans la poubelle.

— Papa ne veut pas que tu jettes les billes, Ty. Tu te souviens ?

— Celle-là est cassée.

— Non, elle est juste différente.

— Mais je l'aime pas, maman. Elle va pas avec les autres.

— Ce n'est pas une raison pour la jeter.

— Si.

Et pour bien appuyer son propos, il en envoya encore plusieurs dans la poubelle.

— Ça suffit. Il est temps de ranger.

Pour une bombe humaine, il accepta très bien ma décision : il explosa nettement et proprement.

Franny attendit que l'orage passe avant de sortir de son sac une poupée masculine en costume cravate, une autre représentant une mère de famille des années 1950 en chaussures à talons et robe-chemisier, une figurine de petit garçon aux cheveux en brosse habillé d'une salopette et un baigneur enveloppé de linges roses.

— Je t'ai apporté des poupées pour que tu joues avec.

Tyler en prit trois sur les quatre et les aligna d'abord par ordre de grandeur, puis selon la couleur de leurs cheveux – des plus clairs aux plus foncés. Pour finir, il plaça le garçon entre la mère et le père et les fit se prendre la main. Le baigneur, lui, rejoignit les billes cassées dans la poubelle.

Je m'apprêtais à protester quand Franny secoua la tête. Elle observa Tyler en silence tandis qu'il prenait les deux grandes poupées pour leur faire embrasser le petit garçon.

— Bonne nuit, chantonna-t-il gaiement. Dors bien. Fais de beaux rêves. Bonne nuit, maman. Bonne nuit, papa. Bonne nuit, Tyler. Bonne nuit, Fred et Sebastian. À demain !

Satisfait, il chercha une autre occupation.

— Regarde, Tyler. Je t'en ai apporté d'autres.

Cette fois, Franny étala dans le désordre deux poupées aux cheveux gris, deux autres représentant un couple adulte, et un garçon et une fille plus âgés que les précédents.

— Côté propreté, il y a des problèmes, Em ?

— Tu veux dire, moi ? Ou lui ?

— Ça dépend de la personne dont tu veux faire analyser le développement affectif.

— C'est forcément lui, alors. Mon développement à moi a été mis aux arrêts il y a des années après avoir tenté de me faire passer pour une adulte.

Franny mordilla sa lèvre inférieure et regarda dans le vide, comme autrefois quand elle réfléchissait à des questions fondamentales telles que le désarmement nucléaire, le libre-échange ou l'opportunité de coucher avec son prof de philo – et si oui, où.

— Quoi, Franny ? Je connais cet air-là.

— Je me demandais pourquoi tu éprouvais le besoin de te cacher derrière des sarcasmes.

— Je ne me cache pas derrière. À l'évidence, ils sont toujours là quand il faut, prêts à remuer le couteau dans la plaie.

Tyler laissa le garçon de côté et fourra les deux poupées adultes dans son petit break Toyota, qu'il guida le long d'une route formée par une lame de parquet jusqu'à un parking imaginaire, derrière son école miniature.

Puis, revenant vers les autres figurines étalées par terre, il saisit les grands-parents et les assit côte à côte près de la porte.

— Regardez la télé, maintenant, leur dit-il. Il va bientôt y avoir Dora.

Il revint vers les poupées assises dans la Toyota et les fit cette fois sautiller jusque près du vieux couple afin qu'eux aussi attendent les aventures de Dora l'exploratrice, de son sac à dos parlant et de son fidèle singe, Babouche.

Restaient les enfants. Tyler posa la fille à part avant de mettre en scène un combat convaincant entre le premier petit garçon que lui avait donné Franny au début et le deuxième, beaucoup plus gros celui-là. Prises de karaté, attaques de ninja et bruitage de bande dessinée : tout y était.

— Pan ! Bam ! Je t'ai eu ! T'es mort !

Le plus petit ne cessait de taper sur le plus grand, qui gisait lâchement par terre.

— Non, arrête ! Tu me fais mal… Ha-ha ! Je t'ai eu ! Et encore ! Je t'ai tué !

— Adorable, commentai-je. Tu ne trouves pas ?

Franny me fit signe de me taire. Son verdict attendrait un peu.

Cinq minutes plus tard, notre deuxième meilleur baby-sitter arriva pour s'occuper de Tyler pendant que je me rendais à un nouveau cours de préparation à l'accouchement.

J'interrompis le jeu de massacre de mon fils et lui souhaitai bonne nuit.

— Sois gentil avec Craig, mon chéri.

En un clin d'œil, sa bravade disparut.

— T'en va pas, maman.

— Je reviendrai plus tard, Ty.

— Pas plus tard. Bientôt.

— D'accord, bientôt.

Une fois dehors, Franny longea tranquillement la rue avec moi.

— Alors, qu'en penses-tu ?

— Il est très mignon, répondit-elle. Intelligent, plein d'imagination et d'entrain.

— Il y a un « mais » derrière tout ça. Je le sens.

— Il me paraît normal mais, en effet, je ne peux te certifier avec une absolue certitude qu'il n'y a pas lieu de s'inquiéter.

— Pourquoi ?

— Parce que si tu as l'impression que quelque chose cloche, je dois en tenir compte. L'expérience m'a appris que la plupart des mères ont un instinct infaillible en ce qui concerne leurs enfants.

— Mme Kalisher prétend que je m'angoisse pour rien et que si Tyler ne veut pas de petite sœur, je n'ai qu'à la renvoyer.

— S'il y a un souci, je doute que cela ait un rapport avec le bébé, Emma. Tyler n'est peut-être pas enthousiaste à l'idée d'avoir une sœur, mais il est bien trop jeune pour être perturbé par une notion aussi abstraite pour lui. Une fois qu'elle sera là, il se fera petit à petit à sa présence, comme tous les autres enfants. Ce n'est pas ça le problème.

— Quel est-il, alors ?

Elle haussa les épaules.

— On peut envisager plein de possibilités.

— Par exemple ?

— La première est qu'il va très bien et que tu n'as pas de souci à te faire. C'est pour moi l'hypothèse la plus plausible.

— Mais tu prétends que les mères ont un instinct infaillible.

— La plupart, pas toutes. Et pas toujours. Tu n'es pas non plus affolée au point de consulter un spécialiste. On s'est retrouvées par hasard et je t'ai proposé de jeter un œil sur ton fils, c'est différent.

— Quelles sont les autres possibilités ?

— Rien qui vaille la peine d'être énoncé. Je te l'ai dit, Tyler me semble aller parfaitement bien.

— J'aimerais quand même les connaître.

— Je te conseille de ne pas t'aventurer sur ce terrain-là.

— Trop tard. J'y suis déjà.

— Recule alors. Fais demi-tour.

— Pourquoi ? C'est normal de vouloir savoir.

— Normal ne signifie pas intelligent.

— Quel mal y a-t-il ?

— Je vais te le dire. Une personne qui se réveille avec des rougeurs cutanées et la tête lourde va voir un médecin, demande à faire des examens et, avant même d'avoir le résultat, insiste pour connaître à l'avance toutes les maladies dont elle peut souffrir. Le médecin répond qu'il s'agit certainement d'un rhume ou, dans le pire et le plus improbable des cas, de la peste bubonique. La personne ne retient bien sûr que le mot *peste*, se rend malade d'inquiétude et, quatre-vingt-dix-neuf fois sur cent, apprend à la fin qu'elle a bien un simple rhume.

Nous passâmes devant une boutique de lingerie. Dans la vitrine, des mannequins déhanchés arboraient des strings en dentelle et des soutiens-gorge assortis. Je ne gardais plus qu'un très vague souvenir de l'époque où je pouvais encore porter ce genre de choses et ne me soucier que de moi-même.

— J'entends bien, mais j'ai quand même envie de savoir.

— Pourquoi ne pas attendre un peu de voir comment la situation évolue ? Les enfants, c'est comme la météo : dix minutes suffisent pour qu'ils changent. Je l'ai vérifié avec Ben, le plus jeune de nos jumeaux. Il refusait d'aller sur le pot alors que son frère, Michael, s'y était mis six mois plus tôt. J'ai tenté tout ce que j'ai pu et, juste au moment où je commençais à me dire qu'il avait un sérieux problème et qu'il me faudrait lui trouver des couches assez grandes pour le jour où il irait à l'université, il a décidé qu'il était prêt. Et voilà.

— Je te demande juste quelles sont les autres possibilités, Franny. Si tu refuses de me les donner, j'irai sur le Web et j'y piocherai toutes les informations erronées dont je peux rêver pour m'arracher les cheveux toute seule dans mon coin.

— Bon, soupira-t-elle avec exaspération. Tout d'abord, il y a l'explication génétique. Il est peut-être aussi casse-pieds que sa mère.

— Ou bien ?

— D'accord, d'accord. Puisque tu y tiens, il y a plusieurs éventualités, la première d'entre elles étant un traumatisme. Quand les enfants déraillent sur le plan émotionnel, c'est en général parce qu'ils ont vu ou vécu quelque chose de particulièrement déstabilisant. Une maladie. La mort d'un parent.

— Il n'y a rien eu de tel autour de nous.

— L'abandon, poursuivit Franny. Un désastre naturel, la guerre, un crime violent.

Je secouai la tête.

— Un manque d'attention. Des mauvais traitements.

Mon sang se glaça.

— Des abus sexuels ? demandai-je.

— Tout doux. Personne n'a dit que Tyler avait été violé.

— Mais c'est ce que tu penses, hein ?

— Non.

Je fixai mes mains, furieuse de les voir si impuissantes.

— Comment pourrait-on le savoir avec certitude ?

— Du calme, Emma. Rien n'indique que Tyler a été victime de violences, sexuelles ou autres. Et rien de ce que tu m'as dit ne m'incite à tirer la sonnette d'alarme.

— Vraiment ? Tu me jures que tu me préviendrais sinon ?

— Bien sûr. Je suis ton amie et je travaille dans le domaine de la santé mentale. Si je soupçonnais des violences, j'aurais l'obligation morale et légale de le signaler. Sinon, je pourrais perdre le droit d'exercer et être reconnue coupable d'un crime. Amie ou pas, je ne suis pas prête à risquer un séjour derrière les barreaux rien que pour te rassurer.

— Donc, ton diagnostic est que Tyler va bien mais que je suis bonne pour l'asile ?

Franny glissa son bras sous le mien.

— Dans le pire et le plus improbable des cas, nous devrons peut-être t'enfermer dans une maison pour mères trop anxieuses. Mais, à mon humble avis, il ne s'agit que d'un petit rhume.

21

Sam passait la nuit à l'hôpital avec le simulateur d'opérations chirurgicales et Grant avait un dîner d'affaires avec un investisseur intéressé par son site Internet. Franny et moi travaillâmes donc en binôme durant le cours en alternant les rôles de la mère et du père, et je découvris ainsi qu'il était beaucoup plus agréable de dispenser des massages et des encouragements que de se préparer à ce qui m'attendait.

— Je pense que Sam devrait accoucher de ce bébé, murmurai-je alors qu'une fausse contraction approchait. Après tout, c'est son tour.

— Très bonne idée. Grant aussi. On les préviendra à leur retour.

— Ça leur apprendra à nous infliger ça.

— Et comment !

— Concentrez-vous, mesdames ! lança notre professeur en nous fusillant du regard.

— Oui, chef ! marmonnai-je lorsqu'elle se fut éloignée.

Franny se mit à rire. Les soubresauts de son ventre contre mon dos m'empêchèrent de garder mon sérieux, et je ne tardai pas à l'imiter. Nous étions des adolescentes attardées lorsque nous nous étions rencontrées, et nous retrouvâmes nos vieilles habitudes sans la moindre peine.

Le sergent Rita ne goûta pas la plaisanterie, en revanche.

— Rire ne vous aidera pas beaucoup au moment de l'accouchement, dit-elle en se penchant vers nous.

Son chronomètre oscilla entre ses seins. Ce spectacle déclencha en nous une nouvelle crise de fou rire qui gagna le couple sur notre droite. Bientôt, des gloussements irrépressibles fusèrent dans toute la salle.

— Assez ! tonna le professeur, sans me lâcher des yeux.

Plus je tentais de me contrôler, plus mon hilarité allait crescendo. J'avais l'impression que quelque chose de trop longtemps contenu au fond de moi ne cessait de monter pour déborder en surface.

Rita se dressait toujours devant moi, les mains sur les hanches et la mine dédaigneuse.

— Vous, plus que toutes les autres, vous devriez prendre ça au sérieux. Sinon, je ne vois pas l'intérêt de suivre ce cours.

Sa remarque me fit l'effet d'une gifle. Je voulais tant être à la hauteur, cette fois. J'essuyai mes larmes de rire avec la manche de mon caftan géant et me forçai à afficher un air sinistre.

Insatisfaite, Rita leva les mains au ciel.

— Ça suffit, je refuse de perdre mon temps avec des pitres. Il y a des femmes ici qui ont vraiment envie d'être prêtes le jour J et c'est à elles que je dois penser.

Dans mon ventre, le bébé demeura parfaitement tranquille. En dehors d'une honte insidieuse et des battements sourds de mon cœur, je ne sentais rien du tout.

Rejetant ses cheveux en arrière, Rita attrapa fermement son chronomètre.

— Nouvelle contraction dans dix secondes, mesdames. Neuf… Huit… Sept. Préparez-vous. À vos marques…

Franny prit une inspiration derrière moi, et tandis que le décompte se poursuivait, je compris ce qui allait se passer.

— Partez ! lâcha Rita.

— Avec plaisir ! Viens, Emma. On file.

Franny attrapa son sac avant de se diriger vers la sortie. Durant quelques instants, le professeur me fixa froidement en plissant les yeux, et je ne pus supporter ce que je lus dans son regard.

— Bon débarras ! s'exclama Franny lorsque nous nous retrouvâmes dehors. Maintenant, où va-t-on dîner ?

Je pouvais cependant à peine prononcer un mot tant j'avais la gorge nouée.

— Super, j'ai encore tout foiré.

— De quoi tu parles ? Tu n'as rien foiré ! Tu as ri, bon sang. Ce n'est pas un crime.

— Je veux dire que j'ai foiré ma préparation à l'accouchement.

— Non, pas du tout. Tu as très bien géré la situation. *Nous* l'avons très bien gérée. Quitter cette salle était une réaction raisonnable, la seule possible d'ailleurs. Rita ferait mieux de s'engager dans les troupes d'assaut de l'armée, elle a tout à fait le profil pour ça.

— Mais j'aurais tellement voulu assurer, cette fois. L'accouchement naturel est préférable pour les enfants.

— Emma, il faut qu'on discute ! gronda Franny. Et il faut qu'on le fasse devant un bon repas. Je meurs de faim.

Elle se pencha vers le menu affiché dans la vitrine d'un petit restaurant italien.

— Tu es déjà venue ici ?

— Non.

— Allons-y, alors. Ils ont de la nourriture, c'est tout ce que je demande.

Le serveur nous installa à une table au fond de la salle. Une bougie brûlait entre nous dans un bol en verre, sa lumière adoucissant l'expression inquiète de Franny.

— Qu'est-ce qui ne va pas, Emma ?

— À part le fait que je suis enceinte jusqu'au cou, limite obèse, et nulle au point de ne pas pouvoir suivre un simple cours de relaxation ? Rien. Tout va bien.

— Qu'est devenue l'Emma que je connaissais, celle qui ne laissait personne lui marcher sur les pieds ?

— Je veux simplement ce qu'il y a de mieux pour le bébé, Franny.

— Dans ce domaine, il n'existe pas de formule magique ni de méthode parfaite, ma fille. Ce qu'il y a de mieux pour le bébé, c'est une mère détendue qui prend soin d'elle. Personnellement, je ne crois pas qu'on puisse surmonter la douleur de l'accouchement rien qu'en se concentrant et en se relaxant. Foutaises. Donner naissance à un enfant, ça fait un mal de chien. Il y a des antalgiques pour nous soulager et moi je dis : donnez-m'en.

— Tu n'avais pas suivi de cours quand tu étais enceinte de tes jumeaux ?

— Si, mais uniquement parce que je n'avais pas le choix. Ma mère en aurait fait toute une histoire. Elle s'est mis dans le crâne que les enfants nés selon la méthode Lamaze présentent un taux de piercings moins élevé que les autres – ou que sais-je encore. J'ai donc décidé de m'inscrire et d'en profiter pour m'offrir chaque fois un bon dîner en ville. Comme ça, j'ai la paix.

— Donc, tu as laissé Blanche te marcher sur les pieds ?

— Pas du tout. Je gère ma mère, c'est différent. Je fais en sorte qu'elle ne me rende pas plus folle que nécessaire.

— Tu comptes vraiment prendre des calmants ?

— Et comment ! Probablement dès le neuvième mois de grossesse, même.

— Tu ne trouves pas qu'un accouchement naturel est préférable ?

— Qu'y a-t-il de naturel à souffrir, je te le demande ? Et quelles sont les preuves scientifiques que cela vaut mieux ? Des millions d'enfants sont nés par césarienne ou avec l'aide d'antalgiques, et non seulement ils étaient en très bonne santé, mais ils sont devenus des adultes parfaitement normaux. Je ne prétends pas que la méthode Lamaze, les accouchements sous hypnose, etc, sont dangereux, mais juste que je ne suis pas faite pour ça.

Je méditai son propos en mâchonnant une olive.

— Et que penses-tu de l'allaitement ?

— Quoi, l'allaitement ?

— J'ai essayé, mais là encore je n'arrivais à rien. Ty avait tout le temps faim, il réclamait du lait parfois toutes les heures et ne prenait pas assez de poids. Et mes mamelons se crevassaient aussi. Pour finir, le pédiatre m'a conseillé le lait en poudre.

— Laisse-moi deviner la suite. La situation s'est arrangée à partir de ce moment-là et Ty et toi, vous vous êtes portés beaucoup mieux.

— Ce n'était pas ça, le pire. Tu aurais dû voir la manière dont certaines mères me dévisageaient quand je lui donnais son biberon au parc. On aurait dit que je lui faisais boire de l'arsenic.

— Ah, la ligue des pro-allaitement. Je les connais bien.

— Tu n'as pas nourri tes fils au sein ?

Trempant un morceau de pain dans de l'huile d'olive, Franny secoua la tête.

— J'ai essayé, moi aussi, mais j'avais l'impression d'être une station-service sans cesse à court d'essence. Je sais bien que les études ont montré les avantages du lait maternel et j'aurais opté pour cette solution si je l'avais pu. Mais les études ne sont pas tout, et l'arsenic nous convenait mieux, à mes fils et à moi.

— Pareil de mon côté. Pourquoi est-ce que je me sens si coupable et bonne à rien, alors ?

— Ça, c'est la question à laquelle nous devons répondre ce soir. Pourquoi as-tu eu cette impression ? Et pourquoi l'as-tu encore ?

J'y réfléchis longuement en picorant des morceaux de parmesan dans l'assiette d'antipasto que Franny avait commandée.

— Je l'ignore, avouai-je enfin.

— Faux. La réponse est là, quelque part au fond de toi, mais tu ne veux pas la voir. Le jour où tu seras prête, tu y feras face.

— Ça n'a aucun sens, Franny. J'ai eu une vie parfaitement normale, limite rasoir. Je ne me souviens pas d'avoir jamais vécu quoi que ce soit d'assez pénible pour éprouver le besoin de l'enfouir au fond de moi.

— Évidemment, que tu ne t'en souviens pas. C'est le propre du refoulement.

— Mais de quoi pourrait-il s'agir ?

— On traverse tous des épreuves, y compris ceux qui prétendent avoir toujours mené des vies parfaitement normales, limite rasoir.

— Quel genre d'épreuves ? Je veux une liste.

— Celle-là, tu devras l'établir toi-même, parce que dès qu'on aborde les causes de la souffrance humaine, la liste n'en finit pas.

22

Sam était sur un petit nuage, mais je craignais que l'atterrissage ne soit brutal.

— C'était génial, Em. Plus que génial, même. Malik est un magicien, je te jure. Il a réalisé une transplantation cœur-poumons parfaite, et ensuite il est passé dans la salle à côté pour effectuer un remplacement valvulaire. Comme ça, à main levée. Et ça lui a pris deux fois moins de temps qu'à la plupart des chirurgiens expérimentés lorsqu'ils opèrent avec l'assistance d'un robot.

— C'est super, chéri. Il devait être très content de toi s'il t'a demandé de participer à ces deux opérations.

— Trois, même ! Après, on a procédé à un pontage coronarien.

— Je suis ravie.

— Je vais décrocher une spécialisation avec lui, Em. Je le sens.

Il m'attrapa par la taille avec tant d'enthousiasme que, l'espace d'un instant, je crus qu'il allait commettre un acte suicidaire – par exemple essayer de me soulever dans ses bras. Il se contenta toutefois de me serrer contre lui.

— Vraiment, ce jour pourrait bien être à marquer d'une pierre blanche. Je discutais avec une fille qui a travaillé avec Malik à la clinique de Cleveland, et elle m'a expliqué qu'il ne fonctionne que sur deux modes : positif ou négatif. Quand il n'aime pas quelqu'un, il l'ignore complètement. Dans le cas contraire, cette personne est bénie des dieux.

— Une fille, tu dis ?

— Ne recommence pas, Emma. Suzanne ne m'intéresse que dans la mesure où elle est la protégée de Malik, tu le sais.

— Oui, reconnus-je avec peine. Je ne prétendais pas le contraire.

— Et visiblement, être gentil avec elle n'a pas été inutile. Malik m'a repéré et il m'a accordé une chance.

— Justement, il faut qu'on en parle, Sam.

— Je sais, tu vas me dire de ne pas m'emballer, mais c'est trop tard. À la fin de la journée, il m'appelait par mon prénom et me donnait des conseils. J'ai même eu droit à une tape dans le dos et à un sourire.

— C'est parce que tu es doué, que tu travailles beaucoup et que tu apprends vite, chéri.

Pas grâce à « Suze », me retins-je d'ajouter.

— Sam… Tu ne vas pas aimer ce que j'ai à t'apprendre, mais…

— Alors attends. Pour le moment, je ne suis disposé à accueillir que des bonnes nouvelles. Je pense même qu'on devrait sortir fêter ça.

— J'aimerais beaucoup, mais il est un peu tard pour notre petit prodige.

Une serviette drapée sur les épaules et les bras écartés, Tyler courait dans la pièce depuis une demi-heure déjà. De temps à autre, il atteignait une vitesse au sol assez élevée pour tenter de décoller et d'enjamber un gratte-ciel en poussant un grognement féroce, ou, en cas d'échec, pour bondir par-dessus un coussin. J'étais fatiguée rien qu'à le regarder. Bientôt, espérais-je, ses batteries se déchargeraient et il irait faire une bonne nuit dans sa tanière de grand garçon.

— Appelle une baby-sitter, suggéra Sam. Ce serait sympa qu'on passe une soirée ensemble, rien que tous les deux. La dernière fois remonte à trop longtemps.

— D'accord. C'est vrai que ça nous fera du bien d'aller dans un endroit où on pourra se détendre et parler un peu.

Sans compter que, dans un lieu public, Sam serait moins enclin à crier ou à m'étrangler pour être allée voir son père. Il attendrait d'être rentré à la maison.

— Ruthie a cours, ce soir. Je vais essayer Craig.

Il n'en fallut pas davantage pour provoquer la fureur de Tyler.

— Non, pas Craig, hurla-t-il.

— Hé là, doucement, dit Sam. Maman et papa vont juste dîner dehors.

— Non !

— Chut, mon ange. Tout va bien.

— Non ! cria-t-il avec tant de désespoir que j'en eus le cœur serré.

Je connaissais parfaitement les manifestations d'angoisse de mon fils. Celle-là était sincère.

— Assez, s'impatienta Sam. Ça suffit, maintenant !

Je soulevai Tyler dans mes bras. Aussitôt, il s'accrocha à moi comme un noyé à un bout de bois. Ses pleurs résonnaient à mon oreille, entrecoupés de gros hoquets.

— Ne pars pas, maman ! S'il te plaît !

Je caressai ses cheveux et respirai son parfum de shampooing mêlé de sueur.

— Tu sais quoi ? Maintenant que j'y pense, je suis épuisée. Peut-être qu'on devrait rester ici et passer commande auprès d'un traiteur.

La mine de Sam à ces mots fut éloquente : à trop choyer notre fils, j'aggravais la situation.

Je m'assis sur le canapé et installai Tyler en travers de mes genoux, en maintenant sa tête au creux de mon bras. Ses jambes pendaient mollement dans le vide. Il était devenu bien trop grand pour que je puisse le garder niché en boule contre moi désormais.

Lentement, la peur desserra son étau sur lui. Il se dégagea de mon étreinte et s'éloigna d'un pas incertain afin de jouer avec ses super-héros.

— À quoi rimait cette scène ? demanda Sam.

— Aucune idée. Qu'y a-t-il, Tyler ? Tu es en colère contre Craig ?

Batman l'était contre Superman, en tout cas. Sous la direction de Ty, le justicier masqué matraqua l'homme d'acier avec une petite chaise d'école.

— Craig t'a fait du mal, chéri ?

— Tu lui mets des idées dans le crâne, Em, me reprocha Sam. Craig est ton copain, Tyler. Vous vous entendez bien tous les deux, n'est-ce pas ?

Ty renifla bravement.

— Il a fait quelque chose qui t'a contrarié, mon bébé ? Tu peux nous le dire.

— Je veux pas que vous vous en alliez, répondit-il en haussant les épaules.

— C'est la seule raison ? Tu es sûr ?

— Sebastian est fatigué.

— Ah oui ?

— Oui. Il est fatigué parce que la petite fille du dessus est pas gentille.

— Tyler, le prévins-je. Pas de mensonges, compris ?

— Sebastian est fatigué, maman. Je te jure.

— Tu veux t'allonger avec lui jusqu'à ce qu'il s'endorme ?

Un hochement de tête solennel accueillit ma proposition.

Pendant que je bordais Ty et son dalmatien, Sam passa commande auprès d'un traiteur. Le repas m'attendait lorsque je revins sur la pointe des pieds dans le salon. Toujours décidé à fêter sa journée, Sam fit sauter le bouchon d'une bouteille de champagne et me servit un fond de verre dont je ressentis aussitôt les effets apaisants après sept mois sans boire une goutte d'alcool.

— À ma future spécialisation ! dit-il en trinquant avec moi.

— À ton succès, Sam.

— Merci d'avoir été aussi compréhensive ces derniers jours. C'était très important pour moi de pouvoir entrer dans la salle d'opération avec les idées claires et en ayant eu le temps de me préparer.

Et voilà. L'heure de la grande scène conjugale était arrivée.

— Je ferais tout pour t'aider, Sam. J'espère que tu le sais.

— Bien sûr. Moi aussi.

— Peut-être même que je ferais quelque chose de stupide, quelque chose qui ne te plairait pas du tout. Mais ce serait par amour pour toi, par désir de t'aider. Tu comprends ?

Son sourire se figea.

— Ça dépend. Qu'as-tu fait ?

— L'autre jour, j'ai appelé Freddie pour lui dire bonjour. Cela faisait des mois qu'on ne l'avait pas vue.

— Ah, si tu as envie d'être gentille avec la fermière du Kansas, aucun problème ! s'écria-t-il avec soulagement. Mieux vaut toi que moi.

— Elle m'a invitée à venir déjeuner et a insisté pour que j'emmène Tyler. Il manquait à ton père, selon elle.

Sam laissa échapper un rire amer.

— Je n'accuserais jamais ma chère belle-maman d'avoir le sens de l'humour, mais ça, c'est presque drôle. Imaginer que mon père puisse se soucier de voir quelqu'un qui n'a pas déboursé une fortune pour mériter ce privilège.

— Tu as raison, bien sûr. Senior lui a à peine prêté attention, et Freddie n'a fait que critiquer ses manières. Mais au moins, ton père s'est intéressé à ce que tu devenais, Sam. Il m'a demandé si tu visais toujours une spécialisation en chirurgie cardiaque et où tu comptais te former.

Énervé, Sam fit sauter les agrafes du sac laissé par le livreur.

— C'était prévisible. Il fallait bien qu'il sache quel était mon choix pour pouvoir le critiquer.

J'avalai une nouvelle gorgée de champagne, une grosse, celle-là.

— Il a cité quelques grands noms de la profession, et j'ai mentionné toute l'estime que tu avais pour Malik et combien tu rêvais de travailler avec lui.

— Tu as quoi ?

— Senior connaît les meilleurs chirurgiens, y compris Malik, me défendis-je, les joues en feu. Il pourrait facilement plaider ta cause. J'ai pensé qu'il n'y avait pas de mal à essayer.

— Tu as pensé ?

— Oui.

— Eh bien, tu as mal pensé ! Merde ! Il n'a jamais levé le petit doigt pour moi et il n'est pas près de commencer. Mais maintenant que tu as *mentionné* mon projet devant ce foutu donneur de leçons, je n'ai pas fini d'en entendre parler ! Il s'attribuera tout le mérite du moindre petit compliment que Malik daignera me faire, même s'il n'y est pour rien.

— Je sais. Je suis désolée.

— Qu'est-ce qui t'a pris ? cracha-t-il. Est-ce que tu as seulement réfléchi à ce que tu faisais ?

Une boule de tristesse logée au fond de la gorge, je répondis avec peine :

— J'ai agi en ayant en tête la manière odieuse dont Malik t'avait traité et ton désir de travailler avec lui. Je me rends compte maintenant que c'était une idée stupide, mais je voulais juste t'aider.

— Bravo, Emma ! Tu peux être fière du résultat. Senior me narguera à vie avec cette histoire. Chaque fois qu'il en aura l'occasion, il racontera à tout le monde que je lui dois ma carrière, que je ne serais rien sans son incroyable influence et sa générosité, et qu'un tocard comme moi a vraiment de la chance d'avoir un père aussi talentueux pour lui mâcher tout le boulot !

— Je suis désolée, Sam. J'ai eu tort. Que puis-je dire de plus ?

— Rien ! Surtout ne dis plus rien.

Il se débarrassa de sa blouse et la jeta sur le canapé, avant de se diriger vers notre chambre et de claquer la porte derrière lui.

Je le suivis, penaude, et constatai qu'il s'était enfermé à clé.

— S'il te plaît, Sam. Je me sens déjà assez mal. Ne me rejette pas.

J'entendis des tiroirs s'ouvrir et se refermer violemment, des portemanteaux s'entrechoquer, et enfin un objet heurter brutalement le sol. Durant quelques instants, de l'eau coula dans la salle de bains, et j'osai espérer qu'il prenait une douche pour se calmer. D'autres bruits indistincts se succédèrent, jusqu'à ce que la clé tourne dans la serrure et que Sam réapparaisse – mais pas pour me laisser entrer.

Il avait échangé sa tenue de bloc opératoire contre un polo et un jean, et la colère qui émanait de lui accentuait le parfum séduisant de son after-shave.

— Tu sors ?

— J'ai besoin d'air, répondit-il en levant les mains pour me dissuader de l'approcher.

Je me sentis nauséeuse, brisée, effrayée.

— S'il te plaît, Sam. Ne fais pas ça. Je te pardonne, moi, quand tu te conduis comme un salaud.

— Je ne t'ai jamais rien fait de comparable ! lâcha-t-il avec mépris. Jamais !

— Très bien, défoule-toi sur moi, alors. Hurle. Sois aussi méchant que tu veux. Traite-moi de tous les noms, mais ne pars pas.

Parce que je restais immobile, il fit un écart pour passer près de moi sans me toucher.

— Dis-moi au moins où tu vas ! insistai-je tandis que ses pas s'éloignaient dans le couloir.

Aucune réponse.

— Et si j'ai besoin de toi, Sam ? Si le bébé naît plus tôt que prévu ? Je n'ai pas eu l'occasion de t'en parler, mais je suis tombée hier et j'ai eu des douleurs au ventre.

La porte d'entrée grinça et je la regardai avec incrédulité se refermer derrière Sam.

— Sam ! criai-je en courant pour le rattraper. Prenons le temps de discuter !

Pour une fois, l'ascenseur fut trop rapide. Sam était à l'intérieur et les battants coulissaient déjà lorsque j'arrivai devant.

— S'il te plaît, arrête ! l'implorai-je.

— Au revoir, Emma, dit-il froidement avant de disparaître complètement à ma vue. Ne m'attends pas.

23

J'entamai une nouvelle journée dans un état proche de l'hébétude : je préparai machinalement le petit déjeuner, m'habillai, menai mon fils à son cours de musique puis, telle une marionnette aux jambes de plomb guidée par un artiste malhabile, je me traînai de nouveau jusque chez moi.

Ayant négligé de lever les stores et d'éteindre les lampes, je retrouvai un appartement où régnait encore l'atmosphère nauséabonde de la veille. J'étais piégée là comme avec une mauvaise gueule de bois, pleine de remords et de dégoût. Ma dispute avec Sam passait en boucle dans ma tête. Comment une tempête aussi dévastatrice avait-elle pu éclater si soudainement au milieu d'un ciel dégagé ? Combien de temps durerait-elle et quels dégâts laisserait-elle dans son sillage ? Et, surtout, perspective plus terrifiante encore, qu'arriverait-il si jamais elle ne se calmait pas ?

Prise d'un besoin désespéré de me confier à quelqu'un, j'appelai ma sœur Charlotte, à Ann Harbor. Son mari, Hal, enseignait la littérature anglaise à l'université du Michigan. Ils s'étaient rencontrés alors qu'elle était étudiante à New York et lui en thèse.

Après la fac, ils s'étaient installés près du lieu de travail de Hal, et Charlotte se plaisait depuis à mener la vie du deuxième type d'épouse défini par Mme Kalisher. Elle organisait des dîners pour les collègues de son mari, charmait ses supérieurs lors des soirées à l'université et accueillait chez elle un flot continu d'étudiants en adoration devant leur professeur. Leurs deux filles et leur fils, âgés de six à neuf ans, côtoyaient en permanence des esprits brillants et des grandes œuvres littéraires – raison pour laquelle, peut-être, ils étaient si posés, si diserts et si polis.

Il y eut trois sonneries, puis quatre, chacune accentuant un peu plus mon découragement. Je m'apprêtais à raccrocher lorsque Charlotte répondit enfin.

— Em ? Tu as le don de double vue, ma parole ! J'allais justement t'appeler.

— Je tombe à pic, si je comprends bien.

— Plus que tu ne crois.

Une image se forma dans mon esprit. Quand elle était au téléphone, Charlotte coinçait sa main libre sous son bras et penchait curieusement la tête. Ses cheveux, aussi châtains que les miens, demeuraient raides quel que soit le temps, et je les imaginai à cet instant recouvrir ses épaules à la manière d'un rideau soyeux, protégeant sa peau pâle et ses yeux noisette du soleil éblouissant qui devait déverser ses rayons à travers les portes-fenêtres de sa gigantesque cuisine.

— Qu'y a-t-il ? demandai-je.

— Toi d'abord, Em. Tu n'as pas l'air très en forme.

— Gagné. Je te raconterai tout avec plaisir, mais vas-y, commence.

— C'est Jared, dit Charlotte en se mouchant.

Mon petit neveu de neuf ans avait toujours été l'étoile la plus brillante de son univers. Il était incroyablement intelligent, très sportif, adorable, et assez doué au violon pour susciter l'admiration sans risquer de voir sa vie d'enfant brisée par ce talent.

— Quel est le problème ?

— Il fait des crises de tachycardie inquiétantes. Ça lui arrive rarement, tous les six mois environ, et jamais à la maison. La première fois qu'il m'en a parlé, je l'ai tout de suite emmené chez son pédiatre, mais le Dr Sinclair m'a dit de ne pas m'affoler. D'après lui, Jared avait peut-être trop forcé en faisant du sport. Tu connais mon fils, il veut toujours être le meilleur et se donne à fond pendant ses entraînements. Du coup, je ne me suis pas inquiétée.

— Que s'est-il passé ? Il va bien ?

— Hier, il disputait le match d'ouverture du championnat junior de base-ball et on était tous là pour le regarder. Et au milieu de la partie, il a heurté un de ses coéquipiers. Ça n'avait l'air de rien sur le moment. Ils n'étaient pas bien épais tous les deux et l'impact ne semblait pas violent. Mais Jared s'est soudain écroulé en agrippant sa poitrine. Heureusement, le père d'un des joueurs était médecin urgentiste. Il a vérifié que son état était stationnaire avant de nous conduire tous à l'hôpital.

— Comment va-t-il ? Charlotte, dis-moi, bon sang !

Elle souffla comme un pneu crevé, et je compris qu'elle avait atteint le stade de l'Ajax : en cas de grosse panique, ma sœur avait comme habitude de récurer frénétiquement son évier.

— Il a une arythmie cardiaque. On appelle ça le syndrome de Wolff-Parkinson-White et c'est congénital, ce qui veut dire qu'il est né avec. En fait, il a une voie de conduction supplémentaire entre les oreillettes et les ventricules. Quand les influx nerveux empruntent ce chemin-là, il n'y a aucun barrage pour les ralentir et le rythme cardiaque s'accélère. Il faut que Jared subisse des examens pour que l'on détermine la gravité de son cas. Chez certaines personnes, le cœur peut tout simplement lâcher.

Le mien menaçait d'en faire autant. Soutenant mon ventre, je me laissai tomber sur le canapé.

— Mon Dieu, Charlotte. Que va-t-il se passer ?

— Ça dépend de ce que les médecins trouveront. Parfois, il est plus sûr de ne rien faire. Il y a des traitements médicamenteux, aussi. Mais si son état est jugé trop sérieux, il faudra le débarrasser de cette voie de conduction accessoire.

— En l'opérant ?

— On m'a dit que c'était le cas avant, mais qu'on procédait maintenant à des ablations par radiofréquence ou par cryogénie.

— C'est plutôt positif, non ?

— J'en doute, Emma. Cela suppose quand même de placer un cathéter dans son artère fémorale pour remonter jusqu'au cœur. D'après le médecin, ce n'est pas sans risque.

Ce dernier mot me parvint entrecoupé de hoquets angoissés. Puis Charlotte s'effondra en larmes.

Elle avait toujours été la plus forte, la plus confiante, la plus courageuse de nous deux. Bien qu'elle eût un an de moins que moi, c'était elle qui, autrefois, quand nous dormions seules à la maison et que nous entendions un bruit suspect, s'armait d'un air déterminé et d'un gros sèche-cheveux pour aller vérifier que des cambrioleurs ne s'étaient pas introduits chez nous. C'était elle, aussi, qui tuait les guêpes et les araignées.

— Mais il n'aura peut-être même pas besoin de suivre un traitement médicamenteux, la rassurai-je. Ou alors, trois fois rien. Et va savoir s'il n'y a pas une meilleure solution. Les cardiologues, ça me connaît. On veillera à ce que Jared soit soigné par le meilleur d'entre eux, Charlotte.

— C'est ce que j'espérais t'entendre dire, Em. Hal et moi sommes prêts à faire tout ce qu'il faut, l'important est qu'il se rétablisse.

— Bien sûr. Maintenant, je sais que je suis très mal placée pour te donner ce genre de conseil, mais essaie de ne pas envisager tout de suite le pire. Prends les choses comme elles viennent, l'une après l'autre. Ne sois pas aussi anxieuse que moi.

— J'essaie, Em. Crois-moi. Mais je n'arrête pas de penser qu'il s'agit de son *cœur*. Ce syndrome peut être mortel. Et si jamais il faisait un nouveau malaise avant que les médecins aient réussi à évaluer la gravité de son cas ? Ça me rend folle et, résultat, je le rends fou lui aussi. Je supporte à peine de le laisser s'éloigner hors de ma vue maintenant.

— Je comprends. Il y a de quoi avoir peur, en effet, mais vous allez surmonter tout ça. Fais-moi confiance. Je suis sûre que Jared s'en sortira.

Charlotte se moucha de nouveau et inspira fort.

— Oui, il le faut.

— Jared s'en sortira, répétai-je. Bientôt, toute cette histoire ne sera plus qu'un mauvais souvenir. De l'engrais pour tes futurs cheveux blancs.

— J'ai hâte qu'ils poussent, alors !

— Ne sois pas si pressée. Maintenant, pose ton Ajax, Charlotte.

— Qu'est-ce qui te fait croire que je le tenais ? demanda-t-elle en riant nerveusement.

— Pose-le, c'est tout. Je veux que tu t'écartes lentement de ton évier en gardant les mains en l'air. Pas d'embrouilles, et personne ne sera blessé.

Son rire retentit de nouveau.

— Tu devrais avoir honte, Em. Je suis au bord du désespoir et toi, tu as le culot de te moquer de moi.

— Parfait. Je vais tout de suite prévenir Sam. Je parie qu'il pourra t'orienter vers le meilleur cardiologue qui soit.

— Tu n'imagines pas combien tu me rassures.

— Je peux faire autre chose ? Tu veux que je vienne ?

— Pas maintenant. Attendons de voir comment la situation évolue. Peut-être que c'est moi qui viendrai te voir à New York.

— Tu es sûre ? Le trajet n'est pas long en avion. Je pourrais être chez toi dès aujourd'hui.

— Sûre et certaine. Si j'ai besoin de toi, je te le dirai, promis. Pour le moment, tu as déjà de quoi t'occuper avec Tyler, sans parler de Sam et du bébé qui va arriver.

Je coinçai ma main sous mon bras pour ne pas flancher.

— Mmm.

— Je vais bien, Em. Vraiment. Savoir que Sam peut nous aider à trouver un bon spécialiste est un énorme soulagement pour moi. Je te bénis d'avoir épousé un type parfait, quelqu'un qui a choisi de travailler précisément dans la branche qu'il nous faut.

— Tant mieux, répondis-je avec peine. Au cas où, n'hésite pas à appeler. Je suis là.

— Je sais. Mais à ton tour, maintenant. Tu voulais me dire quelque chose ?

— J'ai oublié ce que c'était. Rien d'important, à mon avis. Pensons plutôt à Jared.

24

Le téléphone de Sam ne répondant pas, je composai le numéro de LeeAnn, la responsable administrative de son service.

— Oh, Emma ! Bonjour ! Quel plaisir de vous entendre, Emma ! déclara-t-elle d'une voix de plus en plus forte et aiguë. Quoi de neuf, Emma ?

— Je dois parler à Sam, LeeAnn. C'est urgent.

— Vous cherchez à joindre Sam ? Hmmm. Voyons, laissez-moi voir où il peut bien être.

La subtilité n'était vraiment pas son fort. J'entendis des voix étouffées derrière elle, un rire d'idiote, puis des bruits de pas pressés qui s'éloignaient de son bureau vers le couloir.

Sauf que moi, j'étais postée là, devant l'entrée, tenant mon téléphone portable que je venais de raccrocher.

— Bonjour, Sam. Suzanne.

L'air faussement innocent, miss Première Année fixa Sam droit dans les yeux.

— Tu veux que je reste ?

— Pas la peine, répondit-il, les lèvres pincées. Je te suis. On est en retard, Emma. Tu attendras un peu.

Je l'attrapai par le bras.

— Je ne peux pas attendre. Jared a un problème cardiaque et Charlotte a besoin de connaître le meilleur spécialiste dans ce domaine. Tout de suite. Donne-moi juste le nom et l'endroit où on peut trouver cette personne, et je partirai.

Sam parut ébranlé, comme si je l'avais giflé. Il avait toujours eu une affection particulière pour Jared. Dès l'instant où son neveu avait tourné vers lui son adorable sourire édenté de nouveau-né, il était tombé sous le charme.

— Tu ferais mieux d'y aller, Suze, dit-il en enfonçant les mains dans ses poches.

— Tu es sûr ?

— Oui, je te rejoindrai.

Il me dévisagea froidement, sans un mot, pendant qu'elle s'éloignait en ondulant son fessier haut perché. Dès qu'elle eut tourné au bout du couloir, il prit cette fois une attitude défensive en croisant les bras comme pour se protéger.

— C'est grave ? demanda-t-il.

— On ne sait pas encore. Les médecins lui font des examens.

— Pourquoi ? Quels sont les symptômes ?

— Des crises de tachycardie. Ça lui est arrivé deux ou trois fois, et jamais quand il était chez lui. Charlotte en a parlé à son pédiatre, mais il a minimisé le problème en mettant ça sur le compte d'un trop gros effort.

— Classique.

— Hier, Jared a perdu connaissance pendant un match de base-ball. Il a été transporté à l'hôpital et on lui a fait passer un électrocardiogramme.

Je sortis une feuille sur laquelle j'avais noté le nom du syndrome dont il souffrait. Je me l'étais répété un nombre incalculable de fois, mais sans jamais réussir à le mémoriser.

— Il présente un syndrome de Wolff-Parkinson-White.

— Voie de conduction accessoire, récita Sam. Apparaît sur un électrocardiogramme sous la forme d'une courbe deltoïde. Ils lui font passer des examens, tu dis ?

— Oui.

— Lesquels ?

— Je l'ignore. Ce qu'ils font dans ces cas-là pour mesurer la gravité du problème.

— Évidemment. À condition qu'ils soient capables de repérer une vache au milieu d'un couloir. Qui s'occupe de lui ?

— Un cardiologue recommandé par leur pédiatre. Je n'ai pas retenu son nom.

— Ben voyons, ironisa-t-il cruellement. Quelle raison pourrais-tu avoir de te rendre utile ?

Je croisai les bras à mon tour.

— Si tu ne veux pas nous aider, très bien. Je m'adresserai à quelqu'un d'autre. La dernière chose dont j'aie besoin en ce moment, c'est entendre tes conneries.

— Personne ne t'a obligée à venir ici.

— J'ai commis une erreur. Au temps pour moi.

Le planter là se révéla plus agréable que de le voir partir sous mes yeux, si tant est qu'« agréable » fût le mot juste. Cet hôpital grouillait de personnes en mesure de répondre à mes questions, mais j'étais incapable de réfléchir et de trouver vers qui me tourner. Les larmes me montèrent aux yeux, brouillant ma vue.

Puis un nom me vint à l'esprit. Filant vers les ascenseurs, je composai le numéro, mais il n'y avait bien sûr personne dans le grand appartement de Park Avenue.

— Le Dr et Mme Colten rentreront ce soir, madame, m'informa une domestique. Souhaitez-vous leur laisser un message ?

— Non, merci. Je rappellerai plus tard.

Je ne pouvais attendre la fin de la journée. Je ne pouvais pas même attendre une minute de plus en songeant à ce que Charlotte devait endurer.

— Va au diable, Sam ! jetai-je à voix haute.

Les portes de l'ascenseur coulissèrent en faisant entendre un tintement joyeux. Alors qu'elles se refermaient, Sam me rejoignit dans la cabine.

— Ça suffit, Emma. Évidemment que je veux vous aider. Arrête de te comporter comme une gamine, tu veux ?

— Comme une gamine ? Regarde-toi, Sam. Tu es marié, père d'un petit garçon et bientôt d'un deuxième enfant. Il serait temps que tu deviennes adulte !

— Je le suis, répondit-il d'un ton contrit. Je ne le montre pas toujours, voilà tout.

— C'est le moins qu'on puisse dire.

— J'étais furax, avoua-t-il en regardant droit devant lui. J'avais besoin de me calmer.

— Où es-tu allé ? demandai-je, le ventre noué par la peur.

— Dans un bar. J'ai bu quelques bières, *seul*. Et comme je n'avais pratiquement pas dormi les deux nuits précédentes, la fatigue a fini par me tomber dessus et je me suis écroulé dans la salle réservée aux médecins de garde à l'hôpital. *Seul*. C'est tout.

— Non, ce n'est pas tout. Loin de là. Tu as pris une douche, tu t'es rasé et aspergé *d'Eau de mâle à l'affût* avant de partir. Tu n'avais pas seulement envie de te calmer. Tu cherchais à me faire souffrir, à me punir pour avoir commis le crime impardonnable de vouloir t'aider. Peut-être que je m'y suis mal prise, je ne prétends pas le contraire. Mais je l'ai fait par amour pour toi et tu le sais.

— Je suppose.

— Tu supposes ? Tu crois que ça m'amusait d'aller voir Senior et Freddie ? Tu crois que j'ai passé un bon moment avec eux ? Entre déjeuner avec ces deux-là et me faire arracher une dent sans anesthésie, je t'assure que j'hésite.

— Ah oui ? dit-il avec un petit sourire. Pour moi, il n'y a pas photo. Je préfère encore me faire arracher une dent.

— Excuse-toi.

— Toi d'abord.

— Je l'ai déjà fait, mais très bien. Je suis ravie de donner l'exemple d'une adulte raisonnable. Je suis désolée, Sam. Je n'aurais pas dû aller voir ton père. Crois-moi, je ne recommencerai plus jamais. Dès qu'on parlera de toi, je prétendrai être muette. Maintenant, je t'écoute.

— D'accord. Je n'aurais pas dû piquer une crise et partir comme ça. Je le regrette vraiment. (Il appuya un doigt dans le bas de son dos.) En plus, le lit de la salle de garde est franchement pourri.

— Tu vas devoir peaufiner ta dernière excuse. Et n'oublie pas d'en ajouter une pour ton attitude tout à l'heure, quand tu as tenté de m'esquiver devant LeeAnn et « Suze ». À ce stade, tu mérites un zéro pointé.

— Bon, si tu veux. En attendant, il faudrait que je parle à Charlotte pour qu'elle me donne plus de détails. Ils cherchent un spécialiste près de chez eux ?

— Non, ils sont prêts à aller n'importe où du moment que Jared est examiné par le meilleur cardiologue qui soit.

Nous étions à présent dans le hall principal de l'hôpital, où une foule de gens allaient et venaient. Sam balaya les alentours du regard avec inquiétude.

— Le meilleur, c'est Delavan, au Mass General. Personne ne lui arrive à la cheville. Mais je ne t'ai rien dit, hein ?

— Pourquoi ?

— Parce qu'un vendeur de Cadillac qui tient à son boulot n'envoie pas ses clients chez un concessionnaire Lincoln, voilà pourquoi. Si Malik apprend que je recommande un autre service que le nôtre, je suis grillé.

— On s'en fout, de Malik. C'est la vie de Jared qui est enjeu. Elle compte plus que ta précieuse carrière.

— Je n'ai pas à choisir entre les deux, bon sang ! Briser mes chances de me spécialiser avec Malik n'aidera pas Jared à aller mieux.

Son argument m'apaisa, mais pas totalement.

— J'aimerais juste que tu donnes la priorité à autre chose qu'à ton travail pour une fois.

— Jared est un gamin génial, répliqua-t-il. Je ferai tout ce que je peux pour qu'il s'en sorte. Tu n'es pas la seule à te soucier de lui, alors lâche-moi.

— Bien. Très bien. J'ai compris, Sam. Assez, maintenant, je suis épuisée. Arrêtons de nous battre.

— Je suis pour.

— On peut être amis ?

— Ça me va.

Lorsqu'il m'attira dans ses bras, mes larmes débordèrent enfin, roulant sur mes joues et mouillant sa tenue.

— Tu crois qu'ils pourront obtenir un rendez-vous rapidement ? Charlotte est terrifiée à l'idée que Jared fasse un nouveau malaise avant d'avoir été soigné.

— Je pense. J'ai quelques copains de fac qui font leur internat au Mass General. Je vais passer deux ou trois coups de fil pour demander si l'un d'eux est bien vu de Delavan. Je ferai de mon mieux, Em.

25

Mme Kalisher tendit une main en coupe devant elle.

— Vous avez senti une goutte, ma chère ?

— Non. Il n'y a pas un nuage à l'horizon. Ce devait être un pigeon.

— Je n'ai pas dit que j'avais senti une goutte, répliqua-t-elle avec un petit sourire. Je vous ai demandé si vous, vous en aviez senti une. Toute la semaine, les journaux télévisés nous ont annoncé des précipitations records pour aujourd'hui. La présentatrice météo n'avait que les mots inondation et chaos à la bouche – à vous donner envie de filer réserver une place sur l'arche de Noé.

— Personne n'a jamais prétendu que la météorologie était une science exacte, madame Kalisher.

Elle hocha la tête d'une façon qui me fit comprendre que je ne voyais pas du tout où elle voulait en venir. J'étais même totalement hors sujet.

— Écoutez-moi, reprit-elle. Hier, je suis allée au supermarché acheter quelques bricoles : une boîte de thon, du papier toilette et une livre de café. J'aime le café français torréfié et décaféiné. Il est moulu frais et vous n'avez plus qu'à le mettre au congélateur. Il se conserve très bien.

— Je suis ravie de l'apprendre.

— À ce sujet, avons-nous déjà parlé de tomates ?

— Je n'en ai pas le souvenir, en tout cas.

— Cela tombe bien, alors. Ne mettez jamais vos tomates au frigo, elles y perdent tout leur goût.

— Merci, je ne l'oublierai pas.

Elle me tapota la main, ce qui chez elle équivalait à un bon point.

— Pour en revenir au supermarché, je comptais choisir les articles dont j'avais besoin et passer à la caisse rapide. Combien de temps, d'après vous, tout cela a-t-il bien pu me prendre ?

Quand il s'agissait d'éclairer ma lanterne, les règles du jeu étaient très claires avec Mme Kalisher. Je devais répondre de mon mieux en me trompant complètement.

— Six heures ?

— Je reconnais bien là votre intelligence. Vous brûlez, Emma. Cela n'aurait dû me prendre que cinq minutes, mais je suis restée presque une heure là-bas. La queue aux caisses était inimaginable. Si vous aviez vu tous ces chariots ! Ils étaient pleins à craquer. Les gens les remplissaient comme pour tenir un siège. Ils achetaient des boîtes de conserve, des bouteilles d'eau, des lampes torches, des trousses à pharmacie, et que sais-je encore. Et vous voyez ? Est-ce qu'il pleut ?

— Non.

— Même pas une goutte !

Il y avait un point à méditer dans tout ça.

— Moi aussi, j'ai dramatisé la situation, madame Kalisher. Je le reconnais. J'ai pris quelques litres de lait et de jus de fruits en plus à l'épicerie du coin, au cas où.

Elle réfléchit longuement à ma réponse.

— Mais pas de lampe torche.

— Non. On en a déjà une.

Mme Kalisher redressa la tête avec une intense satisfaction.

— Ah, vous voyez ?

— Pas vraiment.

Ce que je voyais, c'était Tyler en train de jouer tranquillement dans la cage d'écureuil avec Amity. J'avais accepté de la garder durant quelques heures pendant que Siena était chez son ostéopathe.

— Les rumeurs…, déclara Mme Kalisher en grimaçant.

— Laissez-moi deviner. La météo, les caisses de supermarché, les lampes-torches, le café, les tomates et les rumeurs. Je suis certaine qu'il y a un lien entre tous ces éléments.

— Bien sûr. Quand quelqu'un vous raconte quelque chose, vous l'écoutez forcément. Mais ça ne signifie pas pour autant qu'il faille courir acheter une lampe de poche. Quelques litres de lait et de jus de fruits supplémentaires ne font pas de mal, parce que, même si les prévisions météorologiques se révèlent fausses, vous les boirez quand même, n'est-ce pas ?

— Absolument.

— Donc, votre réaction est tout à fait logique. En revanche, les gens qui se précipitent au supermarché afin de se procurer des lampes torches, c'est une autre paire de manches.

La cage d'écureuil comportait une large plate-forme avec un volant, un rétroviseur et une clé de contact en bois accrochée à un faux allumage. Alors qu'il était calé depuis dix minutes sur le siège conducteur, sans intention apparente d'en bouger, Tyler se leva et céda sa place à Amity. Il n'y avait rien de tel que l'amour d'une gentille femme pour amener un homme à se montrer sous son meilleur jour.

— Donc, ce que vous voulez me dire a un rapport avec les lampes torches ? demandai-je.

— Non, ma chère. Ces lampes n'ont qu'à rester là où elles sont. Je vous parle de réactions démesurées. Un bulletin météo n'est parfois pas plus fiable qu'une rumeur, et pourtant certaines personnes prennent les deux pour argent comptant.

Je secouai la tête.

— Pardonnez-moi, madame Kalisher. J'ai peur d'être un peu obtuse aujourd'hui. Je n'ai pratiquement pas dormi et nous nous faisons beaucoup de souci pour mon neveu.

— Jared s'en tirera, Emma. Regardez comme tout s'arrange déjà : vous m'avez expliqué vous-même que Sam avait un ami qui travaillait auprès du plus grand spécialiste en la matière et qu'il avait ainsi pu obtenir un rendez-vous rapidement. Voilà ce que j'appelle une très bonne nouvelle.

Je jetai un coup d'œil autour de nous.

— Je ne vous ai jamais rien dit, n'oubliez pas. Personne n'est censé le savoir.

— Ne vous inquiétez pas, ma chère. Je comprends très bien. Je n'évoquerai jamais le sujet qu'avec vous.

Un glacier ambulant s'approcha, accompagné de la mélodie exaspérante qui avait sur mon fils l'effet du chant des sirènes. Tyler dégringola plus qu'il ne descendit de la cage d'écureuil et fonça vers nous.

— Maman ! C'est le marchand de glaces ! On peut avoir un gros cornet à la vanille, Amity et moi ?

— Amity n'a pas le droit de manger de glaces, mon ange. Siena vous a préparé des goûters pour tous les deux.

Je sortis un sac en papier contenant un cake aux courgettes fait maison et un autre rempli de drôles de morceaux de fruits que Siena avait fait sécher chez elle.

— Tiens. Tu vois comme c'est appétissant ?

Tyler recula en frémissant d'horreur.

— Pourquoi elle a pas le droit d'avoir de la glace ? Elle a été méchante ?

— Non, chéri. Siena préfère qu'Amity ne mange que des plats qu'elle a cuisinés elle-même. Et pas de sucreries.

— Pas de glaces ? s'écria Ty avec stupéfaction. Même pas à la vanille ?

— Non.

— Même pas à la fraise ?

— Non plus.

Amity, qui avait suivi Tyler avec plus de prudence et de délicatesse, nous rejoignit à cet instant. Peu convaincu par mes explications, il s'adressa directement à elle.

— Non, maman ne veut pas, confirma-t-elle. Mais on a du yaourt glacé, par contre.

Cette remarque lui valut une profonde compassion de la part de mon fils.

— Du yaourt ? Berk !

Après qu'ils se furent éloignés vers le bac à sable, Mme Kalisher afficha un air consterné.

— Élever un enfant en le privant de glaces. Qu'iront-ils inventer d'autre après, je vous le demande ?

— À chacun ses goûts, vous ne croyez pas ?

— Exactement. Et cela me ramène à mon propos : en soit, une rumeur n'est pas dérangeante. C'est la manière dont les gens y réagissent qui pose problème.

— Parle-t-on des rumeurs en général, madame Kalisher ? Ou bien en avez-vous une particulière à l'esprit ?

Son regard se perdit dans le vague, et elle inclina la tête vers un gros bouleau feuillu.

— Vous voyez cet oiseau sur la petite branche, à mi-hauteur ? C'est une sarcelle. De toutes les nuances de bleu, celle de son plumage est ma préférée.

— J'ai l'impression que vous essayez de me dire quelque chose sans le dire…

Tyler m'interrompit en revenant vers nous.

— J'ai le droit de manger une glace, moi, hein maman ?

— Pas quand tu es avec ton amie et qu'elle n'est pas autorisée à en avoir, Ty. Ce ne serait pas sympa pour elle.

— Si. Un cornet de glace à la vanille, ce serait super sympa.

— Demain.

— Mais j'en veux là, maintenant.

— Tu as le choix entre deux solutions, mon chéri : tu peux aller jouer avec Amity ou tu peux aller jouer avec Amity.

— C'est bête, gloussa-t-il.

Peut-être, mais ma stratégie fonctionna.

— Je n'essaie pas de vous dire quelque chose sans le dire, ma chère, reprit Frieda. Nous évoquons simplement des généralités.

— Vraiment ? Parce que si vous avez entendu une rumeur qui nous concerne de près ou de loin, je préférerais être au courant.

— Je veux juste vous faire comprendre qu'une personne sensée n'ajoute pas foi à des affirmations infondées.

— Très bien. Je ne le ferai pas, alors. Maintenant, qu'avez-vous entendu ?

— Les gens causent, ma chère. Parfois à tort et à travers.

Mais pas toujours, pensai-je, soudain inquiète.

— Il y a des bruits qui circulent sur Sam ?

Elle ne répondit pas. À quoi bon ? Les rumeurs n'étaient peut-être pas fiables, mais le vieux dicton sur la fumée et le feu se révélait trop souvent vrai. Sam avait juré plusieurs fois qu'il n'y avait rien entre Suzanne et lui. Soit. Seulement, les coupables mentaient, ce n'était pas un scoop.

— Il s'agit de Sam et de cette blonde qui lui faisait les yeux doux à la soirée donnée en l'honneur de Malik ?

— Pas du tout. Je n'ai rien entendu de tel. Je vous le répète, Emma. Votre Sam n'est pas du genre à aller voir ailleurs.

— Quoi, alors ? Ne me cachez rien, madame Kalisher. Sinon, ce que j'imaginerai sera certainement pire que la réalité.

— Très bien, mais rappelez-vous : ce ne sont que des racontars.

— D'accord.

— J'ai pris l'ascenseur à l'hôpital l'autre jour avec deux filles qui travaillaient apparemment au secrétariat. Elles discutaient en se demandant qui serait nommé chef des internes l'année prochaine et l'une d'elles s'est déclarée vraiment surprise de voir que Sam avait été rayé de la liste.

— Elle a dit Sam ? Vous êtes sûre ?

— Sam Colten. J'en suis certaine.

— Mais il s'en sort à merveille. Toutes ses évaluations sont très positives et même Malik s'est montré bien disposé envers lui ces derniers temps. Il l'a choisi comme assistant pour plusieurs opérations.

— Ah oui ? Je suis impressionnée.

— Alors pourquoi le rayerait-on de la liste des internes qui peuvent prétendre à ce poste ? Ça n'a aucun sens.

— Ne vous emballez pas. Ces filles ont pu se tromper. La liste qu'elles ont vue portait peut-être sur tout autre chose. C'est le problème avec les rumeurs. J'essaie de vous l'expliquer depuis tout à l'heure.

— J'espère vraiment qu'il s'agit d'un malentendu. Sam a tellement travaillé pour en arriver là. Tous les internes rêvent de cette distinction. Leurs épouses aussi, du reste. Sam pourrait davantage contrôler son emploi du temps, il ne serait plus aussi débordé en permanence. Et je vous assure qu'un peu de répit nous ferait du bien !

— Je suis certaine qu'il s'agit d'une erreur, Emma. D'après ce que vous me dites, il n'y a aucune raison pour que Sam ne soit pas nommé à ce poste.

— Mais si jamais c'était vrai ? Je devrais peut-être lui en toucher un mot, histoire qu'il ne soit pas complètement anéanti au cas où cela se produirait.

— Vous voyez comme quelques paroles peuvent conduire à des réactions excessives ? Quand on vous annonce qu'une tempête risque d'éclater, il n'y a pas de mal à emmagasiner un peu de lait et de jus de fruits, ma chère. Mais courir acheter une lampe torche, c'est différent. La précipitation ne sert à rien, il vaut mieux attendre.

26

À l'heure prévue pour le début de la réunion, la salle de classe de Tyler affichait complet. Certains s'appuyaient contre les étagères remplies de jouets, d'autres tenaient tant bien que mal sur des chaises de lilliputiens. Lorsque je m'éclipsai à la dernière minute vers les toilettes, je croisai dans le couloir les parents de Jake, Bob et Marion Merson, en compagnie de ceux d'Olivia et de Jean-Michel. Je m'arrêtai pour les assurer une nouvelle fois que j'étais à cent pour cent avec eux. Sam aussi les soutenait mais, étant de garde ce soir-là, il n'avait pu être présent.

Quelques instants plus tard, Jeanette et Arthur Trevallis entrèrent au pas de charge. Le silence se fit. Le visage rouge et les lèvres pincées, tous deux affrontèrent les regards hostiles des personnes présentes.

Le temps que je regagne ma place, Siena s'était postée devant le tableau, une feuille imprimée à la main. Elle examina lentement l'assemblée d'un air grave.

— Je tiens à vous remercier tous d'être venus ce soir. Je sais que vous n'avez pas eu beaucoup de temps pour vous organiser mais, comme je l'expliquais dans le message que je vous ai envoyé, il s'agit d'une affaire urgente et j'estimais que nous devions en discuter tous ensemble sans tarder.

— Plus tôt ce sera fini, mieux ce sera, intervint Jeanette. Cette histoire n'a que trop duré.

Siena l'ignora, ce qui était plus que n'en méritait l'autre.

— Pour commencer, j'aimerais vous lire une déclaration.

— Objection ! lança le père de Marissa. Nous avons bien été conviés à une réunion parentale, il me semble ?

— Oui, Arthur. Vous le savez très bien.

Il afficha un sourire suffisant.

— La séance devrait donc être dirigée par la présidente du groupe des parents, pas par un professeur que nous employons.

La personne en question était Monique, la mère d'Olivia.

— Je suis ravie de céder ma place à Siena, déclara-t-elle. Plus que ravie, même.

— Ce n'est pas ainsi qu'il convient de procéder. Si la présidente ne peut ou ne veut assumer ses responsabilités, c'est à la vice-présidente de le faire.

Comme par hasard, celle-ci n'était autre que Jeanette.

— Très bien, trancha Monique en s'asseyant à côté de Siena. La séance est ouverte. En tant que présidente, j'accorde à Siena Gladwell le droit de diriger les débats.

— Vous ne pouvez pas faire ça ! pesta Arthur. C'est illégal.

— Libre à vous de vous plaindre à notre médiateur dès que nous en aurons un, Arthur, rétorqua Monique. Siena, je te laisse la parole.

Un silence tendu s'installa. Les yeux rivés sur le texte qu'elle avait rédigé, Siena s'éclaircit la voix.

— J'ai reçu une demande officielle de renvoi concernant l'un des élèves de notre école. Cette requête m'a été adressée par l'une d'entre nous en présence de son avocat. Il m'a été précisé que si je ne m'exécutais pas volontairement, cette personne entendait, je cite, « entamer une procédure judiciaire ». J'ai répondu sans hésitation que renvoyer cet élève serait contraire à la philosophie de notre école et, selon moi, à l'intérêt des enfants. J'ai donc refusé. Je crois fermement avoir réagi comme il convenait et je m'en tiens à ma position.

« Cependant, ce n'est pas mon école, mais la nôtre. Bien qu'il m'en coûte, je n'ai pas d'autre choix que de discuter ouvertement avec vous de cette question. Personne ne gagnera rien à mener des campagnes diffamatoires en secret.

Siena foudroya Arthur et Jeanette du regard en prononçant ces mots. Tous deux n'avaient pas agi autrement depuis le début de cette horrible histoire. Ils avaient transmis à chacun la copie d'un article détaillant les résultats d'une étude conduite par le vénérable centre Stanton de recherche sur l'enfance, à Chicago. L'article expliquait notamment qu'observer des comportements violents avait des effets bien plus durables et plus marqués qu'on ne l'avait cru jusqu'alors.

— Avant d'entamer la discussion, je veux être sûre que nous jouons bien cartes sur table, reprit Siena. La personne qui m'a soumis cette requête est Jeanette Trevallis. L'enfant qu'elle souhaite faire renvoyer est Jake Merson. Jeanette le décrit comme dangereux et gênant. Elle affirme aussi qu'il a une influence négative sur les autres enfants et le tient pour responsable de la répugnance de Marissa à venir à l'école.

Jeanette abattit sa main sur la table.

— Je n'apprécie pas que vous parliez en mon nom, Siena. Je suis parfaitement capable de dire moi-même ce que je pense.

— Et vous en aurez l'occasion. À ce stade, je donne juste les informations nécessaires aux parents qui n'ont pas tout suivi depuis le début. Les faits sont les faits.

— Certainement ! Et tous vos beaux sermons à la noix n'y changeront rien.

Siena se concentra de nouveau sur sa feuille. Il en fallait beaucoup pour l'énerver, mais Jeanette y parvenait.

— En tant que mère, fondatrice de cette école et professeur employée ici depuis sept ans, je crois sincèrement que Jeanette se trompe. La présence de Jake est mille fois plus positive que négative. Il apprend beaucoup auprès des autres, et vice versa. Il n'est jamais trop tôt pour enseigner aux enfants à respecter et à tolérer les différences, y compris les leurs. Si on attend trop longtemps, on risque d'en faire des gens incapables de voir au-delà de leurs intérêts et de leurs préjugés. Des gens qui nous empêchent de vivre en harmonie les uns avec les autres.

Tandis que Siena pliait sa feuille et la fourrait dans sa poche, Arthur réclama la parole.

— Franchement, je trouve votre définition de « mille fois plus positive » pour le moins étonnante. La semaine dernière, ma femme a dû emmener notre fille chez le pédiatre. Jake avait mordu Marissa à la main – sévèrement, en plus. Le Dr Landy a prescrit un traitement antibiotique à Marissa en nous expliquant qu'une morsure comme celle-là pouvait avoir de sérieuses conséquences sur la santé. Dieu merci, nous avons eu de la chance, mais je ne suis pas disposé pour autant à accepter que cela se reproduise.

Siena secoua la tête avec incrédulité.

— Ce jour-là, Jeanette, vous m'avez dit que vous aviez pris un rendez-vous avec le Dr Landy depuis un moment déjà. Et d'après Marissa, il lui a juste appliqué de la pommade et un petit pansement.

— Vous auriez sans doute été plus contente si elle avait contracté la rage ! cracha Arthur. Ne vous méprenez pas : il ne s'agissait pas du tout d'un incident isolé. Il y a quelques semaines, Jake a tiré Marissa par les cheveux. Le jour de l'anniversaire de notre fille, Jeanette est venue en classe avec des petits gâteaux et il a jeté un gros cube dans la boîte. Il a déchiré les pages de son livre favori et barbouillé ses habits de peinture, aussi. Siena considère peut-être « très positif » ce comportement violent et ouvertement agressif, mais j'estime – tout comme le centre Stanton – qu'elle fait erreur.

Rouge et tremblant de rage, Jeanette bondit sur ses petits pieds grassouillets.

— Jake n'apprend ni la tolérance ni aucune des sornettes que Siena veut nous faire avaler. Marissa a peur de lui, un point c'est tout. Elle s'enfuit dès qu'elle le voit maintenant. Je sais comment enseigner la tolérance et le respect des différences à ma petite fille, et ce n'est certainement pas en la laissant vivre terrorisée.

— Apprendre la tolérance auprès de vous reviendrait à prendre des leçons de chant auprès d'un sourd, Jeanette, intervint Veronica O'Donovan, la mère de Jaden.

— Je n'apprécie pas cette remarque. J'ai mal au cœur pour Bob et Marion, vraiment. Ce qui arrive à leur enfant est une tragédie.

Jeanette fit un effort pour avoir l'air désolé, mais elle réussit tout juste à paraître constipée, et les larmes de compassion qu'elle semblait vouloir verser refusèrent de couler.

Bob et Marion Merson se tenaient par le bras, la mine impassible. Un peu plus tôt cette semaine-là, Marion m'avait avoué que le plus dur dans cette épreuve était de découvrir qui ils pouvaient vraiment considérer comme des amis, et qui les traitait avec condescendance sous prétexte qu'eux étaient épargnés par le malheur.

Le père de Jean-Michel, un Français distingué et pragmatique, ne fit pas mystère du mépris que lui inspiraient les Trevallis.

— Épargnez-nous votre *merde*[1], Jeanette. Arthur et vous, vous ne pensez qu'à vous.

— Vous ne voyez donc pas ? renchérit sa femme, une Italienne au tempérament fougueux. Tout le monde peut tomber malade un jour, ou avoir un accident. Contrairement à ce que vous croyez, vous n'êtes pas à l'abri, vous non plus.

— Du calme !

La voix qui s'était élevée était celle de Wanda Beller, une âme sympathique, affable, avec des yeux d'opale et l'accent traînant du Sud – qualités qu'elle avait toutes transmises à son fils Zachary.

— Chacun de nous est venu ici ce soir parce que nous aimons nos enfants et que nous désirons ce que nous estimons être le mieux pour eux – à tort ou à raison. Je trouve injuste de suggérer que Jeanette et

1. En français dans le texte. *(N.d.T.)*

Arthur agissent par égoïsme ou dans le seul but de heurter les sentiments de quiconque.

— Merci, Wanda, s'écria Jeanette. Enfin quelqu'un qui nous comprend !

— Je n'ai pas dit que je vous comprenais. J'ai dit que, à mon avis, vous faisiez ce que vous pensiez être juste et bon pour votre enfant – à tort ou à raison.

— Absolument.

— C'est important. Mais êtes-vous persuadés d'agir de manière raisonnable ?

— Oui. Arthur et moi avons hésité des semaines avant de prendre notre décision. Nous ne voulons surtout pas blesser qui que ce soit, mais quel autre choix avons-nous ?

Examinant la sortie papier d'un e-mail, Wanda coinça une mèche de ses épais cheveux auburn derrière son oreille.

— Je suis très intriguée par cette étude que vous nous avez envoyée.

— Le centre Stanton a une réputation irréprochable, se défendit Jeanette en croisant les bras. Les résultats parlent d'eux-mêmes.

— Je n'en doute pas. Mais pourquoi ne pas les synthétiser pour ceux d'entre nous qui n'ont pas eu le temps de les lire ?

— Avec plaisir, répondit Arthur. L'étude a révélé que les sujets soumis précocement à des agressions physiques développaient des comportements beaucoup plus violents que les autres et qu'ils ne les abandonnaient pas malgré les efforts considérables entrepris par la suite pour tenter de les modifier ou de les faire disparaître.

— C'est tout ?

— En résumé, oui.

— Le problème avec les résumés, Arthur, c'est le peu d'informations qu'ils contiennent.

— Ce qui veut dire ?

Wanda sortit de son sac une liasse de feuilles pliées.

— Voici l'étude intégrale réalisée par le centre Stanton. Comme vous le voyez, les scientifiques n'ont pas fait court. Certes, je ne peux pas réfuter la présentation faite par Arthur, même si je vous avoue que j'ai dû relire ces pages une demi-douzaine de fois avant d'y comprendre quelque chose. On n'y trouve que des histoires de cohortes, de groupes témoins et de stimuli aversifs. Pour moi, c'était du chinois.

« Je me suis quand même forcée à aller jusqu'au bout. Au final, l'étude se résume en effet à ce qu'en a dit Arthur : une exposition à des agressions précoces conduit à un comportement agressif persistant, bla-bla-bla. Voulez-vous maintenant expliquer à ces braves gens pourquoi tout cela n'a rien à voir avec le sujet qui nous a réunis ici ce soir, Arthur ? Jeanette ?

Verts de rage, ils gardèrent le silence.

— Je suppose que je vais devoir m'en charger, alors, enchaîna Wanda en souriant. C'est tout simplement incroyable. L'article a pour titre complet : « Les conséquences comportementales d'agressions observées chez les jeunes capucins bruns ».

Des rires éclatèrent dans la salle, détendant enfin l'atmosphère.

— Comme je le disais, cher Arthur, je suis très intriguée. Je conçois que la lecture de ces pages ait pu vous perturber, Jeanette et vous, mais qu'est-ce que le comportement des singes vient faire dans cette histoire ?

— Riez et prenez ça à la légère si vous voulez, répliqua Arthur, les traits déformés par la colère. Mais vous vous trompez sur toute la ligne. Une foule d'études menées sur des espèces animales ont été appliquées ensuite à l'homme. Il n'y a rien d'anormal à extrapoler.

— Oui, mais comme il est expliqué à la fin de cette étude, poursuivit Wanda, de telles conclusions pourraient être confirmées d'ici cinq à dix ans, si jamais des résultats similaires sont constatés chez de larges groupes d'humains. Bien sûr, cela suppose que les scientifiques puissent poursuivre leurs recherches, ce qui est hautement improbable. Les parents n'aiment pas qu'on se serve de leurs enfants comme de cobayes, surtout quand ils risquent d'en pâtir. Le centre a donc gaspillé des heures de travail et des sommes astronomiques pour une étude qui ne mènera visiblement à rien. En résumé, pour reprendre votre expression, elle ne contient des nouvelles inquiétantes que pour les parents d'un capucin brun.

— Je refuse de contester la pertinence de cette étude, riposta Arthur. Notre fille mérite d'être en sécurité dans son école, pas effrayée ou blessée. Voilà la vérité. Il faut que Jake aille dans un endroit où il y aura assez d'adultes pour le surveiller en permanence.

Siena réprima un sourire.

— Vous savez quoi, Arthur ? Je suis entièrement d'accord avec vous. Disposer d'une paire de bras supplémentaire à l'école serait la solution idéale.

— Je ne voulais pas dire ici, se hâta-t-il de préciser.

— Mais ce serait parfait !

Je me joignis au chœur des personnes qui exprimaient leur approbation. Les Trevallis n'étaient pas les seuls à avoir mené campagne dans cette affaire. Entendre Arthur suggérer qu'une aide s'imposait était plus que nous n'avions osé espérer.

— Il ne nous reste plus qu'à réfléchir au moyen de trouver du renfort, conclut Siena.

— Nous sommes prêts à assumer autant que possible le coût d'une embauche, déclara Bob Merson.

L'idée de faire appel à quelqu'un pour guider et maîtriser Jake émanait de ses parents. Ils tenaient beaucoup à la financer eux-mêmes, mais Bob avait été licencié deux mois plus tôt à la suite d'une restructuration, et Marion avait démissionné six mois auparavant de son poste d'architecte d'intérieur pour s'occuper de son fils à plein temps. Et si le programme d'intervention précoce de l'État couvrait les frais de scolarisation de Jake dans l'un des établissements que ses parents avaient rejetés, toute subvention pour employer une personne supplémentaire à la maternelle leur avait été refusée. Essayer de contester cette décision impliquerait une bataille judiciaire longue et coûteuse, chose que les Merson pouvaient difficilement se permettre.

— Nous sommes une coopérative, leur rappela Siena. En cas de besoin, tout le monde met la main à la poche. Nous lèverons les fonds nécessaires.

— Bob et moi ferons tout ce que nous pouvons, mais soyons réalistes : nous ne retrouverons pas du travail du jour au lendemain.

— Pas question d'attendre plus longtemps, s'entêta Jeanette. Nous devons trancher maintenant.

— Par pitié ! pesta Veronica.

— Non, ça suffit, rétorqua Arthur. Vous avez dit vous-même que Jake avait besoin d'être encadré et j'en ai entendu beaucoup parmi vous répondre qu'ils étaient d'accord. Si nous voulons nous conduire en adultes responsables, il faut le retirer de cette classe tout de suite jusqu'à ce qu'une personne soit engagée. Sinon, cette école fera preuve de mauvaise foi.

Il n'eut pas à préciser le reste de sa pensée. Si Marissa se cassait un ongle alors que Jake n'avait pas une aide attitrée à ses côtés, Jeanette et lui engageraient des poursuites. Que leur fille vînt seulement à lâcher un pet ou à transpirer, et ils intenteraient un procès à l'école – avec de fortes chances de gagner.

— Pourquoi ne pas veiller sur Jake nous-mêmes en attendant d'avoir rassemblé assez d'argent pour embaucher quelqu'un ? proposai-je. Nous sommes une dizaine de couples, cela ne représenterait qu'une journée de présence en plus toutes les deux ou trois semaines.

Tout le monde accepta, à l'exception bien sûr d'Arthur et de Jeanette.

— Je ne vois pas pourquoi nous devrions être pénalisés à cause de cet enfant, tempêta-t-elle.

— Nous sommes une coopérative, mon chou, répondit Wanda. Si cela ne vous convient pas, pourquoi ne pas inscrire Marissa dans une jolie petite école privée ? Quelque chose me dit que cela vous plairait bien davantage.

— Nous le ferons peut-être, jeta Arthur.

Sa femme et lui partirent en maugréant, ce qui constituait à nos yeux la meilleure issue possible. Je levai alors un verre en plastique rempli de limonade afin de fêter leur départ.

— Nous avons trouvé la réponse parfaite, dit Siena, les larmes aux yeux. Je ne sais pas comment vous remercier tous.

En rentrant chez moi un peu plus tard, j'osai éprouver une légère euphorie pour la première fois depuis plusieurs jours. Sam et moi avions pris le chemin de la réconciliation. Mon neveu était entre de bonnes mains. La situation s'arrangeait pour Jake. Ne restaient que les propos entendus par Frieda – et encore ne s'agissait-il sans doute que d'un malentendu. De toute façon, même si tel n'était pas le cas, ce ne serait pas un drame.

J'ignorais alors que le pire était à venir.

27

Je découvris Ruthie, notre baby-sitter préférée, plantée sur le canapé avec l'air d'un missile prêt à exploser. À peine eus-je franchi le seuil de l'appartement qu'elle se leva d'un bond. Elle attrapa nerveusement un sac à dos rempli de livres et noua les manches d'un gilet rose autour de sa taille. Cela faisait presque trois ans qu'elle venait chez nous et, jusqu'à présent, je ne l'avais jamais vue perdre son sang-froid. Mais là, visiblement, elle était secouée.

— Ruthie ? Qu'y a-t-il ?

— Sam m'a dit que je pouvais partir, Emma, mais j'ai pensé qu'il valait mieux vous attendre.

— Sam est là ?

— Dans votre chambre. Il est rentré il y a une heure.

— Il devait être de garde, ce soir. Il est malade ?

Sans répondre, elle se dirigea vers la porte en me jetant un regard peiné. Lorsque je voulus la retenir pour la payer, elle refusa d'un signe de la main et sortit en hâte.

Le spectacle dans notre chambre me fit frémir : Sam était affalé sur le lit, la bouche ouverte, telle une vieille loque ivre morte.

Je le secouai en lui ordonnant de s'asseoir. Dans son délire, il marmonna quelque chose et laissa échapper un rot sonore. J'eus l'estomac soulevé par l'odeur d'alcool rance qui assaillit mes narines.

— Sam, réveille-toi ! Que se passe-t-il ?

— Me raconte pas de conneries, Alston. C'est ton patient.

— Sam !

— Tu as vérifié son INR ? Tu veux que ce type se vide de son sang ou quoi ?

— Sam ? Réveille-toi !

Mais ses divagations alcoolisées empirèrent jusqu'à n'être plus qu'un fatras de sombres pensées incohérentes.

— Debout, Sam ! Tout de suite !

Il eut alors un brusque mouvement du bras qui m'atteignit en plein ventre et me fit chanceler. Dès que j'eus recouvré mes esprits, j'allai remplir une tasse d'eau glacée dans la salle de bains et revins la lui jeter à la figure.

Il se réveilla en crachotant.

— C'était quoi ça ?

— C'est moi qui pose les questions, Sam. Que t'arrive-t-il ?

En gémissant, il enfouit la tête entre ses mains.

— J'ai été mis à la porte, voilà ce qui m'arrive. Ils ont inventé une histoire de dingue et je suis foutu.

Je m'assis près de lui et regardai les gouttes d'eau tomber de ses cheveux. Mme Kalisher m'avait préparée à cette nouvelle mais, à l'évidence, j'aurais dû prévenir Sam. Il valait mieux acheter une lampe supplémentaire que de trébucher dans le noir.

— Je comprends, chéri, mais ce n'est pas la fin du monde.

Il écarta ma main consolatrice avec humeur.

— N'essaie pas de me faire avaler ça, Emma. Bien sûr que si, c'est la fin du monde. Enfin, pour moi. Mais peut-être que toi, tu es contente. Peut-être que tu n'attendais que ça depuis le début.

— Je ne vois pas du tout de quoi tu parles, et à mon avis toi non plus. Combien de verres as-tu bus ? Et depuis quand l'alcool est-il ta réponse à la première déception venue ?

— À la première déception venue ? s'écria-t-il. Quatre années de fac et quatre années d'internat passées à la trappe, tu appelles ça une déception ?

— Oui, répondis-je doucement. Beaucoup de médecins ont mené de très belles carrières sans avoir jamais été chef des internes. Je sais que tu comptais sur ce poste et que tu le méritais, mais ce n'est pas une tragédie.

— Chef des internes ? répéta-t-il. C'est quoi, cette histoire ?

— Tu n'es pas furieux d'avoir été rayé de la liste des candidats potentiels ?

— Je te l'ai dit : j'ai été mis à la porte. Je ne suis plus interne au New York General. À partir d'aujourd'hui, je suis officiellement au chômage, martela-t-il avec emphase.

— Pourquoi ? Qu'as-tu fait ?

Il passa une main dans ses cheveux.

— Il n'y a pas un mot de vrai dans tout ça, Emma. Ce ne sont que des accusations insensées. Un tissu de mensonges.

— Quelles accusations ? Je ne comprends rien à ce que tu racontes, Sam. Pourquoi on n'en discuterait pas demain matin, une fois que tu auras dormi un peu ?

Il attrapa ma main.

— Promets-moi de ne pas les croire, Em. Je te jure que ce n'est pas vrai.

— Qu'est-ce qui n'est pas vrai ? demandai-je en me libérant. De quoi t'accuse-t-on ?

Un cri de désespoir lui échappa.

— Pourquoi ? gémit-il. Qu'est-ce que j'ai fait pour mériter ça ?

— Dis-moi ce qui se passe, le pressai-je tandis qu'une soudaine bouffée d'angoisse m'étreignait.

— Je ne l'ai jamais touchée, Em. Je te le jure sur ma tête. Il faut me croire.

— Tu n'as jamais touché qui ? Sam, vas-tu enfin me répondre ?

Il sortit un document froissé de sa poche et me le tendit.

— C'est complètement ridicule.

Je lissai la feuille pour pouvoir la lire et notai d'abord l'en-tête de l'hôpital, puis la signature de Marcus Trilling, le médecin en chef. Entre les deux, quelques lignes expliquaient que Sam était accusé d'agression sexuelle sur une collègue. Les allégations de la plaignante ayant été confirmées par deux témoins, un haut membre de la faculté et un autre du personnel, il était renvoyé du programme de formation des internes. Il devait quitter les lieux sur-le-champ, rendre son badge et l'équipement fourni par l'hôpital, et se considérer exclu à l'avenir de toute collaboration professionnelle avec l'établissement. Il disposait par ailleurs de dix jours pour restituer son logement. Son salaire et ses avantages sociaux étaient suspendus mais, en accord avec la législation de l'État de New York, il avait le droit de demander une couverture médicale temporaire dans un délai de soixante jours. Enfin, les avocats du New York General étudiaient la situation afin de déterminer si des poursuites judiciaires s'imposaient.

Choquée, incrédule, je relus trois fois la lettre.

— Agression sexuelle ? Ça signifie quoi, au juste ?

— Je ne sais pas. Je te jure que rien de tout ça n'est vrai.

— De quelle collègue s'agit-il ? Suzanne ?

Il hocha la tête en fermant les yeux.

— Et laisse-moi deviner : le témoin n'est autre que ton cher Dr Malik ?

— Lui et Ava, son assistante.

— Trois personnes t'accusent, Sam, et tu prétends que tout le monde ment à part toi ?

— Oui. Merde, Emma, tu crois vraiment que j'irais agresser la protégée de Malik ? Tu crois que je le ferais devant témoin, en plus ? Il faudrait que j'aie complètement perdu la tête !

Je fixai de nouveau le document en essayant de lui donner un sens.

— Je ne sais pas quoi penser.

— Moi non plus, Em. Moi non plus.

— Mais pourquoi inventeraient-ils une histoire pareille ? dis-je en m'asseyant lourdement à côté de lui.

— Aucune idée. Il y a encore quelques heures, la vie me semblait parfaite et, en un instant, tout s'est écroulé.

— Comment cela s'est-il passé ?

— Je faisais ma tournée de l'après-midi quand j'ai été bipé. L'opératrice m'a annoncé que j'étais attendu le plus vite possible dans le bureau de Trilling. Sur le coup, j'ai supposé qu'il avait une bonne nouvelle à m'apprendre. Que, peut-être, j'avais gagné une prime ou que Malik avait décidé de me former l'année prochaine. Quelle autre raison Trilling aurait-il pu avoir de me convoquer ?

— Et qu'a-t-il dit ?

— Rien. Il n'était même pas là. Sa secrétaire m'a tendu la lettre sans un mot et un type de la sécurité m'a escorté jusqu'à mon casier pour que je le vide. Ensuite, il m'a retiré mon badge, mes clés et mon biper avant de me montrer la sortie.

— Ç'a dû être horrible.

— Tu n'imagines même pas. Je n'arrivais pas à y croire. Je ne sais même pas comment j'ai atterri dans la rue parce que je pouvais à peine mettre un pied devant l'autre.

— Pourquoi tu ne m'as pas appelée ?

— J'ai essayé. Tu n'étais pas à la maison.

Effectivement, j'étais partie tôt afin d'aider Siena à préparer la salle de classe pour la réunion. J'avais pris mon téléphone portable avec moi, mais je m'étais aperçue en y jetant un œil qu'il était déchargé.

— Je ne supportais pas l'idée de rentrer chez nous alors que Tyler était encore debout, reprit Sam. J'étais dans un tel état… Il n'était pas question qu'il me voie comme ça, ni lui ni personne d'autre, d'ailleurs. Alors j'ai marché et marché le plus loin possible d'ici, et quand la fatigue a été trop forte, je me suis réfugié dans un bar.

— Et tu t'es soûlé, ajoutai-je. N'oublie pas ce détail.

— J'avais travaillé toute la nuit et passé la journée au bloc opératoire sans rien avaler ou presque. Je n'ai pas eu besoin de boire beaucoup.

— Comment cela a-t-il pu se produire, Sam ? Pourquoi ? Il y a forcément une raison.

Il secoua tristement la tête.

— Je deviens fou à force d'y penser, et je n'ai toujours pas trouvé la réponse. Ces derniers jours, j'avais l'impression d'être bien vu de Malik. Mais le plus incompréhensible reste encore l'attitude de Suzanne. Depuis le début, elle me regarde comme si j'étais capable de marcher sur l'eau. Pourquoi me fait-elle un coup pareil ?

— Parce que c'est une peste.

— Il faut croire que oui. Je n'ai rien vu venir, en tout cas.

— D'après LeeAnn, Suzanne est une vipère à qui on ne peut pas faire confiance. C'est peut-être sa manière à elle de jouer les femmes dédaignées.

Sam haussa les épaules.

— Il y a aussi Malik et son assistante. Pourquoi appuieraient-ils ses déclarations ?

Je réfléchis un instant, sans réussir à assembler les pièces du puzzle.

— Il n'y aura pas d'audience, pas de procès en bonne et due forme ? Rien de rien ?

— Je ne vois pas comment me défendre, Emma. Et même si je le pouvais, je ne saurais pas par où commencer.

— On va s'en sortir, affirmai-je. On trouvera un moyen.

— Tout ce travail, toutes ces années pour rien, balbutia Sam en s'effondrant. Je ne peux pas croire que ce soit fini.

— Ça ne l'est pas. Impossible, déclarai-je, soudain emplie d'une tranquille détermination. Je le sens, Sam. Ce n'est pas fini. Loin de là.

La suite des événements me donna hélas raison.

28

Le lendemain matin, une lueur d'espoir apparut sous la forme d'un appel de Senta Berger, le médecin qui supervisait le programme éducatif des internes en chirurgie. Elle souhaitait rencontrer Sam une heure plus tard et, parce qu'il n'était plus le bienvenu à l'hôpital, s'était arrangée pour disposer du bureau d'un collègue, en ville. En attendant le moment de partir, Sam fit les cent pas dans l'appartement, en proie à une nervosité extrême.

Son humeur se révélait contagieuse. Je me sentais fébrile, agitée, et Tyler n'était pas en reste. Il ne cessait de courir en rond en faisant un bruit infernal.

Crispée, j'avais le plus grand mal à garder mon calme.

— Stop, Ty. Doucement. Pourquoi tu ne t'assois pas par terre pour faire un puzzle ?

— J'ai pas envie ! répliqua-t-il en continuant à courir.

— Prends un livre, alors. Ou tu veux regarder un DVD ?

— Non. Je fais l'hélicoptère, maman. Vroum… brrrr !

— Il est temps d'atterrir maintenant ! Tyler !

Son agitation me donnait mal à la tête et ne faisait qu'accroître l'irritabilité de Sam.

Dehors, le ciel terne et maussade déversait une pluie battante qui tambourinait avec fracas sur notre ancien système d'air conditionné.

— Attrape-moi, papa ! Vraoum !

En prévision de son rendez-vous, Sam avait enfilé une chemise blanche et une sobre cravate bleu marine. Tyler choisit cet instant pour foncer sur lui avec ses mains sales et graisseuses.

Sam s'était retenu jusqu'alors d'exploser, mais les empreintes grises que laissa Tyler sur ses habits furent de trop pour lui.

— Bon sang ! Regarde ce que tu as fait !

Effrayé, Tyler recula.

— Je voulais juste atterrir, comme maman avait dit, se défendit-il, le menton tremblant. Ne sois pas fâché.

— Ce n'est rien, m'interposai-je. Papa n'est pas fâché. Il est juste occupé.

— Fini l'hélicoptère ! s'énerva Sam.

— Si, il est très fâché, me répondit Tyler, prêt à pleurer à gros sanglots.

Je me baissai vivement pour lui enfiler ses chaussures.

— Si on allait rendre visite à tatie Frieda ? Ça te dirait ?

Mme Kalisher était un parfait antidote : sa vue à elle seule suffit à nous apaiser tous les deux.

— Entrez, mes chéris ! s'exclama-t-elle en nous ouvrant. Je pensais justement à vous. Quelle bonne surprise !

— Je jouais à l'hélicoptère et mon papa s'est fâché, geignit Tyler en guise d'explication.

— Il avait peut-être des soucis ?

Je hochai lugubrement la tête.

— Désolée de ne pas vous avoir téléphoné avant de venir, mais…

Elle balaya mes excuses d'un geste de la main.

— Tu sais quoi ? demanda-t-elle à Tyler.

— Non, quoi ?

— Tu arrives pile au bon moment. Si ça ne t'ennuie pas, j'aurais besoin de ton aide.

— Ça m'ennuie pas.

— Merveilleux.

Elle l'installa devant le grand plan de travail de sa cuisine et lui donna un pot de mayonnaise rempli de pièces de monnaie afin qu'il les trie et les répartisse dans une série de petits bols. Telle était l'idée que mon fils se faisait du paradis. Il se mit aussitôt au travail avec la plus grande concentration.

Frieda revint dans le salon avec un plateau sur lequel elle avait disposé une assiette de cookies et du thé fraîchement infusé. Comme leur propriétaire, les meubles de la pièce étaient agréables, chaleureux, bien qu'un peu usés et fragiles. Élimé par le temps, le luxueux tissu marron du canapé avait pris une teinte rose-pie, et les images des sièges tapissés à côté s'étaient à moitié effacées. Tout autour de nous, des photos encadrées témoignaient d'une vie chérie et bien remplie.

— Délicieux, soupirai-je en goûtant le thé parfumé à la mûre, à la mangue et au miel. Exactement ce qu'il me fallait.

Mme Kalisher plongea un petit bâton de miel dans sa tasse et regarda un ruban doré s'en détacher en formant une spirale.

— J'ai pensé que quelque chose de fruité vous conviendrait davantage ce matin. Vous semblez avoir eu votre dose de dragons et autres trucs bizarres.

— C'est le moins qu'on puisse dire.

— Cette rumeur au sujet du futur chef des internes était donc vraie ?

— Si seulement il n'y avait que ça… Sam a été renvoyé.

Mme Kalisher porta une main à sa poitrine.

— Votre Sam ? Non.

— Il est accusé d'agression sexuelle.

— Quoi ? C'est insensé !

— Il me jure qu'il n'a rien fait et je m'efforce de le croire, mais l'hôpital a des témoins.

— Quels témoins ? Qui ?

— Le Dr Malik et son assistante.

Mme Kalisher secoua la tête comme si un moustique avait bourdonné dans son oreille.

— Ils prétendent que votre Sam a agi devant plusieurs personnes ?

J'opinai tristement du chef.

— Je n'ai jamais rien entendu de plus ridicule ! dit-elle.

— Cela n'a aucun sens, je suis bien d'accord. Mais pourquoi inventeraient-ils une telle histoire ?

Elle remua son thé avec colère.

— Pas « ils ». Lui. C'est typiquement le genre de coups bas dont Malik est capable.

— Pour quelle raison ? Il était très cordial envers Sam ces derniers temps.

— Croyez-moi, quelque chose l'a rendu furieux. Sam l'a peut-être regardé de travers, à moins qu'il ne se soit pas prosterné assez bas devant lui ou qu'il n'ait pas assez fait le beau. Qui sait ?

— Pourquoi Suzanne s'en mêlerait-elle, alors ? Et la secrétaire de Malik ?

— Facile, ma chère. Face à un homme qui détient autant de pouvoir et qui se montre prêt à en faire un tel usage, beaucoup préfèrent obéir plutôt que de le voir se retourner contre eux.

— Si vous dites vrai, alors Sam a raison. Tout est fini. On ne pourra rien faire.

— C'est absurde. Il existe toujours un moyen de riposter.

Tyler descendit de son tabouret avec un vieux penny devenu gris ardoise qu'il voulait soumettre à notre jugement.

— Il va où, celui-là ?

— Où tu veux, mon chou, répondit Mme Kalisher.

— Je peux le mettre à la poubelle ?

— J'ai une meilleure idée. Il n'est peut-être pas très joli, mais il a tout de même un peu de valeur. Et ça veut dire que tu peux t'en servir pour faire un vœu.

— Comment ?

— Ferme les yeux et pense à une chose que tu aimerais beaucoup avoir.

Le visage de Tyler se plissa sous l'effort.

— N'importe quoi ?

— Oui.

— Je sais : un chien !

Je croisai le regard interrogateur de Mme Kalisher et secouai fermement la tête. Un animal devrait attendre que nous ayons plus de place pour vivre – sans compter nettement moins de problèmes à régler.

— Si la bonne fée ne peut pas t'apporter un chien, quel serait ton second choix ?

— Un super-chien Krypto !

— De quoi s'agit-il ?

— Un chien avec des super-pouvoirs.

— On en trouve sur Amazon ?

Je fis de nouveau non de la tête.

— On en trouve peut-être sur ce site, mais ce n'est pas parce que quelqu'un fait un vœu que celui-ci doit forcément se réaliser, déclarai-je. Quelqu'un a peut-être tous les jouets dont il a besoin pour le moment.

Mme Kalisher sourit.

— Bien sûr, ma chère. Mais selon la loi des vœux, cela dépend. C'est bon, Tyler. Tu peux rouvrir les yeux maintenant. Si le penny a disparu, il y a de fortes chances pour que ton second souhait soit exaucé.

Frieda ayant glissé le penny dans la poche de sa robe d'intérieur, Tyler retourna à son tri avec impatience, sans doute en quête de nouvelles pièces disgracieuses.

— J'aimerais bien riposter, madame Kalisher, mais comment ? demandai-je. Malik a pour lui son statut, son pouvoir et des témoins. Au bout du compte, c'est la parole de trois personnes contre celle de Sam. J'ai l'impression que la balance penche vraiment en faveur de l'adversaire.

— Vous allez faire comme tous les généraux quand ils s'apprêtent à livrer une bataille, Emma. Rassemblez un maximum d'informations sur l'ennemi. Essayez de deviner sa stratégie et de réfléchir au moyen de le battre à son propre jeu. Mettez tous les soldats et toutes les armes possibles de votre côté et misez sur leur force. Mais ne baissez surtout pas les bras. Jamais.

— À vous entendre, ça paraît si simple, madame Kalisher. Mais je ne sais pas par où commencer.

Ses yeux pétillèrent tandis qu'elle avalait une gorgée de thé.

— Vous avez déjà commencé, Emma. Vous êtes venue me voir.

29

Lorsque nous sortîmes de chez Mme Kalisher, la pluie s'était réduite à une bruine timide et une trace argentée prometteuse égayait le ciel morose. Je consultai ma montre. Sam était peut-être déjà parti à son rendez-vous mais, par précaution, je décidai de m'accorder encore cinq minutes avant de rentrer.

— Si on faisait le tour du quartier en comptant les flaques d'eau ? proposai-je à Tyler.

— C'est un jeu ?

— Oui.

— Il s'appelle comment ?

— Le jeu du compte-flaques.

— D'accord : Un, deux…

Je parvins ainsi à faire diversion auprès de mon fils, mais je ne cessais de penser à Sam. Autour de moi, tout me rappelait cruellement les menaces qui pesaient sur nous. Des gens passaient en un flot continu dans la rue, des gens en blouse blanche, en tenue de bloc opératoire, avec des badges sur lesquels s'affichait leur visage. Quelques-uns me parurent familiers, et je crus discerner en eux des traces de suffisance, de pitié, et pire encore.

— Onze. Regarde, maman ! La douze est méga géante !

Un taxi roula au même instant sur la flaque, envoyant une gerbe d'eau qui aspergea Tyler de la tête aux pieds et le fit hoqueter de surprise.

— C'était un gros, méga géant splash, ça ! exulta-t-il ensuite.

— Tu l'as dit. Et maintenant, on est super, méga trempés. Rentrons nous changer.

— Mais on n'a pas fini.

— La règle du jeu précise que quand on se fait mouiller, on gagne automatiquement.

— C'est quoi, la récompense ?

— Deux câlins et un bisou.

— Deux câlins et *deux* bisous.

— Tu es dur en affaire, mais marché conclu.

À notre arrivée dans le hall de l'immeuble, le portier se hâta vers nous.

— Le Dr Colten vient tout juste de partir, madame Colten.

— Merci, Obie.

— J'ai quelque chose pour vous.

— Quoi ?

— Une dame a demandé à vous voir hier soir. Je remplaçais Sanchez pour la nuit et elle m'a donné ça. Elle voulait que je vous le remette en main propre.

Obie tira le tiroir de son bureau. Derrière un trousseau de clés, un annuaire de l'hôpital et un cahier se trouvait une enveloppe à mon nom.

— Quelle dame ?

— Une femme d'un certain âge. Elle est venue avec un monsieur pour vous parler, et ensuite elle est allée chez le Dr Malik et sa femme. Quand j'ai appelé chez vous, la baby-sitter m'a dit que vous étiez sortie. L'autre m'a alors confié cette enveloppe.

— Elle est venue me voir, moi, et aussi les Malik ? Vous êtes sûr ?

— Oui. Je leur ai téléphoné moi-même, à eux aussi. Le Dr Malik m'a d'abord posé un tas de questions. Il ne voulait pas que je les laisse passer. Pour finir, la dame a pris le combiné et lui a expliqué qu'elle était là pour une affaire officielle. Je n'ai pas entendu le reste, mais le docteur a dû céder parce qu'elle est montée.

Pendant que je discutais avec Obie, Tyler attendait près de l'ascenseur.

— Viens, maman. Il faut qu'on se change et que tu me donnes ma récompense.

L'enveloppe ivoire que me tendit Obie ne mentionnait rien d'autre que mon nom. Dès que l'ascenseur eut démarré, je la déchirai et trouvai à l'intérieur une carte de visite accompagnée d'un court message : *J'aurais aimé m'entretenir avec vous. Appelez-moi s'il vous plaît.*

J'ôtai à Tyler sa chemise et son pantalon mouillés, lui offris sa récompense, puis le laissai jouer avec ses super-héros le temps de composer le numéro indiqué sur la carte.

— Carolyn Kresge, s'il vous plaît. De la part d'Emma Colten.

— Je suis Carolyn Kresge. Merci de me contacter, madame Colten.

— J'ai cru comprendre que vous souhaitiez me parler ?

— Oui. J'ai regretté de n'avoir pas pu le faire, hier.

Mon cœur fit une embardée.

— À quel sujet ?

— Le dossier Malik. Je suis l'assistante sociale chargée d'enquêter sur eux.

Je m'affaissai sur le lit en agrippant mon ventre.

— Le dossier Malik ?

— Nous avons reçu une plainte impliquant leur fille, Adriana. Notre service a l'obligation d'étudier toutes les allégations de mauvais traitements envers un enfant.

— Qui a déposé cette plainte ?

— Je n'ai pas le droit de vous le révéler, madame Colten. Nous garantissons l'anonymat afin d'encourager les gens à confier ce qu'ils savent.

— Qu'ai-je à voir là-dedans ?

— Vous vivez dans l'appartement situé en dessous de celui des Malik, n'est-ce pas ?

— Oui, mais je n'ai jamais rien signalé au sujet de leur fille. Il s'agit d'une terrible erreur.

— Je n'ai pas dit que vous l'aviez fait, madame Colten, mais nous avons des raisons de croire que vous avez surpris des conversations entre le Dr Malik et sa fille. Des conversations inquiétantes.

Prise de nausée, je reconstituai le scénario cauchemardesque. Siena avait rapporté mes propos aux services de protection de l'enfance. Après avoir été interrogé, Malik avait dû parler au portier de notre immeuble et tirer les conclusions qui s'imposaient. Il n'en avait pas fallu davantage pour signer la perte de Sam, sans oublier la mienne. Dès qu'il découvrirait la cause de ses ennuis, Sam me tuerait.

— J'ai juste entendu une dispute entre un père et son enfant, madame Kresge. Ce n'était peut-être rien que de très innocent, et je suis sûre que cela l'était d'ailleurs. Je n'ai jamais dit à personne que je soupçonnais un cas de maltraitance. Mon amie s'est trompée et sa réaction a été excessive. Vous devez expliquer aux Malik que cette histoire est un malentendu. Il faut que vous arrangiez ça. Là, maintenant. S'il vous plaît.

Un bruit de pages que l'on tourne s'éleva à l'autre bout du fil, au milieu du brouhaha des autres employés occupés à traiter des affaires d'intérêt public.

Mme Kresge reprit la parole.

— J'ai trouvé ce que je cherchais, m'annonça-t-elle. Avez-vous entendu Adriana Malik supplier son père d'arrêter de lui faire du mal, madame Colten ?

— Le supplier d'arrêter, oui, mais j'ignore ce qui se passait à ce moment-là. Il aurait très bien pu être en train de chanter ou de lui brosser les cheveux. Je suis certaine que ce n'était rien. Je l'ai pourtant bien dit à Siena.

— L'avez-vous entendue déclarer : « S'il te plaît, papa, arrête. Je t'en supplie » ?

— Oui. Ce sont les mots qu'elle a employés. Peut-être qu'elle n'apprécie pas qu'on lui brosse les cheveux. Peut-être qu'elle ne voulait pas qu'il lui donne des médicaments ou qu'il éteigne sa lampe. Les enfants protestent souvent sans pour autant être victimes de mauvais traitements. On n'accuse pas quelqu'un d'une chose aussi terrible sur la foi de quelques mots.

— J'apprécie votre sensibilité, madame Colten, répondit Mme Kresge d'un ton adouci. Personne n'aime fourrer son nez dans ce qui pourrait n'être qu'une histoire innocente, mais croyez-moi, quand il s'agit de protéger un enfant, il vaut mieux se tromper que de ne rien faire. Dans les meilleurs cas, l'enquête ne débouche sur rien. Elle froisse quelques personnes, c'est tout. Mais au moins, on ne se retrouve pas avec un enfant gravement blessé, voire mort, comme cela peut se produire quand une amie ou une voisine garde ses soupçons pour elle.

— Vous vous trompez, madame Kresge. Les conséquences ne se limitent pas toujours à une fierté malmenée. Mon amie Siena ne pensait pas à mal, elle ne causerait jamais volontairement du tort à qui que ce soit, mais elle vous a transmis des informations qui ne signifient rien et que je lui avais recommandé de ne pas répéter. Le Dr Malik a découvert que j'étais impliquée dans cette affaire et il s'est vengé sur mon mari, qui travaille comme interne dans le même hôpital que lui. Non, attendez. Je retire ça. Sam *était* interne dans cet hôpital. Grâce à tout ça, c'est du passé.

— Voulez-vous dire que le Dr Malik a fait renvoyer votre mari en guise de représailles ?

Tyler entra dans la chambre afin de me montrer l'incroyable adresse avec laquelle sa figurine de Spiderman pouvait voler.

— Regarde, maman ! Il peut aller jusqu'au ciel ! Jusqu'à la méchante petite fille et à la dame digga dada.

Je mis une main sur le combiné.

— C'est bien, mon chéri. Mais je suis au téléphone, là. Va jouer et tu me raconteras tout ça quand j'aurai fini.

— Jusqu'au bout du bout du monde, maman !

— J'ai vu, dis-je, avant de reprendre le fil de ma conversation avec Mme Kresge. Désolée pour cette interruption. Oui, c'est exactement ce qui s'est produit. Sam a été renvoyé.

— Dans ce cas, je peux demander à notre avocat de prendre contact avec l'hôpital et de protester.

— Non, surtout pas ! Vous ne feriez qu'aggraver la situation.

— Très bien. Ne vous inquiétez pas, madame Colten. Notre mission consiste simplement à enquêter sur cette enfant.

— Qu'en est-il, d'ailleurs ? Avez-vous eu la preuve qu'elle avait été maltraitée ?

Mme Kresge s'éclaircit la gorge.

— Malheureusement, je ne peux vous communiquer les résultats d'une enquête en cours.

— Non ? Mais vous pouvez briser notre vie et vous en laver les mains ?

— D'accord, dit-elle en baissant la voix. Je suppose qu'il n'y a pas de mal à vous donner mon avis personnel, ou du moins mes premières impressions.

— Et ?

— Adriana m'a paru très intelligente, sérieuse et mature pour une fillette de dix ans.

— Elle semble plus jeune.

— Oui, et cela rend la situation plus étrange encore.

— Qu'y a-t-il d'étrange à être très intelligente, sérieuse et mature ?

— Réfléchissez, madame Colten. Tous ces mots décrivent une enfant qui a déjà vu trop de choses.

30

Bien qu'à peine capable d'affronter Siena, j'emmenai Tyler à l'école. L'y laisser quelques heures me donnerait le temps dont j'avais tant besoin pour réfléchir. Le rendez-vous de Sam avec la responsable du programme de formation des internes s'était mieux passé que je ne l'avais espéré. Senta Berger estimait qu'il méritait un jugement en bonne et due forme, et elle n'était pas la seule. Plusieurs membres de la faculté projetaient de se joindre à elle pour demander au médecin en chef, Trilling, d'étudier le dossier plus à fond. Ils voulaient aussi que Sam ne soit pas exclu, mais simplement suspendu en attendant les résultats de l'enquête. Le Dr Berger s'était montrée assez confiante à ce sujet. Renvoyer Sam sans lui permettre de se défendre risquerait de conduire à un procès tout en donnant une mauvaise image de l'hôpital et en risquant de le rendre moins attractif à l'avenir pour les très bons internes.

Non contente d'œuvrer sur ce front avec ses collègues, Senta Berger avait conseillé à Sam de prendre un avocat et, sur ce plan-là aussi, les nouvelles étaient encourageantes. Le beau-frère de Sam, Gary, était une étoile montante de Hanley & Day, un gros cabinet juridique qui possédait des bureaux dans plusieurs grandes villes américaines. Gary travaillait dans celui de San Francisco, mais il avait mis Sam en contact avec l'un de ses meilleurs amis, Andrew Eastham, qui dirigeait le département de New York spécialisé dans le droit du travail. Eastham s'était montré choqué par l'attitude de l'hôpital, et par égard pour Gary il avait accepté de représenter Sam en ne lui facturant qu'une partie de ses honoraires habituels.

Je m'arrêtai dans l'entrée de la maternelle, à bonne distance de la salle de classe, et baissai ma grosse carcasse pour embrasser Tyler.

— Amuse-toi bien, mon chéri. Je reviendrai te chercher tout à l'heure.

— Je pourrai jouer avec Amity, après ?

— Non, Ty. Pas aujourd'hui. Ça nous fera du bien de passer un petit peu de temps rien que tous les deux.

Siena surgit au même instant dans l'entrée. Elle n'eut aucun mal à lire mon aura ce jour-là, tant je dégageais des ondes négatives.

— Emma ? Qu'y a-t-il ?

— Papa s'est fâché parce que mon hélicoptère a tout sali sa chemise, répondit Tyler à ma place.

— Il n'est pas fâché, mon chou, dis-je en lui ébouriffant les cheveux. Ne t'inquiète pas. Va jouer avec tes camarades.

Puis je saluai sèchement Siena d'un signe de tête.

— Attends, Emma. S'il te plaît. Parle-moi.

— Je t'avais dit que je garderais un œil sur les Malik, déclarai-je d'une voix tremblante. J'aurais contacté moi-même les services sociaux si jamais des preuves concrètes étaient apparues. Pourquoi ne m'as-tu pas écoutée ?

— J'ai essayé de te prévenir, mais les autres sont arrivés entre-temps. Je n'avais pas le choix, Emma. Je suis une travailleuse sociale assermentée. Il aurait été contraire à mon éthique et à mon devoir de taire ce genre d'information.

J'avais entendu les mêmes arguments stériles dans la bouche de Franny.

— Mais il n'est pas contraire à ton éthique et à ton devoir de briser la carrière de quelqu'un ? Tu n'as pas idée de ce que tu as provoqué.

— Dis-le-moi, alors, me supplia-t-elle en me retenant par le bras.

Je reculai devant son insupportable sincérité.

— Pas maintenant.

Sur le chemin du retour, j'attendis d'être suffisamment calmée avant d'appeler ma sœur Charlotte. Hal, Jared et elle avaient pris l'avion pour Boston et passé la nuit dans un hôtel de Cambridge afin de rencontrer ce matin-là le spécialiste de l'arythmie cardiaque du Mass General.

— Jared ne se laisse pas abattre, me confia-t-elle. Alors qu'il a enchaîné tout un tas d'examens épuisants, il n'arrête pas de demander si on va bien, Hal et moi.

— Et ?

— On s'accroche. Le Dr Delavan est merveilleux. Remercie encore Sam de nous avoir obtenu un rendez-vous si rapidement.

— Il est content d'avoir pu vous aider, répondis-je en méditant l'ironie de la situation.

Sam avait tellement redouté que Malik apprenne sa trahison. Oser recommander un autre service que le sien ! Mais maintenant que ce n'était plus le sien, justement, il pouvait au moins cesser de s'inquiéter à ce sujet.

— Delavan a dit que même si Jared avait besoin d'être opéré, il ne s'en ressentirait pas après coup, poursuivit Charlotte. Les risques de complications sont peu élevés selon lui et il n'a jamais vu de sérieux effets secondaires en vingt ans de métier. Quel que soit le traitement, Jared sera comme neuf. Il ne nous reste donc plus qu'à franchir cette étape.

— Hal tient bon ?

— Il est à peu près dans le même état que moi, Em. Pareil à un ciel nuageux, avec de bonnes chances pour qu'il pleuve.

— J'espère que vous vous tenez à l'écart de votre bidon d'Ajax.

— On fait de notre mieux. Et toi, grande sœur, tu t'élargis ?

— Pas qu'un peu. Je me sens dans la peau de la grenouille qui veut se faire aussi grosse qu'un bœuf.

— Très bien. C'est ton boulot. Et comment va Sam ?

Je me mordis la lèvre. Charlotte avait déjà bien assez de soucis sans que je lui impose les miens.

— Égal à lui-même. Tu le connais.

— Ne t'en fais pas, Em. D'ici quarante, cinquante ans, tu l'auras rien qu'à toi toute la journée. Tu l'as voulu, non ?

— Oui, dis-je, les larmes aux yeux. Bon, je vais te laisser. Je t'entends très mal, là.

— Ah oui ? Ce doit être ton téléphone.

— Sûrement.

Conséquence de la grosse averse tombée dans la matinée, seules quelques personnes se trouvaient dans le parc. Une série de flaques parsemaient le chemin jusqu'à mon banc favori. J'en essuyai un coin avec des mouchoirs et m'assis lourdement en laissant vagabonder mes pensées.

Forte de nombreuses années de pratique assidue, j'étais devenue très douée pour m'inquiéter. L'expérience m'avait appris toutes les subtilités de cet art, ainsi que ses pièges potentiels. Les angoisses refoulées, par exemple, pouvaient former un bouchon dangereux. Si on ne leur donnait pas libre cours, la pression montait jusqu'à ce que tout explose.

C'est donc ce que je fis. Je passai en revue les pires hypothèses envisageables et les étudiai sous la lumière blafarde de cet après-midi-là. Si Sam était renvoyé de l'hôpital, qu'adviendrait-il de lui ? De nous ? Pourrait-il encore exercer la médecine, ou bien cela lui serait-il interdit ? Et s'il devait renoncer à son ambition – une ambition si ancrée en lui qu'elle le définissait presque –, que ferait-il ?

En attendant la réponse à ces questions, le problème se posait aussi de savoir comment nous allions nous en sortir. J'avais des revenus modestes. À supposer que je parvienne à décrocher un poste de professeur à plein temps et à assurer des cours dès à présent, les frais de garde de Tyler effaceraient le bénéfice financier que j'en tirerais.

Et puis, où irions-nous vivre ? Notre appartement était petit mais, grâce aux aides de l'hôpital, le loyer était abordable. Sans elles, je ne voyais pas comment rester à Manhattan. Il nous faudrait donc chercher un autre lieu où habiter, et dans des délais si courts que cela me terrifiait.

Un sentiment de perte s'abattit sur moi tandis que je considérais le mode de vie familier et rassurant que nous serions bientôt contraints d'abandonner. Je devrais trouver une nouvelle école pour Tyler, un nouvel obstétricien, de nouveaux traiteurs chinois, un nouveau parc. Oubliée Mme Kalisher, si sage et si bienveillante. Je n'aurais plus rien sur quoi m'appuyer hormis les arbres.

J'en étais à ce stade de mes réflexions quand la sarcelle bleue que ma vieille amie avait admirée s'envola d'un arbre à quelques pas de là, faisant tomber des feuilles une pluie de gouttelettes. Une fille que je n'avais pas remarquée pressa le pas pour échapper à cette douche, mais ce n'est que lorsqu'elle arriva à ma hauteur que je la reconnus.

Le temps qu'elle m'aperçoive, je bloquai la sortie. Vêtue d'un vieux jean et d'une chemise à carreaux délavée, elle portait un paquet enveloppé dans un fin tapis usé jusqu'à la corde. Alarmée, elle le serra contre sa poitrine en me voyant.

— *Déjame*, dit-elle.

Laisse-moi.

J'avais appris l'espagnol à l'école, mais cela remontait à des années. J'étais pour le moins rouillée, à présent.

— *Espere un minuto. Tenemos que hablar.*

Attendez une minute. Il faut qu'on parle.

Je notai la marque jaunâtre sous son œil droit, souvenir de sa collision avec la balançoire après que Tyler l'eut poussée. Elle avait tenté de la masquer sous une épaisse couche de maquillage, mais l'ecchymose se devinait tout de même.

— *¿ De qué ?* me défia-t-elle.

De quoi ?

Je lui demandai son nom, et elle me répondit Bori. Vivait-elle dans le quartier ? Elle hésita, puis hocha la tête. Je découvris aussi qu'elle était originaire de Quito, en Équateur. Or j'avais passé un été là-bas, après le lycée, en tant que bénévole auprès d'une ONG.

Elle se détendit visiblement en entendant cela. Son pays était magnifique, lui dis-je. *Un país hermoso*.

Lorsqu'elle baissait la garde, le poids de sa solitude et de sa tristesse devenait flagrant. Je l'interrogeai doucement sur son œil. Avait-elle eu très mal ? Était-ce encore douloureux ?

Ma question me valut un sourire timide. Elle m'expliqua que quelqu'un l'avait soupçonnée de s'être battue, et je ne pus m'empêcher de sourire moi aussi. Elle était si petite et menue qu'elle aurait à peine été de taille à lutter contre Fred et Sebastian.

Je lui avouai que j'étais contente de voir qu'elle allait bien, que je m'étais fait du souci pour elle. Ce n'était rien, insista-t-elle. Rien du tout. Mais son ton suggérait qu'être renversée comme une quille par un bambin déchaîné de trois ans n'était pas ce qu'elle avait connu de pire, loin de là.

— *Lo siento*, l'assurai-je.

J'étais vraiment désolée.

Nous discutâmes vite telles de vieilles amies, malgré mon espagnol hésitant et approximatif. Au moins ma maladresse aida-t-elle Bori à se détendre davantage. Peut-être est-ce pour cette raison même qu'elle n'eut pas la moindre hésitation lorsque je lui demandai où elle travaillait.

— *En ese edificio*, dit-elle en montrant mon immeuble. *Para la señora Malik*.

Je pesai ma réponse avec soin. Il n'était pas question de faire fuir Bori en l'effrayant. Je lui révélai donc que j'habitais là moi aussi et que j'avais déjà croisé cette dame, mais que je ne la connaissais pas bien. Que faisait-elle chez elle ?

— *Le ayudo en la casa. Y con la muchacha.*

Si elle aidait à faire le ménage et si elle s'occupait de la fille de Malik, elle devait savoir bien des choses au sujet de cette famille. Je songeai aux conseils de Mme Kalisher. Pour livrer bataille, il fallait rassembler un maximum d'informations sur l'ennemi. Je cherchai alors à savoir si Bori vivait chez ses employeurs.

Ma question l'alarma. Non, répondit-elle avec véhémence. Elle ne vivait pas là-bas. La nourrice employée à plein temps, oui, mais pas elle. Elle logeait pas très loin, seule.

Son mensonge était si évident qu'il aurait tout aussi bien pu être signalé par un néon clignotant sur son front.

— *¿ Dónde ?* m'enquis-je doucement. Où ?

Ses yeux noirs fuirent mon regard, puis elle baissa la tête. Ici et là, reconnut-elle d'une voix à peine audible.

Ajouté au baluchon qu'elle portait, cela en disait long sur ses conditions de vie.

— *¿ Vive usted en el parque ?*

Elle fit signe que oui, toujours sans me fixer en face. Soudain, je devinai le reste.

Comment faisait-elle quand il pleuvait ? la questionnai-je. Et où allait-elle la nuit, quand le parc était fermé ?

— *En el sótano*, murmura-t-elle.

Ça ne m'ennuyait pas, la rassurai-je. Elle pouvait continuer à venir dans le sous-sol de notre immeuble, je m'en moquais.

En revanche, je ne me moquais pas du tout du marché qu'elle avait dû conclure pour dormir là. Le sous-sol, ses pièces fermées à double tour et ses secrets obscurs étaient le royaume de Judge, et il ne me semblait pas vraiment du genre altruiste. Au contraire.

Quant à Bori, il était peu probable qu'elle puisse payer cash le privilège de camper sur un sol bétonné froid et humide. Je craignais que Judge n'exigeât d'elle un paiement plus personnel à la place. Cela expliquerait la présence du préservatif que j'avais remarqué par terre.

Tout comme cela expliquerait la terreur qui se lisait dans les yeux de la jeune fille.

— *Por favor, señora. No diga nada*, me supplia-t-elle. *No diga nada.*

S'il vous plaît, ne dites rien ! Voilà ce que demandait la dame digga dada.

31

Mon fils était prêt à me pardonner, mais pas à n'importe quel prix.

— Je t'avais dit qu'elle était vraie, maman.

— Oui, mon chéri. J'ai eu tort de ne pas te croire.

— Tu disais que je l'avais inventée.

Son petit visage exprimait l'outrage d'un parfait innocent. Dans des circonstances légitimes, une telle expression aurait fait fondre n'importe qui – et là, les circonstances étaient on ne peut plus légitimes.

— Et si je te préparais un sundae pour me rattraper ?

— Avec trois boules ?

— Oui.

Son estomac supporterait difficilement une telle quantité, mais notre cuillère à boule n'était heureusement pas très large.

— Avec des noisettes et de la chantilly et du chocolat et une cerise ?

— Nous n'avons pas de cerises.

— J'en veux une !

— Vraiment ? Eh bien moi, ce que je veux, c'est un énorme morceau de petit singe.

Je le soulevai dans mes bras et l'embrassai goulûment dans le cou. Il se mit aussitôt à rire, scellant ainsi notre accord.

— Très bien, jeune homme. D'abord tu vas dîner, ensuite tu auras ton sundae, et pour finir tu iras au dodo.

— Non.

— Tu n'as pas le choix, mon ange. Si tu n'es pas content, plains-toi à l'horloge.

J'étais moi-même tentée d'en faire autant. Sam avait rempli sa journée de rendez-vous et m'avait dit de ne pas l'attendre avant 20 heures. Lorsqu'il rentrerait, je devrais lui avouer mon rôle dans son renvoi, et cela risquait fort de lui faire claquer une nouvelle fois la porte de notre appartement.

Dès que Tyler se fut assoupi, j'enfilai une tenue qui me donnait moins l'air d'une montgolfière et brossai mes cheveux. De la salle de bains, j'entendis alors le cliquetis familier d'une clé dans la serrure de la porte d'entrée.

Sam n'était pas seul. Quand je le rejoignis, je découvris LeeAnn sur le canapé, vêtue d'une minuscule robe noire moulante, les lèvres et les ongles peints en rouge vif, et ses yeux noirs soulignés de khôl. Sam, lui, posait un pack de bières sur le comptoir de la cuisine.

— Salut, Emma ! Vous tenez le coup avec ces histoires ? me lança LeeAnn.

— J'ai connu des jours meilleurs.

— Vous devriez essayer de vous détendre. En fait, tout ça est assez drôle, quand on y pense.

Je méditai un instant.

— Drôle ?

— Rappelez-moi la blague que j'ai faite tout à l'heure, Sam ?

— Vous avez dit que Malik avait trouvé une sacrée plaie à soigner en la personne de Suzanne.

Hilare, elle se plia en deux.

— Une plaie. Comme dans « quelle plaie, celle-là ! ». Vous avez compris ?

Je m'efforçai de sourire.

— Elle est bien bonne, dis-je.

LeeAnn ouvrit une canette de bière.

— Sam s'en sortira. Faites-moi confiance.

— Espérons.

— Mais oui ! L'ennui avec les gens comme Malik, c'est qu'ils croient qu'on leur passera tout. Ils ont raison, remarquez ; seulement jusqu'à un certain point. Moi, Malik, je l'appelle Doug l'Affreux. Pas mal, hein ?

LeeAnn avait les joues rouges et la voix pâteuse. Je n'aurais pu jurer que Sam avait bu lui aussi, mais si tel était le cas, je ne voulais pas qu'il reste l'estomac vide.

— Je vous prépare quelque chose à manger ?

— Pas la peine, Emma. La bière me nourrira parfaitement !

Et, jetant la tête en arrière, LeeAnn vida d'une traite la moitié de sa canette.

— Pourquoi pensez-vous que Malik ne s'en tirera pas cette fois ? demandai-je, impatiente de clore cette conversation et de voir LeeAnn filer sur ses hauts talons.

— Parce qu'il s'est surestimé, voilà pourquoi. Il y a des tas de gens que son arrivée n'enchantait pas. Ils trouvaient qu'il réclamait un trop gros salaire et que ses compétences ne justifiaient pas toutes ses exigences. La mise à la porte du Dr Stryker n'a rien arrangé.

— J'en ai entendu parler. C'est vrai, vous croyez, ce qu'on raconte à ce sujet ?

Elle gloussa.

— Je ne le crois pas, Emma. Je le sais.

— Comment pouvez-vous en être si sûre ? l'interrogea Sam.

— J'ai l'avantage d'être la responsable administrative du service. J'ai accès en permanence à tous les ragots.

— Super, commenta Sam avec mépris. Vous êtes au courant de tous les bruits qui circulent au sujet des internes. La belle affaire.

LeeAnn agita un doigt réprobateur dans sa direction.

— Vous ne voyez que les détails, petit Sam. Combien de fois vous ai-je répété de privilégier la vue d'ensemble ?

— C'est-à-dire… ? intervins-je.

— Nous autres, gardiennes des ragots, obéissons à une règle sacrée : si je vous laisse regarder sous ma jupe, c'est donnant-donnant.

Et elle écarta les jambes pour appuyer son propos. On pouvait accuser LeeAnn de beaucoup de choses, mais certainement pas d'être prude.

— Donc, vous avez l'assurance que Stryker a été poussé vers la sortie pour faire place à Malik.

— Oui.

— Sauriez-vous aussi par hasard pourquoi Malik était si pressé d'arriver au New York General ?

— Voilà la vraie question, Emma. Mais que voulez-vous que ça me fasse ?

— C'est peut-être important. Stryker serait parti en retraite de son plein gré d'ici un an ou deux, de toute façon. Comment expliquer l'empressement de Malik à se débarrasser de lui ? Et maintenant, en plus ? La fin de l'année scolaire n'est plus très loin. Qui peut refuser d'attendre quelques semaines pour retirer son enfant de l'école ?

— Facile. Quelqu'un qui ne se soucie que de lui-même.

— Cela ne répond toujours pas à la question principale : pourquoi avait-il autant hâte de quitter Cleveland ?

— Il n'avait peut-être pas tant hâte de quitter Cleveland que de venir ici, intervint Sam en haussant les épaules.

— Pour quelle raison ?

— Il a reçu une proposition en or. La clinique de Cleveland était furieuse de le perdre mais, visiblement, ils n'avaient pas les moyens de lui construire un service de cardiologie avec son nom au-dessus de la porte. Une chance pareille ne se présente pas tous les jours.

— En effet. Mais un tel service ne se construit pas non plus en deux temps, trois mouvements. D'après ce que j'ai vu, le centre Malik ne sera pas terminé avant longtemps.

Le chantier n'était encore qu'un énorme cratère entouré de grues, de machines et de matériaux de construction.

— Il faudra compter au moins deux ans, confirma LeeAnn.

— Il aurait donc pu signer un contrat avec l'hôpital et repousser sa date d'arrivée jusqu'à ce que Stryker parte en retraite et que le bâtiment soit prêt. Cela nous ramène à ma question : pourquoi cette précipitation ?

LeeAnn se leva et se dirigea vers notre petite cuisine afin de fourrager dans les placards.

— Je peux vous servir quelque chose ? demandai-je.

— Vous avez des cacahuètes ? Des bretzels ? Un truc à mâchouiller, quoi ?

— Asseyez-vous. Je vais vous chercher ça.

Elle roula de gros yeux.

— J'ai cru que vous ne me le proposeriez jamais.

Je ne pris pas la peine de lui faire remarquer qu'elle avait décliné mon offre quelques instants plus tôt. J'entendais presque Mme Kalisher me souffler que, parfois, il fallait savoir perdre une bataille pour remporter la victoire finale. De toute façon, me rabaisser un peu devant LeeAnn n'était pas la pire des blessures de guerre. Cette femme pouvait se révéler une alliée précieuse. C'est donc dans cet état d'esprit que je sortis ce que j'avais de meilleur en matière de cochonneries à grignoter : du pop-corn au cheddar, un assortiment de noix, des bâtonnets de fromage, des tortilla-chips, des raisins enrobés de chocolat et des bonbons.

LeeAnn et Sam se jetèrent dessus.

— Revenons-en à Malik, déclarai-je au bout d'un moment.

— Bon sang, Emma ! pesta LeeAnn. Il habitait à Cleveland. Qui n'aurait pas envie de quitter cette ville ?

— Il y est resté vingt ans. On ne peut pas dire qu'il avait vraiment envie de partir, non ?

— Il est peut-être un peu lent à la détente. Ce n'est pas parce qu'il manie le scalpel comme personne qu'il est aussi doué dans tous les domaines.

— Emma a raison, LeeAnn, s'interposa Sam. Pourquoi était-il si pressé de venir à New York ? Il n'y a pas que Stryker et le bâtiment en construction à prendre en compte. Malik avait obtenu une grosse subvention pour travailler sur un projet de recherche à la clinique de Cleveland et il avait encore une année pour le mener à terme. Pourquoi n'est-il pas allé jusqu'au bout ?

Dans le silence pensif qui suivit cette remarque, je contemplai mes ongles. Ils étaient cassés et rongés jusqu'au sang.

— Si vous voulez des réponses, petit Sam, lança alors LeeAnn en agitant sa canette vide, il va falloir me graisser la patte, et plus vite que ça. J'ai une de ces soifs !

Sam sortit une autre bière du pack qu'il avait rapporté.

— Vous pensez trouver ces réponses sous la capsule ?

— Vous n'écoutez vraiment rien, vous ! Je vous l'ai dit : avec moi, c'est donnant-donnant.

— La journée a été longue. Ça vous ennuie de m'expliquer ?

LeeAnn fourra une poignée de bonbons rouges dans sa bouche.

— La règle sacrée des gardiennes de ragots, mon garçon. Je vous montre un petit quelque chose, vous en faites autant. Avec un peu de chance, on porte aussi des jupes à Cleveland.

32

Après le départ de LeeAnn, j'observai Sam avec attention en essayant de jauger son humeur. J'avais très envie de prendre mon carnet à croquis et un fusain bien taillé pour dessiner l'ovale incliné de sa tête, nichée entre le renflement de ses épaules et ses longs bras tendus. Je rendrais l'appentis formé par ses jambes croisées, la courbe anguleuse de sa hanche. Je piégerais son image comme une luciole afin que sa lueur m'éclaire sur ses pensées. Pour moi, le pire était d'ignorer ce que l'avenir nous réservait et de nager sans aucune visibilité dans un océan de possibilités terrifiantes.

Je tirai une chaise et m'assis en face de lui.

— Il faut qu'on parle, Sam.

Il s'appuya en arrière contre l'accoudoir du canapé et ferma les yeux.

— Ça ne peut pas attendre ? Je n'ai fait que discuter toute la journée, Em. Tout le monde y est allé de son conseil avec la certitude d'avoir raison. Je devrais me battre, je ne devrais pas me battre. Je devrais la boucler, je devrais faire un scandale. Je ne crois pas qu'on m'ait jamais autant abreuvé de paroles.

— Non, ça ne peut pas attendre. Moi, je ne le peux pas, en tout cas.

Il poussa un soupir désespéré.

— Tu me quittes, hein ? Tu crois à toutes ces accusations et tu préfères faire tes valises.

— Rêve toujours.

— Quoi, alors ?

— Cette histoire avec Malik. Je sais ce qui l'a provoquée. Je n'en ai jamais eu l'intention, mais j'ai peur d'en être à l'origine.

Il se redressa et se pencha vers moi.

— Toi ? Comment ?

Je retraçai l'enchaînement des événements en les revivant au fur et à mesure et en regrettant de ne pouvoir revenir en arrière, au moment qui avait tout fait basculer, pour prendre une autre décision. Discuter de la fille de Malik avec Siena m'avait semblé si anodin, si innocent. Siena était tout sauf une commère et je ne connaissais personne de moins nuisible qu'elle. Elle supportait à peine d'écraser un brin d'herbe et mâchait même en douceur, c'était pour dire.

Sam plissa les yeux à la fin de mon récit.

— Tu as entendu sa fille crier ça ? Elle le suppliait d'arrêter ?

— Oui.

— Putain.

— J'en ai eu la chair de poule, et puis après j'ai réfléchi et j'ai compris qu'il y avait peut-être une explication toute simple. Les enfants jouent souvent la comédie quand on leur refuse quelque chose.

— Sauf que ça n'avait pas l'air d'une comédie. On dirait plutôt une enfant affolée qui appelait au secours.

— C'est d'abord ce que j'ai cru, Sam, mais je n'en suis plus aussi certaine. Je n'ai pas pensé qu'en parler à Siena aurait de telles conséquences. Tu n'imagines pas combien je m'en veux, combien je suis désolée.

— Tu n'as pas à être désolée. Quand on surprend une conversation pareille, il faut le signaler. Ce serait impardonnable, sinon.

— Même si ça doit te faire renvoyer de l'hôpital ?

— C'est Malik, le coupable. Pas toi. On ne laisse pas un connard maltraiter une petite fille sous prétexte qu'il peut mordre.

— Mais comment être sûr qu'Adriana était bien victime de mauvais traitements ?

— On n'a pas à en être sûr. Dans une telle situation, on donne à l'enfant le bénéfice du doute. On incite les autorités à enquêter et à faire ce qui s'impose pour le protéger. C'est leur boulot.

— Oui, mais ça n'a mené à rien. L'assistante sociale a trouvé Adriana très intelligente, sérieuse et mature. Je doute vraiment que ça suffise à faire arrêter Malik.

— Ils y travaillent, c'est l'essentiel. Si on entend quoi que ce soit d'autre, on le leur dira.

— Et c'est tout ? Tu n'es pas furieux ?

— Contre toi ? Non.

— Tu ne vas pas te mettre à hurler et à me traiter de tous les noms ? Ni t'asperger d'*Eau de mâle en rut* et ficher le camp d'ici ?

Sam se carra dans le canapé et me fit signe de m'approcher. J'appuyai ma tête contre son ventre tout plat.

— Ne t'en fais pas, Emma, dit-il en me caressant les cheveux. La vérité, c'est que je me suis fourré tout seul dans le pétrin.

— Comment ?

— En étant si déterminé à me faire bien voir de Malik, prêt à tout accepter pour qu'il me forme pendant ma spécialisation.

— Ça ne te rend pas plus coupable que moi, Sam.

— Non, mais je lui ai offert une cible très facile. Je me croyais malin avec mon idée de sympathiser avec Suzanne. Jamais je n'aurais pensé que Malik me percevrait comme une menace.

— Attends, tu veux dire que Suzanne et lui… ?

Il hocha piteusement la tête.

— J'aurais dû le deviner. C'était évident rien qu'à la manière dont il la regardait, elle, et aussi moi quand elle était là. Mais je ne m'en serais pas aperçu si LeeAnn ne me l'avait pas laissé entendre aujourd'hui.

— C'est vrai, à ton avis ?

— Oui. LeeAnn m'a expliqué que ça durait depuis un moment et que tout le monde était au courant à l'hôpital. Mais comme il s'agit de Malik, la direction ferme les yeux. Et puis, tout concorde. Sa réputation d'être un coureur, son goût pour les jeunes filles – peut-être même pour sa propre gamine. Et pour quelle autre raison Suzanne m'aurait-elle accusé de l'avoir agressée ?

— Tu oublies la secrétaire de Malik.

— Ava est à son service depuis dix ans. Elle ferait n'importe quoi pour lui. C'est obligé, sinon il ne l'aurait jamais gardée si longtemps. (Sam poussa un long soupir.) J'ai mis cette ordure sur un piédestal sans jamais le voir tel qu'il était vraiment. Comment ai-je pu être si aveugle ?

— Merde, Sam. Si tout ce que tu dis est vrai, si Malik s'est arrangé pour te faire renvoyer parce qu'il trouvait que tu t'approchais trop de sa maîtresse, alors il a complètement perdu la tête.

— À moins qu'il soit persuadé de pouvoir s'en tirer impunément, avec l'aide de Suze et de sa dévouée secrétaire, bien sûr.

— Tu n'aurais jamais pu prévoir ce qui t'attendait, Sam. Quelle personne saine d'esprit irait imaginer un piège pareil ?

— Une personne qui tiendrait à son boulot.

— Écoute, chéri. J'adorerais te laisser porter le chapeau tout seul, mais Malik n'a lancé ces accusations contre toi qu'après avoir reçu la visite des services sociaux et découvert que j'en étais à l'origine.

— Évidemment, ça n'a pas dû me rendre plus sympathique à ses yeux, mais il cherchait à me coincer, Em. Même sans cette histoire, il aurait fini par le faire. La seule question était quand et comment.

— Pourquoi s'est-il montré si bien disposé envers toi, alors ? Pourquoi t'avoir demandé d'être son assistant ?

— Qui sait ? Il attendait peut-être que je lui facilite la tâche en commettant une erreur. Ou alors, il se disait qu'il serait plus amusant de me donner beaucoup d'espoirs juste avant de m'abattre.

J'effleurai du bout des doigts la peau pâle de son cou.

— Tu t'es fait couper les cheveux.

— Oui. J'ai eu un quart d'heure de libre avant 16 heures et je ne supportais pas de tourner en rond.

— Tu es beau, comme ça.

— Toi aussi, tu es belle. Vous l'êtes toutes les deux, dit-il en caressant mon ventre.

— Que fait-on maintenant, Sam ?

— Le meilleur conseil qu'on m'ait donné était de m'occuper pour essayer de penser le moins possible. Le Dr Berger peut m'obtenir un poste de nuit aux urgences d'un hôpital de South Shore. Ça paiera au moins les factures.

— C'est plutôt positif.

— Je préfère ça à devenir fou en restant ici, de toute façon.

— Encore heureux. La folie, c'est mon rayon.

— Pour le reste, on attend de voir ce qui se passe. Andrew Eastham m'a assuré que l'hôpital reviendrait sûrement sur sa décision et que je serais réintégré. Il a parlé à l'avocat du New York General et, selon lui, la direction veut éviter la publicité qu'un procès pourrait générer.

— Suzanne retirerait sa plainte contre toi, alors ?

— Estham juge que c'est probable, surtout quand Malik comprendra qu'il joue avec le feu. Si vraiment il a une liaison avec Suzanne, il doit bien se douter qu'on essaiera de s'en servir pour le récuser en tant que témoin. Je ne le vois pas risquer un tel scandale.

— Il te faudrait des preuves, non ?

— Ce serait préférable, en effet. Mais une simple menace peut aussi suffire.

— Et si Suzanne retire sa plainte, qu'arrivera-t-il ?

— Je me tiendrai à carreau et je terminerai mon internat. Ensuite, je devrai certainement faire une demande de spécialisation ailleurs. À supposer qu'on veuille bien de moi.

— Pourquoi ?

— Parce qu'un candidat qui figure sur la liste noire de Malik n'a pas exactement le profil type recherché par les autres chirurgiens. Qu'on le veuille ou non, il est le meilleur de sa catégorie. Qui se hasarderait à contrarier Dieu ?

— Tu as encore plus d'un an d'internat devant toi, Sam. Beaucoup de choses peuvent se produire d'ici là. N'anticipons pas trop.

— J'essaie, crois-moi. Mais je n'arrête pas de penser à ce qui se passera si jamais Eastham se trompe. Imagine que Suzanne ne veuille pas en rester là et que je sois traduit en justice. Ce sera ma parole contre celle des trois autres. Terminer mon internat serait alors le cadet de mes soucis. Je pourrais perdre le droit d'exercer la médecine, et même aller en prison.

Ce dernier mot flottait toujours dans l'air comme une odeur nauséabonde lorsque Tyler émergea à petits pas de l'espace qui lui servait de chambre. Il se frottait les yeux et traînait Sebastian par les oreilles.

— Au lit, Tyler. Tu connais les règles.

— Mais j'ai fait un cauchemar, maman, geignit-il. Il y avait un méchant qui me courait après. Il voulait me faire du mal et prendre tous mes jouets.

— On dirait un affreux cauchemar, en effet, mais ce n'est pas la réalité.

— Et la petite fille du dessus me tapait sur la tête, maman. Elle me faisait tomber.

— C'était juste un rêve, mon chéri.

Son méchant n'était que le produit de son imagination fertile, pensais-je. Sam et moi devions affronter un monstre nuisible qui n'avait rien d'irréel, lui.

33

Il était presque l'heure de quitter le parc lorsque Mme Kalisher fit son apparition, vêtue d'un élégant tailleur noir avec des escarpins en cuir verni et un sac à main assorti. Un collier de perles ras du cou et de grosses boucles d'oreilles en or complétaient son ensemble, et, tout en respirant son parfum de lilas, je notai un soupçon de poudre, de rouge à lèvres cerise et d'ombre à paupières bleu pâle sur son visage.

— Quelle classe, madame Kalisher ! Vous êtes superbe.

Tyler interrompit ses fouilles archéologiques près de la cage d'écureuil pour la fixer avec des yeux ronds.

— Tatie Frieda, t'es super belle !

— Merci, mon chou. Ton compliment me va droit au cœur.

— Vous fêtiez quelque chose aujourd'hui ?

— En fait, je me suis rendue au déjeuner annuel des dames patronnesses de l'hôpital.

— Vraiment ? Je croyais que vous détestiez ce genre de mondanité.

— J'ai dit ça, moi ?

— Plus d'une fois, même. D'après vous, on n'y trouve que des femmes apprêtées et ennuyeuses qui mènent des conversations barbantes devant des plats tout aussi apprêtés et ennuyeux auxquels personne ne touche.

— Exact, mais il n'y a pas de mal à y aller de temps en temps. Je me suis dit, pourquoi ne pas profiter de l'occasion pour prendre des nouvelles de Pauline Lazarus et d'Edie Trilling ?

— La femme du président Lazarus et celle du médecin en chef ?

— Oui. Je ne les avais pas vues depuis des lustres et j'ai pensé que ce serait agréable de déjeuner avec elles aujourd'hui.

— Et, comme par hasard, vous étiez placée à leur table ?

— Après avoir bougé quelques marque-places, oui. Comment aurais-je pu prendre de leurs nouvelles, sinon ?

Je tapotai le banc pour lui faire signe de s'asseoir à côté de moi.

— Je suis tout ouïe.

Elle s'installa avec un air très comme il faut, en tenant son sac sur les genoux. Le côté guindé du déjeuner avait visiblement laissé des traces.

— Ce sont de gentilles filles, Pauline et Edie. Surtout Pauline. Pour quelqu'un dont le mari dirige un hôpital, je la trouve pleine de bon sens.

— Vraiment ? Et quels propos pleins de bon sens vous a-t-elle tenus ?

— Nous avons beaucoup discuté de collectes de fonds, un sujet très fréquent dans les dîners de charité. Nous avons évoqué les difficultés croissantes rencontrées pour les organiser. Le nombre toujours plus grand de causes caritatives, qui n'aide pas à retenir l'attention des gens. Le fait que l'on pourrait passer presque toute sa vie à se pomponner pour aller donner son argent lors de déjeuners ennuyeux où personne ne mange rien.

— Pourquoi ne mange-t-on rien ?

— Je me le demande, répondit Mme Kalisher en jouant avec son collier. Apparemment, cela ne se fait pas, un point c'est tout. On vous abattrait sûrement si vous osiez toucher aux plats.

— Vous n'avez pas faim ?

— Bien sûr que non. Je savais à quoi m'attendre, alors j'ai déjeuné avant de partir.

— Bien joué.

— Tout cela était très ridicule mais, enfin, c'était pour la bonne cause.

— Lever des fonds pour l'hôpital.

— Pas seulement. Ma B.A. du jour vous concernait aussi, vous et votre Sam. Quand toutes ces dames ont cessé de répéter qu'il fallait vraiment prévoir autre chose l'année prochaine – avant de discuter de l'endroit où elles comptaient en fait organiser le même déjeuner rasoir –, j'ai abordé la question des nouvelles recrues.

— Vous voulez dire Malik ?

— Son nom a surgi dans la conversation, évidemment.

— Évidemment.

Mme Kalisher sortit son portefeuille de son sac à main.

— J'ai bien envie d'un petit en-cas, finalement. Une glace, ça vous tente ?

Bien qu'il parût très occupé à creuser le sol, Tyler redressa aussitôt la tête.

— Je peux avoir une glace à l'orange avec de la vanille ?

— Bonne idée, répliquai-je. Je crois que je vais me joindre à vous. Mais c'est moi qui régale, madame

Kalisher. Vous venez déjà de dépenser une fortune pour un déjeuner assommant où vous n'avez rien pu avaler.

— Aucune importance, Emma. J'ai lancé l'idée la première, et les règles sont les règles.

Quelques instants plus tard, ma bouche barbouillée de glace orange me semblait agréablement engourdie.

— Vous parliez de Malik, dis-je. Qu'est-ce que vos amies pensent de lui ?

— Edie ne pense pas en général. Du moins pas par elle-même, et surtout pas en présence de Pauline. Elle est à ranger parmi les épouses de la deuxième catégorie, celles qui font tout pour servir la carrière de leur mari. Pauline Lazarus, en revanche, c'est une autre histoire. Elle n'irait pas jusqu'à contredire Sterling mais, tout président qu'il soit, elle n'est pas du style à approuver ses moindres décisions sans discuter.

— Est-ce que ça la place dans la première ou dans la troisième catégorie d'épouses ?

— Ni l'une ni l'autre, répondit Mme Kalisher avec un sourire coquet. Je dirais qu'elle appartient à la quatrième catégorie. Elle est capable d'influencer son mari et elle ne se laisse pas faire quand on la bouscule.

— Que lui inspire Malik ?

— Elle trouve que, je cite, « il n'est pas une valeur ajoutée pour l'hôpital » et qu'il ne vaut pas la fortune qu'on lui a proposée pour venir ici. Elle lui reproche aussi de ne pas savoir travailler en équipe et de risquer par conséquent de saper le moral des troupes.

— Il a déjà bien entamé le nôtre, en tout cas.

— J'y venais. Pauline était bien sûr au courant des ennuis de votre Sam, et tout cela ne lui plaît pas du tout.

— Ce n'est pas vraiment le genre de publicité qu'on aime voir associée à une institution.

— Non, je voulais dire qu'elle flairait quelque chose de louche. Edie, elle, a tout de suite poussé les hauts cris en jurant que c'était une horreur, un scandale, et comment peut-on imaginer qu'un jeune médecin se conduise de la sorte, un homme marié en plus, *et cætera, et cætera*. Pauline lui a dit d'arrêter d'être aussi stupide et de la boucler.

— Elle a fait ça ?

Mme Kalisher acquiesça joyeusement.

— Elle m'a épargné cette peine. Elle est très futée, cette Pauline. Elle a compris l'embrouille.

— L'embrouille ?

— Toute cette histoire n'a aucun sens. Les gens n'agissent pas de la sorte quand ils risquent de se faire surprendre – par leur chef, qui plus est. Accuser Sam d'avoir abusé d'une fille est déjà ridicule, mais croire qu'il le ferait dans un lieu où Malik et sa secrétaire pouvaient entrer à tout moment est carrément grotesque. La salle de conférences, seigneur !

— C'est là qu'il est censé avoir agressé Suzanne ?

Je n'avais pas demandé de détails à Sam. Visualiser la scène dans son ensemble était déjà bien assez dur.

— C'est n'importe quoi. On prétend qu'il l'a fait venir là sous un faux prétexte et qu'il lui a ensuite sauté dessus. Doug Malik serait arrivé par hasard pile à cet instant avec son assistante. D'après eux, la fille était très choquée.

— Suzanne, choquée ? Je voudrais bien voir ça.

— Penser que Sam puisse se comporter ainsi dans une salle de conférences ! Les portes n'étaient pas fermées à clé et il y avait une réunion prévue cinq minutes plus tard. C'était affiché à l'entrée.

— Et ils affirment malgré tout qu'il s'est jeté sur elle ?

— Je peux vous assurer que Pauline était très remontée à ce sujet. Elle m'a expliqué qu'elle avait déconseillé à Sterling de s'en mêler s'il ne voulait pas que cela lui retombe dessus, mais il a estimé qu'il n'avait pas le choix. La fille a porté plainte et il y a des témoins pour la soutenir. Comment pourrait-il ne pas en tenir compte ? Mais plus cette histoire se répand, plus elle paraît douteuse. Le bruit court que Suzanne et Malik sont très proches, si vous voyez ce que je veux dire, et que la secrétaire de Malik, Ava, en pince elle aussi pour sa seigneurie. Imaginez la tête que feront les administrateurs si tout cela se révèle vrai.

— Et maintenant ?

— Nous attendons. Pauline parle, le président l'écoute : ça ne peut pas faire de mal.

— Merci de vous être donné tant de mal, Frieda. Si vous saviez comme je suis touchée.

— Ce n'était rien, ma chère. Pour vous, je veux bien aller à un repas ennuyeux où personne ne mange rien. Je n'ai jamais vu un tel gâchis : des centaines de poulets farcis jetés à la poubelle avec des tonnes de petits gâteaux au fromage et aux myrtilles. Mais vous savez quoi ?

— Non, quoi ?

Elle me tapota la jambe.

— Figurez-vous que j'ai un petit service à vous demander en retour.

34

Brent Elias partageait sa chambre d'hôpital avec trois autres garçons qu'il me présenta en les montrant avec sa main couverte de bandages.

— Eric, le gamin qui dort près de la fenêtre, attend une greffe de rein. Kenny le sac d'os a une fibrose cystique et Jamil un problème métabolique bizarroïde et un gros microbe cradingue dans le cul.

Allongé dans son lit, le garçon en question regardait une série télévisée.

— T'es bien placé pour en parler, le cramé, répliqua-t-il.

— Vous n'aurez aucun mal à faire son portrait, Emma, reprit Brent. Dessinez juste une tache bien dégueu sur un fond de pourriture.

— Je suis venue faire le tien, Brent. Où aimerais-tu poser ?

Jamil eut un rire cruel.

— Comment vous allez vous y prendre ? Il n'a plus de visage !

— Allons ailleurs, décida Brent. Il y a un truc qui pue ici.

Il me guida le long du couloir jusqu'à une salle où un petit garçon engoncé dans un énorme corset jouait à un jeu de société avec une bénévole de l'hôpital.

— Salut, Mikey ! Ça baigne ? lança Brent.

L'enfant et lui se tapèrent maladroitement dans la main.

— Ça moisit plutôt, avec ce machin-là, répondit le petit en riant.

Dans le coin opposé de la pièce, je déballai ma planche à dessin, un carnet à croquis, des crayons, des gommes et les tortillons de papier dont je me servais pour estomper les couleurs.

— Très bien. Tout est prêt. Maintenant, dis-moi comment tu veux que je te dessine, Brent. Assis ou debout ? De face ou de profil ?

— Debout. Avec une crosse de hockey, un casque, une tenue et des patins à glace. Vous pouvez faire une patinoire en arrière-plan ?

— Sans problème.

— Avec une barrière bleue couverte de pubs. Nike, Bud et Coca-Cola. Des trucs comme ça.

— D'accord.

— Vous pouvez ajouter des gens dans les gradins, aussi ?

— Des adultes ? Des enfants ?

— Surtout des parents, quelques frères et sœurs, des grands-parents, et quelques amis des joueurs.

— OK. Ça marche.

— Et le tableau d'affichage. N'oubliez pas. C'est un grand match entre les Hornets et les Hurricanes. Les seconds mènent par six buts à trois. Il reste quatre minutes à jouer dans la dernière période. Les Hurricanes maintiennent la pression, ils veulent à tout prix gagner le championnat. Il faut donc que tout le monde ait l'air très excité. Et un peu inquiet, aussi, si vous voyez ce que je veux dire.

— Je crois, oui.

Je scotchai une large feuille de vélin sur ma planche et, tandis qu'il continuait à parler, j'esquissai les contours de la scène. Brent avait le don de vous transporter dans le monde qu'il imaginait. Je sentais la joie du public, j'entendais le crissement des patins sur la glace, je distinguais les nuages de vapeur qui s'étiraient comme des bulles de bande dessinée de la bouche des joueurs.

Je traçai rapidement une série de bancs et les silhouettes des supporters. Passant ensuite à la patinoire, je dessinai à grands traits quelques-uns des hockeyeurs.

— Quelle place occupes-tu dans l'équipe des Hurricanes, Brent ?

Quel que soit son rôle, en fait, il serait la star de ce tableau. Il se détacherait au premier plan, plus nettement que tout le reste. Les portraits se résumaient à une question de perception et, pour moi, ce garçon-là éclipsait tout autour de lui. J'avais gardé cette idée bien en tête lorsque, en arrivant en vue de l'hôpital, j'avais éprouvé une envie irrésistible de faire demi-tour. Ce lieu qui avait été la deuxième maison de Sam nous était devenu étranger, hostile. Je soupçonnais chacun de se poser en juge et de murmurer derrière mon dos avec suffisance et condescendance.

Mais penser aux horreurs auxquelles ce garçon avait survécu m'avait donné le courage de franchir les portes automatiques. Un garde m'avait fait signe de passer avec un petit geste indiquant qu'il m'avait reconnue, et j'avais suivi le chemin familier menant aux ascenseurs du côté est. Soulagée d'être seule dans la cabine, j'avais pressé le bouton 9 – l'étage du service de pédiatrie.

Brent avait paru ravi de me voir, et un peu surpris aussi. Avec une pointe de déception dans la voix, il m'avait dit qu'il attendait toujours que le Dr McDonough lui fasse son imitation de Dolly Parton.

Parce qu'il ne m'avait pas répondu, je répétai ma question :

— Tu jouais à quel poste, Brent ?

— Vous promettez de ne pas rire ?

— Promis. Tu comprendrais pourquoi si tu me voyais sur des patins à glace. La seule position dans laquelle je pourrais jouer serait par terre, sur le dos.

Il tapota la poche de sa robe de chambre.

— C'est là. Vous pouvez le sortir ?

La feuille pliée dans sa poche avait été découpée dans les pages sport d'un journal de Long Island. L'article, daté de plus d'un an, était intitulé : *Les Hurricanes balaient tout sur leur passage*. Le texte tout entier était consacré à l'attaquant vedette de l'équipe, qui avait mené ses coéquipiers à une série inégalée de victoires et qui s'apprêtait à présent à disputer avec eux la finale du championnat national.

— « Jeune talent remarquable, lus-je à voix haute, Brent Elias affiche une présence solide sur la glace, ainsi qu'un cran et une détermination impressionnants. C'est en grande partie grâce à ce joueur extraordinaire que les Hurricanes réalisent cette année leur meilleure saison. »

Mes yeux se posèrent sur la petite photo accompagnant l'article. La star en question était un beau garçon au visage rayonnant et au regard intelligent. D'épais cheveux blonds pointaient sous son casque, et son sourire encadrait une dent de devant ébréchée – probablement le souvenir d'un match, pensai-je. C'était là le genre de défaut qui rendait un bel homme encore plus séduisant.

— Regarde-moi ça, dis-je avec émotion. L'attaquant vedette qui a mené son équipe à la victoire. Je suis impressionnée.

— Par lui, peut-être, me corrigea-t-il. Pas par moi.

— Tu n'as pas changé, Brent. Tu es toujours le même garçon. Accorde-toi juste un peu de temps.

— J'ai peur que ma carrière de sportif soit foutue, renifla-t-il. Enfin, je pourrai toujours me recycler en top model.

— Tu feras quelque chose de grand, mon garçon. Je le sens.

— Vous me dessinerez tout ça, alors ? On l'appellera mon portrait d'avant.

— C'est d'accord. Je peux emporter cet article chez moi pour travailler d'après la photo ? Je te le rendrai à la fin.

— Gardez-le. J'en ai des tas de copies.

En partant, j'aperçus Kelly dans une chambre. Son lit avait été approché d'une fenêtre afin qu'elle puisse observer la rue en contrebas dans le miroir accroché au-dessus d'elle.

— Je me demandais si le mot *art* était une abréviation d'*artificiel*, me dit-elle lorsque je vins la saluer.

— Bonne question. Je n'en suis pas sûre mais, dans certains cas, il semble bien que oui.

— Vous êtes venue faire le portrait que Brent a gagné avec le concours du plus beau monstre ?

— Oui.

— Vous savez, les gens en font des tonnes à son sujet parce qu'ils ont pitié de lui.

— Peut-être aussi parce qu'ils l'apprécient.

— Non, ils sont désolés, et ça craint. Dans ces moments-là, on a l'impression d'être un des cas désespérés exhibés devant les caméras pendant le Téléthon. C'est de l'exploitation avec un grand E. Les gens sont gentils avec des gamins comme Brent parce que ça leur donne bonne conscience. C'est pour ça que je m'oblige à être insupportable. Pour qu'on ne me traite pas de la même manière.

— Et tu es très douée, répliquai-je avec amusement.

— Vous m'aimez bien, de toute façon. Je le devine.

Quant à moi, je devinais qu'elle adorait être traitée comme une enfant que rien ne distinguait des autres et qu'il ne fallait pas à tout prix ménager.

— Exact. Tous les goûts sont dans la nature.

Son sourire se refléta à l'infini dans son miroir.

— Ce qui explique sûrement pourquoi je vous aime bien aussi.

— Vas-y doucement avec Brent, lui conseillai-je avec un clin d'œil. Je crois que tu lui plais beaucoup.

— C-al-e-m-b-r-e-d-a-i-n-e, riposta-t-elle en rougissant. Ça veut dire sottises, âneries.

Je partis avec une pointe de tristesse au cœur. Comparés à ceux de Kelly et de Brent, mes problèmes me paraissaient soudain bien dérisoires.

Je pensais encore à ces deux enfants lorsque je pris l'ascenseur pour regagner le rez-de-chaussée. Il me restait vingt minutes avant d'aller chercher Tyler à l'école. Étant donné l'état de ma vessie, il me serait impossible de tenir jusque-là sans faire un détour par les toilettes. Je m'arrêtai donc dans celles situées près de la cafétéria de l'hôpital. Mais alors que je me lavais les mains, mon pire cauchemar y entra à son tour.

35

— Tiens, tiens. Vous ici, Emma. Vous rendez visite à un ami malade ? Ou peut-être que vous effectuez un pèlerinage sur les lieux du crime commis par votre mari ?

— Son seul crime a été de se montrer gentil envers vous, répliquai-je, le visage en feu.

— C'est ce que ce vilain garçon essaie de vous faire avaler ?

— Il ne s'est rien passé et vous le savez très bien, Suzanne. Vous avez tout inventé.

— Ne soyez pas stupide. Vous vous attendiez à quoi ? À ce qu'il avoue tout ?

— Il m'a dit la vérité et je le crois.

— Pauvre Emma. Être mariée à un type incapable de garder sa braguette fermée, ce doit être si humiliant.

— J'ignore à quoi vous jouez, mais vous ne gagnerez pas.

Elle eut un rire caverneux.

— Idiote. Bien sûr que si, je gagnerai. C'est déjà fait, du reste.

— Cette histoire n'est pas terminée. Loin de là.

— Quelle tristesse de voir une personne K-O qui n'a même pas l'idée de se coucher !

— Je n'ai rien à vous dire.

Contemplant son reflet dans le miroir, elle se recoiffa avec les doigts et appliqua du gloss sur ses lèvres.

— Oh si, vous avez plein de choses à me dire. Vous n'en avez pas le courage, voilà tout. Vous tenez pourtant une chance unique de vider votre pauvre petit sac. Pourquoi la laisser filer ?

— Comment pouvez-vous vous supporter ?

— Facile. Je suis quelqu'un de merveilleux. La meilleure fille qui soit.

— Ça ne vous gêne pas de blesser un homme qui s'est démené pour vous aider ?

— Hum. Voyons. Est-ce que ça me gêne ? En fait, non.

— Vous vous moquez du mal que vous faites autour de vous, c'est ça ? Vous ne pensez qu'à vous.

— Évidemment. À qui d'autre voulez-vous que je pense ?

— Vous me dégoûtez.

— Mon Dieu, mon Dieu. Quelle rage ! Je me ferais surveiller, si j'étais vous : l'hypertension est mauvaise pour les vaches.

Je reculai et me dirigeai vers la sortie, mais elle m'attrapa par le bras avant que j'aie pu atteindre la porte.

— Vous ne le méritez pas, mais je vais vous donner un petit conseil amical. Les types comme Sam qui ne sont pas fichus de se contrôler ne valent pas la peine qu'on se soucie d'eux. Si vous le défendez maintenant, vous n'avez pas fini d'en voir de toutes les couleurs.

— La dernière chose dont j'aie besoin, c'est un conseil de votre part.

Elle resserra sa prise sur moi.

— Vous allez quand même m'écouter. Vous vous êtes trompée sur le compte de Sam, c'est votre problème. Vous espériez qu'il jouerait les petits maris fidèles en vous regardant devenir obèse et marcher comme un canard, mais que voulez-vous que je vous dise ? Ses hormones ont pris le dessus. Le pauvre était si excité qu'il a perdu la tête, à mon avis.

— Lâchez-moi. Vos conneries ne m'intéressent pas.

Je me libérai d'un geste brusque et sortis vivement dans le couloir, mais elle m'emboîta le pas en marchant si près de moi que cela me mit mal à l'aise. Il émanait d'elle un parfum de shampooing à la noix de coco, et aussi quelque chose d'autre de sinistre et de menaçant.

— Laissez-moi tranquille, Suzanne. Fichez le camp !

— Comme c'est étrange. Je pensais qu'un dragon de vertu tel que vous aurait envie de connaître les faits.

— Je les connais déjà. Votre petit ami était jaloux. Il croyait que Sam vous courait après, alors il a inventé une histoire bidon et vous a demandé de le soutenir.

Elle éclata de rire.

— Mon petit ami ? Vous parlez de Doug Malik ? C'est hilarant !

— Nous verrons si vous trouvez ça toujours aussi drôle quand les gens l'apprendront.

— Écoutez, je comprends que vous soyez désespérée. Qui ne le serait pas, à votre place ? Mais vous vous trompez de cible. Doug Malik est un vieil ami de mon père. Un très *vieil* ami. Il m'a donné quelques coups de main, c'est tout. Il n'y a jamais rien eu et il n'y aura jamais rien entre nous. Si Sam n'a que des inepties pareilles à vous sortir, envoyez-le promener ou vous finirez par avoir l'air encore plus stupide que maintenant.

— Ça suffit, Suzanne. J'en ai assez entendu. Vous êtes une très bonne menteuse. N'oubliez pas de mentionner ce détail dans votre CV quand vous serez au chômage.

— Vous savez, je ne voulais pas en arriver là, Emma. C'est si cruel, au vu des circonstances. Mais vous ne me laissez pas le choix. Sam a bien essayé de me violer et j'en ai la preuve.

— Je vous ai dit que je n'écoutais plus.

— Oh si. Parce que si vous refusez, j'irai tout de suite en parler à la police. La seule raison pour laquelle je ne l'ai pas encore fait est que, pour être honnête, j'ai un peu pitié de Sam. Sa dépression, ces cachets qu'il devait prendre…

— Comment êtes-vous au courant ?

— Je vous le répète, Sam est un garçon qui se sent tellement seul. Il a commencé à s'appuyer sur moi, et puis il s'est s'appuyé pour de bon, si vous voyez ce que je veux dire. Il était si perdu, si pathétique.

— Sam a traversé une période difficile, mais ça ne prouve rien, répliquai-je. Il travaillait énormément sans jamais se reposer. Il va bien, aujourd'hui.

— Je ne pensais pas à ça. Avant que le Dr Malik et Ava n'entrent dans la salle de conférences et ne l'éloignent de moi, Sam a essayé de… comment exprimer ça délicatement… de me mettre la tête bien en face de son pantalon. Je l'ai donc vu de très, très près. Et j'ai remarqué la cicatrice à l'endroit où on lui a retiré un grain de beauté. Elle m'a vraiment fait l'effet d'un petit sourire grimaçant.

36

Lorsque je l'appelai pour lui annoncer que je ne pouvais plus rester à New York, Franny n'hésita pas. Elle avait plein de place chez elle, Tyler et moi étions donc les bienvenus aussi longtemps que nous le souhaitions. Elle ne me demanda pas d'explication – cela pouvait attendre – et son Acura noire était déjà stationnée le long du trottoir à notre arrivée à la station Larchmont.

Sur le trajet menant à la ville endormie de Westchester, Tyler compensa largement mon silence hébété par son babillage.

— Tatie Franny, je vais jouer avec tes jumeaux, s'écria-t-il, tandis que seule sa ceinture l'empêchait de sautiller sur son siège.

— Oui, répondit mon amie. Ben et Michael ont le même âge que toi. Ils ont les cheveux blonds et les yeux bleus, eux aussi, et ils adorent les super-héros. Dès qu'ils auront fini leur sieste, ils s'amuseront avec toi.

— Des jumeaux, ça veut dire deux garçons, pépia Tyler en levant trois doigts tant il était impressionné.

Le temps que nous nous engagions dans la longue allée sinueuse menant chez Franny, ses enfants couraient déjà sur la pelouse sous la surveillance d'une femme ronde aux cheveux gris, Alma, leur nounou. Ben et Michael traînaient derrière eux un turbulent chien de berger à poils longs qu'ils avaient baptisé Persépoil, pour la simple et bonne raison qu'il ne faisait pas autre chose. Ty piaffa d'impatience jusqu'à ce qu'il puisse sortir de la voiture pour les rejoindre.

Passant un bras autour de mes épaules, Franny me conduisit ensuite vers la maison.

— Ne t'inquiète pas, dit-elle en me voyant hésiter. Alma a élevé sept enfants, dont des triplés. Elle pourrait s'occuper de ces trois-là les yeux fermés.

La maison, vaste et lumineuse, était de style Tudor. Franny déposa ma valise dans une chambre d'amis dont les murs bleu ciel et les moulures blanches m'évoquèrent une assiette de porcelaine Wedgwood : bosselée, bleue et aussi fragile que moi.

— Ça t'ennuie si je m'allonge un peu ? Je suis assommée.

— Pas de problème. Mais d'abord on va discuter.

— Je ne sais pas si j'en suis capable.

— Si, Em. Tu te sentiras mieux après.

Elle me laissa me rafraîchir dans la salle de bains, puis me mena à la cuisine avec autant d'attention que si j'avais été une invalide.

— C'est Sam ?

Je hochai la tête.

— Il y a une autre femme ?

— Je suppose qu'on pourrait résumer ça ainsi, mais c'est pire. Il a été renvoyé de l'hôpital. On l'accuse de tentative de viol.

— Sam ? s'écria Franny. Tu plaisantes !

— Moi aussi, j'ai cru à une blague au début. Il me jurait qu'il était innocent, et je n'ai pas douté de sa parole. Mais j'ai découvert aujourd'hui que tout était vrai.

— Attends une minute. Là, il faut sortir l'artillerie lourde.

Elle alla chercher de l'eau gazeuse, du sirop de chocolat et un litre de lait, mélangea le tout dans deux verres et remua jusqu'à ce que le liquide prenne une teinte beige foncé.

— À quand remonte la dernière fois que tu as bu un *egg cream* digne de ce nom ? me demanda-t-elle en posant l'un des verres devant moi.

— À la dernière fois que tu m'en as préparé un. Ce devait être en deuxième année de fac. Je me souviens que tu appelais ça la bombe de Brooklyn. C'était censé guérir tout à part les kilos en trop.

— Exact. Bois, ça ira mieux.

Je réussis à peine à en avaler une gorgée.

— Merci, mais je ne pense pas que ton truc marchera.

— Bois. Et fais-moi confiance. Ce cocktail a des vertus médicinales. Il te fera le plus grand bien.

Mes larmes débordèrent alors, mêlant leur sel à la douceur du chocolat.

— Comment a-t-il pu faire une chose aussi horrible, Franny ? Qu'est-ce qui ne va pas chez lui ?

— Doucement, m'interrompit-elle. Raconte-moi ce qui est arrivé en commençant par le commencement.

— Il faudrait que je puisse le situer. Où démarre une histoire pareille ? Comment démarre-t-elle, même ? C'est un malade.

— Je voulais dire, commence par m'expliquer ce que tu sais. Que s'est-il passé au juste ? Comment l'as-tu appris ?

— Je suis rentrée d'une réunion à l'école de Tyler et j'ai découvert Sam ivre mort à la maison. J'ai dû lui jeter de l'eau à la figure pour le réveiller. Il avait l'air anéanti, comme si tout lui était tombé dessus par surprise. Il m'a montré une lettre de son médecin en chef déclarant qu'il était accusé d'agression sexuelle et que deux personnes pouvaient témoigner contre lui. La première est Douglas Malik, le chirurgien dont je t'ai déjà parlé et avec qui Sam avait tant envie de travailler. La seconde, sa secrétaire.

— Sam aurait fait ça au boulot ? Devant témoins ?

— La suite est encore plus insensée. Depuis quelque temps, j'entends des éclats de voix inquiétants dans l'appartement au-dessus du nôtre – celui de Malik, justement. Il entre dans la chambre de sa fille tard le soir et lui ordonne de faire ce qu'il dit. Elle, elle le supplie d'arrêter. J'ai abordé le sujet avec une amie qui a contacté les services sociaux. Deux enquêteurs sont venus la veille du jour où Sam a été accusé. Je croyais que Malik avait découvert que j'étais à l'origine de la plainte et qu'il avait inventé cette histoire pour se venger. J'étais persuadée que tout était ma faute !

— Et que s'est-il passé aujourd'hui pour te faire changer d'avis ?

Par la large baie vitrée de la cuisine, j'observai Tyler jouer avec les jumeaux de Franny. Tous trois hurlaient de joie en courant après le chien sur la pelouse. Persépoil fila à un moment vers un érable du Japon et s'arrêta à l'ombre, pantelant, sa langue pâle pendant tel un drapeau blanc en signe de reddition. Lorsque les enfants s'approchèrent de lui, il fonça sous un autre arbre et les attendit de nouveau, le tout sous le regard d'Alma, qui souriait avec une infinie patience.

— Emma, insista Franny. Que s'est-il passé aujourd'hui ?

Je luttai pour m'accrocher à la scène innocente qui se déroulait sous mes yeux et chasser l'autre de mon esprit, mais ce fut impossible. L'image de Sam obligeant Suzanne à se baisser et lui offrant une vue imprenable sur ses parties intimes finit par s'imposer à moi.

— Je suis allée à l'hôpital faire le portrait d'un jeune au service de pédiatrie. Au moment de partir, je suis tombée sur l'interne qui a porté les accusations contre Sam. Elle m'a dit qu'elle pouvait prouver qu'il avait bien tenté de la violer. Sam s'est fait retirer un grain de beauté sur le pénis il y a quelques années. Elle a remarqué la cicatrice et me l'a décrite.

Franny pinça les lèvres.

— Tu en as parlé à Sam ?

— Je n'ai pas pu. J'en suis incapable, Franny. Je crois que je ne supporterais même pas de le regarder. Je sais à peine qui il est.

— Ça ne lui ressemble pas.

— Pas au Sam que je pensais connaître. Mais, visiblement, je me trompais.

— Tu sais, Em, d'une certaine manière on fait la même chose toutes les deux. Tu crées des images avec des traits et des ombres, et moi avec des informations morcelées.

— C'est un point de vue intéressant.

— Et l'expérience m'a appris que lorsqu'un élément ne colle pas avec le reste, c'est parfois parce qu'il ne fait pas partie du tableau que j'essaie de comprendre. Comme une pièce qui appartiendrait à un tout autre puzzle. Dans le cas présent, tu seras peut-être obligée de laisser de côté cette ombre ou ce trait précis si tu veux t'en sortir.

— Ça fait des années que tu n'as pas vu Sam, Franny.

— Oui, mais toi, tu ne l'as jamais quitté. L'image que cette fille te donne de lui fait-elle sens pour toi ou pas ?

— Il y a des gens qu'on croit connaître à tort. Rappelle-toi ce gentil chef de famille tout tranquille qui était en réalité un tueur en série. Et ce père de trois enfants, président d'une association de parents d'élèves et de professeurs, qui avait été terroriste dans une autre vie.

— Ce sont les exceptions qui confirment la règle. Il s'agit de Sam, là, et de ce qui te semble logique ou pas.

— Suzanne, c'est le nom de son accusatrice, m'a dit qu'il était si excité qu'il a perdu la tête. Selon elle, je ne peux m'en prendre qu'à moi-même parce que j'oblige mon mari à vivre avec une grosse vache enceinte et repoussante.

— Elle a dit ça ?

— Et pire encore.

— Merde, Emma. Elle se comporte comme un pitbull, pas comme une femme qui a été agressée.

— Je suppose qu'elle fait partie de ces victimes qui mordent quand on les attaque.

— Non, quelque chose cloche. Si Sam avait tenté de la violer, elle considérerait que vous avez un ennemi commun toutes les deux. Elle s'en prendrait à lui, mais pas à toi.

— Je lui ai répondu que je ne la croyais pas et qu'elle n'avait aucune chance de l'emporter à ce petit jeu. Et je lui ai aussi raconté les bruits qui couraient sur ses rapports avec Malik. Tu vois, j'ai eu la même réaction qu'elle : j'ai montré les crocs.

— Aucune importance. Je te répète qu'il y a un lézard quelque part.

Dans mon ventre, le bébé s'agita.

— Comment connaît-elle l'existence de cette cicatrice, alors ?

Franny sirota sa boisson, qui ajouta une moustache chocolatée à sa mine soucieuse.

— Sam s'est fait retirer ce grain de beauté au New York General ?

— Oui. On était terrifiés à l'époque parce que les médecins craignaient qu'il ne s'agisse d'un mélanome. Au final, il s'est révélé bénin. Du moins je le croyais, mais une cicatrice qui peut vous envoyer en prison n'a rien d'inoffensif.

— Écoute-moi, Emma. Tu sais ce que je pense de Sam depuis le jour où il t'a quittée pour Haley Breisblatt. Parfois, j'aimerais lui tordre le cou, et à d'autres moments je me dis que ce serait encore trop bon pour lui. Mais ce n'est pas un violeur.

— Et que fais-tu de la cicatrice ?

— Un autre médecin a très bien pu avoir vent de cette intervention.

— Comment ?

— Les gens parlent. Le dermatologue de Sam a peut-être transmis l'information à cette Suzanne. Ou bien quelqu'un de son service.

— Ils y auraient fait allusion quelques années plus tard, comme ça, par hasard ? Tu trouves vraiment que c'est crédible ?

Franny sourit, étirant ainsi sa moustache chocolatée.

— Non. Et avec un peu de chance, ce n'est pas ce qui s'est passé.

— Je ne te suis pas.

— Connais-tu quelqu'un à l'hôpital qui ait accès aux dossiers médicaux ?

— Peut-être. Pourquoi ?

— Il faudrait une personne qui soutienne Sam et qui soit prête à l'aider en toute discrétion. Une personne prête à enfreindre le règlement, aussi.

— Que comptes-tu faire ?

— J'y viens. Réfléchis d'abord.

Je ne voyais qu'un nom qui répondait à ces critères : LeeAnn.

— Comment est-elle ? me demanda Franny.

— Difficile de la décrire. LeeAnn est un croisement entre une animatrice de colonies de vacances et une drag-queen. Emmanuelle au pensionnat, en quelque sorte. Maintenant, expose-moi ton idée.

— Appelle-la tout de suite, me pressa Franny en consultant l'horloge de la cuisine. Tu arriveras peut-être à la joindre avant qu'elle ne termine sa journée. Je t'expliquerai tout quand tu l'auras au téléphone.

37

Le bureau ordonné et rempli de livres d'Andrew Eastham était situé au cinquante-quatrième étage du Chrysler Building, un magnifique immeuble Art déco situé à l'angle de Lexington Avenue et de la 52e Rue. En arrivant, je trouvai Sam affaissé dans l'un des fauteuils bordeaux réservés aux visiteurs devant l'imposante table en acajou de l'avocat. Eastham portait un costume rayé gris anthracite impeccablement coupé, une chemise ivoire et une cravate à pois couleur vert dollar. La démarche volontaire, la poigne ferme et le sourire facile, il avait le raffinement de ceux qui sont nés avec une cuillère en argent dans la bouche. Cet homme-là ne prononçait pas un mot plus haut que l'autre et n'avait jamais le moindre cheveu de travers.

— Merci d'être venue, madame Colten. J'ai pensé qu'il nous serait plus utile de discuter tous ensemble.

Je me laissai tomber lourdement sur le fauteuil à côté de Sam. Les cheveux hirsutes comme au réveil, il avait enfilé des chaussettes dépareillées et une chemise bleue toute chiffonnée qu'il n'avait pas pris la peine de rentrer dans son pantalon.

— Sam ? Ça va ?

— Je t'ai appelée je ne sais combien de fois depuis South Shore. J'ai essayé les hôpitaux, les commissariats. J'imaginais le pire, Emma !

— Je t'ai dit que nous sommes allés chez Franny. Il s'est fait tard et nous avons dormi là-bas.

— Tu aurais pu me prévenir, tout de même. J'ai foncé à la maison après mon service pour comprendre ce qui se passait, mais l'appartement était vide. Pas un mot, rien. Les lits n'avaient pas été défaits et je n'avais pas la moindre idée de l'endroit où tu étais. Ça m'a rendu fou !

— Je n'étais pas franchement au meilleur de ma forme après avoir croisé Suze.

— Tu n'étais pas obligée de croire cette salope, Emma. Tu aurais pu m'accorder le bénéfice du doute.

Eastham ne se départit pas un seul instant de son sourire durant cet échange. Les conflits, c'était son rayon après tout.

— Dieu merci, tout le monde va bien, dit-il en s'accoudant sur son bureau et en croisant les doigts. Concentrons-nous maintenant sur les derniers développements de cette affaire, voulez-vous ? Je crois savoir que vous avez fait une découverte intéressante en ce qui concerne la plaignante, madame Colten ?

— « Dégoûtante » serait un adjectif plus approprié. C'est dingue ce dont les gens sont capables.

— J'aimerais lui tordre le cou à celle-là, gronda Sam. Cinq minutes seul avec elle, je n'en demande pas plus.

— Ne restez en aucun cas seul avec le Dr Stitch, répliqua Eastham. Pas même une seconde. Si jamais vous l'apercevez, éloignez-vous tout de suite. Changez de trottoir sans lui adresser la parole. Ne la regardez pas non plus. J'espère que nous sommes bien d'accord ?

— Ça vaut pour moi aussi, dis-je.

— Je comprends votre colère, Sam, reprit Eastham. N'importe qui la comprendrait. Mais notre but est que vous soyez totalement innocenté et réintégré dans le programme de formation des internes. Ne le perdons pas de vue.

— Et elle ? s'emporta Sam. Elle fout ma vie en l'air avec ses mensonges, et ce n'est pas grave ? Elle n'a à répondre de rien ?

— Non, je suis certain qu'elle devra s'expliquer sérieusement. Le problème de la confidentialité suscite de gros débats dans le domaine de la santé en ce moment. Je peux vous assurer que l'hôpital ne verra pas d'un bon œil quiconque a consulté le dossier médical d'un médecin sans raison valable.

— Elle devra *s'expliquer ?* C'est tout ? Vous vous fichez de moi ? Si j'avais fait ça, on aurait déjà réclamé ma tête !

Eastham leva ses mains avec autorité pour l'apaiser.

— Je n'ai aucun moyen de savoir comment l'hôpital réagira. Une fois que nous aurons signalé ce non-respect du secret médical, la balle sera dans leur camp.

— Pourquoi ne pas engager des poursuites pénales ? Cette salope a violé ma vie privée. Elle a fait un faux témoignage, m'a calomnié et a failli briser ma carrière. C'est elle qui devrait être sur la sellette avec Malik et sa secrétaire. Pas moi.

— Nous avons le choix entre deux solutions, Sam. Soit nous laissons l'hôpital s'occuper d'elle le moment venu, soit nous lui déclarons la guerre.

— J'opte pour la guerre. Je veux qu'elle reçoive la peine qu'elle mérite.

— Bien sûr, la décision vous appartient, déclara l'avocat. Mais je dois vous prévenir que la victoire n'est pas du tout garantie. En fait, je dirais même que vous avez de fortes chances de perdre.

— Comment serait-ce possible ? intervins-je. Suzanne a consulté le dossier médical de Sam. L'entrée figure dans les registres à côté de son code d'accès, elle n'a donc aucun moyen de le nier. Et elle n'avait pas le droit de le faire. Elle n'est pas le médecin de Sam, son dossier ne la regarde pas.

— Elle n'a pas besoin de le nier, madame Colten. Réfléchissez. Cette femme prétend avoir été agressée sexuellement. Elle peut très bien affirmer qu'elle s'inquiétait à l'idée d'avoir contracté une MST comme le sida et qu'elle voulait pouvoir commencer un traitement sans attendre si nécessaire. Cela constituerait un motif très acceptable.

— Vous voulez dire qu'elle pourrait se servir de sa faute professionnelle pour susciter encore plus la compassion ?

— Si on la contraint à se justifier devant un tribunal, il est probable à mon avis qu'elle avance cet argument et que cela fonctionne.

Mon regard se porta vers la fenêtre et les rues animées qui apparaissaient si comiquement petites en contrebas. Des gens semblables à des fourmis grouillaient sur les fins rubans de béton gris. Des voiturettes avançaient par à-coups, comme tirées d'un pistolet à bouchon, puis s'arrêtaient dans le brouillard chatoyant des gaz d'échappement. J'imaginai chaque mini-conducteur tapoter du pied avec impatience, pressé de poursuivre sa petite existence ridicule.

En me retournant vers Eastham, je me demandai pourquoi certaines vies s'apparentaient à un long fleuve tranquille alors que d'autres déraillaient cruellement. Y avait-il un moyen de repérer les dangers et de faire un écart à temps pour les éviter ?

— Je pensais qu'on les tenait, monsieur Eastham, dis-je. Désolée de vous avoir dérangé pour rien.

— Vous ne m'avez pas dérangé. L'information que vous m'avez transmise peut nous être très précieuse, mais nous devons l'utiliser avec prudence et au bon moment, c'est tout.

— Quand ? demanda Sam. Au prochain millénaire ?

Eastham s'appuya contre le dossier de son énorme fauteuil.

— J'ai peur d'avoir brûlé les étapes avec vous. Nous n'avons pas du tout discuté de notre stratégie.

— Qu'entendez-vous par là ?

— Une telle affaire ressemble un peu à une partie de poker. L'issue ne dépend pas tant des cartes que vous avez en main que de la façon dont vous vous en servez. Il ne faut surtout pas montrer trop tôt quels sont nos points forts et nos points faibles. L'idéal, c'est de se tenir en retrait en espérant qu'ils dévoileront leur jeu, comme cela a été le cas hier.

— Et s'ils ne le font pas ?

— Facile, dit Sam. Je suis foutu.

— Ne croyez pas que nous allons rester passifs pendant ce temps-là, déclara Eastham. Il y a beaucoup d'informations que nous pouvons obtenir légalement.

— Quel genre d'informations ? m'enquis-je en me rappelant le conseil de Mme Kalisher.

— L'existence d'une action en justice antérieure impliquant la plaignante ou les témoins. Des problèmes dans leur vie personnelle ou professionnelle susceptibles de mettre en cause leur crédibilité. Si l'un d'entre eux a eu un jour quelque chose à se reprocher, nous ferons de notre mieux pour trouver quoi.

— Sam vous a sûrement déjà parlé des soupçons de mauvais traitements à enfant qui pèsent sur Malik ?

— Oui, mais malheureusement, la plainte qui a été déposée a fait suite à vos déclarations. Il faudrait qu'elle soit corroborée par des sources indépendantes pour que nous puissions l'exploiter.

— Et si ces sources étaient à chercher dans son passé ? Le Dr Malik a quitté Cleveland précipitamment en abandonnant en cours de route un important travail de recherche et en retirant sa fille de l'école alors que l'année était presque finie. Sans compter qu'il a contraint son prédécesseur au New York General à prendre une retraite anticipée, ce qui ne l'a pas rendu très populaire.

L'avocat joignit ses doigts et les tapota contre ses lèvres.

— Tout cela est sans doute très intéressant, madame Colten, mais pour épingler cet homme, nous avons besoin d'un clou plus solide.

38

Lorsqu'on frappa à notre porte peu de temps après que Sam fut parti prendre son service de nuit aux urgences, je crus d'abord qu'il avait oublié quelque chose. Je me trompais, hélas…

Le visage de Tyler s'illumina devant cette visite impromptue, mais en découvrant qui venait nous voir, son sourire s'effaça et il se concentra sans un mot sur la bataille féroce qui opposait son fidèle dalmatien Fred à Batman. Sebastian, m'avait-il informé avec tristesse, était déjà au lit parce qu'il avait mal aux oreilles.

Je regardai fixement le couple en face de moi sans en croire mes yeux. Depuis le temps que je les connaissais, ils n'avaient jamais daigné mettre les pieds chez nous.

— Ma parole, Emma. Vous comptez rester plantée là toute la nuit avec la bouche ouverte ? Vous pourriez avoir la politesse de nous faire entrer.

Sans attendre ma réponse, la belle-mère de Sam traversa notre petit salon en traînant dans son sillage un lourd parfum de jasmin, puis s'installa sur le canapé avec raideur. Les cheveux crêpés et sévèrement domptés à grand renfort de laque coiffante, elle arborait ce jour-là un tailleur en shantung rose, des escarpins ivoire assortis à sa pochette et des bijoux en diamants démesurés.

Senior ferma la porte et s'adossa au mur, les bras croisés, l'air prêt à en découdre. Comme sa femme, tout chez lui était repassé et lustré avec soin.

— Où est mon fils ?

— Il travaille.

— Il travaille ? J'avais cru comprendre qu'il avait été renvoyé.

— Visiblement, on vous a mal renseigné.

Je m'assis sur une chaise à côté de Tyler. Notre appartement était peut-être petit, mais il y avait assez de place pour marquer une séparation entre mon territoire et celui de l'adversaire.

— Ne faites pas la maligne avec moi, Emma. Je vous assure que la situation ne m'amuse pas du tout.

— Loin de moi cette idée.

— Je dois parler à Sam tout de suite. Appelez-le.

— Désolée, c'est impossible.

— Bien sûr que si. Prenez votre téléphone et composez le numéro.

— Je refuse de le déranger durant son service. Dès qu'il rentrera, je lui transmettrai votre message. Maintenant, si c'était là l'unique raison de votre venue, je vous prie de m'excuser. Je m'apprêtais à coucher Tyler.

Senior vira au rouge.

— Voilà le message que vous pouvez lui transmettre : j'ai travaillé dur et longtemps pour me bâtir une excellente réputation professionnelle et je n'ai pas l'intention de le laisser salir mon nom par son comportement inconséquent.

— Évidemment, répliquai-je. J'aurais dû me douter que vous ne penseriez qu'à vous.

— Quelle insolence ! s'indigna Freddie. Surveillez vos paroles !

Senior lui fit signe de se taire.

— Dites à Sam que je vais le tirer d'affaire cette fois encore, mais il a intérêt à ce que ce soit la dernière. J'en ai plus qu'assez de devoir toujours tout nettoyer derrière lui.

— Si vous avez quelque chose à lui dire, faites-le vous-même.

— Seigneur ! s'étrangla Freddie. Vous n'avez donc aucune éducation ?

— Je sais très bien me tenir quand je suis en présence de gens raisonnables.

— Quel toupet ! Je n'ai jamais vu une femme aussi grossière !

Du coin de l'œil, je distinguai vaguement un objet qui fendait l'air. Puis Freddie hurla et se pencha sur le côté, une main posée sur sa joue, en laissant échapper une bordée de jurons.

Senior s'approcha d'elle avec un calme tout professionnel.

— Vous n'êtes pas blessée, ma chère ?

Furieuse, elle le repoussa et, bondissant du canapé, attrapa Tyler par le bras afin de lui administrer une violente tape sur les fesses. Le coup résonna sèchement dans la pièce.

— Sale gosse !

C'est alors que je notai la marque sur sa joue et la figurine de Batman tombée sur le canapé.

Je me levai aussitôt pour prendre mon bébé dans mes bras.

— Ne touchez pas à mon fils, vieille sorcière !

— Il m'a lancé une poupée à la figure !

— Il a trois ans et vous soixante-cinq. Vous êtes censée savoir vous contrôler.

— Je suis loin d'être aussi vieille ! s'insurgea Freddie, les narines frémissantes. Pas étonnant que ce garçon se conduise comme un petit sauvage avec une mère pareille. Allons-nous-en, Senior. Ils ne méritent pas qu'on les aide.

— Sam ne veut pas de votre aide et il n'en a pas besoin. Il est innocent.

Dans mes bras, Tyler pleurait à grosses larmes.

— Pourquoi elle m'a tapé ? geignit-il.

— Elle s'est mise en colère, Tyler. Elle n'a pas réfléchi et elle a eu tort.

— Il faut pas taper les gens, maman.

— C'est vrai, mon chéri, dis-je en lui caressant les cheveux. Tu as tout à fait raison.

Senior renifla avec mépris.

— Vous feriez bien de revoir votre jugement sur votre cher mari. Sam n'a jamais su assumer ses actes. Il a l'air de croire que tout lui est dû simplement parce que sa mère est morte quand il était petit. Ça m'ennuie d'avoir à le reconnaître, mais mon fils n'est qu'un faible et un égoïste.

— Il a de qui tenir, alors.

— Votre insolence n'est pas agréable, Emma, et elle ne servira pas la cause de Sam. J'ai noué des amitiés avec des personnes haut placées au fil des ans, des personnes qui seront peut-être en mesure de le sortir du pétrin impensable où il s'est fourré. Il y a le Dr Malik, pour commencer. Je m'entends très bien avec lui et si je m'y prends bien, je devrais pouvoir le persuader d'accepter des excuses et une promesse de la part de Sam de ne plus jamais approcher cette jeune femme.

— Malik est un menteur, et probablement un pédophile pardessus le marché.

Senior eut un rire incrédule.

— C'est ce que prétend mon fils ? C'est un peu osé, même venant de lui.

— Je vous le répète, Sam est innocent.

Tyler pleurait en silence à présent, et je sentais les soubresauts de sa petite poitrine contre la mienne.

— Pourquoi ? Parce qu'il le dit ? répliqua Senior.

Freddie saisit son bras. La marque laissée par Batman sur sa joue avait déjà pratiquement disparu.

— Vous n'avez pas idée de ce que cet homme a fait pour Sam ! Il lui a rendu service et s'est donné un mal fou pour l'aider à avancer dans la vie. Je l'avais pourtant prévenu qu'il faisait ça pour rien et que vous étiez tous les deux trop égocentriques et immatures pour apprécier ses efforts.

— Sam apprécie à sa juste valeur ce que Senior a fait pour lui, Freddie, répliquai-je. C'est bien pour cette raison qu'il l'évite.

La mère de Franny se trompait peut-être sur l'efficacité contraceptive des sous-vêtements en jean, mais certains événements semblaient bien avoir une raison d'être, ainsi qu'elle l'affirmait.

Sans la visite de Senior et de Freddie, je n'aurais jamais emmené Tyler se promener si tard dehors et nous ne serions pas passés sur le terrain de jeu, presque désert à cette heure, pour que je lui fasse faire de la balançoire. Le rythme répétitif des oscillations nous apaisa tous les deux. Tous les trois, même. Après l'arrivée des parents de Sam, le bébé n'avait cessé de gigoter dans mon ventre, mais lui aussi paraissait calmé à présent.

Penchant la tête en arrière, Tyler fixa le ciel qui s'obscurcissait lentement.

— Pourquoi le ciel devient noir, maman ?

— Parce qu'il est bientôt l'heure d'aller dormir.

— Alors pourquoi j'ai une lampe dans ma chambre ?

— Pour que tu puisses voir clair la nuit en cas de nécessité.

Son attention se porta sur le gros éléphant en cuivre.

— Et lui, il a une lampe aussi ?

— Cela ne lui servirait à rien. Les statues n'ont pas besoin de voir.

— Attends, arrête !

— Quoi ? Qu'y a-t-il ?

— Regarde ! Là-bas !

Dès que j'eus immobilisé les chaînes de la balançoire, Tyler courut s'accroupir devant le rebord en bois du bac à sable.

— Vite, maman ! Aide-moi !

Toute cette agitation avait pour origine une sarcelle morte.

— Le petit oiseau est blessé, maman. Il faut l'emmener chez le docteur.

— Il n'est pas blessé, mon ange. Il est mort.

— Pourquoi ?

— C'est ainsi. Le docteur ne peut plus rien pour lui.

— On doit l'enterrer, alors.

— Les employés du parc s'occuperont de lui, mon chéri.

— Non, on peut pas le laisser. Siena a dit que quand une chose meurt, on doit lui montrer du respect.

Je balayai rapidement les alentours du regard avant d'écarter les possibilités qui s'offraient à moi. Des feuilles formaient de petits tas çà et là, mais je ne voulais pas qu'un autre enfant découvre le corps de l'oiseau le lendemain matin.

— Il n'y a pas d'endroit où l'enterrer ici, Ty. Je suis sûre que la personne chargée de l'entretien du parc lui montrera beaucoup de respect dès qu'elle le verra demain.

— Non, dit-il en pleurant. Il faut le faire maintenant !

— D'accord, d'accord. Chut... Je sais, on va le porter jusqu'au sous-sol de notre immeuble et le mettre dans la poubelle. Il partira ensuite dans un grand cimetière où il aura plein de copains.

Tyler parut satisfait et, après avoir confectionné un minuscule linceul avec un mouchoir en papier, je traversai la rue en tenant le petit cadavre dans ma main.

Une fois de plus, Obie remplaçait Sanchez alors même qu'il avait déjà travaillé toute la journée. Son collègue, qui gardait normalement l'entrée de l'immeuble durant la nuit, avait comme souvent fourni une excuse pathétique par téléphone pour justifier son absence.

— On a ramassé un oiseau mort, annonça fièrement Tyler. On va le mettre à la poubelle et il aura tout plein de copains.

— Bonne idée ! approuva Obie.

Parce que les deux ascenseurs se trouvaient aux étages supérieurs, je décidai de prendre les escaliers. Tyler partit devant moi en courant. Je longeais le couloir à sa suite en passant devant la rangée de portes fermées à clé lorsque j'entendis comme un léger bruit de pas précipités. L'idée qu'il puisse s'agir de souris me fit frissonner, et je me hâtai de rejoindre mon fils. À mesure que j'approchais des bennes à ordures cependant, le bruit s'intensifia.

— Il faut le mettre où, maman ? Dans quelle poubelle ?

Je tendis l'oreille en pressant un doigt sur mes lèvres. Il y eut une inspiration soudaine, puis un gémissement, puis un cri.

Tyler ouvrit grands les yeux et se colla contre moi.

— C'est quoi ? murmura-t-il.

— Reste là, dis-je à voix basse.

De la lumière filtrait sous la porte de la petite pièce nauséabonde que Ty m'avait fait découvrir quelques jours plus tôt. Sans le perdre de vue, je jetai un œil à l'intérieur.

39

— Lâchez-la !

Judge maintenait Bori plaquée contre le mur et tentait de lui arracher ses vêtements. Je perçus son souffle rauque et haletant.

— Arrêtez !

Le visage rouge, il continua de se presser contre la jeune fille en grognant, sans remarquer ma présence. Je dus l'attraper par les bras pour l'arracher à elle.

— Laissez-la tranquille !

Bori avait les lèvres enflées et la joue grenaillée à l'endroit où Judge l'avait cognée contre le béton. Sa fine chemise était déchirée.

Elle tenta de se ressaisir en hâte et me supplia de ne rien dire à personne. Le moindre ennui, même si elle n'en était pas responsable, entraînerait aussitôt son expulsion. Ici, au moins, elle pouvait travailler et envoyer de l'argent aux siens pour qu'ils puissent subsister.

Judge rentra sa chemise dans son pantalon et remonta sa braguette sans un mot. Son visage affichait une expression curieusement vide, comme s'il s'était réfugié derrière un écran d'incrédulité. Il fixa ses mains calleuses et les agita avec l'air de ne pas les reconnaître.

— Sortez et ne vous avisez surtout pas de revenir, lui criai-je, incapable de contenir ma colère. Si je vous revois près de l'immeuble, j'appelle la police.

Il haussa les épaules et s'éloigna en silence d'un pas traînant, la tête basse et les mains enfoncées dans les poches de son jean taché.

— Et si jamais vous touchez encore à un seul de ses cheveux, je vous ferai jeter en prison !

— Il va où, maman ? s'enquit Tyler, revenu entre-temps près de moi.

— Il s'en va, Ty. Judge ne travaille plus ici.

— Pourquoi ?

— Parce qu'on va trouver quelqu'un de plus gentil pour le remplacer.

— Comme Obie ?

— J'espère bien, mon chéri. Ce serait fantastique.

Bori resserra sur elle sa chemise.

— Digga dada, gloussa Tyler. Digga dada. Chut !

Elle rougit et nous tourna le dos. D'une voix ténue, elle m'expliqua qu'elle avait honte que mon petit garçon la voie ainsi, honte aussi que je la sache souillée. Elle était désolée.

Je l'assurai qu'elle n'avait pas à l'être. Judge était le seul coupable, elle n'avait rien à se reprocher.

Elle s'en voulait cependant. En larmes, elle me confia qu'elle aurait dû être plus forte et quitter cet endroit, mais qu'elle n'avait pas su où aller. Les loyers new-yorkais étaient trop élevés, même en colocation. Elle n'avait pas les moyens de se payer une chambre tout en gardant assez d'argent pour l'envoyer à sa famille.

— Allez, viens maman, me pressa Tyler. Il faut qu'on montre du respect à l'oiseau.

Je parlai alors à Bori de la sarcelle morte que nous avions trouvée dans le parc et de notre désir de lui rendre un dernier hommage. Puis je lui demandai si elle accepterait de se joindre à nous.

Tous ensemble, nous formâmes un cercle autour de l'animal.

— Au revoir, petit oiseau, dis-je. *Adiós, pájarito.*

— Ati oss, répéta Tyler. Amuse-toi bien avec tous tes copains morts.

Bori se signa lorsque je soulevai le couvercle d'une des poubelles pour déposer doucement le corps à l'intérieur. Elle baissa les yeux en murmurant une prière et, comme apaisée, poussa ensuite un long soupir.

Je l'invitai à monter chez nous, mais elle refusa. Grâce à moi, elle allait bien maintenant, m'affirma-t-elle.

— *¿ Dónde irá ?*

Où irait-elle ? Le départ de Judge avait résolu un problème, mais il en faisait naître aussi un autre. Il était peu probable en effet que son remplaçant autorise Bori à enfreindre le règlement de l'immeuble en campant dans cette pièce.

Elle m'expliqua que cela n'avait plus d'importance car cette nuit était la dernière qu'elle devait passer au sous-sol. La nourrice des Malik allait partir et ils lui avaient proposé de s'installer chez eux à compter du lendemain.

Je répondis que j'étais contente pour elle, même si j'avais quelques pressentiments. Travailler pour le Dieu de l'Ohio et son épouse arrogante ne devait déjà pas être facile, mais vivre avec eux le serait encore moins. Je me demandais où s'était trouvée l'autre employée quand Malik et sa fille avaient eu les terribles conversations que j'avais surprises. Était-ce pour cette raison qu'elle s'en allait ?

Bori me sourit timidement.

— *Mi amiga.*

J'étais la première amie qu'elle se faisait dans ce pays, et elle n'avait pas les mots pour exprimer combien elle m'était reconnaissante d'être venue à son secours. Beaucoup de gens seraient partis en ignorant le bruit, me soutint-elle. Ils étaient du reste nombreux à l'avoir fait.

Peut-être ne savaient-ils pas ce qui se passait, hasardai-je. Ou peut-être aussi s'étaient-ils mépris. Enfin, tout cela était derrière elle à présent. Judge ne viendrait plus la harceler.

Elle tenait toutefois à me remercier. Si elle pouvait faire quoi que ce soit pour me rendre service, elle en serait ravie, me dit-elle.

— *No hay necesidad*, répliquai-je.

Ce n'était pas la peine.

Elle secoua la tête avec fermeté. Elle avait une dette envers moi et elle ne dormirait pas tranquille tant qu'elle ne s'en serait pas acquittée.

Je réfléchis un long moment avant de répondre. Lorsque je le fis, ce fut avec la plus grande prudence : lui demander de guetter d'éventuels signes de mauvais traitements sur la fille de Malik la prédisposerait à en voir là où il n'y en avait pas forcément. À la place, je déclarai donc que si elle remarquait quelque chose d'étrange chez ses employeurs, j'apprécierais beaucoup qu'elle m'en fasse part le plus vite possible.

— *Por supuesto*, acquiesça-t-elle.

Bien sûr. Sans problème.

Tyler bâilla alors bruyamment.

— Il faut y aller, maman. Il est tard et Sebastian et Fred vont avoir peur.

— Tu crois ?

— Oui. Surtout Sebastian. Il a mal à l'oreille.

— C'est un bon argument.

J'expliquai à Bori que je devais aller coucher mon fils, puis je lui souhaitai bonne chance pour son emménagement chez les Malik. J'espérais que tout se passerait bien.

Nous avancions dans le couloir lorsqu'une pensée me vint après coup.

— *! Y tenga cuidado !* lançai-je.

Fais attention à toi.

Mais mon message était plutôt le suivant : Méfie-toi de Malik. Et, surtout, reste bien sur tes gardes !

40

Le soir de la réunion parentale organisée par Siena, tout le monde avait espéré ne plus jamais entendre parler des Trevallis. Cela aurait été trop beau, bien sûr, et Jeanette avait emmené Marissa à l'école le lendemain, comme si de rien n'était. Trois jours plus tard, une lettre recommandée de son avocat était arrivée par la poste. Siena me la tendit un matin lorsque vint mon tour de m'occuper de Jake.

— Tiens, lis ça. Ce papier stipule qu'en acceptant de surveiller Jake tu partages avec l'école la responsabilité du moindre incident qui pourrait se produire.

Je parcourus deux fois la lettre.

— « … des préjudices incluant des dommages physiques, psychologiques ou émotionnels – la liste n'étant pas exhaustive » ? Qu'est-ce que ça veut dire ?

— C'est clair. Si tu m'aides, tes ennuis ne font que commencer.

— La liste n'est pas exhaustive ? S'il pleut pendant que je suis avec Jake, on pourra me le reprocher aussi ?

— Oui.

— Et je serai déclarée coupable si un autre républicain est élu président ?

— Tout à fait.

— C'est n'importe quoi !

— Tu l'as dit.

— Bon, quelles sont les recommandations à suivre en ce qui concerne ce gamin ?

Siena soupira.

— Merci. Tu n'imagines pas combien je suis soulagée, Emma. Hier, Marie est partie après avoir lu la lettre. Elle était très gênée, mais elle m'a expliqué qu'elle ne pouvait pas prendre un tel risque sans en discuter d'abord avec son mari.

— Je vois mal le père de Jean-Michel céder à un chantage pareil.

— C'est pourtant ce qu'il a fait. Étienne a été charmant, comme toujours, mais sa femme et lui étaient trop effrayés.

— Je suis surprise. Ces crétins cherchent à nous faire peur, mais rien ne prouve qu'ils puissent mettre leurs menaces à exécution.

— Ils ont tout de même un réel pouvoir de nuisance. Je préfère te prévenir.

Je la fixai bien en face. Derrière ses épaisses lunettes, ses yeux étaient aussi limpides que du verre poli.

— C'est vrai. Tu ne caches jamais rien, toi.

— Je comprends que tu sois en colère contre moi, Emma, et je suis terriblement désolée. Mais j'ai fait ce que j'avais à faire. Je n'avais pas le choix.

— Je ne suis pas en colère, répliquai-je, étonnée de constater que cela était vrai.

Les problèmes de Sam provenaient de Malik, pas de Siena.

— Tu es sérieuse ?

— Oui. Tu es quelqu'un d'honnête, de gentil, d'attentionné, de sensé et de fiable. Je ne sais pas pourquoi, mais ce sont des choses que je peux te pardonner.

— Merci.

— Par contre, je ne suis pas sûre de pouvoir passer l'éponge sur tes horribles barres de fruits.

— Elles sont bonnes pour la santé, répliqua-t-elle en riant.

— Contrairement à ce que tu sembles croire, certains aliments peuvent être beaucoup trop sains.

— Tu ne les aimes vraiment pas ?

— Si. À partir du moment où je ne les mange pas, c'est tout.

— Honnêtement ?

— Si tu veux mon avis, elles seraient très utiles pour faire fuir les insectes.

— Tu ne plaisantes pas, alors.

— Non. Désolée si cela te blesse. Je ne voulais pas, mais j'ai fait ce que j'avais à faire. Je n'avais pas le choix.

— D'accord, tu marques un point. Et tu as raison, j'avais le choix. J'ai opté pour la seule solution qui me permettait de ne pas baisser les yeux en me regardant dans la glace le matin.

— C'est tragique, mais je respecte ta décision.

— On reste amies ?

— Oui. Même si je maintiens que tes barres de fruits sont immangeables.

Pendant ce temps, Tyler faisait du coloriage avec Amity sur l'une des petites tables. À trois ans, il s'interdisait déjà formellement de franchir la moindre ligne, et c'était encore un trait de sa personnalité qui me tracassait. Les enfants étaient censés n'avoir aucune honte, aucun sens de l'ordre. Un petit garçon à peine sorti de ses langes n'aurait pas dû passer ses journées à s'inquiéter de tout ce qui présentait un risque sanitaire à la manière d'un miniministre de la Santé. Les mères névrosées étaient là pour ça.

— Le programme avec Jake consiste à appliquer des techniques simples de modification du comportement, m'expliqua Siena. Quand il se comporte bien, on le récompense verbalement et on lui donne des bons points qu'il peut échanger plus tard contre des cadeaux. Dans le cas contraire, il est puni : il faut alors le garder sur ses genoux et l'empêcher de se blesser ou de s'en prendre aux autres.

Je contemplai mon ventre.

— Et si on n'a plus de place sur ses genoux ?

— Tu as de la patience et de l'humour, Emma. Ça suffit.

Siena avait oublié de mentionner l'énergie sans fin dont j'étais dépourvue, et qui était pourtant tout aussi nécessaire, ainsi que la vigilance de chaque instant qui s'imposait. Jake ne cessait d'aller et venir sans but apparent, en changeant souvent de direction avec une vitesse désarçonnante. C'est à peine s'il me laissait le temps de souffler et, bien sûr, je dus faire une croix sur mes nombreuses pauses aux toilettes.

À deux reprises, dans les dix minutes qui suivirent son arrivée, j'évitai de justesse un désastre. La première fois, je saisis sa main alors qu'il s'apprêtait à assommer Marissa avec une grosse lettre E en bois. Je le serrai contre moi jusqu'à ce qu'il me paraisse calmé, mais dès que je le relâchai, il fonça tout droit vers la petite fille, la tête baissée comme un taureau fou de rage. Je le rattrapai juste avant qu'il ne la fasse tomber de sa chaise.

J'examinai l'objet de sa colère en tentant de voir avec ses yeux à lui. Qu'avait Marissa de si particulier pour déclencher une telle réaction ? Elle n'était pas la seule enfant potelée de la classe, ni la seule à avoir des yeux marron et des cheveux bruns coupés court. Comme elle, Olivia portait un bracelet de perles et des barrettes avec des fleurs. Comme elle aussi, Addison et Jaden avaient des baskets avec des bandes fluorescentes qui brillaient quand ils marchaient. Tyler avait le même nez un peu écrasé, Jean-Michel s'asseyait sur ses talons de la même manière qu'elle et Amity appuyait elle aussi son menton sur son poing.

Je ne distinguais aucun signe distinctif chez Marissa, rien qui expliquât l'animosité de Jake à son égard. Et pourtant, il se rua de nouveau sur elle dès l'instant où je le lâchai.

J'essayai de faire diversion en m'interposant entre elle et lui de manière à ce qu'il ne la voie pas mais, quoi que je fasse, il se dirigeait toujours vers elle tel un missile téléguidé.

Jake représentait un mystère insoluble qui me rendait folle, mais dont la complexité me fascinait également. Il condensait à lui seul mes grandes interrogations sur l'être humain : pourquoi certaines personnes changeaient-elles de comportement ? Quels tours diaboliques le cerveau jouait-il parfois ? Et quelle en était la raison ?

La mère de Jake arriva la première à la fin de la journée. Son fils avait hérité de ses traits fins, de sa silhouette élancée et de son teint cireux. De son côté, elle lui devait son expression à la fois triste et déterminée.

— Merci de vous être occupée de Jake aujourd'hui, Emma. Ça a été ?

— Oui, très bien. Il n'a pas de problèmes avec la plupart des enfants. Je me demande juste pourquoi il s'acharne sur Marissa.

— Si seulement nous avions un moyen de comprendre ce qui se passe dans sa tête…

— Et dans celle de tout le monde, ajoutai-je d'un ton morose.

— J'espère que vous ne m'en voudrez pas de vous poser la question, mais vous tenez bon, vous aussi ?

— Oui. Ce n'est pas facile, mais rien ne l'est jamais vraiment de toute façon. Et votre question ne me gêne pas du tout. Je la préfère aux regards en coin.

— Je les connais bien, ceux-là. J'y ai droit en permanence.

Au même instant, Jeanette Trevallis apparut avec Wanda et Veronica. Elle s'approcha aussitôt de Marissa et entreprit de montrer avec ostentation quelle bonne mère elle était.

— Comment va ma jolie petite princesse ? Tu t'es bien amusée aujourd'hui ?

Marissa déploya alors son plus grand talent : elle se cura le nez.

— C'est toi qui as fait ça, mon cœur ? s'extasia Jeanette devant le collage de sa fille. Je n'ai jamais vu un arc-en-ciel aussi magnifique !

— J'ai faim ! se plaignit la fillette.

— Ah oui ? Qu'est-ce que tu as eu pour ton goûter ?

— Un truc vert. C'était pas bon.

— Ne t'inquiète pas. Maman va t'acheter de quoi manger. (Jeanette se tourna vers Siena.) Vous pourriez essayer de donner aux enfants des en-cas dignes de ce nom. Marissa a toujours faim quand je viens la chercher.

— Cela ne saute pas aux yeux quand on la voit, dis-je.

Je n'avais pas eu l'intention de parler si fort. Du moins il me semblait. Mais peut-être les derniers lambeaux de ma politesse avaient-ils cédé devant ma furieuse envie de boxer cette femme. Les insultes n'avaient pratiquement aucun effet sur elle.

— J'éviterais ce genre de critiques si mon mari était un violeur ! rétorqua-t-elle avec suffisance.

Le silence s'abattit sur la salle. Même les enfants cessèrent de bavarder.

Les joues rouges, je pris Tyler par la main et me dirigeai vers la sortie. C'était une chose de savoir ce que tout le monde pensait, c'en était une autre de l'entendre clairement énoncé. L'innocence de Sam ne rendait pas la honte plus facile à supporter.

Wanda rompit le silence la première.

— Sam a été accusé, c'est tout. Mais quoi qu'il arrive, ma petite Jeanette, vous serez toujours une fille mal élevée et grossière.

— Allez-y, prenez son parti, riposta Jeanette. Vous ne ferez pas autant les malignes quand son mari sera jeté en prison.

— Qu'est-ce qu'il y a, maman ? demanda alors Tyler. C'est quoi un vileur ? Et qui va être jeté en prison ? Et pourquoi tout le monde est fâché ?

— Ce n'est rien, Ty, répondis-je d'une voix brisée. Ne t'inquiète pas. Viens, on s'en va.

— Mais je t'ai fait un arc-en-ciel. Il faut que j'aille chercher mes affaires.

Il libéra sa main de la mienne et fila vers son casier. Je le suivis des yeux, comme paralysée, en m'émerveillant de le voir si peu affecté par cette histoire. Moi, j'aurais voulu disparaître, partir loin de là, dans un endroit où nous aurions pu tout recommencer. On n'était pas innocent jusqu'à preuve du contraire, c'était faux. La culpabilité vous salissait dès l'instant où vous étiez accusé.

Siena croisa les bras, les mâchoires crispées. Je ne lui avais jamais vu un air si froid et si dur.

— Ça suffit, Jeanette, déclara-t-elle. J'en ai assez. Considérez-vous exclue de cette école à compter d'aujourd'hui.

— Vous ne pouvez pas faire ça.

— Erreur.

— Mais nous avons payé pour l'année ! L'acompte pour cet automne est déjà versé, et Marissa adore cet endroit.

— Nous la regretterons. Il est malheureux que votre comportement nous empêche de la garder parmi nous.

— Écoutez, c'est ridicule. Je retire mes paroles de tout à l'heure. Oublions ça.

Siena resta inflexible.

— Nous vous rembourserons votre acompte. Vous devriez le recevoir d'ici une semaine.

— Quel scandale ! s'insurgea Jeanette. Emma traite ma fille de grosse et c'est nous qui devons partir ?

Veronica O'Donovan ne put réprimer un sourire.

— Selon vous, les personnes dangereuses qui ont une mauvaise influence sur les autres n'ont rien à faire à l'école des Petits Rangers, et vous répondez tout à fait à cette définition.

— Ça vous amuse de vous liguer contre moi, en fait. Vous me faites penser à une bande de collégiennes qui essaieraient de me virer de leur club.

— Au revoir, Jeanette, dit Siena.

— Je vais en parler à mon avocat et porter plainte. C'est de la discrimination !

— Vous avez entièrement raison, approuva Wanda. Nous reconnaissons être totalement injustes envers les crétins et les donneurs de leçons. Arthur et vous n'avez qu'à filer une fortune à votre avocat pour qu'il proteste.

— J'ai faim ! pleura Marissa à cet instant. Je veux aller chez McDonald's !

— Tais-toi ! cria Jeanette. Vous ne vous en tirerez pas comme ça, Siena. Ni aucune d'entre vous. Je ferai fermer cette stupide école. Je ferai de vos vies un enfer ! Vous verrez !

41

Certaines journées tournent autour d'un même thème, et celle-là portait la marque de la complétude. Au terme de plusieurs soirées agitées, entre les réveils de Tyler et le temps que je passais à le persuader de se rendormir, j'avais réussi à finir le portrait de Jillian Palliser et de son bébé ainsi que celui de Brent Elias en joueur de hockey vedette, avant qu'il ne soit défiguré par ses brûlures.

Je me rendis au service de pédiatrie afin de le lui donner, mais ne le trouvai pas dans sa chambre. Jamil, qui occupait le lit en face du sien, me parla sans quitter des yeux le poste de télévision accroché au mur. Je perçus les notes de musique sirupeuses d'un soap-opera et la voix d'une actrice qui accusait quelqu'un d'avoir brisé sa vie.

— Vous êtes venue voir le cramé ? me demanda-t-il.

— Brent, oui.

— Pas de bol, il est sorti changer de peau. Il paraît qu'on lui arrache les bouts abîmés pour en coller des nouveaux prélevés sur des cadavres. C'est carrément dégueu.

Je posai le portrait enveloppé à côté du lit de Brent.

— Tu pourras lui dire que je suis passée lui apporter ça, s'il te plaît ? Il peut m'appeler s'il veut que je le lui accroche quelque part.

Il haussa ses maigres épaules.

— Je lui dirai si j'en ai envie.

— Je vois que ton microbe va bien, plaisantai-je.

— Celui que j'ai dans le cul, d'après le cramé ?

— Oui.

— Croyez-moi, rester coincé dans ce trou à rats, ça collerait des microbes à n'importe qui.

— Continue à manger ce qu'on te donne ici et je parie que cette saleté criera grâce et finira par s'en aller.

Ma remarque lui arracha un sourire contraint.

— D'accord. Je lui dirai que vous êtes passée.

— Merci.

— C'est tout ? Parce que j'aimerais bien regarder ma série, maintenant.

— C'est tout.

— Si vous voulez faire un portrait, un vrai de vrai, je suis là.

— J'en prends bonne note, Jamil. Mais j'espère que tu ne resteras pas là très longtemps.

Je fis ensuite un détour par le bureau de Jillian Palliser.

— C'est parfait ! s'exclama-t-elle en déballant le tableau. Exactement ce que j'espérais. En mieux, même. Vous avez très bien rendu Binnie.

— Vous m'avez beaucoup aidée.

— Graham va adorer, Emma. Merci !

Tous ces travaux achevés me réconfortaient – un peu comme des fils épars qui, une fois rattachés les uns aux autres, auraient moins risqué de me faire trébucher.

Sur le chemin du retour, je téléphonai à ma sœur. Elle aussi voyait la fin de ses soucis. Du moins jusqu'à un certain point.

— Les examens sont terminés, m'apprit-elle. La bonne nouvelle, c'est qu'on peut soigner Jared. La mauvaise, c'est qu'il faut l'opérer.

— Avec ce truc par radiofréquence ?

— Oui. Tel qu'on nous l'a décrit, le procédé est assez effrayant : le chirurgien devra introduire un cathéter dans l'une de ses artères et remonter jusqu'au cœur pour détruire les nerfs en trop avec une radiofréquence spéciale.

— Quand est-ce prévu ?

— Dès que possible. Il n'y a pas de place dans le planning de l'hôpital pour le moment, donc on patiente, mais lorsqu'une possibilité se présentera, elle sera réservée à Jared. On va rester à Boston en attendant. Delavan nous a dit de prévoir un délai d'une semaine environ.

— Et je te connais, Charlotte. Tu passeras tout ton temps à maltraiter ton Ajax.

— On est dans une chambre d'hôtel. Je n'ai même pas un évier décent à récurer.

— Tu veux que je t'en apporte un ? Je peux venir avec Ty.

— J'y ai pensé, crois-moi. Mais vu les circonstances, ça n'aurait aucun sens. On se promène et on fait le maximum pour occuper Jared et essayer de ne pas nous étriper. Nos parents ont proposé de venir eux aussi mais, honnêtement, déplacer plein de monde ne nous aidera pas beaucoup.

— Comme tu le sens. Mais si tu changes d'avis, je suis là.

Son refus me soulageait, en réalité. Je ne lui avais toujours pas parlé de l'accusation portée contre Sam, car la dernière chose dont elle avait besoin, c'était un nouveau sujet d'angoisse. De plus, je doutais de pouvoir faire bonne figure très longtemps en sa présence. Charlotte devinerait vite que je lui mentais.

— Je le sais, Em, dit-elle. Tu es toujours là pour moi. J'apprécie énormément.

— Je suis désolée que tu sois obligée d'attendre.

— Moi aussi, mais que veux-tu. Au moins, quand on n'a pas le choix, la situation est plus simple. Et puis tout arrive à condition d'être patient. On ne décide pas de l'endroit et du moment, voilà tout.

Ces mots résonnaient encore dans ma tête lorsque je raccrochai et que j'entrai dans mon immeuble. Quelques instants plus tard, ils se révélèrent effroyablement vrais.

42

En sortant de l'ascenseur, le Seigneur de l'Ohio tira sur les poignets de sa chemise blanche empesée et ajusta ses boutons de manchette en lapis-lazuli sertis dans des bandes d'or, tels des yeux froids au regard fixe.

Je notai ses mains, larges, à la peau mate et épaisse comme du cuir, et aux doigts semblables à des cigares coupés. Ce n'étaient pas là des mains de chirurgien, pensai-je. Elles n'avaient rien de comparable à celles de Sam, si gracieuses et si fermes qu'elles me donnaient toujours envie de m'y rouler en boule à la manière d'un petit chat. Malik avait des mains faites pour fendre du bois – ou pour broyer quelqu'un.

Soucieuse de l'éviter, je me réfugiai dans le recoin où s'alignaient les boîtes aux lettres et me baissai pour ouvrir la nôtre alors même que j'avais relevé notre tas quotidien de factures et de publicités un peu plus tôt. La vue de notre nom, mal orthographié au feutre rouge sur une bande de papier collant jaunissant, me rasséréna un peu. Elle me confirmait que nous avions toujours notre place dans cet immeuble, si temporaire fût-elle.

Soudain, je sentis une présence derrière moi. Une présence qui se rapprochait dangereusement.

Je fis demi-tour et me retrouvai nez à nez avec la femme de Dieu, vêtue ce jour-là d'un twin-set, d'une jupe imprimée et de ballerines matelassées dorées. Sa fille l'attendait en retrait dans le hall d'entrée. Elle portait encore une robe sévère et informe, des chaussures rigides, et se dandinait d'un pied sur l'autre tel un oiseau perdu, l'air bien trop dur et méfiant pour une enfant de cet âge.

— Bon sang ! s'exclama Lena Malik. J'ai oublié de vous apporter la photo d'Adriana. Je vais aller vous la chercher tout de suite pour que vous puissiez commencer son portrait. J'ai eu tellement de choses à faire ces derniers temps, mais je n'arrive pas à croire que cela ait pu me sortir de l'esprit !

Elle se tenait si près de moi que mon ventre la heurta presque lorsque je me redressai.

— Je n'ai pas accepté de faire ce portrait, madame Malik. Et, étant donné ce qui s'est passé, vous n'espérez tout de même pas que je vais travailler pour vous !

— Je ne comprends pas.

— Excusez-moi, dis-je en la poussant pour rejoindre le hall.

J'avais l'impression d'étouffer, mais alors que j'inspirais à fond, je perçus une odeur chimique désagréable émanant d'Adriana. Elle m'était familière, et pourtant je ne parvins pas à mettre un nom dessus.

— De quoi parlez-vous, madame Colten ?

Dehors, à l'ombre de l'auvent, Malik consulta sa montre avec impatience.

— Vous avez besoin de quelque chose, mesdames ? nous lança Obie depuis son bureau.

— Non, merci !

Je me retournai vers Lena Malik.

— Vous ne le savez vraiment pas ?

— Non. Mais dans tous les cas, je suis sûre que nous pouvons arranger ça. Je suis prête à vous payer davantage et à vous trouver une aide ménagère s'il le faut. Je vous l'ai dit, madame Colten, je ferai tout ce qui est nécessaire.

— Le problème, c'est votre mari et son comportement.

— Oh, vous faites allusion à des histoires d'hôpital, alors ? Enfin, tout cela n'a rien à voir avec le portrait d'un enfant !

— Demandez-lui ce qu'il en est exactement. Il ne s'agit pas que de simples histoires d'hôpital. C'est bien pire.

— Aucune importance, je vous répète que je veux un portrait de ma fille. Ne nous mêlons pas des affaires de nos maris. Elles ne regardent qu'eux et personne d'autre.

Sa fille poussa un long soupir de lassitude.

— Va chercher ton père, Adriana. Dis-lui que je dois lui parler tout de suite.

Je l'attrapai par le bras. Sous le fin cachemire couleur pêche, sa chair glissa comme de la soie entre mes doigts.

— Je refuse de discuter avec le Dr Malik. Je n'ai rien à lui dire.

Adriana afficha un petit rictus à ces mots. La situation semblait beaucoup l'amuser.

— Je t'ai demandé d'aller chercher ton père. Obéis ! lui intima Lena Malik, avec dans la voix une pointe de désespoir qui n'émut pas le moins du monde la petite. J'ai besoin de ce portrait, madame Colten, reprit-elle. Il ira sur le manteau de la cheminée, à la place qui lui est destinée. Il me le faut rapidement.

— Vous feriez mieux d'engager quelqu'un d'autre, dans ce cas.

Elle eut un rire teinté d'hystérie et balaya mon refus d'un mouvement de la main qui fit étinceler son énorme diamant.

— Vous ne pouvez pas me faire ça. J'ai trop de problèmes à régler par ailleurs, et puis tout était arrangé entre nous. J'ai même choisi le cadre. Vous ne voyez donc pas ? Il suffit qu'une chose se déroule sans accroc pour que tout le reste suive.

Elle agrippa mon bras et me pinça avec ses longs ongles roses.

— Je dois y aller, madame Malik, répondis-je en tentant en vain de me dégager.

— Non. Impossible. Vous n'avez pas le droit. Je peux demander à Adriana de poser pour vous si vous préférez. Elle le fera, n'est-ce pas ma chérie ? Tu feras tout ce que maman te dira.

Adriana nous tourna le dos et longea le mur de stuc de l'entrée.

— Parfait, trancha sa mère. C'est une fillette très, très sage. Vraiment. Juste un peu lunatique. Enfin bon, les enfants ont chacun leurs petites particularités. Ils connaissent parfois des phases difficiles, mais ça ne dure pas et quand tout est fini, on n'en parle plus.

— Ça n'a rien à voir avec votre fille, madame Malik. Pas plus qu'avec vous. Je vous avais expliqué dès le début que j'étais trop occupée, et les circonstances sont telles aujourd'hui que rien ne me fera changer d'avis.

Des larmes mêlées de mascara roulèrent sur ses joues.

— Vous devez peindre ce portrait, madame Colten. Il le faut. S'il vous plaît !

Son ton pressant me surprit et me dégoûta à la fois. Une femme pouvait-elle avoir une si haute idée d'elle-même et de ce qui lui était dû que la moindre déception la mettait au bord de la panique ? Elle me rappelait Jeanette Trevallis, le père de Sam, et aussi Freddie – tous ces adultes qui n'étaient en réalité que des enfants trop gâtés.

Je m'arrachai brutalement à son étreinte. Elle m'avait serrée tellement fort que ma peau portait la marque de ses ongles.

— La réponse est non, point final. Si vous voulez un portrait d'Adriana, trouvez quelqu'un d'autre.

43

Je bénis l'heure de solitude qui me restait avant le retour de Tyler, parti jouer chez l'un de ses camarades. J'aspirais à rentrer chez moi, à respirer le silence, à effacer toute trace de mon horrible rencontre avec Lena Malik – en prenant un bon bain chaud, par exemple, ou en me tapant la tête contre les murs. Mais Sam était à la maison en compagnie de LeeAnn, que je découvris lovée sur le canapé en train de manger des nouilles frites dans une barquette en aluminium. Malhabile, elle enroulait les pâtes autour de ses baguettes comme des serviettes sur un portant, les fourrait vivement dans sa bouche juste avant qu'elles ne retombent, puis les aspirait bruyamment entre ses lèvres rouges gonflées au collagène. Assorti à ces dernières, son top au décolleté plongeant rehaussait le noir pétrole de ses mules à talons aiguilles et de sa minijupe.

Sam examinait sa barquette de riz avec l'air de vouloir y lire l'avenir tout en picorant les rares aliments qui trouvaient grâce à ses yeux – des bouts de crevettes et de champignons, pour l'essentiel. Les maigres morceaux de porc, les petits pois et les germes de soja s'empilaient séparément sur le côté. Tyler n'avait pas inventé l'alimentation sélective : il ne faisait que perpétuer une fière tradition paternelle.

LeeAnn essuya la sauce sur son menton et sur sa gorge offerte à tout venant.

— Coucou, Emma ! Quel dommage, on ne vous a rien pris !

— Désolé, on ne savait pas que tu serais à la maison, Em, s'excusa Sam. Tiens, on peut partager si tu veux.

— Merci. Je viens juste de croiser Malik et sa famille, et j'avoue que ça m'a coupé l'appétit.

— Cette fille a besoin d'un remontant, commenta LeeAnn, avant d'aspirer une nouvelle fournée de pâtes. Je disais à Sam que je n'avais pas perdu mon temps depuis la dernière fois. J'ai appris deux ou trois trucs.

— Lesquels ? demandai-je en me servant un verre de lait.

— J'ai pris contact avec une incroyable mine d'informations au service des ressources humaines de la clinique de Cleveland. Une commère de première qui ne s'est pas fait prier pour parler. J'ai même eu du mal à en placer une, je ne sais pas si vous imaginez.

— Oh si ! répliquai-je en me perchant sur l'accoudoir à côté de Sam.

Il n'y avait aucun risque que LeeAnn se vexe. Elle ne comptait pas vraiment parmi ces gens qui avaient conscience de leurs défauts.

— J'ai donc interrogé Aida – joli, comme prénom, hein ? – sur le Dr Malik en lui demandant si des rumeurs avaient circulé sur son départ ou sur d'autres aspects de sa vie.

— Et ?

Sam secoua tristement la tête.

— Rien.

— Allons, allons, petit Sammy, le sermonna LeeAnn en levant une baguette en l'air. Combien de fois vous ai-je répété de ne pas être aussi défaitiste ? J'ai découvert plusieurs choses intéressantes.

— Par exemple ?

— Ces deux dernières années, Malik n'a pas cherché à se faire rembourser la moindre dépense de santé par le service du personnel. Ni pour lui ni pour les membres de sa famille. C'est franchement bizarre, si vous voulez mon avis.

— Il n'a peut-être pas eu besoin de soins.

— Si, c'est obligé. Les médecins doivent se soumettre à un examen annuel et effectuer des prises de sang pour vérifier qu'ils n'ont pas une hépatite ou le virus du sida. Les chirurgiens en particulier ne peuvent y couper. Et puis, il y a sa fille. Elle a bien dû subir des examens pour son école et faire le rappel de ses vaccins. Sans compter que les enfants tombent malades et se blessent, de temps en temps. Mais rien n'apparaît dans le dossier de Malik. Rien de rien.

— Je suppose qu'il tient à garder son dossier médical secret.

— Gagné. La question est : pour quelle raison ? Et pourquoi aussi soudainement ? Malik ne s'est pas soucié autant de sa vie privée pendant ses dix-huit premières années à la clinique de Cleveland. Que s'est-il passé il y a deux ans pour le faire changer d'attitude ?

— Les hypothèses ne manquent pas, dit Sam. Des soins psychiatriques, une overdose, des problèmes sexuels, une maladie. Tout ce qu'il pourrait juger embarrassant ou nuisible pour sa carrière, même s'il ne s'agit pas forcément d'un secret honteux. La moindre faiblesse est inavouable pour un homme comme Malik.

— Et, selon votre informatrice, il s'est produit un événement particulier il y a deux ans ? demandai-je.

— Ah ! dit LeeAnn en se tapotant la tempe. Les grands esprits se rencontrent ! J'ai suggéré à Aida de feuilleter la partie du dossier correspondant à l'année précédente. Elle n'a trouvé qu'un déménagement. Malik a vendu une maison dans le quartier de Shaker Heights pour en racheter une plus grande et plus chère à quelques kilomètres de là, avec piscine, court de tennis, salle de musculation, solarium, *et cætera*.

— Ils aiment l'espace. Ça, on le savait déjà.

— C'est bien ce que je disais, soupira Sam. On n'a rien.

— Ne soyez pas si impatient, insista LeeAnn. La chasse aux infos exige du temps et des efforts. On y arrivera.

— Des rumeurs ont circulé pour expliquer l'empressement de Malik à quitter Cleveland ?

— Oui. D'après Aida, tout s'est passé si vite que les gens en sont restés sciés. Personne n'a rien vu venir, pas même la direction. Quand Malik a donné sa démission, les administrateurs ont cru à un mauvais coup du New York General. Ensuite, la nouvelle s'est répandue qu'il avait obtenu la construction d'un centre à son nom, et tout le monde a compris que c'était l'atout que nous avions sorti de notre manche.

— Aida n'a pas eu vent d'une liaison ?

— *Une* liaison ? s'esclaffa LeeAnn. Plusieurs, oui ! Dougie l'Affreux s'est taillé une jolie réputation d'homme à femmes à Cleveland.

— Et la sienne ne disait rien ?

— Ça dépend laquelle. Les trois premières ont baissé les bras et sont parties avec une grosse pension alimentaire. La quatrième a tenu bon jusqu'à maintenant, mais attendons de voir.

— Suzanne Stitch comptait parmi ses conquêtes ?

J'ignorai le regard implorant de Sam. Que cela lui plaise ou non, cette fille jouait un rôle dans l'histoire. Prétendre le contraire ne la ferait pas disparaître.

LeeAnn remua ses nouilles.

— Je n'ai pas posé la question. Ça me paraît tellement évident. Comment expliquer le traitement de faveur dont elle bénéficie, sinon ? Elle a commencé son internat en mai et assiste aux opérations cardiaques les plus importantes alors qu'elle n'est qu'en première année. Elle doit connaître une position du *Kama Sutra* que j'ignore.

— Ou peut-être qu'elle sait quelque chose de compromettant au sujet de Malik.

LeeAnn se figea net. Ses pâtes, qu'elle n'avait pas fini d'avaler, pendirent de sa bouche comme une barbe pâle.

— Vous pensez à un chantage… J'adore ça ! C'est beaucoup plus intéressant qu'une banale partie de jambes en l'air. (Elle reposa sa barquette et me dévisagea avec impatience.) Continuez.

— Ce n'est qu'une théorie, me défendis-je. Suzanne ne me semble pas du genre à vénérer les figures paternelles et elle m'a dit que Malik était un vieil ami de son père. Plutôt bizarre, cette façon de décrire son amant.

— Faire chanter un vieil ami de ton père, tu ne trouves pas ça aussi bizarre que de coucher avec lui ? intervint Sam.

— Tout dépend de ce qu'elle entend par « vieil ami », de la valeur qu'elle accorde à ses relations, des scrupules qu'elle a ou pas. Encore que, à mon avis, elle n'en a aucun. Vous savez d'où elle est originaire, LeeAnn ?

— De Chicago, réagit de nouveau Sam.

Agacée par la promptitude de sa réponse – l'idée qu'il retienne aussi bien tout ce qui touchait à cette fille me déplaisait souverainement –, j'allumai notre ordinateur portable afin d'effectuer une recherche sur les dénommés Stitch à Chicago : il y en avait deux dans l'annuaire des particuliers, et un dans celui des professionnels. Ce dernier, Ronald Stitch, était l'un des associés du cabinet juridique Cowan, Stitch & Bragg. Il avait une femme et trois enfants, dont une fille, Suzanne, qui se préparait à devenir chirurgienne après être sortie diplômée avec mention de la fac de médecine.

— Béni soit Google, dis-je. Comment faisaient les fouineurs avant ?

Sam et LeeAnn s'approchèrent pour regarder par-dessus mon épaule.

— Cela ne présente un intérêt que si Malik a été l'un de ses clients, remarqua Sam. D'après Suzanne, ils sont juste amis.

Je fis défiler le curriculum de Ronald Stitch, consultai celui de Malik, puis comparai les deux. Le père de Suzanne était né à Chicago. Il avait grandi et fait ses études dans cette ville où sa famille habitait depuis des générations, puis était devenu associé dans le cabinet d'avocats fondé par son père lorsque celui-ci avait pris sa retraite. Plus jeune de dix ans, Malik était né en Allemagne dans une famille de militaires et avait été élevé dans différentes bases de l'armée américaine avant de faire ses études sur la côte Est des États-Unis. Le parcours de Ronald Stitch ne mentionnait pas d'états de service. Tout juste trouvai-je un article issu de la rubrique *people* d'un magazine du Midwest disant qu'il avait récemment fêté ses trente ans de mariage avec une certaine Dorothy, son amour d'enfance.

— Il est possible qu'ils soient amis, mais j'ai du mal à voir à quel moment leurs chemins se sont croisés.

— Et vous en concluez que… ? dit LeeAnn d'un ton sceptique.

— Je n'en conclus rien. J'émets des hypothèses, c'est tout. Et si Malik avait rencontré le père de Suzanne en tant que client ? Peut-être qu'il a été arrêté pour un délit quelconque il y a quelques années. Cela expliquerait qu'il soit devenu si discret sur sa vie privée.

À ces mots, LeeAnn s'étira et fit mine de bâiller avec outrance.

— C'était bien sympa, Sam et Sherlock, mais je ferais mieux de bouger mes fesses.

— Pourquoi ? Mon idée ne vous paraît pas sensée ?

— Peut-être, Emma, tout est possible. Qui sait s'il n'existe pas des éléphants à pois et si la lune n'est pas en gelée ? Mais à mon avis, faire des suppositions farfelues, c'est comme conduire une voiture imaginaire. On peut trouver ça amusant, pourtant, au bout du compte, ça ne vous mène nulle part.

44

Tyler semblait déterminé à battre tous les records de réveils nocturnes. Entre ses nombreux levers intempestifs, je dormis d'un sommeil lourd qui me fit chaque fois l'effet de plonger dans un puits sans fond infesté de monstres. Découpez un cauchemar en tranches et vous verrez qu'il repoussera sans cesse plus terrifiant, telles les sept têtes de l'hydre de Lerne.

Sans que je sache où il puisait une telle énergie, mon petit bonhomme revint à la charge dès l'aube en déclarant qu'il faisait jour cette fois. Il avait lutté contre le marchand de sable avec une volonté de fer, et il avait gagné. J'eus quant à moi beaucoup plus de mal à m'extirper de mon lit, mais comme le répétait souvent ma sœur, quand on n'a pas le choix, les choses sont plus simples.

Un peu plus tard, face à mes céréales imbibées de lait et aussi ramollies que moi, je songeais combien il était injuste que ma grossesse m'empêche de me shooter au café lorsque Sam rentra à la maison. Je l'entendis siffloter dans le couloir tandis qu'il déverrouillait la porte, et le claquement joyeux de celle-ci me fit sursauter.

— Tu es de bonne humeur, dis-je d'un ton accusateur.

— Oh que oui !

— Vas-y doucement. Je suis bien trop crevée pour supporter quelqu'un de surexcité.

Il me tendit alors un bouquet de roses rose pâle qu'il avait caché dans son dos.

— Des fleurs ? Sam, tu m'inquiètes.

— Allons, Em. Je t'en ai déjà offert plein de fois.

— Ah oui ?

Ce cadeau à la beauté exquise me bouleversait, mais j'avais le ventre vide et j'étais trop à bout de forces pour envisager simplement de dénicher un vase à la bonne dimension, de le remplir d'eau, d'y plonger le bouquet et de froisser le papier qui l'entourait pour le jeter à la poubelle.

— Cite-moi deux exemples, le défiai-je.

— Bon, d'accord. Mais je t'en offrirai tout le temps à partir d'aujourd'hui. Tu verras.

Il avait aussi rapporté un pot de glace à la vanille pour Tyler. La ville regorgeait d'épiceries ouvertes toute la nuit où l'on trouvait de la nourriture, des produits courants et des bouquets bon marché. Ce n'était pas le cas des boutiques de jouets, mais au moins pouvait-on vivre sans jamais manquer de calories.

— J'ai le droit de la manger maintenant, papa ?

— Quand tu auras fini tes céréales. Ça, c'est pour le dessert.

— Depuis quand mange-t-on un dessert au petit déjeuner ? protestai-je.

— Depuis qu'aujourd'hui est devenu un jour à marquer d'une pierre blanche.

Sam souriait, et bien sûr cela me rendait folle d'angoisse. Les gens craquant parfois sous l'effet d'un trop grand stress, il me semblait logique que cette joie soudaine soit le symptôme d'un état bien plus grave.

— J'ai de bonnes nouvelles. D'excellentes nouvelles, même.

— Qu'y a-t-il ?

— Devine.

— Je n'ose pas.

— Mais si. Quelle est la chose la plus incroyable et la plus fantastique que tu puisses envisager ?

— Les charges contre toi ont été abandonnées ?

Son sourire ne faiblit pas.

— Non, mais tu brûles. Je t'accorde une deuxième chance.

— Non, dis-moi.

— Allez, un dernier essai.

— Ce que je vais essayer, c'est de t'étriper si tu ne me dis pas tout de suite ce qui se passe.

— Très bien, grincheuse. Comme tu veux. Suzanne est partie.

— Quoi ?

— Ce n'est pas génial, ça ?

— Elle est partie tout simplement, sans faire d'histoire ?

— Elle a téléphoné à LeeAnn chez elle ce matin et lui a parlé de raisons personnelles qui l'obligeaient à quitter immédiatement l'hôpital.

— Et c'est tout ?

Sam donna un coup de poing triomphant en l'air.

— Je n'arrive toujours pas à y croire. Quand LeeAnn m'a appelé sur mon portable pour me prévenir, j'ai supposé qu'elle se fichait de moi, et je peux t'assurer que je n'étais pas d'humeur à plaisanter. Tu n'imagines pas dans quel état j'étais. Je ne pensais qu'à une chose : rentrer à la maison, me coucher et dormir sans plus jamais me réveiller. Mais entendre cette nouvelle, ça a été une renaissance. Comme si un nuage s'était dissipé et que j'avais pu respirer pour la première fois depuis des jours.

— Je suis prêt pour ma glace, papa ! lança Tyler.

Je jetai un œil à son bol de céréales : il y avait à peine touché.

— Encore deux cuillères, dis-je.

— Une, tenta-t-il de négocier.

— Trois.

— J'aime pas les céréales.

— Et pourquoi donc ? Que t'ont-elles fait ?

— Et j'aime pas la petite fille du dessus non plus.

— Tu ne la connais même pas, Ty.

— Si. C'est une fille kitsopène et elle est méchante.

— Tu inventes des histoires, Ty.

— Non ! Son papa a dit qu'elle était kitsopène.

Ignorant mon regard noir, Sam versa de la glace dans le bol de notre fils.

— LeeAnn sait quelles sont les raisons « personnelles » de Suzanne ?

— Non. Suzanne est restée muette sur le sujet, mais le bruit court que Lazarus a reconsidéré toute cette affaire. À mon avis, il a parlé à Malik en lui demandant peut-être de revoir ses accusations contre moi, et l'autre a dû estimer qu'il était temps de faire marche arrière. En écartant Suzanne, il peut laisser la situation s'enliser toute seule.

Je m'efforçai de ne pas le montrer, mais je n'étais pas convaincue. La vieille rengaine « c'est trop beau pour être vrai » ne cessait de résonner dans ma tête.

— Selon toi, ils vont tout oublier et te réintégrer comme si de rien n'était ?

Le long rot d'une bombe chantilly s'éleva tandis que Sam nappait la glace de crème, puis en déposait un peu sur le nez de Tyler.

— Ils n'ont pas d'autre solution. Sans accusatrice il n'y a plus de procès, tu ne penses pas ?

Oh si, je pensais. C'était bien là le problème. Je pensais beaucoup trop. Je ne pouvais empêcher mon esprit de suivre des méandres périlleux et de s'aventurer dans de sombres recoins.

— J'espère, chéri. Mais on n'a aucune garantie.

Il me fixa d'un air ébahi, comme s'il avait été en train de mourir de soif et que j'avais qualifié l'oasis juste devant lui de simple mirage.

— Le départ de Suzanne fait paraître ses accusations complètement ridicules, protesta-t-il. Tu ne vois donc pas ? Elle raconte une histoire insensée et hop ! juste après, elle retire tout ce qu'elle a dit et disparaît du jour au lendemain.

— Je souhaite que tu aies raison, Sam. Mais ça m'ennuierait que tu sois déçu si jamais les choses ne se passent pas aussi bien.

— Je veux encore de la crème, papa ! cria alors Tyler, qui avait avalé toute celle qu'il avait sur le nez.

— Non, c'est fini.

— S'il te plaît !

— J'ai dit non !

Sam était furieux à présent. Lorsque je voulus prendre sa main, il me repoussa sèchement.

— J'ai l'impression que tu n'as pas envie que ce cauchemar se termine.

— Bien sûr que si. C'est ridicule. J'ai simplement peur que la réalité ne soit pas si simple et que tu tombes de haut.

— Donc tu t'es dit qu'il valait mieux me balancer toi-même dans le vide, c'est ça ? Tu ne pouvais pas attendre et me laisser profiter un peu de ce répit.

— Pas du tout. Je suis ravie que Suzanne soit partie. C'est merveilleux !

Dégoûté, Sam posa son bol sans ménagements dans l'évier avant d'aller s'affaler sur le canapé. Sa respiration se fit bientôt plus lente, plus régulière, et je compris qu'il avait trouvé refuge dans le sommeil.

Pendant ce temps-là, Tyler avait noyé son dessert sous un nuage de crème chimique, tout en riant devant les flatulences de la bombe.

— Stop, Tyler. Tu as entendu ce qu'a dit papa.

— Pourquoi il est fâché ?

— Il a beaucoup travaillé, c'est tout. Il a besoin de repos.

— Mais pourquoi il est fâché ?

— Non, il est juste frustré. Tu sais, c'est comme quand on a très, très envie de quelque chose et qu'on est obligé d'attendre pour l'avoir.

— J'attends mon anniversaire, moi.

— Exact.

— Papa aussi ?

— Non, il attend qu'un événement positif se produise. Ça ressemble un peu à un anniversaire, sauf qu'il n'aura pas un an de plus.

La mine grave, Tyler appuya ses mains sur mon ventre.

— Il a quel âge, le bébé ?

— Quand elle naîtra, ta petite sœur aura zéro année. Il lui faudra patienter douze mois pour fêter ses un an.

— Et moi, j'en aurai combien ?

— Presque cinq à ce moment-là.

— Je serai grand ! dit-il en souriant.

— Oui. Tu seras toujours son grand frère.

Il hocha la tête. Malgré la rancœur de Sam et mon pessimisme protecteur, je ressentis un frémissement en moi qui s'apparentait fort à de l'espoir. Peut-être Tyler accepterait-il un jour sa petite sœur. Peut-être apprécierait-il même de jouer les super-héros pour elle. Qui sait.

Et peut-être le départ de Suzanne signifiait-il vraiment la fin de nos ennuis. Sam avait raison. Pourquoi ne pas profiter de l'instant présent ? Nous aurions bien le temps d'affronter les coups durs quand ils surviendraient.

Ce qu'ils firent du reste sans tarder... Quelqu'un frappa si fort à la porte que le bruit réveilla Sam. Furieux, il se leva pour aller ouvrir.

45

— Désolé de vous déranger si tôt, s'excusa l'inconnu. Je voulais être sûr que votre livraison vous arrive encore toute chaude.

Un sachet maculé de taches de graisse et dégageant une forte odeur de café et de beignets pendait dans sa main.

— Nous n'avons rien commandé, dit Sam. Vous avez dû vous tromper d'appartement.

Perplexe, le livreur tira une feuille froissée de sa poche et plissa les yeux en la lisant.

— Vous êtes Samuel Colten ?

— Oui.

Il attrapa une liasse de papiers derrière son dos et la tendit à Sam.

— Monsieur est servi. Bonne journée à vous !

— Servi ? Je ne comprends pas…

Mais, déjà, l'homme s'était enfui.

Sam rentra chez nous et prit connaissance des documents. À mesure qu'il avançait dans sa lecture, sa nervosité alla croissant et il se mit à marcher de long en large dans le salon en passant à plusieurs reprises la main dans ses cheveux.

— La putain de salope ! s'écria-t-il, soudain livide.

— Qu'y a-t-il ?

Sans répondre, il saisit le téléphone.

— Andrew Eastham, de la part de Sam Colten, l'entendis-je annoncer. Il n'est pas là ? Non, je ne peux pas attendre l'ouverture du cabinet. Je dois lui parler maintenant !

Quelques instants plus tard, il jeta le combiné sans se soucier de raccrocher. Une voix enregistrée et trois notes de musique s'élevèrent dans le salon.

— Que se passe-t-il ? demandai-je en reposant l'appareil sur son socle.

— Suzanne m'attaque en justice pour harcèlement sexuel. Elle prétend que j'ai créé un environnement hostile qui a affecté de manière irréparable sa capacité à poursuivre une carrière médicale. Elle souffrirait selon elle de dommages psychologiques et de stress post-traumatique. C'est pour ça qu'elle est partie, cette petite…

J'aperçus Tyler, qui buvait les paroles de son père en ouvrant de grands yeux ravis.

— S'il te plaît, Sam. Surveille ton langage.

— Et Malik… Ce fils de pute n'a pas réussi à me briser du premier coup, alors il va continuer jusqu'à ce que ça marche.

— Elle affirme que tu as ruiné sa carrière ? Qu'est-ce que ça signifie, Sam ? Elle te demande tout l'argent qu'elle aurait pu gagner en tant que chirurgienne durant les quarante prochaines années, tout ça pour pouvoir passer le restant de ses jours à se faire les ongles sur la Côte d'Azur ?

— En gros, oui.

— C'est ridicule.

— Ridicule ou pas, c'est peut-être ce qui nous attend.

Sam malmena de nouveau ses cheveux jusqu'à ce qu'ils se retrouvent tout hérissés sur sa tête et lui donnent l'air d'un dérangé.

— Eh bien ils ont intérêt à avoir des hôtels bon marché sur la Côte d'Azur, Sam. Notre compte en banque n'est pas ce qu'on pourrait qualifier de bien garni.

— Aucune importance. Il suffirait que le tribunal décide d'une retenue sur mes futurs salaires. On n'en verrait jamais la fin. Tu te souviens d'Albertsen ?

Theodore Albertsen, le professeur d'anatomie de Sam à la fac de médecine, avait été accusé de harcèlement sexuel par une étudiante qu'il avait engagée pour s'occuper de ses trois enfants. Un jury avait accordé plusieurs millions de dollars de dommages et intérêts à celle-ci.

— La situation était différente, Sam. Il a abusé de sa position. La plaignante était son étudiante, elle avait vingt-deux ans, et lui presque cinquante. Et elle s'était tailladé les poignets.

— Qu'est-ce qui te fait croire que Suzanne n'ira pas jusque-là ? Elle n'aura qu'à avaler des cachets, se faire admettre dans un hôpital psychiatrique ou annoncer qu'elle est enceinte.

Sa dernière remarque me glaça. Prise de vertige, je me laissai tomber sur le canapé.

— Suzanne est enceinte ?

— Non, pas du tout ! Enfin, pas que je sache. Je dis juste que Malik et elle ne reculeront devant rien pour m'abattre. Et moi, je ne peux rien faire à part attendre comme un crétin pendant qu'ils préparent leur prochain coup.

Tyler se décomposa en entendant cela. Il s'accroupit devant sa boîte de jouets et en sortit toute sa collection de super-héros, qu'il apporta gravement à son père.

— Tiens, papa. C'est pour toi.

Sam en eut les larmes aux yeux.

— Merci, fiston. Tu es un bon coéquipier.

— Tu peux aussi prendre la Batmobile. Ou alors voler comme Superman.

Sam s'essuya la joue avec la manche de sa chemise et hissa Tyler sur sa hanche.

— Bonne idée, dit-il en l'embrassant.

Puis il le reposa et lui donna une tape affectueuse sur le derrière.

— Va t'amuser. Et ne t'inquiète pas. Maintenant que maman et moi on a tous ces hommes d'acier, on va s'en sortir.

— N'oublie pas Superwoman, le reprit Tyler, qui avait bien trop de jugeote pour écarter quelqu'un d'une opération de sauvetage simplement en raison de son sexe.

Et c'est alors que, sans prévenir, la lumière se fit dans mon cerveau. La réponse à nos problèmes était devenue limpide.

46

Elle n'était pas chez elle et son téléphone portable ne répondait pas non plus. À son bureau, on m'informa qu'elle était sortie et qu'elle serait de retour dans une heure environ. Autant dire une éternité.

Sam accepta à contrecœur de nous accompagner sur le terrain de jeu du parc. Il rumina à l'ombre sur un banc tandis que, assise à côté de lui, j'observais un écureuil effronté flirter avec notre fils et se pavaner à ses pieds tout en rongeant un gland. Dès que Ty s'approchait, la petite créature filait ventre à terre, avant de revenir et de reprendre son manège une fois qu'il avait reculé.

— Ça ne marchera pas, marmonna Sam. Rien ne marchera de toute façon.

— On verra bien. Laisse-moi au moins lui parler. On ne perd rien à essayer.

Mais en même temps que je prononçais ces mots, je pris conscience de mon erreur. Si, on perdait parfois beaucoup à essayer.

— Regardez qui est là ! lança soudain une voix. Emma et Tyler. Et qui est ce monsieur avec toi, mon chou ? Ne serait-ce pas ton papa ?

— Tatie Frieda ! s'écria Ty en courant vers ma vieille amie.

— Quelle bonne surprise ! Je n'espérais pas vous trouver ici à une heure si matinale. Moi qui pensais prendre mon café seule avec les oiseaux, je suis ravie.

— L'oiseau est mort, tatie Frieda, l'informa gravement Tyler. On a dû l'enterrer dans une poubelle pour qu'il ait des tas de copains avec lui.

— Oh ! Comme c'est triste. Mais tu vois ? dit-elle en levant la tête. Il y en a encore plein dans le ciel.

Une dizaine de points noirs volaient vers l'ouest en formant un grand V. Un aventurier intrépide s'attarda un instant derrière, puis fonça rejoindre ses compagnons.

— N'est-ce pas magnifique ? Un oiseau part, et d'autres viennent prendre sa place.

Mon fils fronça les sourcils en essayant d'assimiler cette leçon sur le cycle de la vie.

— Mais l'oiseau mort avait peur.

— Non, mon chéri. Il avait peut-être l'air effrayé, mais il était en fait heureux de pouvoir dormir.

Mme Kalisher s'assit sur le banc à gauche de Sam et posa un énorme sachet à ses pieds. En plus de son café, elle en sortit un jus de fruits pour Tyler, un café allégé avec deux sucres pour Sam et, ma dernière folie du moment, un chocolat chaud avec de petits marshmallows. Elle avait également prévu des bagels pour chacun de nous : un classique au sésame et au fromage frais pour Sam, un autre aux myrtilles pour Tyler, qui demeurait obstinément fidèle à ce parfum même si je ne désespérais pas qu'il s'en lasse un jour, et les deux derniers fourrés avec une purée de saumon et de poisson blanc fumés – un mélange auquel Mme Kalisher m'avait fait prendre goût.

Je lui coulai un regard en biais.

— Vous étiez vraiment surprise de nous voir ?

— Vous ne venez jamais si tôt, mais j'avais le pressentiment que quelque chose de bon allait se produire ce matin.

— Vous devriez investir en Bourse, madame Kalisher, répliqua Sam avec un clin d'œil. Ou jouer au loto. Faites meilleur usage de vos dons de médium.

— Aider mes amis est le meilleur usage que je puisse en faire, mon cher. Oh, j'allais presque oublier mon petit Tyler. Tiens, dit-elle en plongeant la main dans son sac sans fond. Voilà la drôle de chose que tu souhaitais.

À la vue du super-chien Krypto, Tyler hurla de joie en sautillant sur place.

— Tu l'as acheté, tatie Frieda ! Tu l'as acheté pour moi !

— Tu l'as réglé en bonne et due forme avec ton penny, mon chou.

Tandis que Ty profitait de son nouveau jouet, Sam, Frieda et moi mangeâmes un instant en silence.

— Alors, dites-moi, reprit Mme Kalisher au bout d'un moment. Comment allez-vous ?

— Mal. La femme qui a accusé Sam a quitté l'hôpital, mais elle l'attaque en justice en affirmant qu'elle est trop traumatisée pour poursuivre sa carrière médicale.

— Elle ne s'en tirera jamais avec un argument pareil.

Sam s'accouda sur ses genoux d'un air abattu.

— Malik la soutient, et son assistante aussi. C'est ma parole contre la leur.

— Ne vous sous-estimez pas. Les gens vous connaissent et vous respectent. Le Seigneur de Cleveland ne peut en dire autant.

— Il est le meilleur chirurgien cardiaque du pays, et vraisemblablement du monde entier. Moi, je ne suis qu'un interne au chômage sur qui pèse une grosse accusation. Qui sera le plus crédible aux yeux d'un juge ou d'un jury ?

— Vous pourriez bien être surpris. Vous voyez les choses toutes noires ou toutes blanches, Sam. Ici, il ne faut pas forcément raisonner en terme de couleurs. On a peut-être davantage affaire à un Napoléon.

Sur le point de mordre dans son bagel, Sam se figea net.

— J'ai bien entendu Napoléon ?

— Oui. Lui aussi croyait pouvoir écraser et dominer la terre entière. L'Europe ne lui suffisant pas, il a envahi la Russie, mais cela a marqué pour lui le début de la fin. Il a été exilé sur l'île d'Elbe, et lorsqu'il a tenté de revenir, il a été vaincu à Waterloo puis expédié à Sainte-Hélène pour le restant de ses jours. Vous me suivez ?

— Pas vraiment.

— Je reconnais que Doug Malik est un grand chirurgien. Mais le monde ne se réduit pas au département qu'il dirige au New York General. À trop l'oublier, on risque de finir comme Napoléon sur une île perdue avec de méchantes brûlures d'estomac et personne à qui donner des ordres.

— Selon vous, Malik est allé trop loin ?

Mme Kalisher eut un grand sourire.

— Il est nouveau ici. Grand chirurgien ou pas, il doit quand même faire ses preuves. S'il apporte une valeur ajoutée à l'hôpital, très bien. Mais s'il crée des problèmes… Le General fonctionnait parfaitement avant son arrivée, et ça, les gens s'en souviennent. Les administrateurs se débarrasseront de lui dès lors qu'ils jugeront sa présence préjudiciable.

— Comment ? Il a dû signer un contrat.

— Oui. D'après ce que j'ai compris, il a été recruté pour cinq ans. Pendant toute cette période, l'hôpital doit lui verser un salaire, lui maintenir ses avantages, lui fournir un bureau et un logement.

— C'est bien ce que je pensais, soupira Sam.

— Vous pensiez à raison, mon cher. Mais en tant que médecin, vous ne faites pas un très bon avocat.

— C'est-à-dire ?

— L'hôpital pourrait très bien s'acquitter de toutes ses obligations envers Malik ailleurs qu'à New York. Si son comportement ne donne pas entière satisfaction ici, il suffira de l'envoyer dans la belle petite antenne que le General vient d'ouvrir à Pékin.

— Vous êtes sérieuse ?

Mme Kalisher inspira une grande bouffée d'air avec enthousiasme.

— J'avoue que j'adore ce genre de faille.

— Comment avez-vous eu connaissance des termes du contrat ? demandai-je.

— Avez-vous déjà rencontré Ricky Dolan ?

— Le nom m'est familier, dit Sam.

— Je crois qu'il se fait appeler Rick maintenant. C'est un jeune homme charmant. Sa famille et la mienne sont amies depuis très longtemps. Il est allé à Harvard, a fait son droit à Stanford et a ensuite été engagé dans le cabinet d'avocats qui rédige les contrats de travail du New York General depuis des années. C'est un maître en matière de failles. Il ne laissera jamais l'hôpital dans le pétrin s'il y a un moyen de l'en sortir. Enfin bref, il se trouve que j'ai dîné avec Ricky, sa femme et ses parents hier soir.

— Comme par hasard, commentai-je en souriant.

— Je ne les avais pas vus depuis un bon moment, déclara Mme Kalisher avec une feinte innocence. Nous avons bien sûr évoqué votre situation, Sam.

— Et ?

— D'après Ricky, Malik a intérêt à perfectionner son chinois s'il tente d'abuser l'hôpital avec cette histoire d'agression sexuelle.

47

Franny fut tout de suite emballée par mon idée.

— Je suis verte de ne pas y avoir pensé moi-même, Emma. Grant est en réunion toute la matinée, mais je lui en parlerai aussitôt après.

— Tu crois qu'il sera d'accord ?

— Si c'est possible, j'en suis certaine.

— Comment ça fonctionne ?

— Le plus simplement du monde. C'est pour cette raison que Grant a rencontré un tel succès. En fait, on publie une annonce du style : « Gotcha ! recherche des informations sur tel ou tel sujet. » Le site attire des millions de visiteurs réguliers, sans compter les professionnels des médias qui suivent les demandes en cours et se passent le mot entre eux. Le public touché est énorme. S'il y a des infos croustillantes, elles apparaîtront forcément.

— C'est légal ?

— Tout à fait.

— Et le droit à la vie privée dans tout ça ?

— Selon le IVe Amendement, le gouvernement n'est pas autorisé à entrer chez toi ou dans ta voiture sans motif valable. Il n'est pas censé non plus mettre ton téléphone sur écoute ni éplucher ton dossier médical sans se justifier, encore qu'il ne se gêne pas toujours pour le faire. Mais là, c'est différent.

— Tu es sûre ? J'ai pourtant l'impression qu'on va fourrer notre nez dans les affaires de quelqu'un en toute illégalité, moi.

J'avais beau placer beaucoup d'espoir en Gotcha !, je n'étais pas rassurée par son principe. Si les sales petits secrets d'autrui étaient accessibles sur simple demande, qu'est-ce qui pourrait empêcher une personne malintentionnée ou tout bonnement fouineuse de se pencher sur les miens ?

— J'en suis certaine, répondit Franny. Les détracteurs de la société ont déjà contesté son existence par tous les moyens imaginables, et elle les a fait taire chaque fois. Il y a cette petite chose qui s'appelle le Ier Amendement et qui garantit la liberté d'expression, ne l'oublie pas. Les salauds n'ont plus beaucoup d'endroits où se cacher.

— Peut-être, mais nous non plus.

— C'est pour ça que ma mère me disait toujours de ne jamais rien faire que je ne souhaiterais pas voir figurer en une du *New York Times*.

Exactement le conseil que Mme Kalisher avait reçu de sa mère, pensai-je.

— Et c'est vraiment tout ? Gotcha ! pose une question et les internautes envoient leurs réponses ?

— En gros, oui. D'après Grant, tu n'imagines pas comme la plupart des gens sont ravis de balancer ce qu'ils savent sur les autres. Et on les y encourage, en plus. Tous ceux qui fournissent des informations utiles participent à un tirage au sort pour gagner des lots à la fin de chaque mois. Dénoncez les agissements de quelqu'un sur Gotcha ! et vous pourrez décrocher une chaîne hi-fi, un écran plat ou même une voiture !

— Ma mère m'a toujours dit que c'était mal de rapporter et que, tôt ou tard, cela se retournait contre vous.

— Quand Grant m'a décrit son projet, j'ai eu la même réaction que toi. Je ne comprenais pas qu'il puisse s'impliquer dans une société dont le but consistait à briser la vie des gens.

— Et ?

— Il m'a convaincue de mon erreur. La vérité, c'est que Gotcha ! démasque les criminels, sans parler des sournois qui s'acharnent en douce sur des innocents.

— On peut demander des informations sur n'importe qui ? Pas seulement sur les célébrités ?

— Normalement, le site se concentre sur elles, mais pas seulement. Laisse-moi en discuter avec Grant. Je suis sûre qu'il fera une exception pour toi.

— Je t'en serai à jamais reconnaissante, Franny.

Sam était au bout du rouleau, je le sentais bien. Il avait le regard éteint et la mine défaite d'un malade en phase terminale.

— Ce n'est rien, répondit Franny. Espérons juste que ça marchera.

— Tu penses que c'est possible ?

— Je le souhaite. Mais tout dépend, bien sûr.

— De quoi ?

— C'est toujours la même chose dans ce domaine. Au bout du compte, il faut d'abord qu'il y ait des informations à trouver.

48

Sam ne cessait de se connecter sur le site de Gotcha ! pour guetter l'annonce concernant Malik. Ainsi qu'il fallait s'y attendre, il fut très déçu lorsqu'elle apparut enfin.

— C'est tout ?

Anxieuse, je la lus à mon tour.

Appel à tous les internautes. Dites-nous ce que vous savez sur le Dr Douglas Anton Malik, anciennement de Cleveland, Ohio, habitant aujourd'hui à New York.

Suivaient les adresses personnelles et professionnelles de Malik jusqu'à ce jour, le nom de ses ex-femmes et de son épouse actuelle, ainsi que celui de ses enfants, accompagné de leur âge. L'annonce demandait toutes les informations intéressantes liées à Malik, à sa vie privée ou à son activité de chirurgien, ainsi que des renseignements similaires sur le Dr Suzanne Stitch.

Sam faisait bien de se montrer sceptique. Selon Franny, Gotcha ! recevrait probablement des centaines, voire des milliers de réponses dont la plupart seraient inutiles et mensongères. Les gens étaient prêts à tout pour se faire remarquer, et l'un des principaux défis que devait relever le site consistait à faire le tri parmi ces monceaux d'ordures.

Il était impossible de prédire les résultats de notre démarche. Nous pourrions très bien avoir la réponse espérée en l'espace de quelques heures, ou bien attendre des jours entiers, ou même des semaines, avant de parvenir à la triste conclusion que Malik n'avait rien à se reprocher. Et puis, plus le temps passerait et plus le site serait submergé d'informations tout aussi ridicules sur les autres sujets qu'il aurait choisi de publier. Grant ne cessait de recruter et de former des lecteurs rapides et cyniques pour filtrer les messages non pertinents, mais cela ne suffisait jamais.

Sam referma brutalement l'ordinateur.

— On perd notre temps. Je ferais mieux d'aller chercher du travail au lieu de rester ici.

— On verra ça quand le problème se posera.

— C'est-à-dire ? Une fois qu'on sera à la rue avec deux enfants ?

La panique me noua le ventre, et je sentis le bébé bouger.

— Impossible. Malik ne s'en tirera pas comme ça.

— Il le peut et il le fera. S'il avait des squelettes dans son placard, tu ne crois pas qu'ils auraient déjà été découverts ?

— Pas forcément. Personne ne s'est peut-être donné la peine de fouiller dans son passé.

— Je ne suis pas le premier dont il a foutu la vie en l'air, Em. Je le sais. S'il existait un moyen de le coincer, quelqu'un l'aurait déjà fait.

— Sauf si personne n'a tenté cette solution. Elle peut marcher.

Tyler, qui s'amusait par terre à créer un gigantesque carambolage avec ses petites voitures, s'immobilisa soudain à cet instant.

— La petite fille va mieux maintenant, maman ?

— Quelle petite fille ?

— La fille kitsopène du dessus.

— Elle va bien, mon chéri. Pourquoi cette question ?

— La nuit dernière, sa maman a dit qu'elle était très, très malade.

— Tyler, ne raconte pas d'histoires, tu veux ?

— C'est pas des histoires. J'ai entendu sa maman qui parlait au-dessus de chez nous.

Sam haussa les épaules. Contrairement à moi, il ne s'inquiétait pas à l'idée que notre petit devenait un menteur pathologique.

— À supposer que tu aies bien compris, elle devait sûrement vouloir dire qu'Adriana avait un rhume. Ou bien mal au ventre. Quelque chose comme ça.

Tout en imitant le bruit de l'impact, Ty projeta contre l'amas de ses véhicules la dernière voiture qui lui restait, une Mustang décapotable rouge des années 1960 portant les cicatrices de nombreuses collisions antérieures.

— Elle devra peut-être aller à l'hôpital et y rester très longtemps.

— Tu as entendu ça en pleine nuit ?

— Oui.

— Mon petit doigt me dit que non.

— Si.

— Dans tous les cas, les nuits sont faites pour dormir, pas pour écouter les conversations des gens.

— Mais pourquoi elle est malade ?

Quel était le pire, me demandai-je : qu'il soit un menteur invétéré ou un anxieux compulsif ? La réponse s'imposa rapidement à moi. Les deux.

— Pas de panique, mon chéri. Si elle est malade, je suis sûre que ce n'est pas grave.

— Si, geignit-il. C'est très grave. Sa maman l'a dit.

— Son papa est docteur lui aussi, Ty. Si vraiment elle avait un souci de santé, il veillerait à ce qu'elle guérisse très vite.

— Mais si elle reste malade ?

Tyler s'agitait de plus en plus.

— Elle se remettra vite d'aplomb. J'en suis certaine.

Sa lèvre inférieure pointa vers l'avant, signe d'une crise de larmes imminente. Je le pris dans mes bras.

— Qu'est-ce qu'il y a, Ty ?

— Et si jamais la petite fille meurt ? pleura-t-il. Il faudra la jeter à la poubelle avec l'oiseau bleu ?

— Mais non, voyons. Les petites filles n'ont rien à voir avec les oiseaux.

— Et si jamais elle prend trop de médicaments comme mamie Rae et qu'elle tombe par terre ?

Stupéfaite, je lui essuyai les yeux.

— Où as-tu entendu une chose pareille ?

— C'est papi qui l'a dit.

— Tyler…, le sermonnai-je.

— C'est vrai !

— Papi t'a raconté que mamie Rae avait pris trop de médicaments ?

— Oui, renifla-t-il. Et après elle est tombée par terre à cause du bébé.

— Quel bébé ?

— Ne sois pas fâchée !

— Chut. Je ne suis pas du tout fâchée. Quand est-ce que papi a dit ça, mon chéri ?

— À Noël, quand on a mangé les gâteaux pas bons et que j'ai renversé mon jus de fruits.

— Senior a prétendu que quelqu'un avait donné trop de médicaments à mamie Rae ? intervint Sam, la mine contrariée. Tu es sûr ?

Tyler hocha la tête en ouvrant de grands yeux.

— Et elle est morte.

Livide, Sam décrocha le téléphone.

— Ne vaudrait-il pas mieux l'ignorer, Sam ? N'est-ce pas ce que tu me répètes toujours ?

— Oui, mais je veux d'abord savoir exactement ce que mon père a sorti devant Tyler. Et aussi pourquoi il a fait ça. Qu'est-ce qui ne va pas chez lui ?

— Par où devrais-je commencer ? ironisai-je.

J'emmenai Tyler faire une promenade pendant que Sam appelait Senior. Notre fils n'avait pas besoin de connaître les détails de cette histoire. Il en avait déjà beaucoup trop entendu.

49

Derrière son bureau de la réception, le portier gardait un œil méfiant sur nous tandis que nous patientions devant le snobissime immeuble de Senior. Celui-ci n'était pas chez lui lorsque Sam avait téléphoné mais, d'après la gouvernante, un architecte était attendu à l'appartement à 14 h 30 afin de discuter du réaménagement de la cuisine. Les Colten seraient donc certainement de retour avant.

Nous étions arrivés à 14 h 10, aussitôt après avoir déposé Tyler à l'école. Presque un quart d'heure s'était écoulé depuis, durant lequel nous avions vu passer une nourrice en uniforme poussant un nouveau-né dans un landau d'un luxe extravagant, ainsi qu'une femme élégamment vêtue chargée de sacs provenant de boutiques hors de prix. Mais toujours aucun signe des parents de Sam. Senior était toujours très ponctuel pourtant – au moins avait-il cette qualité.

Sam pénétra dans le hall pour la troisième fois et s'approcha du portier.

— Pourriez-vous appeler de nouveau leur appartement ? Ils sont peut-être rentrés par la porte de service.

— Ils ne feraient pas ça, monsieur.

— On a déjà vu des choses plus étranges. Vérifiez, s'il vous plaît.

L'homme scruta les alentours d'un air effrayé.

— Pourquoi ne pas leur laisser un mot ? Je le leur donnerai dès leur retour.

— Non. Je dois parler à mon père aujourd'hui, sans plus tarder. Nous attendrons.

— Je ne sais pas si c'est dans votre intérêt, monsieur. Vous pourriez rester là un bon moment.

— Impossible. Ils ont un rendez-vous ici dans quelques minutes.

— M. Colten a peut-être modifié ses plans, dit le portier avec un sourire crispé.

Sam jeta un coup d'œil contrarié à sa montre.

— On perd notre temps à jouer aux devinettes. Leur gouvernante est chez eux. Appelez-la et posez-lui la question.

— Vraiment, monsieur, je pense que vous feriez mieux de laisser un message. Je le leur remettrai moi-même. Tenez, j'ai du papier et un stylo, si vous voulez.

— Vous avez aussi un téléphone. Prenez-le, composez leur numéro et dites s'il vous plaît à la personne qui décrochera que nous sommes en bas.

— Désolé, monsieur, je ne peux pas.

Sam pinça les lèvres.

— Très bien. Oublions ça, alors.

Je sortis avec lui de l'immeuble et nous nous éloignâmes de quelques pas jusqu'à ce que Sam me fasse signe de m'arrêter.

— Suis-moi, murmura-t-il quelques instants plus tard en entendant sonner le téléphone de la réception. Quoi qu'il arrive, continue à marcher.

Il attrapa mon coude et nous nous engouffrâmes dans l'entrée en nous dirigeant cette fois vers l'ascenseur, qui stationnait justement au rez-de-chaussée. Par chance, le liftier n'était nulle part en vue. Sans doute faisait-il une pause.

La voix indignée du portier retentit soudain derrière nous.

— Où allez-vous ? Vous n'avez pas le droit !

Sam appuya sur le bouton du onzième étage, puis sur celui accélérant la fermeture des portes. J'entrevis l'employé qui se précipitait vers nous, la mine horrifiée, presque au bord de l'apoplexie.

— Attendez ! Non !

Les portes se refermèrent à temps et la cabine s'ébranla avec une secousse. Tandis qu'elle s'élevait lentement, je surpris mon reflet apeuré dans les chromes autour de moi.

— Quelque chose me dit que nous risquons de gros ennuis.

— Aucun juge au monde ne pourra me reprocher d'agir ainsi.

— Tu crois qu'ils sont chez eux ?

— Oui. Senior a demandé au portier de se débarrasser de nous, j'en suis certain. Pourquoi aurait-il refusé de les appeler, sinon ?

— Je ne sais pas. Mais il pourrait maintenant se servir du même téléphone pour prévenir la police.

— J'y compte bien. Comme ça, les flics n'auront plus qu'à nettoyer les lieux quand j'aurai fini d'étrangler mon cher père.

— Calme-toi, Sam. Je suis aussi choquée que toi par ce qu'il a fait, mais on n'a vraiment pas besoin d'ennuis supplémentaires en ce moment.

— Évidemment. Je n'ai pas l'intention d'étrangler cet enfoiré, ne t'inquiète pas. J'aimerais beaucoup, mais il ne vaut pas la peine que j'aille en prison pour lui.

Une fois devant l'appartement de Senior, Sam sonna avec insistance, sans que personne ne réponde. Il appuya son oreille contre le battant en cherchant à distinguer le moindre bruit, puis sonna de nouveau et tapa du poing contre le bois poli.

— Je sais que vous êtes là. Ouvrez, bon sang !

Rien. On n'entendait que le doux ronronnement de l'ascenseur, probablement le portier qui montait à son tour afin de nous ordonner de partir. Et, à en juger par les éclats de voix résonnant dans la cabine, il n'était pas seul.

Tout en me faisant signe de garder le silence, Sam me saisit par la main et s'avança dans le couloir. Plus loin, dans un recoin mal éclairé, se trouvait la porte de service de l'appartement. Il toqua légèrement. Cette fois, des pas s'approchèrent vivement.

— Oui ? demanda une voix inconnue – probablement une nouvelle employée venue ajouter son nom à la longue liste de toutes celles qui s'étaient déjà succédé chez Senior.

— C'est pour une livraison, déclara Sam d'un ton chantant.

Lorsqu'une femme en uniforme nous ouvrit, il appuya un doigt sur ses lèvres.

— Bonjour, chuchota-t-il. Je suis Sam, le fils du Dr Colten. Et voici ma femme, Emma. On vient juste d'arriver en ville et on aimerait faire une surprise à mon père.

— Vous êtes le fils du docteur ?

— Oui.

— Mais il m'a ordonné de ne laisser entrer personne.

— Ça fait partie de la surprise. J'ai dit au portier de l'appeler et de lui faire croire qu'il s'agissait du représentant en assurances qui n'arrête pas de le harceler. Je savais que mon père se terrerait chez lui en faisant semblant d'être absent.

— Oh, c'est rusé, ça, approuva l'employée en souriant. Allez-y, le docteur est dans la bibliothèque avec madame.

Lorsque nous y parvînmes, la sonnette de l'entrée retentit. Sam m'entraîna vivement à l'intérieur de la pièce et referma la porte derrière nous.

— Vous n'êtes pas les bienvenus ici ! s'insurgea Senior. Je vous demande de sortir tout de suite !

— Et moi je te demande de te comporter comme un être humain, répliqua Sam. Dommage pour toi, mais on ne peut pas toujours en faire à sa tête.

Freddie s'éventa avec un exemplaire du magazine *Architectural Digest*.

— Vraiment, Samuel, je n'en peux plus de vos enfants !

— Tu m'as toujours déçu, Sam, mais jamais à ce point. Tu es devenu un fardeau et une source de honte pour moi !

— Quelle coïncidence ! Je ressens exactement la même chose à ton égard.

— J'appelle la police, décida Freddie. Une telle attitude est scandaleuse.

— Non, l'arrêta Senior. Je n'ai pas envie d'un esclandre, d'autant que, à mon avis, Sam n'espère rien d'autre. Il cherche à se faire remarquer, comme d'habitude, mais il n'y arrivera pas. Ta femme et toi n'avez rien à faire ici, et si vous insistez pour rester, c'est nous qui allons sortir.

Sam lui bloqua le passage.

— Nous partirons dès que tu nous auras expliqué précisément ce que tu as raconté à Tyler au sujet de ma mère.

— À Tyler ? Parce que tu crois que j'ai des discussions sérieuses avec cet enfant ? Tu as perdu l'esprit ?

— Il sait que maman est morte d'une overdose. Il l'a entendu de ta propre bouche à Noël.

— Si c'est le cas, il écoutait une conversation qui ne le regardait pas.

— Et ça ne te gêne pas d'évoquer un tel sujet devant un petit garçon ?

Avec une moue méprisante, Senior s'assit sur le canapé et attrapa les pages « Économie » de son journal. Il portait des chaussons de velours bizarres, avec des ancres dorées brodées au niveau des orteils, ainsi qu'une veste de velours et un pantalon argenté qui lui donnaient l'air de sortir d'un vieux film.

— Je te parle, espèce de connard !

Fou de rage, Sam lui arracha son journal, avant de le saisir par le col de sa veste pour l'obliger à se lever.

— Qu'as-tu dit au sujet de ma mère ? Quels mensonges as-tu racontés sur elle devant mon fils ?

Pour toute réponse, Senior lui cracha à la figure. Sam s'essuya avec sa manche et resserra son étreinte. Cette fois, le teint de son père vira au rouge tandis que la cruelle insolence de son regard faisait place à la peur.

— Qu'as-tu raconté sur ma mère ? répéta Sam.

— Rien. Je ne m'en souviens pas.

Sam l'étrangla un peu plus encore, si bien que Senior se mit à suffoquer.

— Lâchez-le, voyou ! s'écria Freddie. Tant pis s'il n'est pas d'accord, j'appelle la police.

— Oh non, répliquai-je. Si vous touchez ce téléphone, il y aura un bel article demain en page 6 du *Post* expliquant que vous donniez à manger aux cochons quand vous étiez jeune. Et, bien sûr, il racontera aussi que vous êtes tombée enceinte de Ray Bob Ellington à quinze ans et que vous avez dû quitter l'école pour aller vivre chez votre tante à Topeka jusqu'à l'accouchement.

Freddie poussa un cri d'exclamation horrifié. Elle tenait plus que tout à préserver son fragile statut au sein de la bonne société new-yorkaise.

— C'est faux !

— Je n'invente rien du tout et les journaux n'auront aucun mal à le vérifier.

— Aucune importance. Je n'ai plus rien à voir avec cette personne. Plus maintenant.

— Vraiment ? Vous connaissez le dicton : « bouseuse un jour, bouseuse toujours » ?

— Vous n'oseriez pas répandre cette horrible histoire !

— On parie ?

— Ça suffit ! tonna Senior. Tu veux savoir ce que ton gamin a entendu, Sam ? Je vais te le dire : notre pasteur était présent à notre fête de Noël et il a mentionné à un moment combien il était ravi de voir que nous formions un couple si bien assorti, Winifred et moi. Puis la conversation a dévié sur la mort tragique de ta mère. Je pensais jusqu'à maintenant qu'il valait mieux t'épargner la raison pour laquelle elle s'est tuée, mais tu ne mérites visiblement pas que je me soucie de toi.

— Quelle raison ? De quoi parles-tu ?

— Ta mère était enceinte et elle s'est suicidée plutôt que de vivre une nouvelle grossesse. Ce n'est que plusieurs mois après, quand j'ai commencé à me remettre du choc, que j'ai soupçonné cet enfant de ne pas être le mien. Ta mère cherchait toujours à attirer l'attention des autres hommes. Elle s'habillait de manière provocante, elle flirtait, c'était une vraie garce. Je n'aurais jamais cru qu'elle passerait à l'acte, mais je me trompais. À l'évidence, cela relevait aussi de sa pathologie.

J'accusai le coup.

— Vous avez osé dire devant Tyler que sa grand-mère était morte parce qu'elle était enceinte ? Vous êtes fou ?

— Cela ne vous concerne pas, Emma.

— Bien sûr que si. Tyler vous a entendu, et quand il a appris que j'allais avoir un enfant, il a pensé que j'allais mourir moi aussi. C'est à cause de vous qu'il fait des cauchemars. Il s'est rendu malade d'inquiétude.

— Si votre fils est un angoissé chronique, vous êtes seule responsable. Ne venez pas me reprocher vos propres erreurs, petite idiote !

Le poing de Sam fendit l'air à une telle vitesse que je ne perçus que le bruit de l'impact – un craquement sec et définitif, comme quelque chose qui se serait brisé de manière irréparable.

Une marque rouge se dessina sur la joue de Senior.

— J'en ai plus qu'assez de vous deux ! Sortez d'ici tout de suite !

— Avec plaisir.

Un agent de sécurité nous attendait devant la porte.

— Je vais vous demander de partir sans faire d'histoire.

— Aucun problème, dit Sam avec un sourire forcé.

— Docteur Colten, lança alors l'homme en direction de l'appartement. C'est Bill, de la sécurité. Tout va bien ?

Freddie apparut sur le seuil de la bibliothèque.

— Oui, Bill. Merci de vérifier. Veuillez escorter ces gens dehors, je vous prie. Ils s'appellent Sam Jr et Emma. Sam Jr était autrefois apparenté au Dr Colten, mais plus aujourd'hui. Notez-le bien, Bill. Et veillez à ce qu'ils ne s'approchent plus jamais de notre appartement.

50

Tout en berçant Tyler, je tentai de me représenter notre vie lorsque j'aurais un petit dans chaque bras. Un sentiment familier d'insécurité menaça de s'abattre sur moi. Arriverais-je à m'en sortir, moi qui faisais déjà preuve de tant d'insuffisances ? Mon amour et mon énergie se réduiraient-ils dangereusement ? Sans compter que je jouais pour la deuxième fois à la roulette génétique. Que se passerait-il si jamais notre enfant ressemblait au père de Sam ? Je m'imaginai contempler le visage de Senior quand je fredonnerais une chanson à ma fille, ou entendre sa voix à lui chaque fois qu'elle pleurerait.

Mais je chassai résolument ses pensées et posai une main sur mon énorme ventre. Ce bébé était un bienfait, une bénédiction. Pourquoi ne pas commencer par m'émerveiller devant sa venue, en éprouver de la gratitude, et ensuite voir où cela nous mènerait ?

— Papa et moi avons parlé à ton grand-père, mon ange. Il nous a expliqué ce que tu avais entendu sur mamie Rae.

Tyler leva de grands yeux vers moi.

— Elle est tombée par terre et elle est morte.

— Mais pas parce qu'elle allait avoir un bébé, Ty. Elle est morte parce qu'elle était très, très malade.

Une larme roula lentement sur sa joue.

— Je veux pas que tu finisses comme l'oiseau bleu, maman.

— Ne t'inquiète pas. Je ne partirai nulle part. Je vais rester ici, avec toi, papa et ta petite sœur.

— On te mettra pas à la poubelle ?

— Certainement pas.

— Pourquoi elle a pris trop de médicaments, mamie Rae ?

— Je te l'ai dit, mon chéri. Elle était malade. Mais moi, je vais bien.

— Alors pourquoi tu dois aller à l'hôpital ?

— Ça n'a rien à voir avec une maladie. Là, c'est une partie différente de l'hôpital où toutes les mamans vont dormir quand leur bébé est prêt à naître. J'y suis allée pour toi aussi.

— Et j'ai sauté de ton ventre ?

— Presque, dis-je en l'embrassant.

— Tu me liras une histoire avant de dormir ?

— Oui. Si je te bordais d'abord ?

Je me préparai à la confrontation habituelle, celle à laquelle j'avais droit tous les soirs depuis des mois. Tyler n'avait jamais envie de se coucher. Il n'avait pas sommeil, prétendait-il. Ce n'était pas encore l'heure. Sebastian avait faim. Fred avait peur du noir. J'étais méchante. Il y avait un voleur dans la maison. Cette fois cependant, il me surprit.

— D'accord, mais je veux *Bonsoir lune* et *Boucle d'or et les trois ours*.

— Tope là ! Marché conclu. Je vais chercher les livres, et toi, tu te mets au lit.

Avant que je ne parvienne à la fin du second conte, Tyler s'assoupit sans offrir aucune résistance.

Je mangeai les restes de son fromage grillé, bus un verre de lait et, Sam étant parti travailler, me glissai seule sous mes couvertures. Il était temps que j'aborde le chapitre de mon livre consacré à la trente-cinquième semaine de grossesse. À ce stade de leur développement, tous les organes de ma fille fonctionnaient parfaitement. Elle devait mesurer autour de quarante-cinq centimètres et approcher les deux kilos et demi. Jusqu'à l'accouchement, son boulot consistait à grandir et à grossir – et sur ce dernier point, pensai-je, elle aurait trouvé en moi une experte à qui demander conseil si elle l'avait pu.

Je pris le livre des prénoms et passai en revue ceux commençant par un D. Dahlia… Dale… Daphne… Darcy… Davida… Deborah… Dee… Delia. Alors que je m'interrogeais sur ce que l'on éprouvait à grandir en s'appelant Delilah, le téléphone sonna.

Franny et Grant étaient au bout du fil.

— On a des nouvelles, Emma ! m'annonça Franny. Tu es bien assise ?

J'étouffai un bâillement.

— Allongée, à vrai dire. Qu'y a-t-il ?

— Je vais laisser Grant te raconter.

— On a reçu un mail sur Malik cet après-midi, m'expliqua-t-il. Il venait d'une certaine Cheryl Price. Il y a quelques semaines encore, elle était réceptionniste dans un cabinet d'avocats de Chicago. Celui de Ronald Stitch, le père de Suzanne.

Je bâillai de nouveau.

— Intéressant.

— La suite l'est encore plus. Mme Price nous a révélé qu'elle avait rencontré Doug Malik et qu'il comptait parmi les clients du cabinet.

— Malik s'est rendu dans un cabinet juridique de Chicago alors qu'il habitait à Cleveland ? Pourquoi ?

— Elle l'ignorait, ou bien n'a pas voulu le dire. Elle craignait de violer le secret professionnel.

— Alors pourquoi a-t-elle répondu à l'annonce ?

— Il semble qu'elle veuille tout de même faire éclater quelque chose au grand jour. Quand on lit entre les lignes, on comprend qu'elle nous encourage à creuser la question. Et elle nous a donné une date très précise sur laquelle concentrer nos recherches : le 24 mars. Selon elle, c'est le jour où Malik s'est présenté au cabinet.

— Et ?

— J'ai mis quelques-uns de nos meilleurs employés sur le coup en leur demandant d'éplucher les journaux de Cleveland et de Chicago datés de cette période. Ils devaient chercher tout ce qui avait trait à la clinique de Cleveland, à Malik, aux hobbies de sa femme, à ses amis proches, à sa famille ou à sa fille. Et ils ont trouvé quelque chose.

Je me redressai, soudain bien réveillée.

— Quoi ?

— L'école privée d'Adriana a pris feu et a dû être fermée le 22 mars, deux jours avant que Malik ne se rende au cabinet de Stitch.

— Quelle horreur ! Il y a eu des blessés ?

— Heureusement non. Il y avait cours, mais les classes ont été évacuées à temps. La principale a déclaré qu'il s'agissait d'un accident. D'après elle, l'un des professeurs avait jeté un mégot dans une poubelle pleine de papiers. Seule la salle concernée a brûlé, mais la fumée et l'eau ont causé des dégâts dans tout le bâtiment. L'école a dû être transférée temporairement dans une église voisine.

Je bâillai de nouveau.

— Désolée de paraître si bouchée, mais quel est le rapport avec Malik ?

— Tiens-toi bien, intervint Franny. Deux jours après l'incendie, les Malik sont allés voir Ronald Stitch. Une semaine plus tard, l'école a annoncé avoir reçu une très grosse somme d'argent de la part d'un donateur anonyme afin de construire une piscine et un gymnase ultra modernes. Or Stitch est spécialisé dans les projets immobiliers et les œuvres philanthropiques.

Je m'affaissai sur mes oreillers.

— Tu crois que Malik est l'auteur du don ?

— Il m'en a tout l'air.

— D'accord. Supposons que ce soit le cas : il a donc décidé d'aider l'école de sa fille à un moment difficile. En quoi est-ce que cela fait de lui un sale type capable de monter une fausse accusation de viol contre Sam ?

— Dis-lui, Grant, répondit Franny.

— Notre enquêteur a parlé à l'un des professeurs de l'école. Le bruit court que Malik avait une liaison avec la directrice. Ils n'arrêtaient pas de s'enfermer dans son bureau à des heures bizarres.

— En résumé, reprit Franny, un incendie laisse une école privée de toit et menacée de fermeture, et la maîtresse de Malik lui soutire un gros don anonyme en échange de son silence sur leur liaison. C'est génial, tu ne trouves pas, Em ?

— Si jamais cette histoire est vraie, elle rend la générosité de Malik un peu douteuse, c'est tout. Mais comment le prouver ? Et même si on y arrivait, on ne pourrait pas en déduire que Malik et Suzanne ont piégé Sam.

Grant soupira.

— C'est exactement ce que j'ai expliqué à Franny.

— Mais c'est un début, Em, insista celle-ci. Un clou de plus dans le cercueil de Malik.

— Bien sûr. J'apprécie vos efforts.

— On n'a pas fini. On coincera ce salaud. Tu verras.

— Merci d'avoir essayé, en tout cas.

Après avoir raccroché, je repris mon livre des prénoms. Demarast… Denorah… Diane. Je ne tardai pas à m'assoupir et à plonger dans les abîmes de l'inconscience en savourant cette fuite immobile.

Perdue dans l'obscurité, je ne perçus d'abord pas le danger qui frappait à ma porte.

51

Dans mon rêve, c'était Tyler qui, avec ses outils en plastique, donnait les coups sourds que j'entendais. Il leva bien haut son marteau rouge, puis l'abattit avec un grognement sur le côté de l'immeuble. Une brique se délogea dans un nuage de poussière et du trou s'échappa une pluie de mortier séché.

Je voulus lui dire d'arrêter, de ne pas casser notre maison, mais je ne pouvais parler. Lorsque j'ouvrais la bouche, des créatures semblables à des papillons s'échappaient précipitamment et s'envolaient en dispersant mes pensées dans le vent.

Tyler reprit son offensive en s'attaquant cette fois à la façade avec encore plus de force. Le fracas me fit l'effet du crissement d'une craie sur un tableau, et un violent frisson me traversa tout entière.

En comparaison, le bruit suivant me parut d'abord anodin, presque joyeux, comme une poignée de cailloux jetée du haut d'une dune. Mais il s'amplifia bientôt jusqu'à devenir menaçant. Des briques se disloquaient et tombaient par terre dans un brouillard asphyxiant et aveuglant.

L'immeuble me donna ensuite l'impression de vaciller sous la poussée d'une lame de fond effroyable.

J'appelai Tyler en hurlant, mais mes mots se noyèrent dans une implosion assourdissante.

Un bref silence vibrant s'installa alors, juste avant que les cris et les coups sourds ne reprennent. « *Ayudame, porfavor !* » Aidez-moi, s'il vous plaît !

Je m'éveillai en sursaut, le cœur battant à se rompre. Après avoir enfilé la robe de chambre en coton de Sam, j'allai ouvrir et découvris la cause de tout ce vacarme : Bori se tenait dans le couloir, pieds nus, le visage blême et déformé par la peur.

— *Es la muchacha*, dit-elle d'une voix teintée d'hystérie. *Tienes que venir conmigo.*

Il y avait un problème avec la petite fille et Bori voulait que je vienne avec elle.

Je lui demandai ce qui n'allait pas. Adriana était-elle malade ? S'était-elle blessée ?

Bori me répondit que non. La petite fille allait bien, mais je devais venir. Elle ne pouvait m'expliquer pourquoi, il fallait que je voie en personne ce qui se passait.

Je resserrai sur moi ma robe de chambre.

— Où sont le Dr Malik et sa femme ?

Elle m'apprit qu'ils étaient partis à un concert, puis me raconta le reste de l'histoire avec des phrases hachées et tourmentées. Avant qu'elle n'emménage chez eux, les Malik lui avaient imposé toute une série de règles, dont la plus importante lui interdisait formellement d'entrer de nuit dans la chambre d'Adriana. Une fois la petite couchée, Bori était bannie dans une pièce à côté de la cuisine, d'où elle ne devait pas bouger jusqu'au lendemain matin. Elle n'avait le droit de la quitter ou d'avoir de contact avec la fillette qu'en cas de force majeure, si celle-ci tombait sérieusement malade ou si un incendie se déclarait. Il suffisait à Adriana d'appuyer sur un bouton commandant une alarme dans la chambre de Bori pour signaler une urgence.

Bori m'informa également que le Dr Malik et sa femme sortaient souvent le soir. Cette fois-là, ils devaient dîner dehors avant de se rendre à un concert. Bori avait reçu l'ordre de faire souper Adriana de bonne heure, puis de lui donner son bain. À 18 heures, la fillette avait regagné sa chambre, et Mme Malik avait dit à Bori de retourner dans la sienne.

Trop effrayée pour se rebeller, elle s'était exécutée et n'avait même pas osé s'aventurer dans la cuisine pour se chercher de quoi manger. À la place, elle avait essayé de passer le temps en écoutant la petite radio que les Malik lui avait fournie. Elle n'avait ni télévision, ni livres, ni magazines. Les heures s'écoulaient lentement, elle était seule et son ventre gargouillait de faim, mais elle s'estimait heureuse d'avoir un endroit décent où dormir. Heureuse aussi d'avoir un travail.

Elle jeta un coup d'œil anxieux dans le couloir. Elle était inquiète, m'avoua-t-elle. S'ils découvraient qu'elle avait désobéi, les Malik la renverraient.

Je lui demandai pourquoi elle était venue me voir. Dans la mesure où Adriana allait bien, je n'avais rien à faire chez ses parents.

Bori me prit la main, le regard implorant.

Je tentai de la persuader de s'adresser à l'un des employés de l'immeuble ou aux urgences hospitalières, mais elle insista. Il fallait que je vienne. J'avais voulu qu'elle m'avertisse si jamais elle notait quelque chose de bizarre chez les Malik, et c'était le cas. Simplement, elle ne pouvait m'expliquer ce dont il s'agissait. Il était impossible de décrire ça avec des mots.

52

Notre babyphone prétendait avoir une portée de cent vingt mètres, mais bien sûr, étant donné les dimensions de notre appartement, je n'avais jamais vraiment pu le vérifier. Priant pour qu'ils marchent, je branchai l'un des récepteurs près de Tyler et glissai l'autre dans la poche de ma robe de chambre.

Puis je suivis Bori à contrecœur dans les escaliers. Le temps que nous franchissions la porte des Malik, mon appréhension avait quasiment viré à la panique. Et si quelqu'un m'apercevait et les informait que je m'étais introduite chez eux ? Et si Dieu tout-puissant et son épouse rentraient plus tôt que prévu ?

Je pressai Bori de se dépêcher.

— Montre-moi ce qu'il y a, lui dis-je. Ensuite je devrai filer.

Elle s'arrêta devant la chambre d'Adriana et tira un trousseau de clés de la poche de son jean. Je fus choquée de constater que la fillette était enfermée là comme une prisonnière.

Ses cris furieux résonnèrent dès l'instant où Bori ouvrit la porte.

— Laissez-moi partir ! Laissez-moi sortir d'ici !

La pièce devait bénéficier d'une bonne isolation phonique car je n'avais rien entendu depuis le couloir. Cela dit, je n'avais rien entendu non plus de chez moi. Soit j'avais dormi d'un sommeil trop profond, soit les Malik s'étaient arrangés pour insonoriser complètement les lieux depuis le passage des services sociaux.

Bori alluma la lumière.

— *Mira*, murmura-t-elle.

Regarde.

Je n'en crus d'abord pas mes yeux. Reliés par de lourdes chaînes aux colonnes du lit à baldaquin, des fers encerclaient les poignets et les chevilles d'Adriana. Ses efforts pour se libérer avaient écaillé la peinture des épais montants, mais serait-elle parvenue à ses fins qu'il lui aurait encore fallu se débarrasser de la ceinture d'acier la rattachant au cadre du lit.

L'enfant me fixa avec étonnement.

— Je suis ta voisine du dessous, Adriana. Je m'appelle Emma. Comment te sens-tu ?

La petite eut un mouvement de recul.

— Ne me battez pas. S'il vous plaît. Je serai sage.

— Bien sûr que non, je ne te battrai pas.

Elle tendit ses mains vers moi. La chair autour des fers paraissait à vif et enflée.

— Enlevez-les-moi, geignit-elle. Ils me font si mal.

Bori me raconta d'une voix tremblante de peur qu'Adriana avait déclenché l'alarme. Par l'Interphone qui reliait leurs deux chambres, la fillette lui avait expliqué qu'elle sentait de la fumée. Bori était d'abord restée pétrifiée en la voyant. C'était l'œuvre du diable, me dit-elle. Seul *el diablo* pouvait traiter un enfant ainsi.

Les chaînes étaient maintenues en place par de lourds cadenas impossibles à crocheter, et il fallait une clé pour défaire les cercles de métal emprisonnant la fillette.

— Sais-tu où tes parents rangent la clé ?

— Quelque part dans ma salle de jeux.

Bori se tordait les mains en hochant la tête. Elle était soulagée que je sois venue. Elle avait bien essayé de parler avec la petite, mais en vain. Seuls le docteur et sa femme comprenaient l'espagnol, et ils avaient été très clairs sur un point : il n'était pas question que leur fille apprenne cette langue.

Je demandai à Bori de m'aider à chercher. Nous regardâmes sous les coussins, les jouets, les livres et derrière les photos. J'inspectai même l'intérieur des haut-parleurs ainsi que la conduite du système d'air conditionné, avant de jeter un œil au-dessus des plinthes et des lampes encastrées.

Bori était de plus en plus désespérée. *No hay nada !* Il n'y a rien !

Je soulevai le papier peint dans les angles et l'épaisse couche d'isolant phonique qu'il masquait. Je fouillai aussi la salle de bains, ouvris l'armoire à pharmacie et le réservoir des toilettes, déplaçai le savon et le shampooing, vérifiai sous le lavabo.

Du babyphone me parvint la voix de Tyler, qui murmurait dans son sommeil. Je me figeai net, inquiète à l'idée qu'il se réveille et qu'il me découvre partie, mais sa respiration retrouva bientôt son rythme paisible.

Lorsque je retournai dans la chambre, Adriana gémissait avec lassitude.

— S'il vous plaît, détachez-moi. Je ne me sens pas bien. Il faut que j'aille aux toilettes.

— Tu es sûre que tes parents rangent la clé dans ta salle de jeux ?

— Oui. Quand papa a fini de m'attacher, il va toujours là-bas et j'entends la clé faire ding contre quelque chose.

— Ding ?

— Oui. Comme quand on tape une fourchette contre une assiette.

Des cernes noirs soulignaient les yeux d'Adriana. La pauvre avait eu sa dose de solitude et de cauchemars, pensai-je avant de dire à Bori de rester auprès d'elle pendant que je poursuivais mes recherches.

De retour dans la salle de jeux, j'examinai tout ce qui était susceptible de produire une résonance métallique. Je passai les doigts sur la barre de danse. J'ôtai les abat-jour, les faîteaux et les cerceaux métalliques des lampes pour sonder l'intérieur de celles-ci. Je me penchai sur la chaîne hi-fi.

Si seulement j'avais pu contacter Mme Kresge, l'employée des services de protection de l'enfance. Mais il était tard, et je n'avais de toute façon pas son numéro de téléphone. Quant à appeler la police, il ne fallait pas non plus y songer. Je n'étais pas chez moi et Adriana n'était pas ma fille. Si les agents refusaient de venir, nous perdrions un temps précieux. Malik pourrait très bien rentrer dans l'intervalle et décider d'emprisonner Adriana dans un autre endroit.

Ou pire.

Je balayai de nouveau la pièce du regard, effleurai l'ourlet des rideaux et les lames des stores. Soudain, j'avisai le distributeur de pop-corn.

Je courus glisser une main à l'arrière et sur les côtés, puis déplaçai la lourde machine de quelques centimètres. Ce faisant, je lui donnai un léger coup, et la petite trappe par où sortait le pop-corn s'ouvrit, révélant une clé scotchée sur sa face interne.

Mes mains tremblaient lorsque je libérai Adriana. Chaque fois que l'une de ses entraves tombait par terre, la fillette soupirait et frottait sa peau endolorie.

— Merci ! dit-elle. Ça va tellement mieux maintenant !

— J'en suis ravie.

— Mais ils vont bientôt revenir et papa m'enchaînera encore.

— On ne le laissera pas faire, ne t'inquiète pas.

— Il me tuera quand il verra que je me suis détachée. Il me battra. S'il vous plaît, il faut me sortir d'ici !

Elle avait raison, je ne pouvais pas l'abandonner aux mains de son monstre de père. Je serais alors responsable de tout ce qui lui arriverait.

— D'accord, capitulai-je. On s'en va.

Sous sa longue chemise de nuit rose, sa petite poitrine se gonfla de soulagement.

— Merci ! Merci ! Je vais juste chercher quelques affaires, dit-elle en filant dans son dressing.

Bori en profita pour me bombarder de questions. Où allions-nous emmener la fillette ? Que ferions-nous après ?

Avant que je puisse lui répondre, Adriana revint avec l'une de ses robes informes, des sous-vêtements et des chaussures, le tout soigneusement empilé.

— On a intérêt à se dépêcher. Papa déteste les concerts et il oblige toujours maman à partir en plein milieu. Ils seront peut-être bientôt là.

À ces mots, je compris que je n'avais pas d'autre choix que d'appeler la police. Je ne pouvais pas m'enfuir comme ça avec une enfant. N'étant pas sa mère, je serais probablement accusée d'enlèvement.

Je décrochais le téléphone lorsqu'une clé tourna dans la serrure de la porte d'entrée. Des voix étouffées me parvinrent depuis le couloir. Lentement, elles se rapprochèrent…

53

Tandis que je demeurais pétrifiée de terreur, Adriana courut fermer sans bruit la porte de sa chambre.

— Là. Ils ne nous entendront pas.

— Et si jamais ils viennent vérifier que tu dors bien ?

— Aucun danger, répliqua-t-elle sans paraître le moins du monde ébranlée. Ils ne s'occupent plus de moi une fois qu'ils m'ont attachée. Personne n'entrera ici avant demain matin.

— Ils vont aller se coucher tout de suite, tu crois ?

— Non, en général ils regardent les informations du soir à la télé et ils ne dorment pas avant 1 ou 2 heures du matin.

— Comment le sais-tu si tu es enfermée ici ?

— Ils parlent toujours au petit déjeuner de ce que le présentateur a dit, des gens qu'il a interviewés ou du vieux film débile qu'ils ont vu après les infos.

Je réfléchis à toute vitesse. Tyler risquait de se réveiller d'un instant à l'autre.

— Je ne peux pas attendre aussi longtemps. Je dois retourner auprès de mon fils.

Adriana tendit le doigt vers un miroir mural.

— Il y a une porte derrière. On entrait dans l'appartement par là, avant. Mes parents l'ont bloquée, mais elle s'ouvre si on enlève les vis.

— Mais…

Les mots ne purent franchir mes lèvres. Qu'arriverait-il si les Malik surgissaient dans le couloir et nous y découvraient ?

Quelques instants plus tard, la voie était dégagée et Adriana nous faisait signe de la suivre. Bori s'empressa derrière elle et, faute d'une meilleure solution, je me résignai à leur emboîter le pas.

54

Tyler dormait profondément en serrant Fred et Sebastian. À côté de son lit, la veilleuse donnait une aura angélique à son visage.

Je remontai les couvertures sur lui et déposai un baiser sur son front.

— Maman t'aime tant, mon chéri, murmurai-je.

Puis je rejoignis Bori dans le salon. Elle était seule.

— Où est Adriana ?

Elle m'expliqua que la fillette s'était plainte d'avoir mal au ventre et qu'elle était dans la salle de bains.

— Adriana ? appelai-je en allant toquer à la porte. Tu vas bien ?

Au même instant, je perçus l'étrange odeur chimique que j'avais remarquée dans le hall d'entrée de l'immeuble quelques jours plus tôt.

— Oui, ça va mieux, répondit-elle à travers le battant. J'ai presque fini.

Je n'avais pas encore regagné le salon que, déjà, elle réapparaissait.

— Je vais appeler la police, Adriana. Ils veilleront à ce que tu ne sois plus jamais maltraitée.

— Attendez, Emma.

— Qu'y a-t-il ?

Elle s'approcha timidement et tendit les bras pour m'embrasser. Je la serrai contre moi, choquée par sa fragilité. Elle était si maigre que je me demandai si ses parents la privaient de nourriture.

— Je ne vous oublierai jamais, dit-elle en s'accrochant à moi. Je priais pour que quelqu'un m'aide, et vous êtes arrivée. C'est comme un miracle.

— Je suis contente d'avoir pu t'être utile. Et la police t'aidera, elle aussi. Il faut juste que je les appelle.

— J'ai peur ! s'écria-t-elle sans me lâcher.

Je lui caressai le dos, frappée une nouvelle fois de sentir ses côtes sous mes doigts.

— Je comprends, mais tout s'arrangera. Tu verras.

— Pourquoi est-ce que mon papa est si méchant ? gémit-elle en se mettant à pleurer. Pourquoi il ne m'aime pas ?

— Certaines personnes ne savent tout simplement pas être gentilles, Adriana. Ton père n'a peut-être jamais appris à l'être.

— Et maman, alors ? Pourquoi est-ce qu'elle ne lui dit rien ?

J'essuyai ses larmes avec la manche de ma robe de chambre.

— C'est compliqué, et un peu trop difficile à expliquer maintenant. Laisse-moi passer ce coup de fil, d'accord ?

Mais elle se plia en deux en portant les mains à son ventre.

— Aïe ! Ça fait mal ! Je crois que je vais vomir.

— Viens avec moi.

Elle plaqua une main sur sa bouche lorsque je l'entraînai vers la salle de bains. Là, je saisis vivement le bouton de la porte et poussai le battant au moment même où mon cerveau enregistrait la douleur qui s'élançait dans mes doigts. Stupéfaite, je découvris alors le mur de flammes qui ravageait la pièce.

55

— Oh mon Dieu ! Vite, il faut sortir !

Brûlée par le métal de la poignée comme par un fer chauffé à blanc, ma main me faisait terriblement souffrir. Pourtant, cela ne parut pas émouvoir Adriana. Elle se tenait immobile, la mine indolente, presque en transe.

Je l'attrapai par le bras pour la tirer en arrière, mais elle refusa de bouger.

— Que s'est-il passé, Adriana ? Comment le feu a-t-il démarré ?

Son menton trembla.

— J'ai voulu allumer la jolie petite bougie et elle est tombée. S'il vous plaît, ne me faites pas de mal !

— Bien sûr que non, ne t'inquiète pas. Viens ! Il faut qu'on se sauve d'ici.

Je criai à Bori de l'emmener pendant que j'allais chercher Tyler, mais la jeune fille la pressa en vain de la suivre. Adriana ne semblait même pas s'apercevoir de sa présence.

Les flammes menaçant déjà les murs du couloir, je refermai la porte afin de couper toute arrivée d'air qui aurait pu attiser l'incendie, puis je fonçai dans la chambre de Tyler.

Chose incroyable, il ne s'était pas réveillé. Je le pris dans mes bras et rebroussai chemin à travers la fumée de plus en plus épaisse.

Les cris de Bori m'arrêtèrent au moment où je m'apprêtais à sortir de l'appartement. En l'entendant supplier Adriana de ne pas rester là et essayer de lui faire comprendre le danger que nous encourrions, je lui conseillai de la porter à l'extérieur. Les bruits d'une lutte me parvinrent presque aussitôt. Adriana se débattait de toutes ses forces pour échapper à Bori, et celle-ci n'était visiblement pas de taille face à elle.

Serrant toujours Tyler contre moi, je courus les rejoindre. La fumée me brûlait les yeux et m'aveuglait lorsque je saisis Adriana par le poignet pour l'éloigner de la salle de bains.

— Non, lâchez-moi ! Ne me touchez pas !

— Il faut partir tout de suite !

— Je ne veux pas !

— Tu n'as pas le choix, Adriana. Dépêche-toi maintenant. Nous devons appeler les pompiers et donner l'alerte. Il y a d'autres gens dans l'immeuble, il faut les prévenir.

Mais elle s'arc-bouta sur ses talons, si bien qu'il fut encore plus difficile de la faire bouger. Bori vint à ma rescousse en l'empoignant par son autre bras.

— ¡ *Rápido !* cria-t-elle en toussant.

La seule réaction d'Adriana fut de s'écrouler par terre. Je me baissai vers elle, inquiète, mais constatai qu'elle riait aux éclats.

— Écoute-moi, dis-je sèchement. Ce n'est pas une plaisanterie. Lève-toi et suis-nous.

— Au feu les pompiers, chantonna-t-elle gaiement. Y a la maison qui brûle. Au feu les pompiers, la maison est brûlée !

— Il faut sortir d'ici !

Des flammes apparaissaient déjà sous la porte de la salle de bains. À leur vue, je demandai à Bori d'attraper Adriana par les jambes. Sans lâcher Tyler, j'agrippai ensuite les poignets de la fillette de ma main libre – en vain, car il m'était presque impossible d'avancer ainsi.

— Ça suffit ! tonnai-je, la gorge sèche et les larmes aux yeux sous l'effet de la fumée.

Je tendis Tyler à Bori, sidérée de voir qu'il dormait toujours, puis je soulevai Adriana en la maintenant de dos contre moi. Je parvins ainsi à lui faire quitter l'appartement et à gagner le couloir à l'extérieur.

Là, je marquai une pause pour inspirer à fond avant de reprendre ma course. Mais alors que nous approchions des escaliers, il surgit soudain devant nous.

56

— Que se passe-t-il ici ? demanda Malik d'une voix furieuse.

Adriana se libéra de mon étreinte et courut se blottir contre lui.

— Elle a enlevé mes chaînes de sécurité et m'a forcée à partir, papa. C'est sa faute.

Ses chaînes de sécurité ?

Malik la repoussa et posa sur elle un regard noir de colère.

— Je sens de la fumée, Adriana. Qu'est-ce que tu as encore fait ?

— Rien. C'était un accident, je te jure !

— Dis-moi la vérité !

— Mais je ne mens pas ! Ne me tape pas, papa. Je t'en supplie !

Bori se blottit contre le mur en serrant mon fils contre elle.

Lena Malik apparut à son tour dans la cage d'escalier, les yeux baissés et les mains derrière le dos comme une pénitente.

— Tout le monde va bien, Douglas. Il n'y a rien de grave. Va chercher l'extincteur.

— Non, la coupai-je. Le feu peut être traître. Il vaut mieux sortir et appeler les pompiers. Ce sont eux les spécialistes.

— Douglas sait ce qu'il fait, répliqua-t-elle d'une voix morne et presque surnaturelle qui me fit penser à un bourdonnement mécanique.

Avec la dextérité d'un habitué, Malik ouvrit le boîtier renfermant l'extincteur et sortit celui-ci. Il prit ensuite une profonde inspiration avant de s'engouffrer chez moi.

J'en profitai pour récupérer Tyler.

— Faites comme vous voulez. Nous, on s'en va.

Lena Malik pointa alors sa main droite vers moi et parut vaguement surprise de voir qu'elle tenait un revolver.

— Désolée, madame Colten. J'ai peur que vous ne soyez obligée de rester ici.

Bori poussa un cri d'effroi.

— Vous êtes folle ? Rangez ça tout de suite ! dis-je en me tournant pour protéger Tyler et en posant une main dérisoire sur mon ventre.

— Nous devons juste discuter un peu, madame Colten. Je vous expliquerai tout afin que vous compreniez bien à quel problème nous avons affaire.

— Au feu les pompiers, chantonna de nouveau Adriana. Y a la maison qui brûle…

— Tais-toi, ma chérie, la sermonna sa mère. Tu ne dois pas chanter cette comptine. Tu l'as promis, tu te souviens ?

— Au feu les pompiers, la maison est brûlée ! poursuivit la fillette.

— Enfin, Adriana. Tu te rappelles ce qu'a dit le docteur ? Tu as une maladie dans ta tête qui te fait faire des choses bizarres.

Cette enfant était schizophrène, pensai-je. Ou kitsopène, pour reprendre la formule de Tyler. Tout ce qu'il avait raconté sur Adriana était donc vrai.

— C'est comme si tu avais un mauvais rhume au cerveau. Quand ton esprit te joue des tours, il ne faut surtout pas lui faire confiance, mais plutôt nous en parler pour qu'on t'aide à te contrôler. C'est pour ça qu'on te met des chaînes de sécurité la nuit.

— Petit feu, petit feu, brûle plus fort ! s'entêta la fillette avec le regard fou et fiévreux des délirants. Oh, les jolies flammes !

— Assez ! coupa Lena Malik. Nous t'avions interdit de t'approcher d'un feu, et même de prononcer ce mot ou d'y penser, Adriana. C'est une drogue qui te rend très, très malade.

— Petit feu, petit feu, brûle plus fort !

— Elle ne mesure pas ce qu'elle dit, madame Colten. Adriana a une maladie émotionnelle et, avec notre déménagement et son entrée dans sa nouvelle école, elle a vécu une période difficile. Je n'aurais jamais cru que ce serait une telle épreuve. Moi qui voulais tant qu'elle prenne un nouveau départ… Mais je suis sûre qu'elle finira par y arriver. Tu iras bientôt mieux, n'est-ce pas ma princesse ? On accrochera un joli tableau de toi au-dessus du manteau de la cheminée, on te filmera pendant ton gala de danse, on t'achètera plein de chaussures et de robes magnifiques, et tu verras, tu guériras en un rien de temps et tu deviendras la plus belle des jeunes filles en grandissant.

Prise de nausée, je serrai Tyler plus fort contre moi.

— Je comprends. Si vous nous laissez partir, nous ne dirons rien. C'est votre fille, vos affaires. Ça ne regarde que vous.

Mais Malik revint au même instant et il se rembrunit à notre vue.

— Adriana, viens ici tout de suite !

— Au feu les pompiers, y a la maison qui brûle…

Il l'attrapa sans ménagements, lui maintint les bras dans le dos et plaqua une main sur sa bouche pour la faire taire.

— Rentrez tous là-dedans, tonna-t-il. Et vite !

57

Lorsqu'il nous ordonna de nous asseoir sur le canapé, Bori se tapit contre moi, la tête baissée et les genoux ramenés contre sa poitrine. De mon côté, je ne cessai de chercher une échappatoire tout en frottant doucement le dos de Tyler et en priant pour qu'il continue à dormir jusqu'à ce que ce cauchemar prenne fin.

Le Seigneur de l'Ohio s'affaira pendant ce temps avec une précision toute chirurgicale.

— Descends les stores, Lena, aboya-t-il. Le détecteur de fumée n'a pas l'air de fonctionner, mais retire la batterie au cas où. Et ouvre la fenêtre pour qu'on puisse respirer.

Adriana, elle, dansait de-ci de-là en fredonnant son refrain entêtant. Au feu les pompiers…

— Vous ne sentirez rien du tout, madame Colten, m'annonça Malik. Vous ne le méritez guère après tous les soucis que vous m'avez causés, mais je m'arrangerai pour que vous n'ayez pas mal.

Tyler s'agita. Tremblante, je continuai à le bercer afin qu'il se rendorme.

— Je vous répète que nous ne dirons rien, plaidai-je d'une voix étonnamment calme malgré ma terreur. Laissez-nous partir.

Malik m'ignora cependant et poursuivit comme s'il se parlait à lui-même.

— Bien sûr, il faudra encore qu'on déménage. L'immeuble ne sera plus habitable une fois que l'incendie aura fait son travail. Adriana sera plus heureuse dans une maison à la campagne. Quelque part dans le Connecticut, par exemple. Là où on aura plus d'intimité.

Il se tourna vers sa fille.

— Donne-moi les allumettes.

La petite commença à minauder sans tenir compte de l'injonction.

— Donne-moi les allumettes !

Il dut lui arracher la boîte des mains, non sans qu'Adriana se soit débattue comme une diablesse.

Lena Malik sembla soudain se réveiller.

— Attends, Douglas. Je ne te suis pas. Tu n'as pas éteint le feu ?

— Si. Temporairement.

— Comment ça, temporairement ? Que comptes-tu faire ?

— À ton avis ? Je vais mettre fin à nos ennuis, bien sûr.

— Tu as perdu la tête ? Tu veux les tuer tous ? Tu n'irais tout de même pas t'en prendre à un petit garçon ?

— Vous n'avez pas à vous en prendre à qui que ce soit, balbutiai-je. Laissez-nous juste partir. Vous n'entendrez plus parler de nous, je vous le promets.

Malik soupira.

— Je n'aurais jamais dû t'écouter, Lena. Je savais que c'était une erreur d'imposer une telle situation à Adriana, mais tu m'as soutenu le contraire jusqu'à ce que je cède. La santé mentale de notre fille n'a pas arrêté de se dégrader depuis qu'on a emménagé ici.

— Il fallait qu'on quitte Cleveland, Douglas. Tu l'as dit toi-même. Les gens parlent. Ce qui s'est passé à l'école aurait fini par s'ébruiter.

— Regarde la réalité en face, Lena. C'est toi qui parles trop ! C'est toi qui te fais des idées sur cette gamine et qui refuses de la placer dans un établissement spécialisé ! Moi, je suis juste bon à réparer les dégâts, comme d'habitude.

Il sortit de sa poche une seringue et une ampoule contenant un liquide clair.

— C'est un sédatif puissant, me dit-il. Il agit vite et disparaît tout aussi rapidement de l'organisme. Vous allez vous endormir et après, vous ne vous apercevrez de rien.

— Non, s'il vous plaît !

— La flamme brûle et meurt, chantonna Adriana. Oh, jolie petite flamme…

Malik remplit la seringue et appuya sur le piston jusqu'à ce que le liquide jaillisse de l'aiguille. Il s'avança ensuite lentement vers moi.

— Non, Douglas, s'interposa Lena. Tu ne peux pas faire ça. Tu ne dois pas ! Adriana teste un nouveau traitement. Elle ira bientôt mieux et tout ça ne sera plus qu'un mauvais souvenir. Tu verras.

— Frottez une allumette et admirez la flamme qui s'élève et qui aveugle les yeux brillants des enfants…

— Arrête, Adriana ! Ne dis pas des choses pareilles.

— On entend les cris des enfants qui ont mal…

— Non, ma chérie. Ça suffit.

Malik releva la manche de ma robe de chambre et passa un antiseptique sur mon bras, comme s'il se souciait des risques d'infection. Comme si j'avais été une de ses patientes.

Je tentai de me dégager – en vain. Il m'était impossible d'échapper au revolver que Lena Malik gardait pointé sur moi.

— Maman ? murmura Tyler dans son sommeil.

— Chut, mon ange. Tout va bien, dis-je en lui caressant les cheveux.

Adriana sourit.

— Le feu brûle, les enfants. Le feu brûle…

Je sentis la piqûre de l'aiguille qui s'enfonçait dans ma chair et une bouffée de chaleur monta en moi tandis que le sédatif s'élançait dans mes veines.

— Ne faites pas de mal à…

Tout devint noir, et une immense fatigue m'envahit. Je m'y abandonnais lorsqu'une détonation folle et assourdissante illumina la pièce et fit trembler les murs.

58

Je n'avais plus prise sur rien. Le soleil glissa comme un œuf baveux sur la toile du ciel et plongea dans le fleuve. Des gens me tenaient des propos sans queue ni tête. À mes pieds dansait un dinosaure violet, mais lorsque je voulus l'examiner de nouveau, ce fut un homme à l'air menaçant et vêtu d'un jean moulant que je découvris.

Mon lit d'enfant était énorme, les murs de ma chambre d'un doux bleu, et je devinais à côté de moi un zèbre qui sentait le jus de fruits. La bouche aussi sèche que si j'avais sucé de la craie, je demandai à boire d'une voix semblable à celle d'une ivrogne.

— Tiens, chérie.

Je saisis la paille et bus avec avidité. Lentement, les choses prirent un contour plus précis.

— Sam ?

Son sourire noyé de larmes me fit l'effet d'un grand soleil.

— Bon retour parmi nous, belle dormeuse. Tu es restée inconsciente presque deux jours.

— Tyler ?

— Regarde, maman. Sebastian et Fred se reposent, eux aussi !

Voilà donc ce que j'avais pris pour un zèbre. Le méli-mélo de taches noires et blanches sur mon oreiller était en fait son duo de dalmatiens chéris.

J'eus la réponse à mes questions suivantes avant même de les avoir posées. Le bébé dans mon ventre remuait d'une façon qui me prouvait qu'elle allait bien, et du poste de télévision me parvint le refrain écœurant de Barney, le dinosaure violet : *I love you, you love me, we're a happy family.*

— Malik ? coassai-je.

Sam se tourna vers Tyler avec embarras. Mme Kalisher, dont je n'avais pas encore noté la présence, vint alors à son secours.

— Je suis ravie de voir que vous allez mieux, ma chère Emma. Tu sais, Tyler, je me disais justement qu'un petit en-cas me ferait du bien. Si on allait à la cafétéria manger une bonne glace ?

— À la vanille ?

— Évidemment.

— Quatre boules ?

— Nous en reparlerons en chemin, dit-elle en le prenant par la main.

J'attendis qu'ils soient partis pour répéter ma question.

— Malik ?

— Sa femme a tout avoué dès que la police est arrivée. Elle a raconté qu'elle n'avait pas eu d'autre choix que de le tuer pour l'empêcher de vous faire du mal, à Tyler et à toi. Apparemment, elle le soupçonnait depuis un moment de ne pas être sain d'esprit et elle pense que la maladie mentale dont souffre sa fille est en réalité héréditaire. Elle savait que son mari était cruel et obstiné, mais avant de le voir t'injecter un sédatif, elle n'avait pas cru qu'il irait jusqu'à supprimer quelqu'un qui le gênait.

— C'est Adriana qui a provoqué l'incendie de son école à Cleveland ?

— Oui. Elle a commencé à allumer des feux à l'âge de cinq ans. Celui de son école a été le pire, et Malik voulait que personne ne soit au courant. Il a donné cinq millions de dollars pour acheter le silence de la direction mais, d'après sa femme, il s'inquiétait à l'idée que cet incident les rattrape un jour s'ils restaient à Cleveland. Ça a même viré à la paranoïa. Pour on ne sait quelle raison, il s'est dit qu'il serait plus en sécurité à New York. Bien sûr, son délire de persécution a continué ici aussi.

— Où est Adriana ?

— Les services sociaux l'ont prise en charge. Elle subira des tests et sera placée dans un centre thérapeutique jusqu'à ce qu'elle soit capable de vivre dans un cadre moins structuré sans risquer de blesser personne. C'est ce que ses parents auraient dû faire depuis longtemps.

— Et sa mère ?

— Elle est derrière les barreaux, sans possibilité d'être libérée sous caution. À mon avis, elle va devoir s'habituer à loger dans un espace beaucoup plus restreint que tout ce qu'elle a connu jusqu'à maintenant.

— Que vient faire Suzanne dans cette histoire, Sam ?

Il haussa les épaules.

— Lena Malik a confirmé que son mari et elle avaient une liaison. J'ignore pourquoi Suzanne a accepté de porter ces accusations ridicules contre moi, mais je suppose que c'était pour satisfaire Douglas.

— Possible. À moins qu'elle soit juste une banale sociopathe dont le passe-temps consiste à briser la vie des autres.

— Suze ?

Je fusillai Sam du regard, mais uniquement parce que j'étais bien trop épuisée pour bondir hors de mon lit et l'étrangler.

— On peut l'appeler comme on veut, Em, tu avais raison au bout du compte. C'est une vipère.

Je me sentis soudain submergée par tout un tas de pensées et d'images. Des dinosaures violets se mêlaient dans ma tête à des dalmatiens en peluche et à l'idée terrifiante que le cerveau humain était totalement imprévisible. Une main sur mon ventre, je songeai qu'avoir un enfant s'apparentait à un coup de dés cosmique incroyablement courageux. Il était même étonnant à bien y réfléchir que des gens puissent se lancer dans une telle aventure.

— C'est fini, alors.

Sam m'embrassa doucement sur le front.

— Cette partie-là, oui.

59

Elle arriva de bon matin le jour prévu, et nous la prénommâmes Charlotte Faith. Peu après mon retour à la maison, Tyler insista pour que nous fêtions son année zéro – avec toutes les glaces et tous les gâteaux que cela supposait, naturellement.

Ma sœur Charlotte vint avec sa famille. L'arythmie cardiaque de Jared avait été traitée avec succès, et chacun était d'humeur à se réjouir. Mes parents se déplacèrent aussi pour l'occasion, de même que la sœur de Sam et son mari. En y ajoutant Mme Kalisher, Siena, Amity, LeeAnn et Bori, qui s'occupait à présent de Jake à l'école des Petits Rangers, notre minuscule appartement se retrouva plein à craquer. Seule Franny manquait à l'appel : elle s'était défilée au dernier moment pour accoucher de sa propre fille, une petite Emily Jane. Comme la nôtre, celle-ci pesait un peu moins de 3,5 kilos à la naissance.

Je n'en revenais pas de voir combien mon bébé paraissait minuscule, et Tyler soudain gigantesque en comparaison. Fendant la foule avec sa cape de Superman, il procédait à un inventaire général :

— Alors, là, il y a ma maman, mon papa, ma mamie, ma tatie Frieda, ma tatie Charlotte, mon super-chien Krypto, mon sandwich au beurre de cacahuète, mes M&Ms…

Un bras enroulé autour de ma taille inexistante, mon père l'observa en rayonnant de joie.

— Tyler me fait penser à toi au même âge, Emma.

— Ah oui ?

— N'oublie pas que tu étais une petite fille vive et très bavarde. Et, avec toi aussi, il fallait toujours que tout soit rangé à sa place.

— Sérieux ?

— Et tu étais malicieuse avec ça ! ajouta ma mère en riant. Combien d'enfants de trois ans peuvent se vanter d'avoir envoyé la voiture familiale à la casse ?

— Pardon ?

Trente ans de distance ayant atténué la gravité de cet incident, mes parents purent en parler comme s'il s'était agi d'une plaisanterie. Un garçon de mon école maternelle avait attrapé une pneumonie et, parce que nous habitions près de chez lui, ma mère s'était proposée de lui apporter une carte avec les vœux de rétablissement que toute sa classe formait pour lui. Elle s'était garée devant sa maison et nous avait laissées, Charlotte et moi, à l'arrière de la voiture pour nous éviter tout risque de contagion. Le temps qu'elle aille sonner à la porte cependant, j'avais détaché ma ceinture et relâché le frein à main. L'allée sur laquelle nous étions arrêtées était en pente, si bien que la voiture l'avait dévalée en traversant la rue avant d'emboutir un chêne. Par miracle, nous n'avions pas été blessées, mais mes parents avaient dû faire une croix sur leur voiture.

— Pourquoi vous ne m'avez jamais raconté ça ?

— Nous l'avons fait, répliqua ma mère avec détachement. Mais nous avons veillé à ne rien dramatiser. Tu es restée marquée pendant des mois par cet accident. Tu avais du mal à t'endormir, tu faisais des cauchemars et tu t'excusais sans cesse en disant que tu étais une méchante petite fille. Nous t'avons expliqué que ce n'était pas ta faute, mais tu étais persuadée du contraire.

— Et j'avais l'âge de Tyler ?

— Oui, Tu avais trois ans, comme lui.

Peut-être était-ce donc le traumatisme qui me hantait encore. Peut-être m'étais-je convaincue que le fantôme malveillant de mes fautes passées reviendrait un jour me punir en se vengeant sur mon fils. Aussi fou qu'il puisse paraître, ce raisonnement faisait cruellement sens pour moi. J'entendais presque tous les rouages de l'histoire s'emboîter avec un petit clic.

Puis nous chantâmes « Joyeux anniversaire », et Tyler souffla la bougie plantée sur le gâteau de sa sœur.

— Tiens, Ty, dit Sam après l'avoir découpé. La première part est pour toi.

— Non, c'est ma petite sœur qui devrait l'avoir, répondit-il en portant l'assiette vers le berceau où dormait Charlotte. C'est son anniversaire.

— Elle préfère que ce soit toi qui la manges, mon chéri. Elle est trop petite pour avoir du gâteau. Pour le moment, elle n'a droit qu'à du lait.

— Pas de glace ?

— Non.

— Pas de pâtes ? Pas de pizza ?

— Seulement du lait.

— Berk.

À cet instant, je songeai que la vie ne pouvait être plus belle – et pourtant l'avenir s'annonçait meilleur encore. Après la mort de Malik, Norman Stryker était revenu diriger le département de chirurgie cardiovasculaire. Dans un an, Sam serait le chef des internes, et tout indiquait qu'il se spécialiserait plus tard sous la direction de Stryker. Il avait bien sûr été réintégré à son poste et les charges contre lui n'étaient plus qu'un mauvais souvenir. « Suze » avait entièrement revu sa version des faits. Sam ne l'avait pas agressée, il s'agissait selon elle d'un ridicule malentendu.

Comme si cela ne suffisait pas, la direction de l'hôpital – peut-être pour se faire pardonner d'avoir cru à ces fausses accusations – nous avait promis un plus grand appartement situé deux étages plus haut dans notre immeuble. Des ouvriers s'employaient pour l'heure à le repeindre et à réaménager la cuisine en y installant de nouveaux meubles et de nouveaux appareils, mais tout serait prêt dans quelques semaines. Charlotte et Tyler auraient chacun leur chambre. Nous disposerions d'un salon bien plus vaste avec une petite terrasse dominant le parc. Il y aurait même une cheminée. Le règlement interdisait de s'en servir, mais les soirs d'hiver je pourrais me blottir contre Sam en faisant semblant de croire qu'un feu flambait dans l'âtre.

J'étais entourée des gens que j'aimais. Tout le monde était en bonne santé et heureux. Il n'y avait plus aucun nuage noir à l'horizon et bientôt, très bientôt, nous aurions des étagères encastrées, sans compter des placards à profusion.

Je souris à cette pensée. Non, vraiment, la vie ne pouvait être plus belle.

REMERCIEMENTS

Merci à tous les brillants médecins, scientifiques, épouses (et maris) de praticiens qui m'ont si aimablement accueillie dans leur univers. Ce sont de véritables héros. Les méchants de ce livre, eux, sont le pur produit de mon imagination.

Merci comme toujours à Peter Lampack, mon remarquable agent, et à sa merveilleuse collègue, Rema Dilanyan.

Merci aussi à Natalee Rosenstein et à Michelle Vega, de Berkley.

Et, bien sûr, merci surtout à Peter Scardino, le meilleur médecin du monde – et le meilleur homme qui soit à tant d'autres égards.